영원한 전쟁

영원한 전쟁
The Forever War

조 홀드먼
김상훈 옮김

황금가지

THE FOREVER WAR

by Joe Haldeman

● ● ● 차 례

벤,
그리고 언제나 게이에게

서문

이봐요 조, 드디어 당신 책을 읽었어요,
또는 『영원한 전쟁』의 서문으로 교묘하게 위장된
조 홀드먼에게 보내는 공개편지

친애하는 조

당신에게 이 편지를 쓰려는 지금, 본론에 들어가기 전에 글래스고에서 열린 2005년 세계SF대회에서 당신과 아내분인 게이를 처음 뵈었을 때의 일을 회상한다면 이 편지를 읽고 있는 구경꾼들에게도 도움이 될 듯합니다. 정확히 어떤 식으로 소개받았는지는 기억이 나지 않지만, 아마 제 편집자인 패트릭 닐슨 헤이든이 소개해 줬던 것 같습니다. 패트릭은 SF계 인사들 사이에 다리를 놓아주는 일에는 이골이 난 인물이니까 말입니다. 서로 수인사를 나눈 뒤에, 『노인의 전쟁』을 재미있게 읽었다는 아내분의 말을 듣고 엄청나게 기뻤던 것을 기억합니다. 당시 나온 지 6개월밖에 안 된 이 소설은 신인인 제가 발표한 유일한 장편소설이었죠. 게이가 이 소설에 관해 아주 듣기 좋은 칭찬을 해 준 뒤에 당신은 이렇게 말했습니다.

"여기저기서 호평을 들었지만, 유감스럽게도 난 그 책을 아직 안 읽어 보았다네."

"괜찮습니다." 저는 이렇게 대답했죠. "저도 여기저기서 『영원한 전쟁』에 관한 호평을 들었지만, 아직 안 읽어 봤으니까요."

이 말에 당신은 웃음을 터뜨렸고, 그런 다음 우리 셋은 다른 일들에 관해 멋진 대화를 나눴습니다. 우리는 이렇게 처음 만났죠.

그 만남에 관해서 짚고 넘어가야 할 사실이 두 가지 있습니다. 가장 먼저 지적하고 싶은 것은 당신은 제 시답잖은 농담을 들은 뒤에도 실로 상냥하게 저를 대해 주었다는 사실입니다. 제 대답이 당신 귀에는 실로 오만무례하게 들렸을 수도 있다는 사실을 퍼뜩 깨달은 것은 나중의(그러니까, 3초 뒤의) 일이었습니다. 물론 전혀 그럴 의도는 없었고, 다행히 당신도 기꺼이 제 농담을 이해해 주었습니다. 두 번째로 지적하고 싶은 것은 과학소설의 독자가 저지를 가능성이 있는 대죄(大罪)나 악행이라는 맥락에서 본다면 당신의 소설을 아직도 안 읽었다는 저의 죄는 제 소설을 읽지 않았다는 당신의 죄에 비해 엄청나게 중하다는 점입니다. 제 소설은 거의 무명에 가까운 신인의 데뷔작에 불과했던 데 비해(그래서 게이가 그것을 읽었다는 얘기를 듣고 그렇게 기뻤던 겁니다) 『영원한 전쟁』은 과학소설의 고전이었고, 지금도 고전으로 남아 있습니다. 휴고 상, 네뷸러 상, 로커스 상을 석권한 이 소설은 하인라인의 『스타십 트루퍼스』와 더불어 밀리터리 SF라는 장르를 규정하는 두 초석(礎石)으로 간주되는데, 그런 책을 쓴 당신이 제 데뷔작을 안 읽었다고 해서 뭐라 할 사람은 없을 겁니다. 그런 반면, 제 경우는 사정이 다르더군요.

사실 제 독자들과 평자들이 (a)당연히 제가 『영원한 전쟁』을 읽었을 것이고, (b)제가 쓴 밀리터리 SF인 『노인의 전쟁』이 적든 많든 『영원한 전쟁』의 변주(變奏)를 내포하고 있을 거라고 **확신**하고 있었다는 점은, 『영원한 전쟁』이 SF에서 얼마나 중요한 위치를 점하고 있는지를 여실히 보여 주는 증거라고 할 수 있겠지요. 제가 실은 그 소설을 읽은 적이 없다는 사실을 시인했을 때, 사람들이 보인 반응은 보통 제 소설을 좋아하느냐 안 좋아하느냐에 따라 다음 두 가지로 갈렸습니다.

제 책을 좋아하는 사람들은 이런 식이었죠.

> 독자: 이번에 낸 책 말인데 정말이지 괜찮았어요. 특히 『영원한 전쟁』을 비튼 부분이 멋지더군요.
>
> 나: 흐음, 그렇게 말해 주시니 고맙군요. 솔직히 말해서 저는 『영원한 전쟁』을 아직 안 읽어 봤지만 말입니다.
>
> 독자: 정말로 안 읽어 봤어요?
>
> 나: 네.
>
> 독자: 혹시 지난 30년 동안 무슨 상자 속에 갇혀 지내기라도 했던 겁니까?

반대로 제 책이 별로였다는 사람들의 반응은 이랬습니다.

> 독자: 맙소사. 어이 스칼지, 당신이 『영원한 전쟁』을 얼마나 베껴 먹었는지를 감안하면, 조 홀드먼한테 인세를 물어줘도 모자랄 판이야.
>
> 나: 흐음, 실은 나 그 책 아직도 안 읽어 봤는데.
>
> 독자: 헛. 이 친구 도둑질만 잘하는 게 아니라 거짓말까지 선수로군.

이런 식으로 몇 년이 흘러갔고, 급기야 저는 이 책을 읽었다고 거짓말을 하고 넘어가는 지경에 이르렀습니다. 『영원한 전쟁』 얘기가 나올 때마다 반드시 읽어봐야 한다는 충고를 듣는 일에 넌더리가 났기 때문입니다. 사실 읽을 생각은 하고 있었습니다. 하지만 저도 후속작들을 쓰느라 바빴고, 또 뭐랄까, 딴 데 눈이 팔려 있어서 말입니다. 맞아, 그랬습니다. 바로 그 때문이었죠.

그러나 지난해에 이런저런 이유로 마침내 각 잡고 『영원한 전쟁』을 읽을 기회가 찾아왔습니다. 저는 책장에서 문제의 책을 끄집어냈고(실은 이 책은 몇 년 동안 같은 자리에 꽂혀 있었습니다. 제가 쉽게 딴 일에 정신이 팔리곤 한다는 얘긴 했던가요?) 작업실 문을 닫은 다음 편하게 앉아 읽기 시작했습니다.

책을 끝까지 읽은 뒤에 제 뇌리에 떠오른 생각은 이랬습니다. 우와. 정말이지 지금까지 기다렸다가 읽어서 천만다행이야.

저는 정말로 다행이라고 느꼈고, 지금도 그 생각에는 변함이 없습니다.

제가 그렇게 느낀 데는 두 가지 이유가 있습니다. 첫 번째 이유는 단순하고 실제적인 창작상의 문제입니다. 『영원한 전쟁』에서 당신이 선택한 줄거리와 인물 조형에 관해 숙지하고 있는 상태로 글을 쓰기 시작했더라면 제 데뷔작의 기본적인 선택 사항들은 지금과는 달라져 있었을 겁니다. 왜냐하면 작가의 일원인 제게도 에고(ego)가 있는 고로, 당신이 남긴 발자국을 따라 당신이 지나간 길을 그대로 걸어가고 싶어 하지는 않았을 테니까요. 설령 제 소설의 완성도를 높이기 위해서는 그러는 편이 나았다고 해도 말입니다. 『영원한 전쟁』을 미리 읽었다면 제 소설이 그 아류작이 될 위험을 자각하고 이런저런 부분들을 피해 갔을 게 뻔하지만, 정말로 그랬더라면 제 데뷔작이 실제보다 더 좋아지지는 않았을 거라고 생각합니다. 이게 정확히 무슨 뜻인지를 설명하기 위해서 아예 따로 자세한 편지를 올릴 수도 있지만, 지금 그러지는 않겠습니다. 만약 『영원한 전쟁』을 더 이른 시기에 읽었다면, 저는 **작품성**을 희생하는 한이 있더라도 더 독창적인

12

소설을 써야 한다고 느꼈으리라고 고백하는 것으로 충분합니다. 실제로는 소설을 다 쓴 뒤에 『영원한 전쟁』에 비교되어서 다행이기도 하고, 기쁘기도 합니다. 쓰는 도중에 읽었더라면, 머릿속에 코끼리가 들어앉은 듯한 느낌을 받았을 겁니다. 견디기 힘든 압력이었겠지요. 그렇기에 미리 읽지 않아서 천만다행이라고 느꼈던 겁니다. 두 번째 이유는 『영원한 전쟁』이 그 시대의 산물이라는 인상을 받았기 때문입니다. 그리고 지금, 싫든 좋든 간에 우리는 또다시 이 소설이 강한 호소력을 발휘하는 시대를 맞았습니다.

　『영원한 전쟁』이 베트남 전쟁이라는 도가니에서 튀어나왔다는 사실은 당신에게도, 내게도, 또 지금 우리 어깨 너머로 이 글을 읽고 있는 사람들 대다수에게도 전혀 비밀이 아닙니다. 당신은 베트남 전쟁에 사병으로 참전했고, 이 전쟁은 다른 수많은 참전 장병들의 경우와 마찬가지로 당신에게 뚜렷한 각인을 남겼습니다. 과학소설이라는 장르는 우화로서도 기능할 수 있는 장점을 가지고 있어서, 현실과 어느 정도 거리를 둔 무대에서 이야기를 전개함으로써 강한 거부감을 불러일으키는 일 없이 현실 세계에서도 적용되는 주장을 펼칠 수 있습니다. 당신은 베트남에서의 경험을 이미 현대 소설인 『전쟁의 해(*War Year*)』를 통해서 묘사했지만(여담이지만 저는 이 책을 오래전에 이미 읽었고, 나중에 참전 군인인 장인에게 선물했습니다.), 『영원한 전쟁』은 당신의 참전 경험을 또 하나의, 더 큰 맥락에서 다룬 작품이었습니다. 그곳에 있지 않았던 독자들에게 이 책은 당신이 경험한 현지의 혼란스러운 상황과 경직된 관료주의, 흐리멍덩한 목적의식과 무작위적이고 끔찍한 폭력, 그리고 고향에 돌아온 당신이 원래 살던 나라와 문화에 더 이상 완전히 적응하지 못하고 느껴야 했던 고립감을 전달할 수 있는 절호의 기회였습니다. 그런 일이 벌어진 것은 당신과 고향 양쪽이 변했기 때문이었죠.

저는 베트남 전쟁과 9·11 테러 사이의 기간에 성장했기 때문에 전쟁이 무엇인지를 직접 체험할 필요가 없었던 운 좋은 세대에 속합니다. 기껏 몇 주 계속된 1983년의 그레나다 침공과, 1991년의 걸프 전쟁을 제외하면 말입니다. 그러나 제 뒤로 온 세대는 그렇게 운이 좋지는 않았습니다. 수십만 명의 젊은이들이 중동으로 파병되었습니다. 그중 상당수는 아직도 그곳에 머물러 있고, 수천 명은 국기로 덮인 관에 실려 고향으로 돌아와야 했습니다. 몇만 명이나 되는 병사가 육체적이거나 정신적인 상처(또는 그 양쪽)를 입고 고향으로 돌아왔고, 그중 일부는 만델라나 메리게이가 고향으로 돌아왔을 때 느꼈던 것과 같은 괴리감을 자기 고국에 대해 느끼고 있습니다. 이라크나 아프가니스탄에서 벌어지고 있는 전쟁의 정당성이나 필요성에 관한 의견과는 무관하게, 한 세대가 그 전쟁에 의해 각인되고, 그것에 사로잡힐 것이라는 점에는 의심의 여지가 없습니다.

제가 '고전'이라고 간주하는 작품은 두 가지 조건을 충족해야 합니다. 단지 "계속 잘 팔리는" 소설이 아닌, 진정한 고전 말입니다. 우선 그 책이 처음 출간된 시대의 시대상을 웅변적으로 대변해야 한다는 것이 첫 번째 조건입니다. 수상력(受賞歷)이나 비평가들의 찬사만 보아도 『영원한 전쟁』이 바로 그런 소설이라는 점에는 의심의 여지가 없습니다. 하지만 두 번째 조건은 그보다 더 어렵습니다. 그것을 충족하려면 해당 작품에 담긴 내용은 결코 사라지지 않거나 적어도 되풀이해서 발생하는 어떤 문제와 맞닿아 있고, 바로 그런 이유에서 처음 출간된 시대를 넘어서서 독자들에게 **지속적으로** 호소하는 힘을 가지고 있어야 하기 때문입니다.

그리고 지금 이 시대에, 저는 『영원한 전쟁』이 바로 그렇게 기능하고 있다는 점을 의심하지 않습니다. 이 책은 우리가 다시 한 번 습득해야 할 교훈이 담긴 우화이기 때문입니다. 이 책은 그 주인공과 마찬가지로 시간을 초월해서 더 큰 어떤 것의 일부가 되었고, 귀향을 앞두고 있는 사람들과 그들을 사랑하는 사람들에게 지금 이 순간에도 그들이 처한 상황과 같은 상황을 겪었던 누군가가 존재하며, 그 누군가는 그들이 지금 느끼고 있는 감정에 공감하고, 그 이유를 이해한다는 사실을 상기시켜 줍니다. 아마 그들이 길을 찾는 데 도움이 되어 줄지도 모르겠습니다. 제가 지금보다 더 이른 시기에 『영원한 전쟁』을 읽었다면 그것이 내포한 진정한 힘을 미처 깨닫지 못했을지도 모릅니다. 이제는 깨달았고, 그랬다는 사실에 기쁨을 느낍니다.

바꿔 말해서 조, 저는 드디어 당신의 책을 읽었습니다.

제게 이 책을 읽으라고 충고했던 사람들의 말은 모두 옳았습니다.

고맙습니다.

존 스칼지 올림

2008년 7월

주석

이 책은 『영원한 전쟁』의 완전판이다. 이 책 말고도 두 종류의 이본(異本)이 존재하기 때문에, 내가 그 차이점을 명확하게 설명할 수 있도록 지면을 할애해 준 출판사에게 감사한다.

여러분이 지금 들고 있는 책은 원본에 해당한다. 그러나 이 책이 이렇게 출간되기까지는 상당한 우여곡절이 있었다.

지금 와서 돌이켜 보면 아이러니컬한 얘기다. 출간된 후 휴고 상과 네뷸러 상을 수상하고, 해외의 여러 나라에서도 '최우수 장편'으로 선정되었음에도 불구하고, 70년대 초에 이 책을 출판하는 일은 결코 쉽지 않았다. 세인트 마틴스 프레스에서 출간 결정을 내려줄 때까지 나는 무려 열여덟 곳의 출판사로부터 출간을 거절당했다. "꽤 괜찮은 책이군요." 하는 것이 편집자 대다수의 반응이었지만, 마지막에 가서는 언제나 "지금 베트남에 관한 과학소설을 읽고 싶어 하는 사람은 아무도 없습니다."라는 말을 듣곤 했다. 그로부터 25년이 지난 지금, 대다수의 젊은 독자들은 『영원한 전쟁』

과 당시 우리가 관여하고 있던 밑도 끝도 없어 보이는 전쟁 사이에서 제대로 유사점을 찾아내지도 못할 것이다. 내 입장에서는 그래도 괜찮다는 것이 본심이다. 이 책이 어떤 식으로든 베트남전에 관해 언급하고 있는 이유는 저자인 내가 그 전쟁에 참전했기 때문이므로. 그러나 본서는 주로 전쟁과 병사들을 다루고 있고, 우리가 이런 것들을 필요하다고 간주하는 이유에 관해 언급하고 있다.

그 많은 출판사들이 이 책을 검토하는 동안, 같은 원고가 《아날로그 (Analog)》에서 분산 게재되었다. 당시 이 잡지의 편집장이었던 벤 보버 (Ben Bova)로부터 나는 크나큰 도움을 받았다. 벤은 편집을 도와주었을 뿐만 아니라 이 책이 존재할 수 있도록 도와준 은인이다! 벤은 잡지 게재 시에 내 작품을 가장 눈에 띄는 장소에 실어 주었고, 그가 인정해 준 덕분에 당시 SF에는 손을 대고 있지 않았던 세인트 마틴스 프레스도 흥미를 느끼고 하드커버판을 낼 생각을 했던 것이다.

그러나 벤은 소설의 중간 부분에 해당하는 「옛날로는 결코 돌아갈 수 없어(You Can Never Go Back)」라는 제목의 중편을 되돌려 보냈다. 소설로서는 마음에 들지만, 《아날로그》의 독자들이 읽기에는 내용이 너무 암울하다는 이유에서였다. 그래서 나는 이보다 더 긍정적인 내용의 중편을 썼고 「옛날로는 결코 돌아갈 수 없어」는 서랍에 집어넣었다. 훗날 테드 화이트가 『영원한 전쟁』의 종장(終章) 자격으로 《어메이징 스토리스(Amazing Stroies)》에 게재해 주기는 했지만.

초판을 낸 이래 너무나도 오랜 시간이 흘렀기 때문에 출간이 결정되었을 당시 중간 부분을 원상복구하지 않은 이유에 대해서는 확실한 기억이 없다. 아마 나 자신의 취향에 그리 확신이 없었거나, 혹은 필요 이상으로 문제를 복잡하게 만들고 싶지 않았기 때문인지도 모르겠다. 어쨌든 이 책의 첫 번째 버전은 기본적으로 《아날로그》에 실린 원고에 할리우드에서 말하는 '성인 취향의 용어와 상황'을 가미한 것이다.

이 첫 번째 버전의 페이퍼백판은 향후 약 16년 동안 서점에서 입수가 가능했다.(흰 배경에, 상징적인 시계 그림들로 에워싸인 우주복 차림의 사내가 장검을 무릎 위에 올려놓고 앉아 있는 표지이다.)

그러고는 1991년이 되자 에이번(Avon) 북스가 경쟁자들을 물리치고 이 책의 출판권을 사들였다. 편집자들은 원본을 다시 복구하는 일에 찬성해 주었다. 그러나 유감스럽게도 바뀌어야 할 부분이 모두 반영된 것은 아니었다. 첫 번째 버전의 일부가 그대로 남은 탓에 약간의 내부적 모순이 생겨났던 것이다.(이 두 번째 버전의 표지에는 괴상한 모자를 쓴 로빈 윌리엄스를 닮은 미래풍의 병사 삽화가 들어가 있다.)

그리고 본서로 와서야 마침내 모든 것을 원상복구할 수 있었다. 표지 삽화도 예전에 비하면 덜 기묘해 보인다. 참고로 본서에 나오는 **날짜**를 보고 기이하게 느끼는 독자들도 있을 것이다. 대다수의 독자는 우리가 1996년에 우주전쟁에 돌입하지 않았다는 사실을 알고 있을 테니까 말이다. 내가 굳이 1996년을 고집한 것은 본서에 등장하는 장교와 부사관들 대다수가 베트남전 경험자라는 설정을 현실화할 수 있는 상한선이었기 때문이다. 그래서 명백한 시대착오임에도 이 부분을 그대로 놓아두기로 했다. 정 뭐하다면 우리 우주와는 다른 평행우주에서 일어난 일로 간주해도 무방하다.

그러나 실은 이 이야기야말로 정말로 일어난 일이고, 꿈속에 살고 있는 쪽은 우리인지도 모른다.

조 홀드먼
매사추세츠 주 캠브리지

작가의 말

　내가 토머스 던을 만난 것은 1974년의 우중충한 겨울날 저녁, 뉴욕 시의 알곤킨 호텔에서 열린, 인파로 북적거리는 파티에서였다. 그날 오후 나는 내 출판 대리인이었던 로버트 P. 밀스에게서 『영원한 전쟁』이 출판 불가능하다는 소식을 들은 참이었다. 안면이 있는 모든 과학소설 편집자들에게 이 소설을 보여 주었지만, 너무 논란의 소지가 많아서 힘들다는 천편일률적인 얘기만 들었다고 했다.

　알곤킨에서 열린 파티는 전미 SF 작가 협회가 주최한 '편집자/작가 리셉션'이라는 이름의 행사였는데, 진지한 비즈니스의 장으로 간주되고 있었고, 출간을 타진하는 회합 장소로 이름이 높았다. 여담이지만 이 파티는 시사성이 풍부하며 중요할 뿐더러 쓰는 데 2년이나 되는 시간이 걸린 『영원한 전쟁』의 출간을 거절한 당사자들로 가득 차 있었다. 그래서 나는 그곳에 가기 전에 한잔 걸치고 갔다. 파티장에 도착해 보니 와인이 공짜라서 또 마셨다.

그런고로, 톰 던과 실제로 어떻게 만났는지에 대해서 흐릿하게밖에 기억 못 한다는 점은 독자 여러분도 이해해 주시리라고 생각한다. 내가 《아날로그》의 편집장인 벤 보버에게 신세타령을 하자 벤이 대뜸 "꼭 소개해 주고 싶은 친구가 있어."라고 말하더니 톰에게 데려간 것만은 확실하지만 말이다. 당시 세인트 마틴스 출판사는 성인용 과학소설을 출간하지 않았기 때문에 파티장에서도 톰에게 귀찮게 달라붙는 작가는 그리 많지 않았다. 《아날로그》에서 『영원한 전쟁』을 연재해 준 벤은 톰 앞에서 이 소설을 격찬했다. 반전주의자였던 톰은 큰 흥미를 느낀 기색이었고, 한번 읽어 보겠노라고 약속했다.

그리고 놀랄 정도로 빠르게 출간하겠다는 대답을 보내왔다. 톰과 나 사이의 친밀하고 만족스러운 문학적 관계는 이렇게 시작되었다. 톰은 꼼꼼한 편집자인 동시에 붙임성 있는 호인이었고, 당시 아이오와에 살던 내가 뉴욕에 들를 수 있을 때마다 크게 환대해 주었다.

나는 알곤킨 호텔에서의 흐릿한 그날 밤이야말로 내 인생의 크나큰 전환점이었다고 단언할 수 있다. 톰 던에게 "출판 불가능"한 이 책을 출간해 줄 용기와 예리함이 없었다면, 아마 나는 대학원에서 수학 학위를 따고 따분한 교직에 안주하는 수밖에 없었을 것이다. 고맙네, 톰.

조 홀드먼
매사추세츠 주 캠브리지
2008년 6월

만델라 일병

1

"오늘 밤에는 소리 없이 사람을 죽이는 방법 여덟 가지를 가르쳐 주겠다."

이렇게 말한 사람은 나보다 다섯 살 이상은 나이를 먹었을 것 같지도 않은 상사였다. 따라서 이 작자가 전투 중에 사람을 죽인 것이 사실이라면 (소리 없이 죽였든, 안 그랬든 간에) 갓난애 때 그랬다는 말이 된다.

사람 죽이는 방법이라면 이미 여든 가지는 족히 알고 있었지만, 그 대부분은 상당히 소란스러운 것이었다. 나는 의자 위에서 자세를 바르게 하며 표정을 가다듬었고, 눈을 뜬 채로 자기 시작했다. 다른 작자들도 거의 그렇게 자고 있었다. 저녁 식사 후의 강의에서 중요한 것을 가르치는 경우는 결코 없다는 사실을 모두가 알고 있었기 때문이다.

영사기가 켜졌을 때 나는 잠에서 깼고, '소리를 내지 않는 여덟 가지 방법'이라는 제목의 짧은 테이프를 감상했다. 배우들 중 몇몇은 두뇌소거자였던 것 같았다. 실제로 살해당했기 때문이다.

영화가 끝나자 앞줄에 있던 여자애 하나가 손을 들었다. 상사가 고개를 끄덕여 보이자 그녀는 일어서서 열중쉬어 자세를 취했다. 용모는 그럭저럭 괜찮은 편이었지만, 목덜미와 양어깨가 좀 두툼했다. 무거운 배낭을 몇 개월이나 지고 다니면 누구든지 그렇게 되는 법이다.

"상사님."

졸업할 때까지는 부사관들에게도 '님'자를 붙여야 했다.

"지금 본 방법 대부분은 실제로는, 그러니까…… 좀 바보 같았습니다."

"예를 들자면?"

"이를테면, 야전삽으로 신장(腎臟)을 가격해서 죽인다는 방법 말입니다. 그러니까, 총도 나이프도 없고 **오직** 야전삽만 가지고 있는 경우가 실제로 있을 수 있을까요? 또, 삽으로 그냥 머리를 깨 버릴 수도 있지 않습니까?"

"철모를 쓰고 있을지도 모르잖나."

상사는 온화한 말투로 대답했다.

"게다가, 토오란들에겐 아마 신장이 달려 있지도 않을 거예요!"

그러자 상사는 어깨를 으쓱해 보였다.

"아마 그럴지도 모르지."

이때는 1997년이었고, 토오란을 실제로 본 사람은 아직 아무도 없었다. 토오란의 단편(斷片)이라고 해 보았자, 새까맣게 그은 염색체보다 더 큰 것은 발견하지도 못했던 것이다.

"그러나 놈들 몸의 화학적 성질은 우리와 닮은 점이 많아. 따라서 놈들도 우리처럼 복잡한 생물이라고 가정해야 해. **틀림없이** 약점이, 취약한 부분이 있을 거야. 그게 어디 있는지를 알아내는 게 너희들의 임무이다. 중요한 건 바로 이거야."

그는 손가락으로 스크린을 가리켰다.

"이들 여덟 명의 죄수들은 너희들을 위해 죽었어. 토오란을 죽이는 방법을 알아내기 위해 말이야. 너희가 메가와트 레이저를 가지고 있든, 아니면 손톱줄을 가지고 있든 간에, 무조건 놈들을 죽여야 하는 거야."

질문한 여자애는 의자에 앉았지만, 어쩐지 석연찮은 표정이었다.

"또 질문이 있나?"

손을 드는 사람은 아무도 없었다.

"좋아. 일동 차려엇!"

우리는 힘겹게 일어섰다. 상사는 기다리는 듯한 표정으로 우리를 쳐다보았다.

"좆 까십시오, 상사님."

귀에 익은 지친 목소리의 합창.

"목소리가 작다!"

"좆 까십쇼, 상사님!"

이것은 그다지 성공적이지 못한 육군의 이른바 사기 진작책 중 하나였다.

"좋아. 잊지 말도록. 내일은 해 뜨기 전에 훈련이 있다. 0330시에 아침을 먹고 0400시에 정렬한다. 0340시를 지나서도 자고 있는 녀석은 벌점을 매길 테니 그리 알도록. 해산."

커버롤의 지퍼를 끌어올린 나는 두유 한 잔을 마시고 대마초를 한 대 태우기 위해 눈 덮인 연병장을 가로질러 휴게용 라운지로 갔다. 나는 언제나 대여섯 시간의 잠만으로도 견딜 수 있었고, 잠시만이라도 군대일을 잊고 자기 자신을 되찾을 수 있는 시간은 지금뿐이었다. 몇 분 동안 뉴스팩스를 훑어보았다. 알데바란 성역(星域)에서 우주선이 또 한 대 실종된 것은 4년 전의 일이다. 우리는 지금 보복 함대를 파견하려 하고 있지만, 그것이 목적지에 도착하려면 4년 이상 걸릴 것이다. 그때쯤이면 토오란들은 모든 발착(發着) 행성을 물샐틈없이 방어하고 있을 게 뻔하다.

다시 숙사로 돌아오니 모두들 잠자리에 들어 있었고, 전등도 꺼져 있었다. 2주 동안 계속된 월면 훈련에서 돌아온 이래 중대원들 모두가 지쳐 있었다. 로커 안에 옷을 던져 넣고 근무표를 보니 내게는 31번 벙크 침대가 할당되어 있었다. 염병할. 히터 바로 밑이잖아.

옆에서 자고 있는 작자를 깨우지 않으려고 될 수 있는 한 조용히 커튼을 밀어 젖히고 침대로 올라갔다. 파트너가 누군지는 알 수 없었지만, 누구래도 상관없었다. 나는 담요 밑으로 파고들었다.

"늦었잖아, 만델라."

하품 섞인 목소리가 말했다. 로저스였다.

"깨워서 미안해."

나는 속삭였다.

"괜찮아."

그녀는 내 몸에 바싹 다가붙었다. 따뜻했고, 적당히 부드러웠다.

나는 그녀의 엉덩이를 가볍게 두들겨 주었다. 가능한 한 오라버니 같은 태도로 말이다.

"잘 자, 로저스."

"잘 자시죠, 종마(種馬) 아저씨."

그녀는 나보다 훨씬 더 노골적인 태도로 내 엉덩이를 두들겼다.

왜 그 짓을 하고 싶을 때는 지친 여자만 만나고, 이쪽이 지쳐 있을 경우엔 꼭 밝히는 여자만 만나게 되는 걸까? 나는 피할 수 없는 운명에 굴복했다.

2

"쭈아. 좀 더 힘을 넣으란 말이야! 거기 횡목(橫木) 팀! 일어나 움직여, 빨리빨리 엉덩이를 들란 말이다!"

자정께에 온난 전선이 접근했고, 지금은 눈 대신 진눈깨비가 내리고 있었다. 퍼머플라스트* 횡목은 무게가 500파운드나 됐고, 얼음으로 뒤덮여 있지 않을 때라도 지독하게 다루기 힘들었다. 우리 팀 네 명은 두 명씩 앞뒤에 서서 플라스틱제 횡목을 들어 옮겼다. 얼어붙은 손가락이 얼얼했다. 내 파트너는 로저스였다.

"강철!"

뒤에 있던 사내가 고함을 질렀다. 손이 미끄러지고 있다는 뜻이다. 횡목은 강철이 아니었지만, 떨어뜨리면 발을 뭉개 버릴 정도로 육중했다. 모두들 손을 놓고 옆으로 껑충 뛰었다. 횡목이 떨어지면서 반쯤 녹은 눈과 진

---

* permaplast, 영구 성형 자재.

흙이 우리 몸에 온통 튀었다.

"빌어먹을, 페트로프."

로저스가 내뱉듯이 말했다.

"넌 적십자에나 취직하는 편이 나았어. 이 좆같은 물건이 그렇게도 무거 웠냐?"

여자애들 대다수는 그녀보다는 입이 덜 걸었다. 로저스는 좀 괄괄한 편 이었다.

"쭈아! 횡목 팀, 다시 움직이란 말이다! 에폭시 팀, 뒤에 붙어! 뒤에!"

우리 팀의 에폭시 담당 두 명이 접착제가 든 양동이를 휘두르며 뛰어왔 다. 그중 하나가 말했다.

"빨리 가자, 만델라. 추워서 불알이 얼어붙을 지경이야."

"나도."

곁에 서 있던 에폭시 팀의 여자애가 논리보다는 감정으로 동의했다.

"하나, 둘, 들어!"

우리는 다시 횡목을 들어 올리고 교각을 향해 비틀비틀 나아갔다. 교각 은 4분의 3쯤 완성되어 있었다. 아무래도 2소대한테 질 것 같았다. 그런 건 아무래도 좋았지만, 제일 먼저 다리를 놓은 소대는 헬기편으로 부대에 돌아갈 수 있는 것이다. 나머지 소대들은 4마일에 달하는 진흙탕을 헤쳐 나가야 했고, 저녁 식사 전의 휴식도 주어지지 않는다.

우리는 횡목을 소정 위치로 가져가서 쨍그랑 소리와 함께 떨어뜨렸다. 그런 다음 횡목을 가로 들보에 고정시키는 고정 죔쇠를 끼웠다. 에폭시 팀 의 여자애는 우리가 그걸 완전히 죄기도 전에 접착제를 흘려 넣기 시작했 다. 그녀의 파트너는 반대쪽에서 다른 횡목이 운반되어 오기를 기다리고 있었다. 상판(床板) 팀은 교각 끄트머리에 서서 대기 중이었다. 각자가 가벼운 강화 퍼머플라스트 상판 조각을 마치 우산처럼 머리에 얹고 있었다. 그 작자들은 젖어 있지도, 더럽지도 않았다. 나는 "저 자식들은 왜 저렇게도 재수가 좋았지?" 하고 커다란 목소리로 말했다. 로저스가 다채롭기는 했지만 터무니없는 가능성을 몇 개 제시했다.

되돌아가서 다른 횡목을 들어 올리려고 했을 때, 우리를 감독하는 중사(이름은 두겔스틴이었지만, 우린 그를 '쭈아'라는 별명으로 부르고 있었다)가 호각을 불고 고함을 질렀다.

"쭈아, 너희들, 10분 휴식이야. 담배가 있으면 피워도 좋아."

중사는 호주머니에 손을 집어넣어 우리들의 커버롤에 달린 히터의 원격 스위치를 켰다.

로저스와 나는 그때까지 들고 있던 횡목 끄트머리에 앉았다. 나는 담뱃갑을 꺼냈다. 대마초라면 잔뜩 가지고 있었지만, 저녁 식사 후까지는 피우지 말라는 명령을 받고 있었다. 내가 가지고 있던 담배라곤 길이 3인치쯤 되는 시가 꽁초 하나뿐이었다. 몇 번 빨아 본 다음에는 견딜 만했다. 로저스도 예의상 한 모금 빨아 보았지만, 곧 얼굴을 찌푸리고 내게 되돌려주며 물었다.

"징집당했을 땐 학교 다니고 있었어?"

"응. 물리학 학위를 갓 딴 참이었지. 교사 자격시험을 보려고 공부 중이었어."

그녀는 진지한 표정으로 고개를 끄덕였다.

"난 생물학이었어……."

"역시 그랬었구만."

나는 잽싸게 고개를 숙여 그녀가 던진 진흙 섞인 눈덩이를 피했다.

"어디까지?"

"6년. 학사하고 기술 석사야."

그녀는 군화로 땅을 후벼 파서 진흙과 반쯤 얼어붙은 우유 같은 눈으로 산등성이를 만들어 놓았다.

"도대체 왜 이런 좆같은 일이 일어났던 걸까?"

나는 어깨를 움츠려 보였다. 대답하려야 대답할 수가 없었다. 하물며 UNEF가 우리들에게 계속 설교하는 이유 따위는 논할 가치조차 없었다. 지적으로도, 육체적으로도 이 행성의 엘리트인 자들을 끌어모아 전 인류를 토오란의 위협으로부터 지키기 위한 것이란다. 엿이나 먹어라. 이 모든 것은 하나의 거대한 실험에 불과했다. 토오란들을 지상 전투로 몰아넣을 수 있는지 아닌지를 알아보기 위한.

쭈아는 예상했던 대로 2분 빨리 호각을 불었다. 그러나 횡목 팀인 로저스와 나, 그리고 다른 두 명은 에폭시와 상판 팀이 우리 횡목에 상판을 고정하는 동안 1분 더 앉아 있을 수 있었다. 커버롤의 히터가 끊겼기 때문에 금세 추워졌지만, 우리 둘은 원칙을 충실히 지킨다는 의미에서 꼼짝도 않고 앉아 있었다.

내한(耐寒) 훈련 따위는 실제로는 아무 의미도 없었다. 전형적인 군대식의 엉터리 논리이다. 우리가 이제 가려는 곳이 춥다는 점은 사실이지만, 그 추위는 얼음이나 눈 따위에서 느끼는 추위가 아니었다. 발착 행성의 온도는 거의 예외 없이 절대 영도의 1~2도 안팎에 머물러 있다. 왜냐하면 콜랩서(collapsar)는 빛을 발하지 않기 때문이다. 만약 조금이라도 추위를 느꼈다면 당신은 이미 죽어 있다는 얘기가 된다.

12년 전, 내가 아직 열 살이었을 때 콜랩서 점프가 발견되었다. 콜랩서를 향해 어떤 물체를 충분한 속도로 던지면 그 물체는 은하계의 다른 장소에서 핑 튕겨 나온다. 물체가 어디로 이동하는지를 알기 위한 공식을 끌어내는 데는 그렇게 오랜 시간이 걸리지 않았다. 물체는 그 진로에 콜랩서가 없었을 경우 그것이 나아갔을 '선'(실은 아인슈타인 우주의 측지선)을 따라 이동하다가, 다른 콜랩서 장(場)에 도달하면 다시 출현, 처음과 동일한 속도로 그 콜랩서에서 튕겨 나온다. 두 콜랩서 사이를 이동하는 데 소요되는 시간은…… 완전히 제로이다.

이 발견은 수리물리학자들에게 많은 연구거리를 제공했다. 우선 그들은 동시성(同時性)을 재정의해야 했고, 일반 상대성 이론을 완전 분해한 다음 다시 조립해야 했던 것이다. 정치가들도 매우 기뻐했다. 왜냐하면 예전에 인간이 달에 깃발을 꽂기 위해 필요했던 것보다 더 적은 비용으로, 이민자들을 잔뜩 태운 우주선을 포말하우트로 보낼 수 있었기 때문이었다. 지구에서 말썽을 부리는 대신, 포말하우트에서 영광에 가득 찬 모험을 경험해 줄 작자들은 잔뜩 있었으니까 말이다.

모든 우주선은 언제나 몇백만 마일 후방에 자동 탐사기를 거느리고 있었다. 발착 행성, 즉 항성인 콜랩서 주위를 돌고 있는 조그만 돌 부스러기의 존재는 이미 알려져 있었다. 자동 탐사기의 목적은 혹시 우주선이 광속의 0.999배 되는 속도로 발착 행성에 격돌하는 경우 되돌아와서 우리한테 그 사실을 보고하는 것이었다.

이런 재앙은 단 한 번도 일어나지 않았지만, 어느 날 자동 탐사기가 혼자서 절뚝거리며 지구로 돌아왔다. 데이터를 분석해 보자 이민 우주선은 다른 우주선의 추격을 받다가 파괴되었다는 사실이 판명되었다. 이 사건은 황소자리(Taurus)의 알데바란 근처에서 일어났는데, '알데바란 성인 (Aldebaranian)'이란 이름이 너무 길어 발음하기가 좀 그랬으므로 적은 '토오란(Tauran)'으로 명명되었다.

그 이후 이민선에는 무장 호위함이 따라붙게 되었다. 호위함이 단독 출격하는 일도 자주 있었고, 결국 이민 선단은 UNEF, 즉 국제연합 탐사군 (United Nations Exploratory Force)의 약칭으로 불리게 되었다. 특히 이 '군'이라는 단어에 방점이 찍혔다.

이윽고 국제연합 총회의 잘난 대표 하나가 지구 근처에 있는 콜랩서들의 발착 행성을 지키기 위해 보병 부대를 편성할 것을 결정했다. 이렇게 해서 '1996년의 엘리트 징병법'이 제정되었고, 전쟁사상 최고의 정예로 이루어진 징집 군대가 탄생했다.

그래서 우리들, 50명의 남자와 50명의 여자가 이곳에 와 있는 것이다. 각자 IQ150 이상에 놀라울 정도로 건강하고 강인한 육체를 지닌 우리들이. 미주리 중부의 눈과 진흙탕 속을 엘리트답게 철벅거리며 나아가는 우리들이. 액체라고는 이따금 나타나는 액체헬륨 연못밖에 없는 세계에서, 다리를 놓는 기술이 무슨 소용이 있을까 의아해하면서.

3

한 달쯤 뒤에 우리는 최종 훈련을 받기 위해 카론* 위성으로 출발했다. 근일점(近日點)에 근접해 있었음에도 불구하고, 태양까지의 거리는 명왕성에 비해 무려 두 배 가까이 떨어져 있었다.

병력 수송함은 200명의 입식자 및 잡다한 수목과 동물을 운반하기 위해 만들어진 '포장마차'를 개조한 것이었다. 그러나 머릿수가 정원(定員)의 반밖에 안 된다고 해서 우주선 안이 널찍했을 것이라고는 생각하지 말아 달라. 여분의 공간은 예비 핵반응 물질과 군수 물자로 거의 가득 차 있었으니까 말이다.

목적지까지 도달하는 데는 3주 걸렸다. 전반에는 2G로 가속했고, 나머지 후반은 감속하는 데 썼다. 명왕성 궤도 근처를 지나갔을 때 우리는 광속의 20분의 1에 달하는 최고 속도를 내고 있었다. 그러나 상대성 이론으

---

* 명왕성의 위성.

로 머리가 복잡해질 정도로 빠른 속도는 아니었다.

평소보다 두 배 더 많은 체중으로 3주를 보낸다는 것은…… 애들 소풍이라고는 할 수 없었다. 우리는 하루에 세 번씩 조심스럽게 체조를 했고, 상황이 허락하는 한 침상에 누워서 지냈다. 그럼에도 불구하고 뼈가 부러지거나 탈구되는 사고가 몇 번이나 있었다. 남자들은 내장이 삐져나와 바닥을 더럽히는 일이 없도록 특수한 서포터를 착용하고 있어야 했다. 자는 일은 거의 불가능에 가까웠다. 질식하거나 납작하게 짜부라지는 악몽에 계속 시달렸던 데다가, 울혈과 욕창을 방지하기 위해 주기적으로 돌아누워야 했기 때문이다. 하도 피곤했던 탓에 갈빗대가 부러져 몸 밖으로 튀어나올 때까지도 세상모르게 곯아떨어져 있던 여자애도 있었다.

전에도 몇 번인가 우주에 나간 적이 있었기 때문에, 감속이 끝나고 자유낙하 상태에 들어갔을 때는 안도의 한숨밖에 나오지 않았다. 그러나 달에서 받은 훈련을 제외하면 우주 경험이 전무한 대원들도 있었고, 이들은 갑작스런 현기증과 방향 감각의 상실에 제대로 대처하지 못했다. 그래서 다른 사람들은 그들 뒤를 따라다니며, 거주구를 둥둥 떠다니는 반쯤 소화된 '농축 고단백 저폐기물 쇠고기 맛 (콩)' 찌꺼기를 스펀지와 흡입기로 청소해야 했다.

우주선이 궤도에서 하강했을 때 카론이 뚜렷하게 보였다. 그러나 별로 볼 만한 것이 없었다. 카론은 조금 얼룩이 진 흐릿한 회백색 구체에 불과했다. 우리는 기지에서 200미터쯤 떨어진 곳에 착륙했다. 기밀(氣密) 처리가 된 무한궤도차가 기지에서 나와 우리가 타고 온 셔틀과 결합했기 때문에 우주복은 입지 않아도 됐다. 우리를 실은 무한궤도차는 삐걱거리며 주(主) 건물에 도착했다. 우중충한 느낌의 거무스름한 플라스틱으로 만들어진, 아무 특징도 없는 사각형 건물이었다.

건물 안쪽 벽도 역시 우중충한 빛깔을 하고 있었다. 모두들 자리에 앉아 잡담을 나누기 시작했다. 나는 프리랜드 옆의 빈자리에 가 앉았다.

"제프, 기분은 좀 나아졌어?"

프리랜드는 아직도 좀 창백한 얼굴을 하고 있었다.

"만약 조물주가 무중력 하에서도 살 수 있도록 인간을 창조했다면, 아마 무쇠로 된 목구멍을 함께 내려 주셨을 거야."

그는 이렇게 말하고 깊은 한숨을 쉬었다.

"조금 나아졌어. 담배 피우고 싶어 미치겠군."

"응."

"근데 넌 아무렇지도 않은 것 같구나. 학교 때 우주로 나가 봤군. 그렇지?"

"맞아, 졸업 논문은 진공 용접에 관한 거였어. 지구 위성 궤도에서 3주 있었지."

나는 의자에 고쳐 앉은 다음 천 번째로 담뱃갑에 손을 뻗쳤다. 물론 담뱃갑 따위는 없었다. 기지의 생명 유지 장치가 니코틴과 THC*를 처리하고 싶어 하지 않았기 때문이다.

제프가 투덜댔다.

"훈련도 지독했지만, 이 엿 같은 장소라니……"

"일동, 차려엇!"

우리는 지쳐 빠진 동작으로 삼삼오오 일어섰다. 문이 열리고 소령 한 사람이 들어왔다. 나는 등골을 조금 곧추세웠다. 지금까지 만난 군인 중 가장 계급이 높았다. 소령이 입은 커버롤에는 약식 기장이 몇 줄이나 달려

---

* tetrahydrocannabinol, 대마의 유효 성분.

있었고, 그중에는 그가 옛 미 육군에서 싸우다가 부상했다는 사실을 표시하는 보라색 줄도 있었다. 아마 예의 인도차이나 사태였겠지만, 그 전쟁은 내가 태어나기도 전에 이미 끝나 있었다. 그러나 소령은 그토록 나이 들어 보이지는 않았다.

"앉아, 앉도록."

그는 손으로 공중을 툭툭 치는 시늉을 했다. 그런 다음 양손을 허리에 갖다 대고 엷은 미소를 띤 채로 중대원들을 둘러보았다.

"카론에 온 것을 환영하네. 오늘은 착륙하기에는 절호의 날씨였어. 밖의 온도는 절대영도보다 8.15도나 높으니까 완전히 여름 날씨나 마찬가지야. 앞으로 2세기 동안은 이렇게 좋은 날씨가 계속되리라고 생각하네."

몇몇 병사가 맥 빠진 웃음소리를 냈다.

"마이애미 기지의 열대 기후를 즐길 수 있을 때 즐기는 것이 나을 거야. 이 기지는 태양에 면한 행성 표면의 한복판에 위치하고 있고, 제군의 훈련은 대부분 다크사이드(暗黑面)에서 행해질 예정이니까 말이야. 그곳의 기온은 2.08도니까 좀 쌀쌀한 편이지.

지금까지 제군이 지구와 달에서 받은 훈련은 이곳 카론에서 그럭저럭 살아남을 수 있는 기회를 제군에게 부여하기 위한 초보적 훈련이었다고 생각해도 좋아. 제군은 이곳에서 지금까지 배워 왔던 모든 훈련을 되풀이해야 해. 공구 및 무기 사용, 작전 행동 따위를 말이야. 그리고 이런 온도에서는 공구가 제대로 작동되어 주지 않고, 무기 또한 맘대로 발사되지 않는다는 사실을 깨닫게 되겠지. 그리고 인간은 아아주 조심스럽게 움직이지 않으면 안 된다는 사실도 말이야."

소령은 들고 있던 서류철을 훑어보았다.

"중대에는 현재 49명의 여자와 48명의 남자 대원이 있네. 지구에서 사망이 두 명, 정신이상으로 제대가 한 명. 제군의 훈련 과정의 개요를 읽어 보고, 솔직히 말해 이렇게 많은 수가 살아남았다는 사실에 놀랐네.

그렇지만 50명, 즉 50명만이 최종 훈련을 제대로 수료할 수 있다고 해도 나는 그다지 실망하지 않을 것이라는 사실을 명심해 주기 바라네. 그리고 이 훈련에서 벗어날 수 있는 단 하나의 방법은 오직 죽음뿐이야. 이곳에서 죽는 거지. 나를 포함해서 우리들 모두가 지구로 돌아갈 수 있는 방법은 단 하나, 이번 전투 임무를 수행하는 방법밖에 없네.

제군은 한 달 만에 훈련을 끝마치게 되네. 그런 다음 여기서 반 광년 거리에 있는 스타게이트 콜랩서로 가게 되지. 교체 요원들이 도착할 때까지는 발착 행성 중 가장 큰 스타게이트1의 거주지에서 대기할 거야. 모든 것이 계획대로 진행된다면 한 달 이상은 기다리지 않아도 될 것 같군. 제군이 출발하자마자 다음 그룹이 도착할 예정이네.

스타게이트를 출발하면 제군은 전략적으로 중요한 콜랩서로 가서 그곳에 군사 기지를 건설하고, 적의 공격을 받을 경우에는 반격해야 해. 공격받지 않는다면 새로운 명령을 수령할 때까지 그 기지를 유지하게 되네.

훈련의 마지막 2주 동안에는 다크사이드로 가서 바로 그런 기지를 건설해야 하네. 마이애미 기지로부터는 완전히 고립되는 거야. 통신도, 부상자후송도, 재보급도 없네. 그 2주가 다 가기 전에 제군의 방어 태세를 평가하기 위해 제군의 기지는 원격 유도 미사일의 공격을 받을 거야. 미사일은 진짜 탄두를 탑재하고 있네."

그럼 단지 우릴 훈련에서 죽일 목적으로 그렇게 많은 돈을 처넣었단 말인가?

"이곳 카론에 상시 주둔하고 있는 군인들은 모두 전투 경험자들이네. 고로, 우리 나이는 모두 마흔에서 쉰 사이야. 그렇지만 제군에 뒤처지지 않을 자신은 있지. 우리들 중 두 명은 언제나 제군들과 함께 행동할 거고, 적어도 스타게이트까지는 동행하게 되네. 이들은 제군의 중대장인 셔먼 스토트 대위와 중대 선임하사인 옥타비오 코르테즈 일등상사야. 준비됐나?"

앞자리에 앉아 있던 두 사내가 매끄러운 동작으로 일어섰고, 우리 쪽으로 몸을 돌렸다. 스토트 대위는 소령보다 약간 몸집이 작았지만, 인상은 똑같았다. 마치 자기(磁器)처럼 딱딱하고 매끄러운 얼굴에 시니컬한 느낌을 주는 엷은 미소를 띠고, 네모진 턱에는 정확히 1센티미터 길이로 다듬은 턱수염을 기르고 있었다. 나이는 줄잡아 서른 이상은 안 돼 보였다. 허리에는 커다란 화약식 권총을 차고 있었다.

코르테즈 상사는 얘기가 달랐다. 공포소설이라고나 할까. 머리를 빡빡민 데다가 머리통 모양도 이상했다. 한쪽이 편평한 것을 보니 그쪽 두개골을 아예 떼어낸 것 같았다. 얼굴은 매우 검었고 주름과 흉터투성이였다. 왼쪽 귀의 반은 어디로 날아가 버리고 없었다. 그리고 두 눈은 기계의 버튼처럼 전혀 표정이 없었다. 콧수염과 턱수염을 기르고 있었고, 이것들은 마치 비쩍 마른 흰색 송충이가 입가를 빙빙 돌고 있는 것 같은 느낌을 주었다. 얼굴에는 마치 소년 같은 미소가 떠올라 있었다. 보통 사람이었다면 호감을 줄 수 있는 미소였겠지만, 상사는 내가 지금까지 만난 사람 중 가장 추악하고 무시무시한 인상의 소유자였다. 그러나 머리통을 무시하고 목 아래만 해도 180센티미터인 그의 몸만 쳐다본다면, 보디빌딩 클럽의 '훈련 후' 광고에도 충분히 써먹을 수 있었을 것이다. 스토트와 코르테즈 양쪽 모두 아무런 휘장도 달고 있지 않았다. 코르테즈는 왼쪽 겨드랑이 밑에 고정된 자석식 홀스터에 조그만 레이저 피스톨을 매달고 있었다. 권총 손잡이는 목제였고, 오랫동안 사용해 온 탓인지 닳아서 매끌매끌했다.

"자, 제군을 자비로운 이 두 신사에게 넘기기 전에, 다시 한 번 주의해 두지. 두 달 전에 이 행성에는 단 한 명의 인간도 존재하지 않았네. 1991년의 탐험대가 남기고 간 장비가 조금 남아 있었을 뿐이었지. 마흔다섯 명의 작업원들이 이 기지를 건설하기 위해 한 달 동안 악전고투했네. 그중 반수 이상인 스물다섯 명이 건설 중에 사망했어. 이곳은 인류가 거주하려고 한 행성 중에서도 가장 위험한 곳이지만, 앞으로 제군은 이만큼 위험하거나 혹은 더 위험할 곳으로 가게 된다는 점을 명심하도록. 제군의 교관들은 앞으로 한 달 동안 제군을 살려 두기 위해 노력할 거야. 그들의 말에 귀를 기울이게……. 그리고 그들을 본받아야 해. 교관들은 제군이 앞으로 살아남아야 하는 기간보다 훨씬 더 오랫동안 이곳에서 살고 있었으니까. 대위?"

소령이 방에서 나가자 대위가 일어섰다.

"일동, 차려엇!"

마지막의 이 '차려엇' 하는 말은 마치 폭탄처럼 터져 나왔다. 우리들은 벌떡 일어섰다.

"자, 이번 한 번밖에 말하지 않을 테니까 잘 듣도록."

대위는 으르렁거렸다.

"지금은 전투 상황이고, 이 상황 하에서 명령 불복종 및 불순종에 대한 벌은 단 **하나**밖에 없다."

대위는 허리에서 권총을 빼들고 마치 곤봉을 쥐듯이 거꾸로 잡은 총신을 들어 보였다.

"이건 미 육군의 1911년식 45구경 자동권총이다. 원시적이지만 효과적인 무기이지. 상사와 나는 군율을 유지하기 위해서 각자의 무기를 사용할 권한을 부여받았다. 우리가 무기를 사용하는 사태가 안 오도록 주의하도록. 왜냐하면 그럴 경우 우리는 정말로 무기를 쓸 작정으로 있기 때문이다. **진심으로.**"

그는 다시 권총을 찼다. 홀스터의 덮개가 닫히는 소리가 죽음과 같은 정적 속에서 커다랗게 울렸다.

"나와 코르테즈 상사 두 사람은 지금 이 방에 앉아 있는 자들보다 더 많은 수의 사람을 죽였다. 우리 둘 다 미국 군인으로서 베트남전에 참전했고, 10년 전 UN 국제 경비군에 입대했다. 소령이었던 나는 이 중대를 지휘한다는 특권을 누리기 위해 1계급 강등을 자진해서 받아들였고, 코르테즈 일등상사도 원래는 준위였다. 왜 이런 일을 했느냐 하면 우리 두 사람은 **야전** 군인이며, 이것은 1987년 이래 일어난 최초의 **전투** 상황이기 때문이다. 지금부터 일등상사가 제군의 의무에 관해 좀 더 자세히 설명하는 동안에도 내가 한 말을 명심하도록. 상사, 시작하게."

대위는 뒤로 돌아선 다음 성큼성큼 방에서 나갔다. 연설 도중 그의 얼굴 표정은 단 1밀리미터도 변화하지 않았다.

일등상사는 다리 대신 볼베어링을 잔뜩 단 육중한 기계처럼 움직였다. 문이 쉭쉭거리며 닫히자 그는 무거운 동작으로 몸을 돌려 우리를 마주 본 다음 "쉬어. 앉아도 좋아."라고 말했다. 놀랄 만큼 부드러운 목소리였다. 상사는 앞에 있던 테이블 위에 앉았다. 테이블은 삐걱거렸지만, 부서지지는 않았다.

"대위님은 무서운 얘기를 했고 나도 무서운 얼굴을 하고 있지만, 다 너희들을 위해서 그러는 거야. 앞으로는 나하고 함께 계속 일해야 할 테니까, 내 머리통 앞면에 달려 있는 물건에도 슬슬 익숙해지는 편이 낫겠지. 훈련받을 때를 제외하면 대위님 얼굴을 보는 일은 거의 없을 거야."

그는 자기 머리의 편평한 부분에 손을 댔다.

"머리통 얘기가 나왔으니 말인데, 중국인들의 노력에도 불구하고, 이 머리통의 내용물은 대충 그대로 남아 있다. UNEF에 입대한 우리 같은 노병들은 너희들을 징집한 '엘리트 징집법'과 똑같은 기준을 통과해 온 군인들뿐이야. 그러니까 아마 너희들도 머리가 좋고 터프하다고 봐야 하겠지. 하지만 이걸 명심해 둬. 대위님과 나는 머리가 좋고 터프한 데다가 **경험**을 쌓았다는 사실을 말이야."

상사는 명부를 건성으로 훌훌 넘겼다.

"자, 대위님이 말씀하신 대로 작전시에는 단 한 가지의 징계 처분밖에 존재하지 않아. 극형이지. 그렇지만 명령에 불복종한다고 해서 **우리** 손으로 그럴 필요는 거의 없어. 카론이 대신 그래 줄 테니까.

일단 숙사에 들어가면, 얘기는 전혀 달라지지. 너희들이 안에서 뭘 하든 우리는 거의 상관 안 해. 하루 종일 상대방 엉덩이를 쫓아다니든 밤새도록 떡을 치든 말든 우리가 알 바 아니지. 하지만 일단 슈트를 입고 밖으로 나가면, 너희들은 로마군의 백부장(百夫長)조차 무색하게 만들 정도의 군기를 유지해야 해. 한 놈이 멍청한 짓을 한 탓에 우리 모두가 몰사해 버릴 수 있는 상황이 우리를 기다리고 있으니까 말이야. 어쨌든, 우선 우리가 할 일은 슈트를 각자의 몸에 맞추는 일이다. 숙사에서 병기 담당이 기다리고 있을 거다. 한 번에 한 명씩이야. 그럼 나가 보도록."

4

"파이팅 슈트가 할 수 있는 일이 무엇인지는 지구에서 배웠을 줄 안다."

병기 담당은 반쯤 머리가 벗어진 작달막한 사내였다. 입고 있는 커버롤에는 기장도 계급장도 붙어 있지 않았다. 그러나 그가 소위였기 때문에 코르테즈 상사는 그를 '서(sir)'라고 불렀다.

"그렇지만 몇 가지 사항을 강조할 필요가 있어. 지구에서 교관들이 충분히 설명하지 않았거나 모르고 있던 점들을 말이야. 너희들의 일등상사는 친절하게도 직접 시각 교재가 되어 주겠다고 했다. 상사?"

코르테즈는 커버롤을 벗고 조금 높게 만든 연단으로 올라왔다. 연단 위에는 마치 사람 모양을 한 대합조개처럼 보이는 파이팅 슈트가 활짝 열린 채로 세워져 있었다. 그는 뒷걸음질 쳐서 그 안으로 들어간 다음 딱딱하게 굳은 소매에 양팔을 넣었다. 찰칵 소리가 나더니, 파이팅 슈트는 곧 한숨 비슷한 소리와 함께 굳게 닫혔다. 색깔은 밝은 초록색이었고, 헬멧에는 흰 글자로 CORTEZ라고 찍혀 있었다.

"카무플라주를 부탁하네, 상사."

슈트 표면의 녹색이 흐려지더니 흰색으로 변했고, 곧 흐릿한 잿빛으로 바뀌었다.

"이것은 카론과 대다수의 발착 행성에서 쓸모 있는 미채야."

코르테즈가 마치 깊은 우물 속에서 들려오는 듯한 목소리로 말했다.

"그렇지만 이것 말고도 다른 배합이 몇 개 있지."

잿빛이 얼룩덜룩해지더니 곧 밝아지며 녹색과 갈색의 얼룩무늬로 변했다.

"이건 정글용이야."

녹색과 갈색이 뒤섞이더니 광택이 있는 밝은 황토색으로 바뀌었다.

"이건 사막."

다갈색으로 바뀌었다가, 점점 어두워지더니 곧 광택이 없는 검정으로 변했다.

"이건 야간, 혹은 우주공간용이다."

"고맙네, 상사. 내가 아는 한 이것은 전투복의 기능 중 너희들이 훈련을 받은 이후에 완성된 유일한 기능이다. 제어 장치는 팔목에 달려 있고, 이것이 좀 다루기 힘들다는 지적은 사실이다. 그렇지만 일단 올바른 배합을 찾아내면 그걸 고정시키는 건 힘들지 않을 거야.

그건 그렇고, 너희들은 지구에서 충분한 파이팅 슈트 착용 훈련을 받지 않았어. 너희가 안전한 환경에서 슈트에 익숙해져 버리는 걸 원하지 않았기 때문이지. 파이팅 슈트는 지금까지 만들어진 개인용 병기 중 가장 강력한 것이고, 조그만 실수로 인해 간단하게 사용자가 죽을 수 있다는 점에서도 유례를 볼 수 없는 물건이다. 상사, 뒤로 돌게. 여기 적절한 예가 있다."

소위는 양어깨 사이의 커다란 사각형 돌출부를 가볍게 두들겼다.

"방열 핀(fin)이지. 알다시피 바깥 날씨가 어쨌든 슈트는 착용자에게 쾌적한 내부 온도를 유지하려고 하지. 이 슈트는 우리가 손에 넣을 수 있는 가장 완벽한 절연체로 만들어졌고, 기계적인 요구 조건도 완전히 충족시키고 있어. 따라서, 이들 핀은 **뜨거워지기** 마련이지. 특히 다크사이드에서는 착용자의 몸에서 나오는 열을 방출해야 해서 지독하게 뜨거워지는 거야.

가장 해서는 안 되는 일은 얼어붙은 가스로 된 바위에 몸을 기대는 일이다. 그런 바위는 어딜 가나 잔뜩 있어. 얼어붙은 가스는 핀을 통해 방출될 겨를도 없이 당장 승화해 버리고, 그 순간 주위의 '얼음'이 압박되어 금이 가고…… 너희들은 0.001초가 지나기도 전에 목덜미 바로 밑에서 수류탄 한 개가 폭발한 것과 동일한 충격을 받게 돼. 아픔 따위는 느낄 여유가 없지. 이런 식의 사고로 지난 2개월 동안 열한 명이 죽었어. 고작 오두막 몇 채를 짓다가 말이야. 이 증폭 기능이 얼마나 간단하게 자신이나 동료를 죽일 수 있는지는 이제 잘 이해했으리라 믿는다. 상사와 악수하고 싶은 사람은 있나?"

소위는 말을 멈추고, 상사에게로 다가가서 그의 장갑을 잡았다.

"상사는 충분히 연습을 했으니까 괜찮아. 너희들도 이렇게 될 때까지는 절대로 주의를 게을리하지 말도록. 등이 간지럽다고 긁다가 등골을 부러뜨리는 수도 있어. 잊으면 안 돼. 반응이 거의 대수적(代數的)으로 증폭된다는 사실을. 2파운드의 압력은 5파운드의 힘으로, 3파운드의 힘은 10파운드로, 4파운드는 23파운드로, 5파운드는 47파운드로 변하는 거야. 너희들 대다수는 100파운드까지 악력을 올릴 수 있어. 이론적으로는 강철봉조차도 반 토막 낼 수 있는 힘이지. 그렇지만 실제 상황에서는 끼고 있는 장갑의 재질이 그 힘을 견뎌 내지를 못하니까, 그런 짓을 했다간 적어도 카론에서는 즉사야. 감압(減壓)으로 죽지 않으면 순간적으로 동사하겠지. 어느 쪽이 더 빨리 오든 간에, 죽는다는 점에는 변함이 없어.

증폭률 자체는 팔보다 덜 극단적이지만, 위험하기로는 다리의 증폭 시스템도 마찬가지야. 정말로 숙달될 때까지는 뛰거나 점프할 생각은 하지 말도록. 그러면 발을 헛디딜 가능성이 있고, 곧장 죽을 게 뻔하니까 말이야.

카론의 중력은 지구 표준의 4분의 3이고, 그렇게는 나쁘지 않다고 할 수 있겠지. 하지만 달처럼 작은 세계에서 멀리뛰기를 하는 식으로 점프했다간 20분 동안이나 지평선 너머로 날아가게 돼. 아마 초속 80미터의 속도로 날아가다가 산등성이에 격돌하겠지. 작은 아스테로이드* 위에서는 조금 뛰기만 해도 쉽게 이탈 속도를 넘길 수 있어. 약식 우주여행에 나서게 되는 거지. 여행치고는 너무 느리지만 말이야.

내일 아침에는 이 지옥 같은 기계 안에서 어떻게 살아남을 수 있는지를 가르쳐 주겠다. 오늘 오후와 저녁에는 너희들을 한 명씩 불러서 슈트를 몸에 맞춰 주겠다. 끝났네, 상사."

코르테즈는 문으로 가서 에어록에 공기를 넣는 꼭지를 돌렸다. 일렬로 늘어선 적외선등에 불이 들어오며 에어록 내부의 공기가 얼어붙는 것을 방지했다. 방 내부와 기압이 동일해지자 그는 꼭지를 잠갔고, 문의 죔쇠를 열고 에어록으로 들어간 후 다시 문을 잠갔다. 펌프가 약 1분 동안 웅웅거리며 에어록 내의 공기를 뽑아냈다. 상사는 기지 밖으로 나가서 에어록의 바깥쪽 문을 잠갔다.

달에서 쓰던 것과 거의 마찬가지였다.

"우선 오마르 알미자르 일병이 제일 처음이다. 다른 사람들은 숙사로 돌아가도 좋다. 차례가 되면 스피커로 이름을 부를 테니까 말이야."

---

* Asteroid, 소행성.

"알파벳 순서로 말입니까, 소위님?"

"그래. 한 사람당 10분쯤 걸리지. 만약 네 성이 Z로 시작된다면 가서 한숨 자도 괜찮을걸."

질문한 사람은 로저스였다. 아마 남자와 한숨 잘 생각을 하고 있는 것이리라.

5

태양은 중천에서 새하얀 점처럼 반짝이고 있었다. 예상보다는 훨씬 더 밝았다. 80AU*나 떨어져 있었으므로 밝기는 지구의 6400분의 1밖에 안 되었지만, 강력한 가로등에 맞먹을 정도의 빛은 내고 있었다.

"이곳은 제군이 가게 될 발착 행성에 비하면 훨씬 밝은 편이다."

스토트 대위의 목소리가 직직거리며 우리들 귀에 들려왔다.

"발치가 보인다는 사실에 감사하는 편이 나을걸."

우리는 숙사와 보급 창고를 연결하는 퍼머플라스트제 보도에 일렬종대로 집합해 있었다. 아침 내내 실내에서 걷는 연습을 했기 때문에 낯선 주위 풍경을 제외하면 지금까지 해 온 훈련과 별반 차이가 없었다. 좀 어둑어둑하기는 했지만, 대기(大氣)가 존재하지 않았으므로 지평선 끝까지 뚜렷하게 내다볼 수 있었다. 1킬로미터쯤 떨어진 곳에서는 자연물이라고 보

---

* Astronomical Unit, 천문단위, 태양과 지구 사이의 평균 거리.

기에는 너무 고른 검은색 절벽이 지평선 끝에서 끝까지 이어지고 있었다. 지면은 흑요석처럼 검었고, 군데군데 희거나 푸르스름한 얼음으로 얼룩져 있었다. 보급 창고 옆에는 '산소'라고 쓰인 커다란 통이 놓여 있었고, 그 속에는 눈이 산더미처럼 쌓여 있었다.

슈트는 상당히 쾌적했지만, 꼭두각시인 동시에 그 조종자가 된 듯한 기묘한 느낌이었다. 다리를 움직이기 위해 힘을 주면 슈트가 그것을 감지하고 증폭한 다음 나를 **대신해서** 움직여 주는 것이다.

"오늘은 중대 훈련 지역을 걸어서 돌아다니기만 한다. 아무도 훈련 지역을 벗어나는 일이 없도록."

대위는 45구경 권총을 차고 있지는 않았지만(부적 대신 슈트 안에 차고 있다면 또 모르지만) 우리들처럼 손가락 레이저를 가지고 있었다. 그리고 그의 레이저는 아마 우리 것과는 달리 전원이 켜져 있을 것이다.

우리는 서로 적어도 2미터의 간격을 두고 기지의 퍼머플라스트 구조물에서 나와서 대위 뒤를 따라 매끄러운 암반 위를 걸어갔다. 우리는 약 한 시간 동안 나선 모양으로 조심스레 산개했고, 마침내 훈련 지역의 가장자리에 도달했다.

"자, 모두들 잘 보고 있도록. 지금부터 저 푸른색 빙판으로 가서(빙판은 넓었고, 20미터쯤 떨어진 곳에 있었다) 실례를 하나 보여 주겠다. 살아남고 싶으면 알아 두는 편이 나을 거야."

그는 자신만만한 걸음걸이로 10여 보를 걸어갔다.

"우선 돌을 하나 달궈야 해. 각자 필터를 내리도록."

팔에 힘을 주어 겨드랑이 밑의 단추를 누르자 영상 컨버터 위로 필터가 내려왔다. 대위는 농구공만 한 검정색 바위를 겨냥한 후 손가락 레이저를 짧게 쏘았다. 눈부신 섬광과 함께 함께 대위의 그림자가 우리들과 그 너머의 지면 위로 길게 드리워졌다. 레이저를 맞은 바위는 먼지투성이의 돌 무더기로 변해 있었다.

"이것들이 식는 데는 오래 걸리지 않아."

대위는 이렇게 말하고 돌조각을 하나 들어 올렸다.

"이 돌의 온도는 20 내지는 25도쯤 되지. 보도록."

그는 그 '따뜻한' 돌멩이를 빙판 위에 던졌다. 돌은 미친 듯이 얼음 위를 미끄러지다가 곧 옆으로 튕겨 나갔다. 그는 돌을 하나 더 던졌다. 역시 마찬가지였다.

"알다시피, 제군들은 **완전무결**하게 절연되어 있다고는 할 수 없다. 이 돌들의 온도는 대략 제군이 신은 부츠창의 온도와 같다. 따라서 제군이 얼어붙은 수소 판자 위에 선다면 역시 똑같은 일이 일어나게 된다. 한 가지 차이가 있다고 한다면, 제군과 달리 이 돌들은 **이미** 죽어 있다는 점이다.

왜 이런 일이 일어나느냐 하면, 접촉시에는 돌과 얼음 사이의 경계면이 극히 미끄러워지기 때문이다. 얼음은 액체 수소로 변하고, 돌은 수소 가스의 쿠션을 타고 미끄러진다. 따라서 얼음 위에서라면 돌, 혹은 **제군**의 마찰 계수는 0이다. 그리고 제군은 부츠창의 마찰 없이는 서 있을 수가 없다.

한 달쯤 슈트를 입고 생활해 보면 빙판 위에 떨어져도 살아남을 수 있겠지만, 지금은 전혀 그럴 만한 준비가 안 돼 있을 것이다. 나를 보도록."

대위는 무릎을 구부렸다가 빙판 위로 뛰어올랐다. 다리를 쭉 뻗나 했더니 공중에서 몸을 비틀고 발과 무릎으로 착지하고 있었다. 그는 빙판에서 미끄럼을 타다가 땅으로 내려와 섰다.

"중요한 점은 슈트의 방열 핀을 고체 가스에 닿지 않도록 하는 일이다. 이 얼음에 비하면 방열 핀은 용광로만큼이나 뜨겁고, 조금이라도 압력을 가해진 상태에서 접촉한다면 폭발이 일어나게 된다."

이 시범이 있은 후 우리는 한 시간쯤 주위를 더 돌아다니다가 숙사로 돌아왔다. 일단 에어록을 통과한 후에도 잠시 왔다 갔다 하며 슈트의 온도가 실온 가까이 오를 때까지 기다려야 했다. 누군가가 다가와서 내 헬멧에 자기 헬멧을 갖다 댔다.

"윌리엄?"

상대방의 안면 덮개 위에 'MCCOY'라는 이름이 찍혀 있었다.

"여어, 션. 무슨 일이야?"

"오늘 밤 혹시 같이 잘 사람을 정했나 하고."

그렇다. 깜박 잊고 있었다. 이곳에서는 취침 할당제가 없었다. 누구나 자기 파트너를 선택할 수 있었다.

"물론이지, 그러니까, 아……아니, 아직 누구한테도 물어보지 않았어. 기꺼이 그러지, 네가 원한다면……."

"고마워, 윌리엄. 그럼 나중에 봐."

나는 그녀의 뒷모습을 바라보며, 만약 파이팅 슈트를 섹시하게 보이게 할 수 있는 여자가 있다면 그건 바로 션일 거라고 생각했다. 그러나 션조차도 파이팅 슈트를 섹시하게 보이도록 하지는 못했다.

코르테즈는 우리들이 충분히 뜨뜻해졌다고 판단하고 슈트룸으로 데려갔다. 우리는 슈트를 원래 있던 자리에 갖다 놓고 충전판에 연결했다.(파이팅 슈트에는 몇 년 동안 동력을 공급해 줄 수 있는 조그만 플루토늄 덩어리가 들어 있지만, 가능한 한 연료 전지를 쓰라는 지시가 있었다.) 한참 우왕좌왕하다가 한 사람도 빠짐없이 연결을 끝낸 후에야 슈트를 벗어도 좋다는 허락이 떨어졌다. 마치 97마리의 벌거숭이 병아리들이 초록색 달걀을 까고 나오는 꼴이었다. 게다가 지독하게 추웠다. 공기도 바닥도 차가웠고, 특히 파이팅 슈트는 지독하게 차가웠다. 우리는 로커를 향해 무질서하게 달려갔다.

웃옷과 바지를 입고 샌들을 신었지만 그래도 추웠다. 나는 컵을 들고 두유를 받아 마시기 위해 줄을 섰다. 모두들 조금이라도 따뜻해지기 위해 펄쩍펄쩍 뛰고 있었다.

"얼마나 추, 춥다고 생각해, 마, 만델라?"

이렇게 물어 온 사람은 션이었다.

"새, 생각하고 싶지도 않아."

나는 펄쩍펄쩍 뛰는 일을 그만두고 한쪽 손에 컵을 든 채로 가능한 한 재빨리 몸을 문질렀다.

"적어도 미주리만큼은 춥지 않을까."

"으응……. 이 어, 얼어죽을 방에 난방을 좀 넣어 주면 좋을 텐데."

추위는 누구보다도 작은 여자들이 견디기 힘들어했다. 션은 중대에서 제일 몸집이 작았다. 150센티미터를 겨우 넘을까 말까 한 키에 개미처럼 날씬한 허리를 가진 인형 같은 여자였다.

"에어컨은 작동하고 있어. 조금 더 기다리면 될 거야."

"나, 나도 너처럼 잔뜩 살이 붙어 있으면 좋았을 텐데."

그녀가 그렇지 않다는 사실이 기뻤다.

6

사흘째 되던 날, 첫 번째 사망자가 나왔다. 구멍 파는 법을 배우고 있었을 때였다.

병사의 슈트에 대량의 에너지가 축적되어 있을 경우, 보통 곡괭이나 삽을 써서 얼어붙은 지면에 구멍을 판다는 것은 그다지 실용적인 일이 아니다. 그렇지만 하루 종일 땅에 대고 유탄을 쏘아 보았자 이곳에서는 얕은 구덩이가 패는 것이 고작일 것이다. 그러므로, 일단 핸드 레이저를 써서 땅에 구멍을 파고, 구멍이 식은 다음 시한 신관을 단 폭약을 떨어뜨리는 것이 일반적인 방식이었다. 가능하다면 구멍을 바위 부스러기 따위로 꽉 메우는 편이 바람직하다. 물론 카론에서 바위 부스러기는 그렇게 많지 않았다. 이미 다른 폭탄 구덩이를 만들어 놓지 않은 이상.

이 방법에서 곤란한 점은 단 하나, 대피였다. 안전을 확보하기 위해서는 뭔가 정말로 견고한 물체 뒤에 숨거나, 적어도 100미터는 떨어져 있어야 한다고 배웠다. 신관에 점화하고 나서는 3분쯤 여유가 있었지만, 그냥 전력질주해서 그 자리를 떠날 수는 없었다. 카론에서 안전하게 달릴 수 있으리란 기대는 하지 말라.

사고는 우리가 지독하게 깊은 구멍을 팠을 때 일어났다. 대형 지하 벙커로 쓸 수 있을 만큼 큰 구멍이었다. 우선 우리는 폭약으로 땅에 구멍을 내야만 했다. 그런 다음 크레이터 바닥까지 내려가서 구멍의 깊이가 충분해질 때까지 앞의 절차를 되풀이하는 것이다. 크레이터 내부에서는 5분 지연 신관을 썼지만, 그 정도 가지고서는 어림없다는 인상을 받았다. 신관을 작동시킨 다음에는 크레이터 안쪽의 경사를 개미처럼 천천히 올라가야 했던 것이다.

거의 모든 대원이 두 번씩 폭파를 해 보았다. 나와 다른 세 사람만 빼고 말이다. 보바노비치에게 문제가 생겼을 때 정말로 주의해서 보고 있었던 사람은 우리 네 사람뿐이 아니었는가 하는 생각이 든다. 우리들 모두 크레이터에서 200미터는 충분히 떨어져 있었다. 나는 배율을 40배로 올린 영상 컨버터를 통해 그녀가 크레이터 가장자리 너머로 사라지는 광경을 바라보았다. 그다음에는 그녀와 코르테즈 사이의 교신을 듣는 수밖에 없었다.

"바닥에 도착했습니다, 상사님."

이런 상황에서 통상적인 무선 교신은 허용되지 않는다. 전파를 발할 수 있는 사람은 코르테즈와 피훈련자뿐이었다.

"좋아, 한복판으로 가서 돌무더기를 치우도록. 천천히 해. 핀을 뺄 때까지 서두를 필요는 없어."

"알았습니다, 상사님."

바위가 땅에 떨어지는 소리가 조그맣게 들려왔다. 그녀의 부츠창을 통해 소리가 전달되고 있었다. 몇 분 동안 그녀는 아무 말도 하지 않았다.

"바닥이 나왔는데요."

조금 숨 가쁜 목소리였다.

"얼음인가 바위인가?"

"에, 바위군요, 상사님. 초록 빛깔이 나는."

"그럼 출력을 낮춰. 1.2, 디스퍼전(分散率)4."

"뭐라고요, 상사님? 그럼 한참 걸릴 텐데요."

"물론 그렇겠지. 하지만 그 바위엔 물을 머금은 결정(結晶)이 섞여 있어. 너무 빨리 가열하면 금이 가서 폭발할지도 몰라. 그럼 우린 널 그냥 거기 남겨 두고 와야 해. 피투성이 시체로 변한 너를 말이야."

"오케이, 1.2, D4."

크레이터 가장자리가 레이저 광선을 반사하며 빨갛게 반짝였다.

"깊이가 50센티미터쯤 되면 D2로 줄여."

"라저."

그녀가 레이저로 구멍을 뚫는 데 17분이 걸렸다. 그중 3분은 디스퍼전 2로 뚫었다. 레이저가 달려 있는 팔이 얼마나 아플까.

"이제 몇 분 쉬도록. 구멍 바닥이 더 이상 반짝거리지 않으면 폭탄 신관을 작동시키고 구멍 안에 떨어뜨려. 그다음엔 **걸어서** 나오는 거다, 알았지? 시간은 충분하니까 말이야."

"알겠습니다, 상사님. 걸어서 나갈게요."

불안한 듯한 대답이었다. 사실 20마이크로톤급 타키온 폭탄으로부터 살금살금 도망쳐 나온다는 것은 일상다반사라고 할 수 없다. 우리는 몇 분 동안 그녀의 숨소리에 귀를 기울이고 있었다.

"자, 넣겠어요."

뭔가 미끄러지는 소리가 희미하게 들렸다. 구멍에 폭탄을 집어넣은 것이다.

"이제 천천히 나와. 5분 남았다."

"아…… 예. 5분 남았습니다."

보바노비치가 천천히, 규칙적으로 걷는 소리가 들려왔다. 그녀가 사면을 올라가기 시작한 후 발자국 소리는 좀 불규칙해졌고, 약간 숨 가쁜 느낌으로 변했다. 4분쯤 남았을 때……

"쌍!"

뭔가 세게 긁히는 소리, 그리고 돌이 굴러떨어지며 부딪치는 소리가 들렸다.

"쌍. 쌍."

"무슨 일이지, 일병?"

"쌍." 침묵. "이런 빌어먹을!"

"일병, 총살당하고 싶지 않으면, **뭐가 문젠지 당장 말해!**"

"이런…… 쌍. 바위 사이에 다리가 끼었어요. 이 얼어죽을 바위가 미끄러지면서…… 씨팔…… **이걸 어떻겐가 해 줘!** 움직일 수가 없어, 쌍, 못 움직이겠어, 못 움직……"

"입 닥쳐! 얼마나 깊나?"

"내, 내 다리를 움직일 수가 없어요. **제발 도와줘!**"

"빌어먹을, 그럼 팔을 써, 팔로 밀란 말이야! 한 손으로 1톤짜리 바위를 움직일 수 있다는 걸 모르나."

3분 남았다.

보바노비치는 욕설을 멈추고 낮고 단조로운 목소리로 중얼거리기 시작했다. 아마 러시아어인 것 같았다. 그녀는 헐떡거리고 있었다. 바위가 굴러떨어지는 소리가 들렸다.

"나왔어요."

2분 남았다.

"가능한 한 빨리 움직여."

코르테즈는 감정이 결여된 낮은 목소리로 말했다.

폭발 90초 전에 크레이터 가장자리로 기어 올라오는 보바노비치의 모습이 보였다.

"뛰어······. 뛰는 편이 나아."

보바노비치는 5, 6보 뛰다가 넘어졌고, 몇 미터쯤 미끄러졌다가 다시 일어나 뛰기 시작했다. 또 넘어지고, 다시 일어나서······

상당히 빨리 달리고 있는 것처럼 보였지만, 코르테즈가 다시 입을 열었을 때는 폭탄에서 30미터 정도밖에 떨어져 있지 않았다.

"됐어, 보바노비치. 바싹 엎드려."

폭발 10초 전이었지만, 그녀는 이 말을 듣지 못했든가 아니면 좀 더 폭탄으로부터 떨어지고 싶었던 듯했다. 그녀는 계속 달렸다. 무모한, 껑충껑충 뛰는 듯한 보조였다. 그러자 도약의 정점에서 섬광이 터졌고, 낮은 폭음이 울렸다. 그리고 뭔가 커다란 물체가 그녀의 목 아래쪽을 강타했다. 머리가 없어진 그녀의 몸이 팽이처럼 핑핑 돌며 날아갔다. 눈 깜짝할 사이 얼어붙은 검붉은 피의 나선(螺旋)을 뒤로 길게 끌며. 얼어붙은 피가 살포시 지면에 내려앉으며 결정화된 핏가루로 된 길이 생겨났다. 우리가 바위 조각을 끌어모아 바싹 말라붙은 채로 길 끝에 떨어져 있었던 주검을 덮었을 때도, 이 길을 건드리는 사람은 아무도 없었다.

그날 밤 코르테즈는 강의를 하지 않았고, 저녁 식사에조차 나타나지 않았다. 우리는 예의 바르게 행동했고, 서로 무슨 말을 하긴 별로 개의치 않았다.

나는 로저스와 잤다. 모두들 친한 친구와 함께 잤다. 그러나 그녀는 우는 것 빼고는 아무 일도 하려 하지 않았다. 너무나도 오랫동안 심하게 울었기 때문에 결국 나도 울고 말았다.

7

"A반, 전진!"

우리들 열두 명은 들쭉날쭉한 대형으로 모의 벙커를 향해 나아갔다. 벙커는 1킬로미터쯤 떨어져 있었고, 주의 깊게 설치된 장애물 코스 너머에 있었다. 근처의 얼음이 전부 제거되어 있었기 때문에 상당히 빨리 움직일 수 있었지만, 열흘 동안의 훈련에서 터득한 경험 탓에 슬슬 달리는 것 이상으로 빨리 움직일 생각은 없었다.

나는 0.1마이크로톤의 연습용 유탄이 장전된 유탄 발사기를 지니고 있었다. 각자가 손가락 레이저의 출력을 0.08 D1, 즉 회중전등의 빛 정도로 약하게 조절해 놓고 있었다. 이것은 **모의** 공격이었다. 벙커와 그 안에 설치된 자동 방어 장치는 한 번 쓰고 버리기에는 너무 비쌌기 때문이다.

"B반, 내 뒤를 따르라. 반장들은 각 반의 지휘를 맡도록."

우리는 중간 지점 가까이에 있는 바윗덩어리에 접근했다. A반 반장인 포터가 말했다.

"정지. 엄호 사격 준비."

우리는 바위 뒤에 몸을 숨기고 B반이 오기를 기다렸다.

검정색 미채 때문에 거의 보이지 않았지만, 열두 명의 남녀가 우리 곁을 살금살금 지나갔다. 바위를 지나치자마자 그들은 왼쪽을 향해 달렸고, 곧 시야에서 사라졌다.

"발사!"

빨간 광선들이 500미터 떨어진 목표물 위에서 춤추듯이 움직였다. 벙커가 겨우 보이는 거리였다. 연습용 유탄의 최대 사정 거리는 500미터이지만, 운이 좋으면 맞힐 수 있을지도 모른다. 그래서 나는 영상에 비친 벙커를 겨냥하고 45도 각도로 세 발을 연속 발사했다.

벙커 측의 반격은 내가 쏜 유탄이 도달하기도 전에 시작되고 있었다. 벙커의 자동 레이저 출력은 우리가 지금 쓰고 있는 것만큼 약했지만, 직격당했을 경우에는 영상 컨버터가 꺼지기 때문에 이쪽은 장님이 되어 버린다. 자동 레이저는 무작위 패턴에 의해 발사되고 있었고, 광선은 우리가 지금 숨어 있는 바위 근처로는 가까이 오지도 않았다.

벙커에서 30미터쯤 못 미치는 지점에서 마그네슘 조명탄처럼 눈부신 섬광 세 개가 동시에 번쩍였다.

"만델라, 너 그거 잘 쏠 수 있다고 했잖아?"

"빌어먹을. 포터, 이건 사정거리가 500미터밖에 안 돼. 조금만 더 가까이 가면 몽땅 명중시킬 자신이 있어."

"물론 그렇겠지."

나는 대꾸하지 않았다. 그녀는 언제까지나 반장으로 있지는 않을 것이다. 또 권력에 심취하기 전에는 그렇게 나쁜 친구가 아니었다.

척탄병은 부반장 역할도 맡고 있었고, 내 무선은 포터에게 종속되어 있었으므로, 나는 B반과 그녀 사이의 교신을 전부 들을 수 있었다.

"포터, 여긴 프리먼이야. 피해는?"

"여긴 포터, 피해는 없어. 아무래도 그쪽에 공격을 집중하고 있는 듯해."

"응, 벌써 세 명 잃었어. 지금 우리 반은 너희들로부터 80, 아니, 100미 터쯤 떨어진 얕은 구덩이에 있어. 그쪽 준비가 끝나면 엄호해 주지."

"오케이, 그럼 시작하자." 낮게 찰칵하는 소리. "A반, 내 뒤를 따라와."

그녀는 바위 뒤에서 미끄러져 나와 등의 동력팩 밑에 달린 희미한 핑크 빛 비컨을 켰다. 나도 내 것을 켜고 그녀와 함께 달리기 시작했다. A반의 나머지 대원들은 우리 두 사람을 중심으로 쐐기 모양으로 산개했다. 아직 발포하는 사람은 없었지만, B반은 우리를 엄호하기 위해 사격을 개시했다.

귀에 들리는 소리라고는 포터의 숨소리와 내 부츠가 버석버석 땅을 밟 는 소리뿐이었다. 주위가 잘 보이지 않았기 때문에, 나는 혓바닥으로 영상 컨버터의 증폭률을 로그2까지 올렸다. 영상은 좀 흐릿해졌지만 충분히 밝 아졌다. B반은 벙커의 반격 탓에 오도 가도 못하고 있는 것처럼 보였다. 완전히 통닭구이 신세가 되어 있었다. 모두 레이저로만 반격하고 있었다. 유탄 발사기 사수가 전사한 것이리라.

"포터, 여긴 만델라야. 우리가 B반을 좀 엄호해 줘야 하지 않을까?"

"쓸 만한 엄폐물을 찾아볼게. 그쪽은 괜찮아, 일병 아저씨?"

그녀는 이 연습 중에는 상병으로 승진해 있었다.

우리는 오른쪽으로 우회한 다음 편평한 바위 뒤에 엎드렸다. 다른 병사 들 대다수도 근처의 엄폐물 뒤에 엎드려 있었지만, 엄폐물을 찾지 못한 몇 몇은 그냥 땅 위에 바싹 엎드려 있어야 했다.

"프리먼, 여긴 포터야."

"포터, 여긴 스미시야. 프리먼은 전사했어. 새뮤얼스도. 이제 다섯 명밖엔 안 남았어. 좀 엄호 사격을 해 준다면 어떻게든……"

"라저, 스미시." 찰칵. "A반 사격 개시. B반이 전멸 직전이야."

나는 고개를 들어 바위 너머를 흘낏 보았다. 거리 측정기에 의하면 벙커
는 350미터쯤 떨어져 있었다. 아직도 좀 멀다. 나는 약간 위쪽을 겨냥해서
세 발을 발사했고, 그다음에는 조금 각도를 내리고 세 발을 더 발사했다.
처음 쏜 것들은 목표물에서 20미터쯤 후방에 떨어졌지만, 그러자마자 다
음 세 발이 벙커 바로 앞에서 폭발했다. 나는 처음 각도와 방향을 유지하
며 같은 탄창에 남아 있던 열다섯 발을 모두 발사했다.

그런 다음 재빨리 머리를 숙이고 새 탄창을 끼웠어야 했다. 그러나 지금
쏜 열다섯 발이 어디 명중했나 궁금했기 때문에 등 뒤로 손을 돌려 다른
탄창을 꺼내는 도중에도 계속 벙커를 바라보고……

레이저 광선이 내 영상 컨버터에 명중하면서 새빨간 섬광이 폭발했다.
섬광이 너무나도 강렬했던 탓에 마치 눈을 그대로 통과해서 내 두개골에
부딪혀 되돌아온 듯한 느낌이었다. 컨버터가 과부하로 완전히 꺼져 버리
는 데는 몇 밀리세컨드도 걸리지 않았겠지만, 밝은 녹색의 잔상이 몇 분
동안이나 계속 어른거려서 눈이 아팠다.

이제 나는 공식적으로는 '전사자'였으므로 내 무전기는 자동적으로 끊
어졌다. 이제 이 자리에서 모의 전투가 끝날 때까지 기다리고 있어야 했
다. 나 자신의 피부 감각과(영상 컨버터로부터의 섬광에 직격당한 부분이 근
질거렸다) 귀의 울림을 제외하면 아무런 감각 입력이 없었기에, 실로 긴
시간이 흐른 것처럼 느껴졌다. 마침내 누군가가 자기 헬멧을 내 헬멧에 갖
다 댔다.

"괜찮아, 만델라?"

"미안해. 너무 지루했던 나머지 20분 전에 죽어 버렸어."

"일어서서 내 손을 잡아."

나는 그렇게 했다. 우리들은 비틀거리며 숙사로 되돌아왔다. 한 시간 이상 걸렸던 것 같다. 그러는 도중 그녀는 아무 말도 하지 않았다. 어차피 잡담을 나누기 쉬운 자세는 아니었다. 그러나 에어록을 통과해서 슈트를 덥힌 후 그녀는 내가 슈트를 벗는 것을 도와주었다. 나는 잔소리를 좀 들을 각오를 했지만, 내 눈이 주위의 밝은 조명에 익숙해지기도 전에 그녀가 양손으로 내 목덜미를 움켜잡고 내 입술에 젖은 입술을 갖다 댔다.

"나이스 슈팅, 만델라."

"응?"

"안 봤어? 아, 그렇겠구나……. 네가 전사하기 직전의 연속 사격 말이야. 직격탄이 네 발이었어. 벙커는 그걸로 자기가 파괴됐다고 판단했기 때문에, 우린 그냥 슬슬 걸어가기만 하면 됐거든."

"정말 다행이군."

나는 눈 아래를 긁었다. 마른 피부가 벗겨지며 떨어져 나갔다. 그녀는 킥킥 웃었다.

"웃으려면 자기 얼굴을 보고 웃어. 네 얼굴은 마치……"

"전 중대원은 강당에 집합하라."

대위의 목소리였다. 보나마나 나쁜 뉴스일 것이 뻔했다.

그녀는 내게 웃옷과 샌들을 건넸다.

"가자, 만델라."

강당 겸 식당은 복도를 좀 나아간 곳에 있었다. 문에는 점호 버튼이 일렬로 달려 있었다. 나는 내 이름 옆의 버튼을 눌렀다. 네 명의 이름이 검정색 테이프로 가려져 있었다. 네 명뿐이었다. 다행이다. 오늘 훈련에서는 한 사람도 사망자가 나오지 않았다.

대위는 연단 위에 놓인 의자에 앉아 있었다. 그렇다면 적어도 일동 차렷 어쩌고 하는 농담은 할 필요가 없었다. 강당은 1분도 채 되기 전에 꽉 찼다. 낮은 차임벨이 울리며 전원 집합했다는 사실을 알렸다.

스토트 대위는 일어서지 않았다.

"오늘은 **상당히** 잘했다. 내가 예상했던 것과는 달리 아무도 죽지 않았으니까 말이야. 그 점에서 제군은 내 예상을 웃돌았지만, 그 이외의 모든 점에서 실패했다. 제군이 자기 몸을 잘 돌봐 주었기 때문에 나는 기쁘다. 왜냐하면 제군 각자는 100만 달러 이상의 돈과 인생의 4분의 1에 상당하는 시간의 투자를 의미하기 때문이다.

그러나 **매우** 멍청한 로봇 적을 상대로 한 이 모의 전투에서, 무려 서른일곱 명이 레이저 포화 속으로 자발적으로 걸어 들어감으로써 **모의** 전사하는 데 성공했다. 죽은 사람은 식량을 필요로 하지 않으므로, 전사자 제군도 식량을 필요로 하지 않을 것이다. 앞으로 사흘 동안 전사자에게는 하루 2리터의 물과 비타민식만 허용된다."

불만의 신음 따위를 내는 작자는 물론 없었지만, 몇몇은 넌더리 난다는 표정을 지었다. 특히 눈썹이 그슬렸거나 눈가가 네모나게 핑크색으로 탄 자들이 더욱 그랬다.

"만델라."

"예, 대위님?"

"자넨 부상자들 중에서도 가장 심한 화상을 입고 있군. 자네의 영상 컨버터는 정상 출력으로 조정되어 있었나?"

이런 염병할.

"아닙니다. 로그2였습니다."

"그랬었군. 연습 중 자네의 반장은 누구였나?"

"포터 상병 대리였습니다, 대위님."

"포터 일병, 자넨 만델라에게 영상을 증폭하라고 명령했나?"

"대위님, 저는…… 기억이 나지 않습니다."

"기억이 안 난단 말이군. 흐음, 그럼 기억력을 단련하기 위해 자네도 전사자가 되도록. 불만은 없겠지?"

"예, 대위님."

"좋아. 전사자들은 오늘 저녁 마지막 식사를 하고 내일부터는 굶는다. 질문이 있나?"

마지막 말은 농담임에 틀림없었다.

"좋아. 해산."

나는 가장 칼로리가 높아 보이는 요리를 고른 다음, 쟁반을 들고 포터 옆에 가서 앉았다.

"돈키호테 같은 행위였지만, 어쨌든 고마워."

"괜찮아. 어차피 몇 파운드 살을 뺄 생각이었으니까 말이야."

그렇지만 그녀의 몸에 군살 따위는 붙어 있지 않았다.

"살 빼기 위해선 훨씬 좋은 운동이 있지."

내가 이렇게 말하자 그녀는 쟁반을 향해 고개를 숙인 채로 미소 지었다.

"오늘 밤 상대는 정해졌어?"

"제프한테 물어볼까 생각하고 있었는데……"

"그럼 빨리 그러는 게 나을걸. 그 녀석은 마에지마한테 열을 올리고 있으니까."

이 말은 대충 사실이었다. 남자들 모두가 마에지마한테 열을 올리고 있었으니까 말이다.

"모르겠어. 힘을 낭비하지 않는 편이 좋을지도 몰라. 사흘 후에 그러면 어떨까……."

"에이, 신경 쓰지 마."

나는 손톱으로 그녀의 손등을 가볍게 긁었다.

"미주리에서 자고 나선 지금까지 한 번도 같이 안 잤잖아. 내가 뭔가 새로운 테크닉을 터득하지 않았는지 알고 싶진 않아?"

"아마 그랬을지도 모르겠구나."

그녀는 장난스러운 태도로 고개를 까딱해 보였다.

"알았어."

새로운 테크닉을 알고 있었던 사람은 그녀 쪽이었다. 그녀는 그것을 '프랑스식 코르크 따개'라고 불렀다. 그러나 누구한테서 그걸 배웠는지는 가르쳐 주지 않았다. 나는 그 친구와 악수를 나누고 싶은 심정이었다. 그럴 힘이 다시 생긴 다음에 말이다.

8

마이애미 기지에서 받은 2주 동안의 훈련은 결국 열한 명의 목숨을 앗아갔다. 달키스트도 넣는다면 열두 명이다. 한쪽 손과 양쪽 다리 없이 카론에서 여생을 보내야 한다면 죽은 것과 별로 다름없을지도 모르니까.

포스터는 산사태를 만나 깔려 죽었고, 프리랜드는 파이팅 슈트의 작동 불량으로 우리가 기지 내로 운반하기도 전에 딱딱하게 얼어붙고 말았다. 다른 사망자들은 그리 잘 알고 지내던 편이 아니었지만, 이들의 죽음은 우리 모두의 마음에 상처를 입혔다. 그리고 이런 경험은 우리를 좀 더 조심스럽게 만드는 대신 오히려 더 두려움을 느끼게 만들었다.

지금은 다크사이드에 와 있었다. 수송기는 우리를 스무 명씩 싣고 와서 건축 자재 더미 옆에 내려놓고 갔다. 건축 자재는 사려 깊게도 헬륨II의 연못에 잠겨 있었다.

우리는 갈고리를 들고 연못에서 자재를 끌어올렸다. 연못 속에 들어가는 일은 위험했다. 액체헬륨이 온몸에 달라붙고, 발밑에 뭐가 있는지도 알 수 없기 때문이다. 자칫 수소 빙판을 밟기라도 했다간 끝장이다.

나는 레이저를 쏘아서 연못을 증발시켜 버리자고 제안했지만, 10분 동안 집중 사격을 해도 헬륨의 수면은 거의 내려가지 않았고, 끓어오르지도 않았다. 헬륨II는 '초유동체(超流動體)'였으므로, 증발은 표면 전체에 고루 걸쳐 일어나야 했던 것이다. 한 군데만 뜨거워진다는 현상은 존재하지 않았으므로 끓는 것을 볼 수는 없다.

'역탐지를 회피'하기 위해 조명을 쓰는 일은 허용되지 않았다. 영상 컨버터의 출력을 로그3이나 4로 올리면 별빛만으로도 충분히 볼 수 있었지만, 한 단계씩 증폭하면 그만큼 해상도가 내려간다는 난점이 있었다. 로그4로 본 주위 풍경은 거친 흑백 사진 같았고, 바로 앞에 서 있지 않는 한 헬멧을 쓴 동료의 이름도 읽을 수 없을 정도였다.

어차피 볼 만한 경치도 아니었다. 근처에는 중간 크기의 운석 크레이터가 여섯 개쯤 나 있었고(그 안에는 모두 완전히 똑같은 레벨의 헬륨II가 차 있었다) 지평선 바로 너머에는 조그만 산 비슷한 것들이 보였다. 울퉁불퉁한 지면은 얼어붙은 거미줄을 연상케 했다. 발을 디딜 때마다 우두둑 소리가 나면서 0.5인치씩 가라앉는 거미줄이었다. 이런 일이 계속되다 보니 신경쇠약에 걸릴 지경이었다.

연못에서 자재를 전부 꺼내기까지 거의 하루 종일 걸렸다. 우리는 교대로 낮잠을 잤다. 일어서거나, 앉거나, 엎드려서 잘 수 있었다. 어느 자세를 취해도 편하지 않았기 때문에 한시라도 바삐 벙커를 짓고 기밀 처리를 하고 싶었다.

지하에 벙커를 지을 수는 없었다. 그랬다가는 그곳은 금세 헬륨II로 가득 차 버릴 것이다. 그래서 우선 퍼머플라스트와 진공을 3중으로 겹친 절연 플랫폼을 만들 필요가 있었다.

나는 임시 상병이었고, 부하 열 명을 지휘하고 있었다. 우리가 건설 예정지를 향해 퍼머플라스트 판을 옮기고 있었을 때(두 사람이 협력하면 판 하나를 쉽게 운반할 수 있었다) 내 '부하' 중 하나가 미끄러지며 뒤로 고꾸라졌다.

"야, 싱어, 발치를 조심해."

이미 두 사람이 그런 식으로 죽었다.

"미안해, 상병. 워낙 피곤해서 다리가 좀 꼬였어."

"알았어, 어쨌든 조심하라고."

그는 곧 일어섰고, 자기 파트너와 함께 판을 내려놓고 또 다른 것을 가지러 갔다.

나는 싱어를 계속 주시하고 있었다. 몇 분도 채 되지 않아 그는 비틀거리고 있었다. 사이버네틱 장갑복을 입은 채로 비틀거린다는 것은 쉬운 일이 아니다.

"싱어! 그 판을 내려놓으면 이리 와서 나 좀 보자."

"응."

그는 힘겹게 일을 마치고 천천히 내게로 왔다.

"수치를 보여 줘."

나는 싱어가 입은 슈트의 가슴 부분에 달린 뚜껑을 열고 의료 모니터를 노출시켰다. 체온은 정상보다 2도 높았고, 혈압과 맥박수도 증가해 있었다. 그러나 위험 수위에는 도달해 있지 않았다.

"너 어디 아프지 않아?"

"이봐, 만델라, 난 괜찮아. 그냥 피곤할 뿐이라니까. 아까 넘어진 다음부터 좀 현기증이 나는군."

나는 턱으로 회선을 눌러 의무병을 불러냈다.

"독, 여긴 만델라야. 잠깐 여기로 와 주겠어?"

"그러지. 지금 어디 있지?"

나는 손을 흔들었다. 연못 근처에 있던 그가 걸어왔다.

"뭐가 문제야?"

나는 그에게 싱어의 수치를 보여 주었다.

그는 모니터의 다른 계기들도 전부 읽을 줄 알았으므로 전부 체크하는 데는 조금 시간이 걸렸다.

"만델라, 내가 말할 수 있는 건…… 이 친구가 열이 좀 올라 있다는 사실 정도야."

"쳇, 그 정돈 나도 알 수 있어."

싱어가 대꾸했다.

"아무래도 병기 담당을 불러 이 친구 슈트를 검사해 보는 게 나을지도 모르겠군."

중대원들 중 슈트 정비 과정의 속성 교습을 받은 사람이 두 명 있었다. 이들이 우리의 '병기 담당'이었다.

나는 턱으로 산체스의 회선을 누른 다음 공구상자를 가지고 이리로 오라고 말했다.

"몇 분 있다가 갈게. 지금 판자를 나르고 있거든."

"그런 건 내려놓고 당장 와."

나는 점점 불안을 느끼기 시작하고 있었다. 산체스가 오길 기다리며 의무병과 나는 싱어의 슈트를 훑어보았다.

"윽. 이걸 좀 보라고."

독 존스가 말했다.

나는 등 쪽으로 돌아가서 그가 가리키고 있는 곳을 보았다. 열교환기의 방열 핀 중 두 개가 찌그러져 있었다.

"뭐가 이상한데?"

싱어가 물었다.

"너 열 교환기를 밑으로 하고 넘어졌지?"

"맞아, 바로 그랬어. 그럼 그게 제대로 작동하고 있지 않나 보군."

"내가 보기엔 **아예** 작동하고 있지 않은 것 같은데."

독이 말했다.

산체스가 검사 키트를 가지고 왔다. 우리는 그에게 상황을 설명했다. 그는 열교환기를 흘낏 보고 두 개의 잭을 연결한 다음 키트에 포함되어 있었던 조그만 디지털 모니터에 나타난 수치를 읽었다. 무엇을 재고 있는지는 몰랐지만, 소수점 이하 여덟 자리까지 숫자가 나왔다.

찰칵 소리가 들렸다. 산체스가 내 전용 회선을 턱으로 누른 것이다.

"상병, 이 친구 큰일났어."

"뭐라고? 그럼 이 얼어죽을 물건을 고칠 수 없단 말이야?"

"아마…… 아마 고칠 수는 있겠지. 완전 분해해서 말이야. 하지만 지금 이 상태에서는……"

"이봐! 산체스?"

싱어가 일반 회선을 통해 말했다.

"뭐가 문제인지 알아냈어?"

그는 헐떡거리고 있었다.

찰칵. "침착해, 친구. 지금 알아보고 있으니까."

찰칵. "이 친구는 기밀 벙커를 완성할 때까지 살아 있지 못할 거야. 그리고 슈트 바깥쪽에서 열교환기를 수리할 수는 없어."

"예비 슈트를 갖고 오지 않았어?"

"아무나 입을 수 있는 걸로 두 벌 있어. 하지만…… 어디서 그걸……"

"알았어. 가서 슈트 한 벌을 준비하고 있어."

나는 턱으로 일반 회선을 눌렀다.

"이봐, 싱어, 널 거기서 꺼내야겠어. 산체스가 여분의 슈트를 갖고 왔지만, 그걸로 갈아입으려면 네 주위에 집을 지어야 해. 무슨 말인지 알겠어?"

"흐응."

"자, 이제 내가 들어갈 넣을 상자를 만든 다음에 생명 유지 장치를 연결하겠어. 그럼 슈트를 갈아입는 동안에도 숨을 쉴 수 있을 테니까."

"왠지 상당히 복자…… 복자…… 복잡하게 들리는군."

"이봐, 싱어, 이리로 와서……"

"난 괜찮아. 조금 쉬기만 하……"

나는 싱어의 팔을 움켜쥐고 공사장으로 이끌고 갔다. 그는 제대로 몸을 가누지 못했다. 독이 다른 쪽 팔을 잡고 도운 덕에, 싱어가 완전히 쓰러지는 것을 막을 수 있었다.

"호 상병, 여긴 만델라 상병이야."

호는 LSU* 담당이었다.

"나중에 얘기해, 만델라. 난 바빠."

"지금부터 더 바빠질걸."

나는 호에게 상황을 설명했다. 그녀의 그룹이 서둘러 LSU를 조정하는 동안(이 경우에는 공기 호스와 히터만 있으면 됐다) 나는 내 부하들을 시켜 퍼머플라스트 판 여섯 장을 가져오게 했다. 이것들을 써서 싱어와 여벌 슈트가 들어갈 만한 커다란 상자를 만들 작정이었다. 가로세로 1미터에 길

---

* Life Support Unit, 생명 유지 장치.

이 6미터의 거대한 관 같은 상자가 될 것이다.

우리는 이 관의 바닥이 될 예정인 판자 위에 슈트를 내려놓았다.

"오케이, 싱어. 여기 앉아."

대답이 없었다.

"싱어, 여기 앉으라니까."

무응답.

"싱어!"

그는 그냥 우뚝 서 있었다. 독 존스가 계기를 읽었다.

"의식이 없어. 기절했군."

내 마음은 빠르게 회전했다. 이 상자에 억지로 한 사람 더 들어갈 수 있을지도 모른다.

"여기 와서 도와줘."

나는 싱어의 양어깨를 잡았고 독은 그의 발을 잡았다. 우리는 그를 빈 슈트 발치에 조심스럽게 눕혔다.

그런 다음 나도 슈트 위에 누웠다.

"오케이. 닫아."

"이봐, 만델라. 거기 들어가야 할 사람은 바로 나야."

"입 닥쳐, 독. 그건 **내** 일이야. 내 부하니까."

기묘한 논리였다. 윌리엄 만델라. 젊은 영웅.

부하들은 판자 하나를 수직으로 세우고(이것에는 LSU 공급과 배출을 위한 구멍이 두 개 나 있었다) 가느다란 레이저 광선을 써서 바닥 판에 용접하기 시작했다. 지구에서라면 접착제로 충분했겠지만, 이곳에서 액체로 존재할 수 있는 것은 헬륨밖에 없었다. 헬륨에는 온갖 흥미로운 성질이 있지만, 결코 끈적거리지는 않는다.

10분 후 벽은 우리를 완전히 에워쌌다. LSU가 웅웅거리는 것을 느낄 수 있었다. 나는 슈트의 조명을 (암흑면에 착륙한 이래 처음으로) 켰다. 너무 밝았던 탓에 눈앞에서 보라색 반점이 어른거렸다.

"만델라, 여긴 호야. 앞으로 적어도 2~3분간은 슈트에서 나오지 마. 지금 뜨거운 공기를 집어넣고 있지만, 공기라기보다는 아직 액체에 가까우니까 말이야."

나는 보라색 반점이 사라지는 것을 잠시 동안 관찰하고 있었다.

"오케이. 아직도 차갑긴 하지만, 이젠 벗어도 괜찮을 거야."

나는 슈트를 열었다. 완전히 갈라지지는 않았지만, 나오는 데는 별문제가 없었다. 슈트가 아직 차가웠던 탓에 맨금속에 닿은 손가락 피부가 벗겨졌지만, 어떻겐가 빠져나올 수 있었다.

싱어에게 가기 위해서는 발치 쪽으로 미끄러지듯이 움직여야 했다. 조명이 멀어져 가면서 급속히 어두워졌다. 싱어의 슈트를 열자 뜨겁고 냄새나는 공기가 얼굴에 훅 끼쳐 왔다. 희미한 빛 아래에서 본 그의 피부는 검붉었고, 반점이 떠올라 있었다. 호흡은 매우 얕았고, 심장이 빨리 뛰고 있었다.

우선 배설 튜브를 떼어낸 다음(이건 기분 좋은 일이 아니었다) 생체 센서를 모두 떼어냈다. 그다음에는 소매 부분에서 팔을 꺼내는 일이 남아 있었다.

자기 팔을 빼는 일은 거의 어렵지 않았다. 이쪽으로 팔을 비틀고 저쪽으로 돌리면 쑥 빠지게 되어 있었다. 그러나 바깥쪽에서 남의 팔을 빼야 한다면 전혀 얘기가 달랐다. 우선 그의 팔을 비튼 다음 내 팔을 밑으로 집어넣어 슈트 속의 팔을 함께 비틀어야만 했다. 바깥에서 슈트를 움직이려면 지독하게 힘이 든다.

일단 한쪽 팔을 뺀 다음 일은 상당히 쉬워졌다. 나는 그냥 앞쪽으로 기어가서 슈트의 양어깨에 내 다리를 댄 다음 싱어의 맨팔을 잡아당겼다. 그의 몸은 마치 굴 껍질에서 굴이 빠지듯이 슈트에서 쑥 빠져나왔다.

예비 슈트를 연 나는 한참 잡아당기고 밀고 한 끝에 싱어의 두 다리를 집어넣는 데 성공했다. 그의 몸에 생체 센서를 연결한 다음 앞쪽의 배설 튜브를 끼웠다. 다른 한쪽 튜브는 그에게 맡기는 수밖에 없을 것이다. 내가 대신 끼우기에는 너무 절차가 복잡했다. 내가 여자로 태어나지 않았다는 사실에 감사하는 것은 이것으로 도대체 몇 번째가 될까. 남자의 경우에는 이것과 간단한 호스 하나면 해결되지만, 여자는 이 빌어먹을 하수관 같은 물건을 두 개씩이나 달아야 하는 것이다.

싱어의 팔을 슈트의 소매에 넣지 않고 그냥 동체에 집어넣었다. 어차피 이 슈트 가지고서는 어떤 작업도 할 수 없기 때문이다. 증폭 장치는 개개인에 맞춰서 일일이 조정해야 한다.

그의 눈꺼풀이 경련했다.

"만……델라. 빌어먹을…… 대체 여긴 어디……"

나는 천천히 설명해 주었고, 그도 대략은 알아들은 것 같았다.

"이제 이걸 닫고 난 내 슈트로 들어갈게. 애들한테 이 상자 끝을 자르게 한 다음 널 데리고 나갈 거야. 알겠어?"

그는 고개를 끄덕였다. 기묘한 광경이었다. 슈트 안에서 고개를 끄덕이거나 어깨를 움츠려 보았자, 아무런 동작도 전달할 수 없는 것이다.

나는 내 슈트로 기어들어 가서 부속 장치를 장착한 다음 턱으로 일반 회선을 눌렀다.

"독, 싱어는 괜찮아진 것 같아. 이제 꺼내 줘."

"알았어."

호의 목소리가 대답했다. LSU가 웅웅거리는 소리는 곧 다다다 하는 소리로 바뀌었고, 마지막에는 낮은 소음으로 변했다. 폭발을 방지하기 위해 상자의 공기를 빼고 진공 상태로 만들고 있는 것이다.

용접 이음매의 한쪽 귀퉁이가 새빨갛게 변했다가 곧 흰색으로 빛나기 시작했고, 선홍색 광선이 상자를 꿰뚫었다. 내 머리에서 30센티미터도 채 떨어지지 않은 장소였다. 나는 서둘러 몸을 움츠렸다. 광선은 이음매를 따라 움직였고, 세 귀퉁이를 모두 돌아 처음 장소로 되돌아왔다. 상자 끄트머리가 녹은 퍼머플라스트를 실처럼 뒤로 끌며 천천히 떨어져 나갔다.

"이게 굳을 때까지만 기다려, 만델라."

"산체스, 내가 그렇게 멍청해 보여?"

"자, 이거 받아."

누군가가 내게 밧줄을 던졌다. 싱어를 내가 직접 끌고 나가는 것보다 **훨씬** 나은 대안이다. 나는 긴 고리를 만들어 그의 겨드랑이 밑에 두른 다음 목 뒤에서 묶었다. 그런 다음 줄다리기를 도우려고 재빨리 상자에서 기어 나왔다. 물론 이건 바보짓이었다. 이미 10여 명이 밧줄을 끌려고 줄을 서고 있었으니까 말이다.

싱어는 무사히 상자에서 나왔고, 독 존스가 그의 계기를 점검하는 동안에는 몸을 일으켜 땅바닥에 앉기까지 했다. 모두들 내게 질문을 하며 축하말을 건넸다. 그러자 갑자기 호가 "저걸 봐!"라고 외치며 지평선을 가리켰다.

검은 우주선이 급속히 다가오고 있었다. '이건 공평하지 못해, 공격해 오는 건 마지막 며칠 동안이라고 해 놓고선.' 하고 생각할 여유밖에는 없었다. 다음 순간 우주선은 우리 머리 위로 와 있었다.

　모두들 본능적으로 땅바닥에 납작 엎드렸지만, 공격당하지는 않았다. 우주선은 제동용 로켓을 분사하며 스키드를 써서 착륙했고, 건축 예정지 옆까지 활강해 온 다음 정지했다.

　파이팅 슈트를 입은 사람 두 명이 우주선에서 나왔을 때에는 모두들 사태를 파악하고 겸연쩍은 태도로 서 있었다.

　귀에 익은 목소리가 일반 회선에서 직직거렸다.

　"모두 우리가 오는 것을 보았음에도 불구하고 레이저로 사격한 자는 아무도 없었다. 그래 봤자 아무런 도움도 안 됐겠지만, 적어도 약간의 투지를 보일 수는 있었을 텐데 말이다. 진짜 공격까지 앞으로 일주일도 남지 않았다. 이번에 상사와 내가 올 때는 조금이라도 살고 싶다는 의지를 보여줬으면 좋겠군. 포터 상병 대리."

　"예, 대위님."

　"화물을 부릴 부하들을 열두 명 차출하도록. 모의 **사격** 연습에 쓸 수 있도록 조그만 로봇식 미사일 100개를 가져왔다. 진짜 표적이 날아올 때 제 군에게도 조금은 기회가 주어질 수 있도록 말이다. 서둘러. 배는 30분 후에 마이애미로 돌아간다."

재어 보니 실제로는 40분 이상 걸렸다.

곁에서 대위와 상사가 지켜본다고 해서 달라진 것은 없었다. 우리는 여전히 고립되어 있었고, 그들은 참관인에 불과했던 것이다.

일단 플랫폼이 완성되자 벙커를 건설하기까지는 하루밖에 걸리지 않았다. 벙커는 잿빛의 타원형 건물이었고, 에어록과 네 개의 창문을 제외하면 특징이라고 할 만한 특징이 없었다. 건물 옥상에는 회전식의 기가와트 레이저포가 설치되어 있었다. 조작자(그를 '포수'라고는 부를 수 없다)는 레이저포 뒤의 의자에 앉아 양손으로 데드맨 스위치*를 쥐고 있었다. 조작자가 이 스위치를 잡고 있는 한 레이저포는 발사되지 않는다. 만약 손을 놓는다면, 레이저포는 공중에서 움직이는 모든 물체를 자동적으로 조준 공격하는 식이다. 1차적인 탐지와 조준은 벙커 옆에 설치된 높이 1킬로미터의 안테나가 맡고 있었다.

제대로 운용될 가능성이 있는 방법은 이것뿐이었다. 지평선은 지독히도 가까웠고, 인간의 반사 능력에는 한계가 있었다. 레이저포를 완전히 자동화할 수는 없었다. 이론상 아군 우주선이 접근하는 경우도 있었기 때문이다.

조준용 컴퓨터는 한꺼번에 열두 개의 목표를 추적할 수 있었다.(가장 큰 표적을 우선적으로 공격하게 된다.) 그리고 열두 개의 목표 전부를 단 0.5초 만에 파괴할 수 있었다.

---

* dead-man switch, 손을 놓으면 자동적으로 전원이 들어오거나 끊기는 스위치.

벙커는 건물 전체를 뒤덮고 있는 효과적인 융제층(融除層)*에 의해 적의 포화로부터 부분적으로 보호받고 있었다. 인간은 예외였지만, 위에서 데드맨 스위치를 쥐고 있는 사람은 어차피 죽은 목숨이었다. 벙커 위의 한 명이 밑에 숨은 80명을 지키는 것이다. 군대는 이런 식의 계산에 숙달되어 있었다.

벙커가 완성된 이래 우리들 반수는 언제나 내부에 (표적이 된 기분으로) 들어가 있었고, 교대로 레이저 조작을 맡았다. 나머지 반은 밖에서 기동 훈련을 했다.

기지에서 4킬로미터쯤 떨어진 곳에 얼어붙은 수소로 이루어진 '호수'가 있었다. 가장 중요한 기동 훈련 중 하나는 이 위험하기 짝이 없는 물체 위에서 움직이는 방법이었다.

그렇게 어렵지는 않았다. 그 위에 서 있는 것은 불가능했으므로, 엎드려서 미끄럼을 타는 수밖에 없었으니까 말이다.

만약 다른 사람이 호숫가에서 등을 떠밀어 준다면 움직이는 일 자체는 어렵지 않았다. 도움이 없으면, 사지를 쓰는 수밖에 없었다. 가능한 한 세게 얼음을 눌러서 엎드린 채로 작은 도약을 되풀이하는 것이다. 일단 움직이기 시작하면 얼음이 없어질 때까지 이 운동은 계속된다. 손이나 발로 한 쪽을 후벼 파면 조금은 가고 싶은 방향으로 나아갈 수 있지만, 이런 식으로 멈출 수는 없다. 따라서 너무 빨리 움직이지 않고, 헬멧이 충돌시의 충격을 흡수할 수 없는 자세를 미리 피하는 일이 중요하다.

우리는 마이애미 기지에서 했던 모든 훈련을 되풀이했다. 사격 훈련, 폭파, 공격 진형 따위였다. 또 벙커를 향해 불규칙적으로 모의 미사일을 발

---

* ablative layer, 열에 의해 녹아 없어지는 피복 물질의 층.

사했다. 이런 식으로, 레이저포 조작자들에게는 적기 근접 경고등이 켜지자마자 핸들에서 손을 떼는 기술을 경합할 기회가 하루에 10회 내지 15회 주어졌다.

나도 다른 사람들과 마찬가지로 네 시간 동안 조작자 역할을 맡았다. 최초의 '공격'을 받을 때까지는 불안했지만, 내 임무가 얼마나 간단한 일인지를 깨닫고는 더 이상 신경을 쓰지 않았다. 불이 켜지고, 손을 놓고, 레이저포가 조준하고, 모의 미사일이 지평선 상에 나타나면…… **지지직!** 녹은 금속조각들이 분수처럼 날아가는 멋진 불꽃놀이를 구경할 수 있다. 그것 말고는 별로 감명을 받지 않았다.

그래서 누구 하나도 다가오는 '졸업 훈련'에 관해 걱정하고 있지 않았다. 지금까지 한 연습과 마찬가지일 것이라고 생각했기 때문이다.

마이애미 기지는 13일째 되는 날에 공격해 왔다. 각각 반대 방향에서 동시에 발사된 두 발의 미사일은 초속 40킬로미터의 속도로 지평선 위를 날아왔다. 레이저포는 첫 번째 미사일을 손쉽게 증발시켰지만, 두 번째 미사일은 격추되기 직전 벙커에서 8킬로미터의 거리까지 접근했다.

그때 우리는 기동 훈련에서 돌아오던 참이었고, 벙커에서 1킬로미터쯤 떨어진 지점에 있었다. 그때 내가 벙커를 똑바로 바라보고 있지 않았더라면 결코 그 일이 일어나는 것을 보지 못했을 것이다.

두 번째 미사일이 벙커 앞에서 폭발하면서 녹은 금속 파편이 비처럼 솟구쳤다. 그중 열한 개가 벙커를 직격했다. 우리가 나중에 재구성했던 바에 따르면, 다음과 같은 일이 일어났다.

첫 번째 피해자는 마에지마였다. 그렇게도 우리 모두의 사랑을 받았던 마에지마. 벙커 안에 있었던 그녀는 등과 머리에 파편을 맞고 즉사했다. 기압이 내려가면서 LSU가 전력 가동하기 시작했다. 주 공기조절 장치 앞에 서 있던 프리드먼은 바람에 날려 반대편 벽에 격돌, 기절했다. 동료들이 그에게 슈트를 입히기 전 그는 감압으로 죽었다.

벙커에 있던 나머지 인원은 충격파에 비틀거리면서도 어떻겐가 슈트를 입을 수 있었지만, 가르시아의 슈트에는 구멍이 나 있었기 때문에 본인에게는 아무런 도움도 되어 주지 못했다.

우리가 벙커에 도달했을 때 그들은 LSU를 끄고 벽에 뚫린 구멍을 용접하고 있었다. 한 사내는 예전에 마에지마였던 것의 잔해를 긁어모으려 하고 있었다. 그가 훌쩍거리며 구역질하는 소리가 들렸다. 가르시아와 프리드먼은 이미 매장을 위해 밖으로 운반된 후였다. 대위는 포터가 차출한 수리반의 지휘를 맡았다. 코르테즈는 흐느끼고 있는 사내를 구석에 데려다 놓고 다시 돌아온 다음 혼자서 마에지마의 유해를 치우기 시작했다. 상사는 누구에게도 이 일을 도우라고 명령하지 않았고, 자진해서 그를 도우려는 사람도 없었다.

10

졸업 실습을 받기 위해 우리는 느닷없이 우주선(카론으로 갔을 때 탔던 지구의 희망호였다)에 짐짝처럼 실린 다음 1G보다 조금 센 가속으로 스타게이트를 향해 출발했다.

주관 시간으로 약 여섯 달 걸린 여행은 끝없이 계속되는 것처럼 느껴졌고 지루했지만, 카론으로 갔을 때만큼 힘들지는 않았다. 스토트 대위는 우리가 받은 훈련을 매일같이 구두로 복습하게 했고, 완전히 진이 빠질 때까지 운동을 하도록 만들었다.

스타게이트1이라는 이름의 행성은 카론의 다크사이드를 닮았지만, 한층 더 어두웠다. 스타게이트1의 기지는 마이애미 기지보다 작았고, 우리가 다크사이드에 건설했던 기지보다 조금 큰 정도였다. 우리는 일주일 동안 이 기지를 확장하는 일을 도울 예정이었다. 기지 요원들은 쌍수를 들고 우리를 환영했다. 특히 두 사람밖에 없는, 조금 지친 듯한 느낌의 여성 병사들은 안도하는 표정이었다.

우리가 들어가자 좁은 식당 안은 꽉 찼다. 그곳에서 스타게이트1의 지휘관인 윌리엄슨 부소령으로부터 놀랄 만한 뉴스를 들었다.

"모두들 편하게 앉도록. 그렇지만 테이블 위엔 앉지 마. 바닥도 충분히 넓으니까 말이야. 카론에서 제군이 어떤 훈련을 받았는지에 관해서는 나도 좀 알고 있다. 그것 모두가 쓸모없는 일이었다고는 하지 않겠다. 그러나 이제 제군이 가야 할 곳은 상황이 전혀 다르다. 더 따뜻하다는 뜻이다."

그는 우리에게 이 말을 곱씹을 여유를 주려는 듯 잠시 말을 멈췄다.

"사상 처음으로 발견된 콜랩서인 알레프 아우리가에*는 27년 주기로 보통 항성인 엡실론 아우리가에 주위를 공전하고 있다. 적의 전진 기지는 알레프 주위를 도는 통상적인 발착 행성이 아니라 엡실론을 공전하고 있는 다른 행성 위에 건설되어 있다. 그 행성에 관해서는 그다지 알려진 바가 없다. 그 행성은 745일 주기로 엡실론을 공전하고, 지구의 4분의 3 크기이며, 알베도**가 0.8인 것에서 미루어 보건대 아마 구름에 뒤덮여 있는 것으로 추측된다. 행성의 기온이 정확히 어느 정도가 될지는 알 수 없지만, 엡실론으로부터의 거리를 감안하면 아마 지구보다는 더울 것이다. 물론 제군이 행성의 어디서 임무를 수행하게 될지는 아직 알 수 없다……. 앞면, 혹은 뒷면에서 싸우게 될지, 적도가 될지, 극지가 될지 알 도리가 없는 것이다. 이 행성에 인간이 호흡 가능한 대기가 있을 가능성은 거의 없다. 어쨌든, 제군은 슈트를 입은 채로 행동할 것이다. 자, 이제 제군은 이 작전 계획에 관해 나만큼 많이 알고 있다. 질문이 있나?"

"소령님."

---

* Aurigae, 마차부자리.
** albedo, 달이나 행성이 반사하는 태양 광선의 비율.

스타인이 느릿느릿한 말투로 말했다.

"방금 목적지를 말씀해 주셨으니까…… 거기 간 다음에 우리가 무슨 일을 해야 하는지 가르쳐 주실 수는 없습니까?"

윌리엄슨은 어깨를 으쓱해 보였다.

"그건 자네의 중대장과 선임하사, 지구의 희망호 함장, 그리고 희망호 병참 컴퓨터의 판단에 달렸다. 제군의 전투 계획을 세울 수 있을 만큼 충분한 정보는 아직 가지고 있지 않다. 길고 처절한 전투가 될 수도 있고, 그냥 기지로 걸어 들어가서 적의 잔해를 주워 오는 일이 될지도 모른다. 토오란이 평화 협정을 맺자고 제의해 올 가능성도 전무한 것은 아니고(코르테즈는 이 말을 듣고 콧방귀를 뀌었다) 그럴 경우 제군은 아군 측의 무력을 제공하는 동시에 교섭을 유리하게 이끌기 위한 도구가 될 것이다."

소령은 온화한 표정으로 코르테즈를 보았다.

"아직 아무도 확언할 수는 없단 뜻이네."

그날 밤의 난잡한 파티는 유쾌한 것이었지만, 마치 해변에서 열린 시끄러운 파티 한복판에서 자라는 것이나 마찬가지였다. 모두 함께 잘 수 있을 만큼 넓은 곳은 식당뿐이었다. 그들은 여기저기에 프라이버시를 위한 침대 시트를 걸어 놓고, 우리 중대 여자들 사이에 스타게이트에 있었던 열여덟 명의 섹스에 굶주린 남자들을 풀어 놓았다. 여자들은 군의 관습(및 군규)에 입각해서 고분고분했고 상대를 가리지도 않았지만, 실은 우주선이 아닌 딱딱한 지면 위에서 자고 싶다는 생각밖에 하고 있지 않았다.

열여덟 명의 사내는 마치 가능한 한 많은 여성들과 결합을 시도해야 한다는 강박관념에 시달리고 있는 것처럼 보였고, 그 전과(戰果) 또한 매우 인상적이었다.(순수하게 양적인 의미에서 말이다.) 우리들 중 심심풀이 삼아 수를 세고 있던 자들은 특히 타고난 재능을 과시한 작자들에게 갈채를 보냈다. 정말 타고났다고밖에는 할 수 없을 정도였다.

다음 날 아침 (스타게이트I에 머물러 있을 때는 언제나 이런 식이었지만) 우리는 비틀거리며 침대에서 빠져나와 슈트를 입은 다음 기지 밖으로 나가서 '새 숙사'의 건설에 참여했다. 언젠가 스타게이트는 이 전쟁을 수행하기 위한 전술적, 병참적 총사령부가 될 예정이었다. 몇천 명이나 되는 상주인구가 있고 희망호급 중순양함 여섯 대의 호위를 받는 기지이다. 우리가 증축을 시작했을 때는 가설 건물 두 채에 스무 명밖에 없었지만, 우리가 떠났을 때는 네 채에 스무 명으로 늘어나 있었다. 카론의 다크사이드에 비하면 이 정도는 일이라고 할 수도 없었다. 충분한 조명이 있었고, 여덟 시간의 작업이 끝나면 기지로 돌아와 열여섯 시간을 쉴 수 있었기 때문이다. 기말고사로 무인 전투기가 날아오는 일도 없었다.

셔틀을 타고 희망호로 되돌아갔을 때 드디어 출발하게 됐다고 즐거워한 사람은 아무도 없었다.(상대적으로 인기가 좋은 여성 병사들 몇몇에게서 어쨌든 좀 쉴 수 있어서 다행이라는 발언이 나오기는 했지만 말이다.) 스타게이트는 우리가 토오란과 전투를 벌이기 전에 마지막으로 주어진 쉽고 안전한 임무였다. 그리고 첫째 날에 윌리엄슨이 지적했듯이, 이 전투가 도대체 어떤 것이 될지 **예측**할 방법 따위는 없었다.

우리들 대다수는 콜랩서 점프에도 거의 신경을 쓰지 않았다. 우리는 점프 자체를 아예 느끼지도 못할 것이라는 보장을 받고 있었다. 그다음에는 자유 낙하 상태가 지속될 뿐이라는 얘기였다.

이것은 납득하기 힘들었다. 물리학도로서 나는 일반 상대성 이론 및 중력 이론에 관한 통상적인 강의를 전부 들었지만, 당시에는 콜랩서에 관한 직접적인 데이터가 거의 없었다. 스타게이트는 내가 초등학교 학생이었을 때 발견되었던 것이다. 그러나 수학적 모델은 충분히 명확했다.

스타게이트란 이름의 콜랩서는 반경 3킬로미터쯤 되는 완벽한 구체였고, 영구적인 중력 붕괴 상태에 있었다. 즉, 이 별의 표면은 그 중심을 향해 광속에 가까운 속도로 떨어지고 있다는 얘기가 된다. 상대성(相對性)이 이 물체를 받쳐 주고 있었다. 적어도, 그것이 그곳에 존재한다는 착각을 주고는 있었다……. 일반 상대성 이론을 공부할 경우, 모든 현실은 착각으로 변하고 관찰자에게로 공이 넘어가는 현상처럼 말이다. 혹은 불제자가 됐을 때처럼. 아니면 억지로 군대에 끌려왔을 때처럼.

어쨌든, 우리 우주선의 한쪽 끄트머리가 콜랩서 표면 바로 위에 오고, 반대쪽 끄트머리는 (우리들의 준거 기준에 의하면) 1킬로미터 떨어진 곳에 오게 되는 이론상의 시공 좌표가 존재한다. 정상적인 우주라면, 이 현상은 강력한 왜곡을 만들어 내서 우주선을 산산조각낼 것이고, 우리는 이론상의 콜랩서 표면 위에 존재하는 무게 100만 킬로그램의 축퇴(縮退) 물질이 되어 그 어딘가를 향해 영원히 돌진하거나, 1조분의 1초도 채 지나기 전에 콜랩서 중심으로 낙하해 버릴 것이다. 자, 어느 준거 기준이든 좋으니 자네 맘에 드는 걸 고르게나.

그러나 과학자들 말은 옳았다. 우리는 스타게이트1을 벗어나 두세 번 코스를 수정한 다음 한 시간쯤 낙하했다.

곧 벨이 울렸고, 우리는 2G의 지속적인 감속을 받으며 각자의 쿠션에 파묻혀 있었다. 적지에 온 것이다.

11

2G 감속이 거의 아흐레 동안이나 이어진 후 전투가 시작됐다. 비참한 기분으로 침상에 드러누워 있던 우리는 부드러운 충격을 두 번 느꼈다. 미사일이 발사된 것이다. 여덟 시간쯤 지났을 때 스피커가 찍찍거렸다.

"모든 탑승원에게 고한다. 여기는 함장이다."

조종사인 퀸사나는 해군 중위에 불과했지만, 우주선에 타고 있을 때는 함장(captain)이라고 칭할 수 있었다. 모함 내에서는 우리들 전원, 말하자면 스토트 대위보다도 더 계급이 높았다.

"창고에 들어가 있는 보병들도 듣고 싶으면 듣도록. 본함은 50기가톤급의 타키온 미사일 두 발을 발사했고, 방금 적함 및 적함이 소멸 2마이크로초 전에 발사했던 물체를 모두 파괴하는 데 성공했다.

적은 179함내(艦內)시간에 걸쳐 우리를 추적하려고 했다. 전투가 시작됐을 때 적함은 알레프에 대해 광속의 반을 약간 넘는 상대 속도로 움직이고 있었고, 지구의 희망호로부터는 단지 30AU 떨어져 있었을 뿐이었다. 우리에 대한 적함의 상대 속도는 0.47c였다. 따라서 약 아홉 시간 후 우리는 동일 시공 좌표에 존재할(박치기한다는 뜻이다!) 예정이었다. 미사일은 함내시간 0719시에 발사되었고, 1540시에 적함을 파괴했다. 타키온 탄두 두 발은 적함의 1000킬로미터 이내에서 폭발했다."

이 두 발의 미사일의 추진 시스템 자체도 아슬아슬하게 제어된 타키온 폭탄이나 마찬가지였다. 미사일은 100G로 가속을 계속했고, 적함의 질량을 탐지하고 폭발했을 시점에서는 이미 상대론적인 속도로 날고 있었던 것이다.

"더 이상 적의 방해는 없을 것으로 생각된다. 다섯 시간 후에 알레프에 대한 본함의 상대 속도는 0으로 떨어진다. 그런 다음 다시 알레프로 되돌아갈 것이다. 도착까지는 27일이 걸릴 예정이다."

신음 소리와 힘없는 욕설이 들려왔다. 물론 이미 알고 있기는 했지만, 가능한 한 생각하고 싶지 않은 일이었기 때문이다.

그래서 2G의 부단한 중력하에서 굼뜬 동작의 유연체조와 훈련으로 또 한 달을 보낸 뒤에야 비로소 우리가 공격할 행성의 모습을 보았다. 외우주에서 온 침략자들이다, 우리는.

엡실론에서 2AU 떨어진 공간에서 우리를 기다리고 있던 것은 눈부실 만큼 새하얀 초승달이었다. 함장은 50AU까지 접근했을 때 이미 적 기지의 위치를 확인하고 있었고, 행성을 사이에 두고 넓은 호를 그리며 기지의 사각(死角)으로 접근했다. 그렇다고 해서 적에게 발각되지 않았다는 뜻은 아니었다. 오히려 정반대였다. 실패하기는 했지만 적은 세 번 공격해 왔던 것이다. 그러나 우리는 그들보다 유리한 방어 태세를 갖추고 있었다. 행성 표면에 도착할 때까지는 말이다. 그때가 되면 그래도 어느 정도 안전을 보장받는 것은 모함과 해군 승무원들뿐이다.

행성이 상당히 천천히 자전하고 있었기 때문에(지구의 열흘 하고도 반나절에 겨우 한 바퀴였다), 우주선이 '정지' 궤도에 머물러 있기 위해서는 행성에서 15만 킬로미터 떨어져 있을 필요가 있었다. 따라서 배에 남아 있는 자들은 자기들이 상당히 안전하다고 느낄 수 있을 것이다. 그들과 적 사이에는 두께 6000마일의 돌 덩어리와 9만 마일의 우주 공간이 가로놓여 있었으니까 말이다. 그러나 이것은 지상에 있는 우리 부대와 모함의 전투 컴퓨터 사이에 1초에 달하는 통신 지체가 발생한다는 것을 의미했다. 뉴트리노(中性微子) 펄스가 왔다 갔다 하는 사이에 사람 하나 죽기 십상이었다.

우리는 적 기지를 공격, 제압해야 하지만, 적 장비에 대한 손상은 최대 한도로 줄이라는 약간 모호한 명령을 받고 있었다. 적어도 한 명의 적을 생포해야 했지만, 우리들 자신은 어떠한 상황에서도 생포당하지 말라는 지시도 있었다. 우리들에게 선택권은 주어지지 않았다. 전투 컴퓨터에서 모종의 특수한 펄스가 발사되면, 슈트의 핵융합로에 들어 있는 미세한 플루토늄 조각이 0.01퍼센트의 효율로 분열을 일으키고, 그 슈트를 입은 인간은 급속도로 팽창하는 극히 뜨거운 플라스마 덩어리로 변신하기 때문이다.

1개 소대 12명씩 여섯 대의 정찰선에 나눠 탄 우리는 벨트로 친친 묶인 다음 8G의 속도로 희망호에서 발사되었다. 각 정찰선들은 주의 깊게 선정된 무작위 코스를 따라 움직이다가 적 기지에서 108킬로미터 떨어져 있는 랑데부 지점에서 만날 예정이었다. 적의 방공(防空) 시스템을 혼란시키기 위해 열네 척의 무인 전투기도 동시에 발사되었다.

착륙은 거의 완벽하게 진행되었다. 정찰선 한 척이 조금 손상을 입었을 뿐이었다. 지근거리에서 폭발한 적 미사일 때문에 선체 한쪽의 내열 코팅이 조금 녹았지만, 대기 비행시에 조금 속도를 떨어뜨리기만 한다면 작전을 마치고 모함으로 귀환하는 데는 별문제가 없었다.

우리는 지그재그를 그리며 랑데부 지점에 제일 먼저 도착했다. 문제가 됐던 것은, 그 랑데부 지점이 해저 4킬로미터 되는 곳에 있었다는 사실이었다.

9만 마일 떨어진 곳에서 컴퓨터의 전자적 기어가 삐걱거리며 새로운 데이터를 추가하는 소리가 귀에 들려오는 듯했다. 우리는 딱딱한 지면에 내려앉을 때와 똑같은 절차를 밟았다. 브레이크용 로켓 분사, 하강, 활주 스키드를 내려서, 착수(着水), 도약, 착수, 도약, 그리고 침몰.

그대로 가라앉아서 해저에 착륙할 수도 있었을 것이다. 어차피 정찰선은 유선형이었고, 물도 공기와 마찬가지로 유동체였기 때문이다. 그러나 우주선의 외각은 수심 4킬로미터의 수압을 견딜 만큼 강하지는 못했다. 코르테즈 상사는 우리와 같은 정찰선에 타고 있었다.

"상사님, 어떻게 좀 하라고 컴퓨터에게 명령해 주십쇼! 이러다간 모두 빠져 죽……"

"조용히 해, 만델라. 하느님께 모든 걸 맡기라고."

코르테즈가 말하는 이 '하느님'이란 보나마나 상관들을 의미하는 것이리라.

무엇인가가 부글거리는 소리가 커다랗게 울려 퍼졌고, 다시 한 번 들려왔다. 등골에 조금 더 압력을 느꼈다. 우주선은 수면으로 올라가고 있는 것 같았다.

"부양(浮揚) 에어백입니까?"

코르테즈는 일일이 설명해 주지 않았다. 혹은 본인 역시 몰랐기 때문인지도 모른다.

부양 에어백이었다. 배는 수심 10미터 내지 15미터까지 부상했고, 그 위치에서 정지했다. 현창 밖을 보니 마치 망치로 두들겨 만든 은제 거울처럼 반짝거리는 수면이 눈에 들어왔다. 자신의 세계 위에 명확한 지붕을 가지고 사는 물고기는 어떤 기분일지 궁금했다.

다른 정찰선들이 물을 튀기며 착륙하는 광경을 보았다. 정찰선은 거대한 거품과 소용돌이를 일으키며(언제나 꼬리 쪽을 조금 먼저 내리며) 가라앉았지만, 곧 양쪽 삼각 날개 밑에서 커다란 에어백이 부풀어 올랐다. 그 정찰선은 우리 배와 거의 같은 심도로 올라온 다음 정지했다.

"여기는 스토트 대위이다. 지금부터 내가 하는 말을 잘 듣도록. 현 위치에서 적 기지가 있는 방향으로 28킬로미터쯤 간 곳에 해변이 있다. 그곳까지 정찰선으로 이동한 다음 강습 작전을 개시하라."

그래도 **조금**은 나은 편이군. 80킬로미터만 걸어가면 되니까 말이야.

우리는 에어백의 가스를 빼고 수면으로 상승한 다음 산개 대형을 짜고 해변을 향해 천천히 날아갔다. 정찰선이 해변을 스치며 착륙하자 펌프가 웅웅거리는 소리가 들려왔다. 함내의 압력을 바깥쪽 기압과 동일하게 변화시키고 있는 것이다. 펌프가 완전히 멈추기도 전에 내 의자 옆에 있던 탈출 슬롯이 쓰윽 열렸다. 나는 정찰선의 날개 위로 구르듯이 내려간 다음 땅바닥으로 뛰어내렸다. 엄폐물을 찾는 데 10초가 걸렸다. 나는 자갈투성이 지면 위에 자라 있는 '나무'들을 향해 돌진했다. 키가 크고 꼬불꼬불한 청록색 식물이 덤불처럼 드문드문 자라 있는 곳이었다. 덤불 속으로 뛰어든 다음에는 고개를 돌려 정찰선들이 이륙하는 광경을 바라보았다. 남아 있던 무인기들은 100미터 상공까지 천천히 올라갔다가, 온몸의 뼈가 진동할 정도의 굉음을 내며 사방팔방으로 흩어졌다. 진짜 정찰선들은 천천히 물속으로 되돌아갔다. 아마 좋은 생각일지도 모른다.

별로 매력적인 세계는 아니었지만, 우리가 훈련을 받은 극저온의 악몽과도 같은 환경에 비하면 돌아다니기가 훨씬 수월해 보였다. 하늘은 온통 둔한 은빛으로 빛나고 있었고, 해면 위의 안개에 완전히 녹아들어 있었기에 어디에서 바다가 끝나고 어디에서 하늘이 시작되는지를 도무지 알 수가 없었다. 자잘한 파도가 검은 자갈로 이루어진 해변으로 밀려오고 있었다. 이 행성의 중력이 지구 표준 중력의 4분의 3밖에 되지 않았기 때문에 파도는 훨씬 느리고 우아하게 움직였다. 50미터나 떨어져 있었음에도 불구하고, 무수히 많은 자갈이 파도에 밀려 구르는 소리가 내 귀에 울려 퍼졌다.

기온은 섭씨 79도였고, 지구에 비해 기압이 낮기는 했지만 바다가 비등(沸騰)할 정도로 뜨겁지는 않았다. 바다와 땅이 만나는 지점에서는 증기가 끊임없이 피어오르고 있었다. 만약 슈트가 없다면 인간은 여기서 얼마나 오래 견딜 수 있을까. 열로 먼저 죽을까, 아니면 산소 결핍(분압은 지구 표준의 8분의 1)으로 먼저 죽을까? 혹은 뭔가 치명적인 미생물의 영향으로 즉사해 버리는 걸까……?

"여기는 코르테즈. 중대는 내가 있는 곳으로 와서 집합하라."

내가 있는 곳에서 조금 왼쪽으로 간 해변가에 서 있었던 상사는 머리 위에서 팔을 빙빙 돌려 보였다. 나는 덤불을 헤치며 그를 향해 걸어갔다. 덤불은 부스러지기 쉬운 가냘픈 식물이었고, 찌는 듯한 대기 속에서도 바싹 말라 있는 것 같은 느낌을 주었다. 엄폐물로서는 별 쓸모가 없었다.

"지금부터 북동쪽으로 0.05라디안을 향해 전진한다. 1소대가 선두에 서도록. 2소대와 3소대는 각각 좌측과 우측에서 20미터 떨어져서 전진한다. 지휘 소대인 7소대는 2, 3소대에서 20미터 떨어진 중앙 부분을 맡고, 5소대와 6소대는 반원형 대형을 짜고 후방 및 측면을 경계한다. 모두들 알아들었나?"

물론이다. '화살촉' 대형 정도는 자면서도 짤 수 있었다.

"좋아. 행군 시작."

나는 7소대, '지휘 그룹'에 끼어 있었다. 나를 여기 배속한 사람은 스토트 대위였지만, 내게 지휘를 맡기려고 그런 것이 아니라, 내가 물리학을 배웠다는 것이 그 이유였다.

지휘 그룹은 6개 소대 사이에 끼어 있는 가장 안전한 부서로 간주되고 있었다. 이곳에 배속된 병사들은 여러 전술적 이유 때문에 다른 동료들보다는 적어도 조금 오랫동안 살아남을 수 있도록 배려된 자들이다. 코르테즈는 명령을 내리기 위해 있었다. 차베스는 파이팅 슈트의 고장을 수리할 수 있었다. 선임 의무병인 독(Doc) 윌슨(의무병으로는 유일하게 의학박사 학위를 가지고 있었다)도 여기 포함되어 있었고, 이번 작전에서는 궤도상에 머무는 쪽을 선택한 우리 중대장과 연락을 취할 통신병 테오도폴리스도 7소대 소속이었다.

나머지 구성원은 통상적 상황에서는 '전술적'이라고는 인정되지 않는 특수 훈련이나 적성 덕택에 지휘 그룹에 배속되었다. 전혀 정체를 알 수 없는 적과 대면했을 경우, 무엇이 중요하게 될지 미리 아는 방법은 없었기 때문이다. 내가 배속된 이유는 중대에서 내가 가장 물리학자에 가까운 존재였기 때문이었다. 로저스는 생물학 전공이었고, 테이트는 화학이었다. 호는 라인 ESP 테스트*에서 언제나 만점을 받았다. 보어스는 어학의 천재였고, 20개 국어를 그 나라 사람처럼 유창하게 말할 수 있었다. 페트로프의 재능은 적성 검사에서 외국인 혐오증을 단 한 치도 보이지 않았다는 데

---

* Rhine extrasensory perception test, 듀크 대학의 라인 연구소에서 개발된 초감각적 지각 측정 테스트. 초능력 테스트.

있었다. 키팅은 숙련된 곡예사였다. 데비 홀리스터, 일명 '러키' 홀리스터
는 돈을 버는 일에 뛰어난 재능을 보였고, 역시 높은 라인 포텐셜을 가지
고 있었다.

12

전진을 개시했을 때 우리는 슈트의 미채 조합으로 '정글'을 쓰고 있었다. 그러나 이 행성의 활기 없는 열대성 밀림은 정글이라고 부르기에는 너무 빈약했다. 우리는 마치 치장하고 숲속을 행진하는 어릿광대의 일단이나 마찬가지였다. 코르테즈는 미채를 검정으로 바꾸라고 명령했지만, 이것 또한 오십보백보였다. 엡실론의 햇빛은 하늘 전체에서 균등하게 내리쬐었고, 우리들 자신의 것을 제외하면 그림자 따위는 없었다. 결국은 갈색의 사막용 미채로 타협을 보았다.

바닷가를 떠나 북쪽으로 행군해 감에 따라 주위의 자연 환경이 천천히 바뀌기 시작했다. 가시가 달린 줄기 식물(아마 나무라고 불러도 괜찮을 것이다)은 수가 줄어든 대신, 더 두터웠고 덜 약해 보였다. 이들 나무의 밑동에는 청록색 덩굴이 뒤죽박죽 얽혀 있었고, 옆으로 퍼지면서 직경 10미터쯤 되는 납작한 원추를 이루고 있었다. 우듬지 근처에는 사람 머리통 크기만 한 가냘픈 녹색 꽃이 하나씩 달려 있었다.

바다에서 5킬로미터쯤 떨어지자 풀이 보이기 시작했다. 풀이 마치 나무의 '토지 소유권'을 존중이라도 하듯 원추형의 덩굴 근처에서는 자라 있지 않았기 때문에 나무 주위로 둥그렇게 맨땅이 남아 있었다. 이런 공터 가장자리에는 짧은 청록색 풀이 주저하듯이 듬성듬성 나 있었지만, 나무에서 멀어질수록 점점 무성해지며 키가 커졌다. 나무와 나무 사이의 간격이 예외적으로 넓은 경우에는 어깨 높이까지 자란 곳도 있었다. 풀 색깔은 나무와 덩굴보다 한층 더 밝은 녹색이었다. 우리는 카론에 있었을 당시 가장 밝은 빛깔로서 사용했던 연녹색으로 슈트의 미채를 바꿨다. 가장 풀이 무성한 장소를 골라 나아갔기 때문에 거의 눈에 띄지 않을 정도였다.

2G의 중력에서 몇 달이나 보낸 후였기 때문에, 우리는 발걸음도 가볍게 하루 20킬로미터를 답파했다. 둘째 날이 될 때까지 우리가 본 동물이라고는 관목의 가시를 닮은 섬모(纖毛)가 몇백 개나 달린 손가락 크기의 검정색 벌레뿐이었다. 로저스는 좀 더 큰 생물이 틀림없이 존재할 것이라고 단언했다. 그렇지 않다면 나무가 가시를 가지고 있을 필요가 없기 때문이다. 그래서 우리는 토오란과 미지의 '큰 생물'에 대비해서 보초 수를 두 배로 늘렸다.

행군시에는 포터의 2소대가 선두를 맡고 있었다. 포터의 소대가 가장 먼저 적을 발견할 가능성이 많았기 때문에 일반 회선은 그녀를 위해 열려 있었다.

"상사님, 여기는 포터. 전방에서 뭔가 움직입니다."

모두 그녀가 한 말을 들었다.

"그럼 빨리 엎드려!"

"벌써 엎드려 있어요. 상대방이 이쪽을 발견한 것 같지는 않군요."

"1소대, 첨병 소대 오른편으로 가도록. 몸을 숙이고 말이야. 4소대는 왼쪽으로 가. 모두 자기 위치에 도달하면 내게 보고해. 6소대는 뒤에서 후방을 경계하고 있어. 5소대와 3소대는 지휘 그룹에 합류하도록."

스물네 명의 병사가 덤불 속에서 조용히 나와 우리와 합류했다. 코르테즈는 4소대의 보고를 듣고 있는 듯했다.

"좋아. 1소대는 어떤가? ……오케이, 좋아. 거긴 몇 마리 있나?"

"여덟 마리 있습니다."

포터가 대답했다.

"좋아. 내가 명령을 내리면 사격을 개시하도록. 사살하는 거야."

"상사님…… 저놈들은 그냥 동물 같아 보이는데요."

"포터, 토오란이 어떤 모양을 하고 있는지 알고 있었다면, 왜 진작 우리에게 얘기해 주지 않았나. 사살해."

"그렇지만 우리는……"

"포로가 필요하단 말이지. 하지만 40킬로미터 떨어져 있는 놈들의 기지까지 모시고 가서, 전투 중에도 계속 감시하고 있을 수는 없어. 알겠나?"

"예, 상사님."

"좋아. 우리 7소대의 학자와 괴짜들도 앞으로 가서 관찰한다. 5소대와 3소대도 함께 따라와서 경계하고 있어."

우리는 1미터 높이의 풀숲 사이를 포복전진하여 2소대가 화선을 깔고 있는 곳까지 갔다.

"아무것도 보이지 않잖아."

코르테즈가 말했다.

"전방 약간 좌측을 보세요. 짙은 녹색 물체입니다."

그들은 풀보다 조금 더 짙은 빛깔을 하고 있었다. 그러나 일단 한 마리를 보면 나머지도 놈들도 쉽게 찾아볼 수 있었다. 30미터 전방에서 천천히 움직이고 있었다.

"쏴!"

코르테즈가 제일 먼저 발포했다. 잇달아 열두 개의 심홍색 광선이 대기를 갈랐다. 풀이 새까맣게 타들어가며 시들었고, 앞쪽의 동물들은 경련하며 여기저기로 도망치려 하다가 죽었다.

"사격 중지, 중지해!"

코르테즈는 일어섰다.

"조금은 남아 있어야 볼 것 아니냐. 2소대, 날 따라와."

우리는 연기를 내고 있는 동물의 시체를 향해 성큼성큼 걸어갔다. 마치 우리를 학살 장소로 안내하는 추악한 수맥 탐지용 지팡이처럼 손가락 레이저를 겨냥한 채로……. 나는 속에서 뭔가 올라오는 것을 느꼈다. 훈련받을 때 본 섬뜩한 테이프도, 훈련 도중의 끔찍한 사고도, 이 갑작스런 현실 앞에서는 아무런 소용도 없었다는 사실을 자각했다……. 내가 마법의 지팡이를 가지고 있고, 그것을 겨누기만 하면 어떤 생명체이든 간에 반쯤 익은 채로 연기를 내는 고깃덩이로 바꿀 수 있다는 사실을 자각했던 것이다. 나는 군인이 아니었고, 군인이 되고 싶다고 생각한 적도 없었고, 앞으로도 결코……

"좋아, 7소대 전진."

우리가 다가가자 한 마리가 움직였다. 몸이 조금 경련했던 것이다. 코르테즈는 대수롭지 않다는 듯한 태도로 레이저를 쏘았다. 광선은 짐승의 몸통 부분에 깊이가 한 뼘은 되는 상처를 냈다. 짐승은 다른 것들과 마찬가지로 아무 소리도 내지 않은 채로 죽었다.

인간만큼 키가 크지는 않았지만 몸통은 더 두꺼웠다. 전신이 거의 검정에 가까운 암녹색 털로 덮여 있었고(레이저에 그슬린 곳만이 희게 변색해 있었다) 다리가 세 개, 팔은 하나 달려 있는 것처럼 보였다. 덥수룩한 머리에 달려 있는 유일한 장식이라고는 입밖에 없었다. 편평한 검정색 이가 가득 늘어선 축축한 검정색 구멍. 한마디로 구역질나는 생물이었지만, 끔찍했던 것은 인간과의 차이가 아니라 유사점이었다……. 레이저를 맞고 체강(體腔)이 노출된 부분에서는 혈관투성이의 유백색으로 반짝이는 공 같은 것과 구불구불한 내장이 삐져나와 있었고, 혈액은 끈적끈적한 느낌의 검붉은 액체였다.

"로저스, 이걸 보라고. 토오란이 맞나?"

로저스는 내장이 튀어나온 생물 옆에 무릎을 꿇고 앉아 납작한 플라스틱 상자를 열었다. 번쩍거리는 해부 도구가 잔뜩 들어 있었다. 그녀는 외과용 메스를 집어 들었다.

"이렇게 하면 확인할 수 있겠죠."

독 윌슨은 로저스가 몇몇 장기를 덮고 있는 박막을 숙련된 솜씨로 절개하는 광경을 그녀의 어깨 너머로 바라보았다.

"여기 이런 게 있군요."

로저스는 엄지와 검지로 거무스름한 섬유질 덩어리를 집어 우리에게 보여 주었다. 육중한 파이팅 슈트에 이런 섬세한 제스처는 어울리지 않았다.

"그래서?"

"이건 풀이에요, 상사님. 만약 토오란이 이 행성의 풀을 먹고 그 대기를 호흡한다면, 고향 행성과 놀랄 정도로 닮은 행성을 찾았다고 할 수 있겠죠."

그녀는 들고 있던 것을 내던졌다.

"이놈들은 동물에 불과해요, 상사님. 멍텅구리 동물이라고요."

"꼭 그렇다고 할 수 있을까. 네 발로 걷고, 아, 세 발이군, 풀을 먹는다고 해서……"

독 윌슨이 말했다.

"흠, 그럼 뇌를 검사해 보면 알겠네요."

로저스는 머리에 레이저를 맞은 시체를 하나 찾아낸 다음 상처 주위의 검게 그을린 표면을 긁어냈다.

"이걸 보세요."

딱딱한 뼈밖에 없었다. 그녀는 다른 개체의 머리를 뒤덮고 있는 털을 잡아당기고, 헤쳐 보았다.

"도대체 감각 기관은 어디에 붙어 있단 말이죠? 눈도 없고, 귀도 없고, 또……"

그녀는 일어서서 말을 이었다.

"이 빌어먹을 대가리에는 아가리하고 10센티미터 두께의 두개골밖에 없어요. 보호할 뇌 따위는 아예 들어 있지도 않잖아요."

"어깨를 으쓱할 수 있다면, 어깨를 으쓱해 보이고 싶은 심정이군. 그렇다고 해서 뭐가 증명된 건 아니니까 말이야. 외계인의 뇌 자체가 흐늘흐늘한 호두처럼 보여야 한다는 보장도 없고, 꼭 머릿속에 들어 있어야 할 필요도 없어. 아마 그 두개골 자체가 일종의 뇌인지도 모르겠군. 결정(結晶) 격자 구조로 되어 있다든지……"

"흐응. 하지만 이 빌어먹을 밥통은 있어야 할 자리에 있고, 여기 이것들이 내장이 아니라면 내 손에 장을 지……"

그때 코르테즈가 끼어들었다.

"잠깐. 실로 흥미로운 화제이긴 하지만, 지금은 일단 이놈이 위험한지 아닌지를 알아내기만 하면 돼. 행군을 계속해야 하니까. 이런 얘길 할 시간이……"

로저스가 대답했다.

"위험하지 않아요. 이 동물에게는……"

"의무병! 독 윌슨!"

뒤쪽에서 사선을 깔았던 소대원 하나가 손을 흔들고 있었다. 독은 황급히 그곳으로 갔고, 우리들도 그 뒤를 따랐다.

"무슨 일이지?"

그는 뛰어가면서 등으로 손을 돌려 이미 의료 키트를 꺼내 놓고 있었다.

"호가 쓰러졌습니다."

독은 호의 생체활동 모니터 뚜껑을 홱 열었다. 그다지 오래 보고 있을 필요는 없었다.

"죽었어."

"죽었다고?"

코르테즈가 반문했다.

"도대체 뭣 때문에……"

"잠깐 기다려 보게."

독은 모니터에 잭을 끼우고 의료 키트에 있는 다이얼을 조정했다.

"중대원 모두의 생체활동 기록은 12시간 동안 저장되니까. 그걸 뒤로 돌려 보면, 틀림없이…… 이거군!"

"뭐가 어쨌단 말이지?"

"4분 30초 전, 사격을 개시한 바로 그 시각에…… 하느님 맙소사!"

"뭔가?"

"지독한 뇌출혈이야. 아니……"

그는 계기를 바라보았다.

"위험 경보는…… 울리지 않았군. 이상은 어디에서도 발견되지 않았어. 혈압과 박동수가 올라가 있었지만, 그 상황에서는 정상적인 반응이었어……. 이런 일이…… 일어나리라는 징후는 전혀……"

그는 손을 뻗어 호의 슈트를 열었다. 그녀의 섬세한 동양적 얼굴은 위아래의 잇몸을 드러낸 채로 끔찍하게 일그러져 있었다. 함몰된 눈꺼풀 아래로 끈적거리는 액체가 흘러내리고 있었고, 양쪽 귀에서는 아직도 피가 뚝뚝 떨어지고 있었다. 독 윌슨은 다시 슈트를 닫았다.

"이런 것은 본 적도 없어. 마치 두개골 속에서 폭탄이 터지기라도 한 것 같군."

"이런 쌍, 호는 ESP 끼가 있었지."

로저스가 말했다.

"맞아."

코르테즈는 생각에 잠긴 듯한 어조로 말을 이었다.

"좋아. 모두 들어라. 소대장들은 각자의 소대를 점호하고 행불자나 부상자가 있는지를 점검해 봐. 7소대에도 그런 사람 있나?"

"저…… 전 머리가 깨질듯이 아픈데요, 상사님."

러키가 말했다.

그녀 외에도 네 사람이 지독한 두통에 시달리고 있었다. 그중 한 사람은 자기가 약간의 ESP 능력을 가지고 있다고 시인했다. 나머지 세 명은 모른다고 했다.

독 윌슨이 말했다.

"코르테즈, 무슨 일을 해야 하는지는 명백하다고 생각하네. 우선 이…… 괴물들로부터 멀리 떨어져야 하고, 더 이상 죽여서도 안 돼. 호를 죽인 모종의 힘에 이미 다섯 명이 영향을 받고 있는 지금 같은 상황하에서는."

"알고 있어. 빌어먹을, 그걸 내가 모를 것 같나. 자, 이제 출발이다. 방금 대위님께 보고를 마쳤어. 밤에 야영을 하기 전에 가능한 한 이곳에서 멀어지라는 말에 동의하시더군. 중대! 원래 대형으로 돌아가서 같은 방향으로 행군을 재개하라. 5소대가 선두를 맡는다. 2소대는 후방으로 돌아와. 나머지 소대 위치는 처음과 같다."

"호는 어떻게 할까요?"

러키가 물었다.

"모함 쪽에서 알아서 해 줄 거야."

우리가 500미터쯤 나아가자 섬광과 번쩍하며 천둥소리가 울려 퍼졌다. 호의 시체가 있던 곳에서 반짝거리는 버섯구름이 가느다랗게 피어올랐고, 곧 잿빛 하늘에 뒤섞이며 사라졌다.

13

우리는 '밤'이 되자(사실 해는 70시간 후에나 질 예정이었지만) 외계인들을 죽였던 장소에서 10킬로미터쯤 떨어진 낮은 언덕 위에서 행군을 멈췄다. 그러나 그들은 외계인이 아니었다. 외계인은 바로 **우리**였다.

2소대가 나머지 중대를 에워싸는 형태로 산개했고, 우리는 녹초가 되어 땅바닥에 주저앉았다. 전원에게 네 시간의 수면과 두 시간의 보초 임무가 할당되었다.

포터가 와서 내 곁에 앉았다. 나는 그녀의 회선을 눌렀다.

"여어, 메리게이."

"오, 윌리엄."

무전을 통해 들려온 그녀의 목소리는 칼칼하게 쉬어 있었다.

"정말이지 끔찍했어."

"이젠 다 끝났으니까……"

"나도 처음에 하나 죽였어. 레, 레이저를 정통으로……"

나는 그녀의 무릎에 손을 올려놓았다. 플라스틱끼리 덜컥 부딪치는 소리가 났고, 나는 움찔 손을 뗐다. 기계끼리 껴안고 성교하는 광경이 뇌리를 스쳤던 것이다.

"전부 자기 탓이라고는 생각하지 마, 메리게이. 책임은…… 우리들 모두에게 똑같이 있으니까 말이야……. 하지만 진짜 가책을 느껴야 할 인간은 코르……."

"거기 졸병들. 잡담 그만두고 좀 자 둬. 두 사람 모두 두 시간 후에 보초를 서야 해."

"예, 상사님."

그녀의 목소리가 너무나도 슬펐고 지쳐 있었던 탓에 가슴이 아팠다. 그녀를 만질 수만 있다면, 접지선이 전류를 빨아들이는 것처럼 그녀의 슬픔을 빨아들일 수 있을 텐데. 그러나 우리들은 각자의 플라스틱 세계 속에 갇혀 있었다.

"잘 자, 윌리엄."

"잘 자."

슈트 안에서 성적으로 흥분하는 일은 거의 불가능했다. 배설 튜브를 끼고 있는 데다가 염화은 전극에 몸 여기저기를 쿡쿡 찔리고 있기 때문이었다. 그럼에도 불구하고 내 몸은 반응했다. 아마 감정의 무기력함에 대한 육체적 반응이었는지도 모르고, 메리게이와 보냈던 좀 더 즐거웠던 밤을 기억했기 때문인지도 모른다. 혹은 죽음이 난무하는 이 행성에서, 나 자신의 죽음도 임박해 있다는 예감을 느끼고, 자손을 남기기 위한 최후의 기회가 왔다는 사실을 깨달은 기중기가 고개를 쳐들었는지도 모르는 일이다……. 이런 식의 즐거운 상념이 머릿속에서 빙빙 돌았다. 곧 나는 잠에 빠져들었고, 내가 기계인 꿈을 꾸었다. 생명 기능을 흉내 내기 위해 삐걱거리고 철컥거리며 꼴사납게 세계를 돌아다니는 기계의 꿈을. 사람들은 예의 바르게 아무 말도 하지 않았지만, 등 뒤에서는 나를 손가락질하며 킥킥거리고 있었다. 내 머릿속에 들어앉아 레버와 클러치를 잡아당기며 계기를 보고 있는 조그만 사내. 그는 도저히 어떻게 할 수 없을 정도로 미쳐 있었고, 하루하루의 고통을 끌어모아서……

"만델라! 빌어먹을, 일어나. 네가 보초 설 차례야!"

나는 절뚝거리며 보초선의 내 위치로 가서 경계를 시작했다. 무엇을 경계하고 있었는지는 오직 하느님만이 알고 계시다……. 그러나 너무나도 피곤했던 탓에 도저히 눈을 뜨고 있을 수가 없었다. 마침내 나중에 괴로울 것을 뻔히 알면서도 흥분제 알약을 한 알 삼켰다.

한 시간 이상 그 자리에 앉아 내 경계 구역을 전후좌우로 주시하고 있었지만 주위 풍경에는 아무런 변화도 없었다. 바람에 풀이 흔들리는 일조차 없었다.

그러던 중 느닷없이 풀숲이 옆으로 갈라지더니 다리가 세 개 달린 그 생물이 내 앞으로 왔다. 나는 손가락을 들어 올렸지만 쏘지는 않았다.

"이동 물체 출현!"

"이동 물체 출현!"

"하느님 맙…… 바로 앞에……"

"쏘지 마! 니미럴, 절대로 쏘면 안 돼!"

"이동 물체 확인."

"이동 물체 확인."

나는 재빨리 좌우를 훑어보았다. 내가 보는 한, 모든 보초들 앞에 눈이 멀고 멍청한 짐승들이 한 마리씩 서 있었다.

아마 잠에서 깨기 위해 아까 먹었던 흥분제 때문에 이들이 발산하는 그 무엇인가에 평소보다 더 민감하게 반응했는지도 모른다. 두피가 근질거렸고, 모양이 없는 그 **무엇**인가를 마음으로 느꼈다. 마치 누군가가 나에게 뭐라고 말했지만 잘 알아듣지 못했고, 다시 물어보려고 해도 이미 상대방이 사라져 버렸을 경우에 느끼는 바로 그 느낌이었다.

짐승은 한 개뿐인 앞다리를 딛고 앞쪽으로 몸을 기울인 채로 앉아 있었다. 쪼그라든 팔 하나가 달린 커다란 녹색의 곰. 그 짐승의 파워가 내 마음을 꿰뚫었다. 거미줄, 밤의 공포가 메아리친다. 커뮤니케이션을 원하는 건지, 나를 파괴하려 하는 건지 알 수 없었다.

"좋아, 보초선에 있는 너희들, 천천히 뒤로 물러나. 섣부른 동작을 하면 안 돼……. 머리가 아프다거나 하는 놈은 없나?"

"상사님, 홀리스터입니다."

러키였다.

"저놈들은 뭔가 말하려 하고 있어요……. 난 그걸 거의 이해할 수…… 아니, 그냥…… 지금 말할 수 있는 것은, 우리가, 우리가…… 어, '괴상하다고(funny)' 저놈들이 느끼고 있다는 점입니다. 이들은 두려워하고 있지는 않아요."

"그러니까 네 앞에 있는 놈은 두려워하고 있지 않다고……"

"아니, 그 느낌은 무리 전체에서 오고 있어요. 모두 같은 생각을 하고 있는 거죠. 제가 왜 이런 걸 아는지 묻지는 말아 주세요. 그냥 알 수 있을 뿐이니까."

"아마 호한테 그런 짓을 했을 때도 재미있다고(funny) 느꼈던 건지도 모르겠군."

"그럴지도 모르죠. 하지만 이놈들에게서 위험한 느낌은 없어요. 그냥 우리한테 호기심을 느끼고 있는 거예요."

"상사님, 보어즈입니다."

"말해 봐."

"토오란들은 이곳에 적어도 1년 이상 있었습니다. 따라서 이들…… 살 찐 곰인형들과 의사소통을 하는 방법을 발견했을지도 모릅니다. 이놈들을 이용해서 우리를 정탐하고, 그 정보를 받아……"

러키가 끼어들었다.

"만약 그게 사실이라면 모습을 드러내지는 않았을 거야. 마음이 내키면 완벽히 몸을 숨길 수 있는 능력을 갖고 있으니까 말이야."

코르테즈가 입을 열었다.

"어쨌든 간에, 놈들이 스파이라면 이미 때는 늦었다는 얘기가 돼. 그렇지만 지금 와서 놈들에게 적대적인 행동을 취한다는 건 별로 현명한 일이 아닐 것 같군. 놈들이 호한테 한 짓을 생각하면 모조리 죽이고 싶어 하는 너희들 마음을 이해하겠고, 또 나도 마찬가지로 느끼고 있지만, 역시 신중하게 행동할 필요가 있어."

모조리 죽이고 싶은 마음 따위는 없었다. 살았든 죽었든 아예 보고 싶지 않았을 따름이다. 나는 야영지 중심으로 천천히 되돌아갔다. 그 짐승은 내 뒤를 따를 생각은 없는 것 같았다. 아마 우리가 이미 포위되어 있다는 사실을 알고 있었는지도 모른다. 그것은 한쪽 팔로 풀을 뽑아 씹어 먹기 시작했다.

"오케이. 소대장들은 부하들을 모두 깨워서 점호하도록. 피해를 본 사람이 있으면 내게 보고하고, 1분 후에 출발한다고 전해."

코르테즈가 무엇을 기대했는지는 모르지만, 물론 이들 짐승은 우리 뒤를 따라왔다. 우리를 포위하지는 않았다. 그냥 스물에서 서른 마리가 우리 뒤를 계속 따라왔을 뿐이었다. 언제나 같은 개체가 그러는 것도 아니었다.

한 마리가 어슬렁거리며 다른 곳으로 가면, 다른 놈이 이 퍼레이드에 참가하는 식이었다. 지치는 쪽이 이놈들이 아니라는 사실은 명백했다.

우리는 각자 흥분제를 한 알씩 먹어도 좋다는 허락을 받았다. 이것이 없었다면 한 시간도 행군할 수 없었을 것이다. 약효가 점점 떨어지기 시작하면 두 알째를 먹으면 되지 않느냐고 반문할지도 모르지만, 지금 이 상황에서는 수치적으로 가능한 일이 아니었다. 우리는 여태껏 적 기지에서 30킬로미터 떨어진 지점에 있었고, 적어도 열다섯 시간을 더 행군할 필요가 있었다. 계속 흥분제를 먹으면 100시간 동안 잠을 자지 않고 활발히 행동할 수는 있지만, 두 번째 정제를 먹은 뒤부터는 판단력과 지각 능력이 기하급수적으로 떨어지기 시작한다. 극단적인 경우에는, 터무니없는 환각을 현실로 착각하고, 아침을 먹을까 말까 몇 시간이나 망설이는 사태가 오는 것이다.

인위적인 흥분 상태에서 중대는 여섯 시간 동안 힘차게 행군했다. 그러나 일곱 시간째에는 보조가 떨어지기 시작했고, 아홉 시간 후 19킬로미터를 답파했을 때에는 녹초가 되어 주저앉아 버렸다. 곰인형들은 결코 우리를 시야에서 놓치지 않았고, 루키의 말에 따르면 '방송'을 멈추지도 않았다. 코르테즈는 일곱 시간 휴식하기로 결정했다. 각 소대가 한 시간씩 보초 임무를 맡았다. 7소대에 소속되어 있다는 사실이 이렇게 기뻤던 적은 없었다. 보초를 서는 것도 일곱 번째였으므로, 여섯 시간 동안 한 번도 방해받지 않고 잘 수 있었기 때문이다.

나는 땅바닥에 누웠다. 곯아떨어지기 직전, 다음번에 눈을 감을 때면 그것이 내 마지막이 될지도 모른다는 생각이 뇌리를 스쳐 갔다. 약기운 때문에 머리가 지끈거렸다. 오늘 하루 경험했던 공포 때문에, 뭐가 어떻게 되든 될 대로 되라는 심정이었다.

14

토오란과의 최초의 접촉은 내가 당직일 때 일어났다.

잠에서 깨고 독 존스와 교대했을 때도 곰인형들은 여전히 그곳에 있었다. 놈들은 각 보초 앞의 처음 위치에 한 마리씩 앉아 있었다. 나를 기다리고 있던 놈은 다른 놈들에 비해 약간 덩치가 커 보였지만, 그 점을 제외하면 다른 것들과 전혀 차이가 없어 보였다. 앉아 있던 곳 주위의 풀이 모두 뜯겨 있었기 때문에 이따금 옆으로 이동하며 풀을 뜯어먹었지만, 언제나 내 앞으로 되돌아와서 나를 **바라보았던**(바라볼 눈 같은 것이 있다면 얘기지만) 것이다.

15분쯤 서로를 쳐다보고 있었을 때 코르테즈의 굵직한 목소리가 울려 퍼졌다.

"전 중대, 그만 자고 숨어!"

나는 본능적으로 땅에 엎드린 다음 키가 큰 수풀 속으로 구르듯이 들어갔다.

"머리 위에 적기."

코르테즈의 목소리가 단조롭게 울려 퍼졌다.

엄밀하게 말하자면, 적기는 우리 머리 위가 아닌 동쪽 상공을 통과하고 있었다. 시속 100킬로미터 정도의 속도로 천천히 움직였고, 마치 더러운 비눗방울에 에워싸인 빗자루처럼 보였다. 그것에 올라탄 생물은 곰인형들에 비하면 조금 인간을 닮아 있었지만, 그저 그런 정도였다. 좀 더 자세히 관찰하기 위해 나는 영상 증폭기의 출력을 40로그2로 올렸다.

두 개의 팔과 두 개의 다리가 달려 있었지만, 허리는 내가 양손으로 움켜쥘 수 있을 만큼 가늘었다. 이 가느다란 허리 밑에 너비가 거의 1미터에 달하는 말굽 모양의 골반 구조물이 붙어 있었다. 그 밑으로는 비쩍 마른 두 다리가 건들거리고 있었지만, 무릎 관절은 눈에 띄지 않았다. 허리 위로 갈수록 몸은 두터워졌고, 골반에 지지 않을 정도로 넓은 가슴으로 이어졌다. 너무 길고 근육이 붙어 있지 않다는 점을 제외하면 양팔은 놀랄 만큼 인간을 닮아 있었다. 손에 달린 손가락이 너무 많았다. 어깨나 목은 없었다. 갑상선종(甲狀腺腫)을 연상시키는 머리통은 육중한 가슴에서 악몽처럼 직접 부풀어 올라 있었다. 생선 알집처럼 보이는 두 개의 복안(複眼)에, 코가 있을 자리에는 옥수수수염 같은 것이 여러 개 달려 있었다. 목젖이 있어야 할 장소에 열려 있는 구멍은 입일지도 모르겠다. 비눗방울이 외계를 차단하는 보호막 역할을 하고 있다는 사실은 명백했다. 딱딱해 보이는 피부 외에는 아무것도 입고 있지 않았기 때문이다. 마치 가죽을 오랫동안 뜨거운 물에 담근 후 엷은 오렌지색으로 물들인 듯한 느낌의 피부였다. '그'는 외부로 돌출된 생식기를 가지고 있지 않았지만, 유선(乳腺)의 흔적 따위도 찾아볼 수 없었다. 그래서 일단 남성 대명사를 쓰기로 했다.

그는 우리를 보지 못했거나 우리가 곰인형들의 동료라고 생각한 듯했다. 한 번도 우리를 돌아보지 않고, 우리와 같은 방향, 즉 북동쪽 0.05라디안을 향해 비행을 계속했던 것이다.

"다시 잠을 청해도 될 것 같군. **저것**을 보고 나서도 잘 수 있다면 말이야. 0435시에 출발한다."

그때까지는 40분이 남아 있었다.

행성 전체가 두터운 구름으로 뒤덮여 있었기에 적 기지가 어떤 형태를 하고 있고, 어느 정도의 규모인지 우주에서 관측할 수는 없었다. 우리는 단지 그 위치를 알고 있을 뿐이었다. 정찰선의 착륙 지점을 추정했을 때처럼 말이다. 따라서 그 기지가 해저나 지하에 존재할 가능성도 충분히 있었다.

그러나 일부 무인 전투기는 유인책이었을 뿐만 아니라 정찰기의 역할도 겸하고 있었다. 적 기지에 공격을 가하는 척하며 접근한 무인기 한 대는 사진을 찍는 데 성공했다. 우리가 적 기지의 '통신' 설비에서 5킬로미터 지점까지 접근했을 때 스토트 대위는 코르테즈에게 기지의 약도를 지향성 레이저 통신으로('챙'이 달린 헬멧을 쓴 사람은 코르테즈뿐이다) 전송했다. 코르테즈는 행군을 멈췄고, 소대장들을 7소대가 있는 곳으로 불렀다. 곰 인형 두 마리도 느릿느릿 따라왔다. 우리는 이들을 무시했다.

"좋아. 대위님이 목표물의 사진을 몇 장 보내 주셨다. 지금부터 지도를 그릴 테니까, 소대장들은 그걸 베끼도록."

코르테즈가 커다란 플라스틱 매트를 펼치는 동안 소대장들은 각자의 허벅지 포켓에서 메모패드와 첨필(尖筆)을 꺼냈다. 코르테즈는 잔여 정전기를 떨쳐내기 위해 매트를 흔든 다음 첨필의 스위치를 넣었다.

"자, 우리는 이 방향에서 접근한다."

그는 지도 바닥에 화살표를 그렸다.

"처음 공격 목표가 되는 건 여기 막사 건물들이야. 아마 숙사나 벙커겠지만, 확실히는 아무도 몰라……. 우리의 첫 번째 목표는 우선 이 건물들을 파괴하는 거야. 기지 전체가 널찍한 평원에 위치하고 있어서 그 건물들 사이로 몰래 숨어들어 갈 수는 없으니까 말이야."

"포터입니다. 왜 그냥 그 건물들 위를 뛰어넘으면 안 되죠?"

"응, 그럴 수야 있지. 하지만 그러다가는 완전 포위돼서 갈기갈기 찢기는 수가 있어. 우선 이들 막사를 부수는 게 나아. 그런 다음엔…… 그때그때의 상황에 따라 알아서 대처하라고 말할 수밖에 없군. 항공 정찰로는 겨우 건물 두어 개의 기능밖에는 알아낼 수 없어. 정말 열 받는 일이지. 놈들의 주보(酒保) 따위를 때려 부수는 데 시간을 낭비하고, 쓰레기 더미나 뭐 그런 것 같아 보인다는 이유로 큼직한 병참 컴퓨터 따위를 모르고 지나칠 수도 있으니까 말이야."

"만델라입니다. 우주항(宇宙港) 같은 게 있어야 하지 않습니까. 제가 보기엔 우선 그걸……"

"빌어먹을, 그건 **나중에** 얘기할 참이었어. 놈들 기지는 이 임시 막사들 같은 걸로 둘러싸여 있으니까, 어차피 어딘가를 돌파해야 해. 목표물에 제일 가깝고, 공격하기 전에 위치를 노출할 가능성도 적은 곳은 바로 이 지점이야. 기지 전체를 둘러보아도 실제로 무기 같아 보이는 것은 발견되지 않았어. 하지만 그건 별 의미가 없지. 놈들이 이들 막사에 기가와트 레이저포를 한 문씩 숨겨 놓았을지 누가 아나. 자, 막사에서 500미터쯤 떨어진 곳, 기지 한복판에는 커다란 꽃 모양을 한 구조물이 있다."

코르테즈는 꽃잎 일곱 개를 가진 커다란 대칭형의 꽃 같은 물체를 그렸다.

"도대체 이게 무슨 물건인지는 너희와 마찬가지로 나도 몰라. 하지만 이 건물은 단 하나밖에 없으므로, 가능한 한 손상을 입히는 일이 없도록 주의

해. 바꿔 말하자면…… 만약 이것이 위험하다고 내가 판단할 경우엔 즉시 산산조각을 내 버려야 한다는 뜻이야. 자, 만델라, 네가 말한 우주항 말인데, 그런 건 없어. 어디에도. 희망호가 파괴한 적 순양함은 우리들 것처럼 그냥 위성 궤도에 머물러 있었을 공산이 크지. 만약 놈들이 우리의 정찰선이나 무인기에 상당하는 것을 가지고 있다면 전부 이 기지에 있든지, 아니면 어딘가에 잘 숨겨 놓았든지 둘 중 하나야."

"보어즈입니다. 그럼 우리가 궤도에서 행성으로 진입했을 때 적은 도대체 뭘로 공격해 온 겁니까?"

"그건 나도 몰라, 일병. 적의 병력수를 알아내는 방법은 없는 것 같군. 적어도 직접적으론 말이야. 정찰 사진은 기지 내에서 단 한 마리의 토오란도 발견하지 못했어. 물론 그런다고 무슨 의미가 있는 건 아냐. 이건 어디까지나 이질적인(alien) 환경이니까 말이야. 하지만 간접적으로는…… 그 빗자루 같은 비행 기계 숫자를 셀 수는 있었지. 막사는 51채 있고, 각 막사에는 빗자루가 하나씩 딸려 있었어. 아마 토오란은 51명 있고, 그 사진을 찍었을 당시 그중 한 마리가 기지 밖에서 목격된 건지도 모르지."

"키팅입니다. 51명의 장교가 있을지도 모르죠."

"맞아. 그 장교들이 지휘하는 5만 명의 보병이 건물 하나를 꽉 메우고 있는지도 모르지. 확실한 건 아무것도 없어. 혹은 열 명의 토오란이 빗자루를 다섯 개씩 가지고 있고, 그중 하나를 마음 내키는 대로 골라 쓰는 건지도 모르지. 한 가지 우리에게 유리한 점이 있어. 통신이야. 놈들이 메가헤르츠 전자기파의 주파수 변조를 쓰고 있다는 점은 확실하니까 말이야."

"전파를 쓰다니!"

"그래. 근데 넌 누구냐. 통신에 끼어들 때는 자기 이름을 말하도록. 따라서 놈들이 우리의 위상(位相) 변환식 뉴트리노 통신을 탐지하지 못할 가능성은 높다고 봐야겠지. 또 공격 직전에 희망호는 방사능 오염도가 높은 핵분열 폭탄을 한 발 쏠 예정이야. 기지 바로 위의 고공에서 폭발시키는 거지. 그럼 당분간 놈들은 가시선(可視線) 통신*에 의존하는 수밖에 없을 거야. 그것조차도 공전(空電) 때문에 알아듣기 힘들어질걸."

"그럼 왜…… 테이트입니다……. 그 폭탄을 그놈들 머리 위에 직접 떨어뜨리지 않는 겁니까. 그럼 우리가 이렇게 고생할 필요도……"

"그 질문은 대답할 가치조차 없군, 일병. 굳이 대답해 주자면, 네가 말하는 바로 그런 상황이 올지도 몰라. 그런 일이 일어나지 않도록 비는 편이 나을걸. 기지를 직접 공격하는 경우는, 희망호의 안전이 위협받는 사태가 온 것을 의미하니까 말이야. 그 공격은 **우리의** 공격이 끝난 후, 우리가 기지로부터 충분한 안전거리를 확보하기도 전에 일어날 공산이 크지.

그런 일을 방지하기 위해서는 우리가 제대로 임무를 수행하는 수밖에 없어. 더 이상 적 기지가 기능하지 못하도록 만드는 거야. 그와 동시에, 가능한 한 많은 시설을 원형 그대로 남겨둬야 해. 그리고 포로를 한 명 잡도록."

"포터입니다. 적어도 한 명의 포로를 얘기하시는 겁니까?"

"내가 지금 말한 대로야. 단 한 놈만 잡아. 포터…… 널 지금 소대장에서 해임한다. 차베스와 교대해."

"예, 상사님."

그녀의 목소리에는 안도하는 기색이 역력했다.

코르테즈는 지도를 앞에 놓고 지시를 계속했다. 기지에 있는 한 건물의

---

* line-of-sight communications, 방해물이 없을 경우에만 사용 가능한 직선적인 통신 방식. 레이저 통신 따위.

기능은 명백했다. 꼭대기에 접시 모양의 커다란 가동식 안테나가 달려 있었던 것이다. 척탄병들은 유효 사정 내에 들어가는 즉시 이것을 파괴하라는 명령을 받았다.

공격 계획은 상당히 막연한 것이었다. 공격은 핵분열 폭탄의 섬광이 터지면서 시작된다. 이와 동시에 무인 전투기 몇 대가 기지에 접근해서, 적이 어떤 종류의 방공 시설을 가지고 있는지를 확인한다. 우리는 이들 방어 시설을 완전히 파괴하는 일 없이 약화시켜야 한다.

폭탄과 무인 전투기의 공격 직후, 척탄병들은 한 줄로 늘어선 일곱 채의 막사를 증발시킨다. 중대 전원이 그곳을 통해 기지로 돌입하고…… 그다음에 무슨 일이 일어날지는 아무도 몰랐다.

계획대로라면 우리는 기지 끝에서 끝까지를 훑으며 몇몇 목표물을 파괴하고 토오란들을 소탕할 것이다. 그러나 이것은 토오란이 저항다운 저항을 하지 않았을 경우의 얘기였고, 작전이 이렇게 술술 풀려 줄 가능성은 거의 없었다.

한편, 토오란이 처음부터 압도적인 우세에 설 경우에 코르테즈는 산개 명령을 내릴 것이다. 우리들 각자가 관성 컴퍼스의 다른 방향을 향해 가라는 명령을 받고 있었다. 그런 식으로 사방팔방으로 도망친 다음, 생존자들은 기지에서 동쪽으로 40킬로미터쯤 떨어진 계곡에 재집결할 예정이었다. 그런 다음 희망호가 기지를 조금 두들기고, 우리는 다시 교전을 시도할 것이다.

"마지막으로 해 둘 말이 하나 있다."

코르테즈가 귀에 거슬리는 거친 목소리로 말했다.

"아마 너희나 너희 부하 중에 포터와 같은 생각을 하고 있는 사람이 있을지도 모르겠군……. 좀 더 관대한 태도를 가지고, 그런 식의 대학살을 피하는 편이 좋지 않을까 하는 생각 말이다. 그러나 자비는 사치이고, 이 전쟁의 현 단계에서는 더 이상 포용할 수 없는 약점이야. 우리가 적에 대해 알고 있는 것이라고는 **단지** 그들이 798명의 인간을 죽였다는 사실뿐이야. 놈들은 우리 순양함을 공격하는 일에도 전혀 주저하지 않았어. 따라서 최초의 지상전에서도 놈들이 주저하리라 기대하는 것은 우매한 생각이야.

너희의 전우들이 훈련에서 사망한 것은 바로 **그놈**들 때문이야. 호의 경우도 그렇고, 오늘 전사하게 될 자들도 마찬가지이지. 놈들에게 동정을 느낀다는 행위 자체를 난 이해하지 못하겠군. 하지만 그런다고 해서 뭐가 달라지는 것은 아냐. 너희들은 명령을 받았고, 이젠 알아도 피차일반이니 가르쳐 주는 거지만, 너희들 모두는 최면 후 암시를 받고 있어. 전투 직전에 내가 할 어떤 말이 그것을 작동시키는 열쇠야. 그럼 훨씬 편하게 임무를 수행할 수 있을 거다."

"상사님……"

"입 닥쳐. 시간이 없어. 각자의 소대로 돌아가서 명령을 전달하도록. 5분 후에 출발한다."

소대장들은 부하들에게로 돌아갔고, 뒤에는 코르테즈와 우리들 열 명만 남았다. 그리고 근처를 우왕좌왕하며 앞길을 방해하는 세 마리의 곰 인형들이.

15

우리는 마지막 5킬로미터를 극히 조심스럽게 답파했다. 언제나 가장 키가 큰 풀숲 사이로만 이동했고, 이따금 나타나는 공터를 가로지를 때는 뛰었다. 기지가 있다는 지점에서 500미터까지 접근했을 때, 코르테즈는 3소대를 척후로 내보냈다. 우리는 뒤에서 납작 엎드려 있었다.

코르테즈의 목소리가 일반 회선을 통해 들려왔다.

"예상했던 것과 별로 다르지 않군. 일렬종대로 포복 전진 시작. 3소대가 있는 곳까지 가면 각자의 분대장을 따라 좌우로 산개해."

우리는 이 명령에 따랐고, 곧 1개 중대 83명은 공격 예정 방향과 대략 직각으로 전열을 짜고 대기했다. 우리는 상당히 잘 은폐되어 있었다. 횡대를 따라 어슬렁거리며 풀을 씹어 먹고 있는 한 다스가량의 곰인형들이 있기는 했지만 말이다.

기지 안에서 생명체의 징후는 보이지 않았다. 모든 건물은 창문이 없었고 똑같은 흰색으로 반짝이고 있었다. 우리의 첫 번째 목표물인 막사는 약

60미터 간격을 두고 지면에 반쯤 묻혀 있는 편평한 달걀에 불과했다. 코르테즈는 막사 한 채에 척탄병을 한 명씩 할당했다.

우리는 세 개의 화력 팀으로 편성되어 있었다. A팀은 2, 4, 6소대였고, B팀은 1, 3, 5소대, 그리고 지휘 소대가 C팀이었다.

"1분도 채 안 남았다. 필터를 내려! 내가 '발사'라고 말하면, 척탄병들은 목표물을 파괴하도록. 만약 못 맞히기라도 했다간 어떻게 되는지 알지."

그때 거인이 트림을 한 듯한 소리가 났고, 대여섯 개의 무지갯빛 비눗방울이 꽃 모양을 한 건물에서 떠올랐다. 이들 비눗방울은 점점 빨리 움직이며 시야에서 사라질 정도로 높은 곳까지 상승했다가, 느닷없이 우리 머리 너머의 남쪽으로 날아갔다. 갑자기 주위가 밝아지면서 오래간만에 북쪽으로 길게 뻗은 내 그림자를 보았다. 핵분열 폭탄이 예정보다 빨리 폭발했던 것이다. '그런다고 해서 뭐가 달라지는 것은 아냐.' 하고 생각할 여유는 있었다. 핵폭발은 놈들의 통신을 엉망진창으로 만들었을 게 뻔하고……

"무인 전투기다!"

전투기는 나무 높이에서 굉음을 내며 날아왔다. 비눗방울이 하나 공중으로 떠오르더니 전투기를 쫓아갔다. 두 물체가 접촉하자마자 비눗방울이 터지며 무인 전투기가 폭발했고, 수백 개의 미세한 파편이 되어 사방팔방으로 튀었다. 반대쪽에서 또 무인 전투기가 날아왔지만 역시 같은 전철을 밟았다.

"발사!"

500마이크로톤의 유탄 일곱 발이 눈부신 섬광을 발했다. 맨몸이었다면 그 충격파만으로도 죽어 버렸을 것이다.

"필터를 올려."

연기와 먼지로 이루어진 잿빛의 흐릿한 세계. 마치 굵은 빗방울이 떨어지는 듯한 소리와 함께 흙덩어리가 쏟아진다.

"잘 들어라,

'스코트랜드인이여, 월러스와 함께 피를 흘렸던 자들이여,

스코트랜드인이여, 브루스의 뒤를 따랐던 자들이여,

이곳으로 오라, 피투성이 전장을 향해,

아니면 승리가 있는 곳을 향해!'"

내 머릿속에서 일어나고 있는 일에 정신이 팔린 나머지 노래 자체에는 거의 귀를 기울이지 않았다. 나는 이 노래가 최면 후 암시에 불과하다는 사실을 알고 있었고, 미주리에서 이것을 이식당했던 당시의 일조차 기억할 수 있었지만, 그렇다고 해서 그 강제력이 줄어든 것은 아니었다. 강렬한 의사(擬似) 기억이 몰려오며 머리가 핑핑 돌았다. 털북숭이의 거대한 토오란들이(지금 알고 있는 모습과는 전혀 닮지도 않았다) 이민 우주선에 난입하여 공포에 질려 비명을 지르는 어머니들 앞에서 갓난애들을 잡아먹고 (이민자들은 결코 갓난애를 데리고 가지 않는다. 가속에 견디지 못하기 때문이다), 핏줄이 선 거대한 남근으로 여자들을 강간해 죽이고(그들이 인간에게 욕정을 느끼다니 황당하기 이를 데 없는 얘기이다), 남자들을 잡아 누르고 산 채로 살을 뜯어내서 (마치 외계인의 단백질을 섭취할 수 있다는 듯이) 게걸스레 포식하는 광경……. 이런 소름 끼치는 세부를 마치 1분 전에 일어난 일처럼 뚜렷하게 기억했던 것이다. 터무니없을 정도로 과장되고 논리적으로도 전혀 조리가 맞지 않는 기억이었다. 그러나 내 깨어 있는 의식이 이 멍청한 얘기를 거부하는 동안, 마음속 훨씬 깊은 곳에서, 우리의 진짜 동기와 윤리를 간직한 채로 잠자고 있는 짐승의 내부에서, 그 무엇인가가 외계인의 피를 갈망하고 있었다. 한 인간이 할 수 있는 가장 고귀한 행위란 목숨을 걸고 이 끔찍한 괴물을 죽이는 일이라는 확신과 함께……

나는 이것들 모두가 터무니없는 헛소리라는 사실을 잘 알고 있었고, 내 마음을 이렇게까지 제멋대로 주물러 놓은 자들을 증오했지만, 내 이빨이 북북 갈리는 소리를 들을 수 있었고, 내 뺨이 경련하며 피에 굶주린 미소를 짓는 것을 느낄 수 있었다……. 곰인형 하나가 얼떨떨한 태도로 내 앞을 걸어가고 있었다. 나는 손가락 레이저를 들어 올렸지만, 누군가가 나를 앞질러 그놈을 쏘았다. 짐승의 머리통이 폭발하며 잿빛 뼛조각과 피가 구름처럼 솟구쳤다.

러키가 반쯤 흐느끼는 듯한 신음 소리를 내며 말했다.

"이 더러운…… 추잡한 쌍놈 새끼들."

레이저 광선의 섬광이 일제히 교차했다. 모든 곰인형들이 죽어 나자빠졌다.

"빌어먹을, **조심해!**"

코르테즈가 절규했다.

"제대로 **조준하고** 쏘란 말이다, 그건 장난감이 아냐!"

"A팀, 전진. 크레이터로 들어가 B팀을 엄호하도록."

누군가가 웃으며 흐느끼고 있었다.

"씨팔, 도대체 어떻게 된 거냐, 페트로프?"

코르테즈의 상소리를 듣는 것은 기묘한 느낌이었다.

나는 몸을 비틀어 페트로프를 보았다. 그는 후방 좌측의 얕은 구멍 안에 엎드려서 울고, 꿀럭거리며 미친 듯이 땅을 파고 있었다.

"니미럴."

코르테즈가 내뱉었다.

"B팀! 크레이터에서 10미터 앞으로 전진해서 대열을 맞춰. C팀, A팀하고 함께 크레이터로 들어가."

나는 서둘러 일어나 100미터 거리를 증폭된 열두 걸음 만에 답파했다. 크레이터는 정찰선 하나를 완전히 숨길 수 있을 만큼 컸고, 어떤 것들은 직경이 10미터를 넘었다. 나는 구멍 반대쪽으로 도약했고, 친이라는 이름의 병사 옆에 착지했다. 내가 왔을 때도 그는 고개를 돌리려고조차 하지 않았다. 그러는 대신 생명체의 징후를 찾아 전방의 기지를 계속 주시하고 있었다.

"A팀, B팀 앞으로 10미터 전진해서 횡대를 짜라."

이 말이 끝나자마자 우리들 앞에 있던 건물이 꾸르륵하는 소리를 내더니 이쪽으로 비눗방울을 잔뜩 쏟아냈다. 대다수는 이것을 보고 납작 엎드렸지만, 친은 막 돌격하려던 참이었고, 결국 방울 하나에 정통으로 부딪히고 말았다.

비눗방울은 그의 헬멧 꼭대기 부분을 스쳐 지나갔고, 희미한 파열음과 함께 소멸했다. 친은 한 걸음 물러서더니 크레이터 가장자리에서 뒤로 굴러떨어졌다. 머리에서 솟구친 피와 뇌수가 공중에 긴 호를 그렸다. 생명을 잃은 그의 몸은 사지를 큰대자로 벌린 채 크레이터 바닥으로 미끄러졌다. 비눗방울은 플라스틱, 머리카락, 피부, 뼈, 뇌 할 것 없이 모두 무차별하게 파괴했고, 그때 생긴 완벽한 대칭형의 구멍에 진흙이 꽉 차 있는 것이 보였다.

"모두 사격 중지. 소대장들은 피해를 보고하라……. 체크…… 체크, 체크…… 체크, 체크, 체크…… 체크. 세 명 사망. 몸을 숙이고 있었더라면 죽지 않아도 됐다. 그러니까 저 방울이 파열하는 소리가 들리면 땅에 바싹 엎드려. A팀, 전진을 개시하라."

A팀은 더 이상 피해를 입지 않고 10미터를 나아갔다.

"좋아. C팀, B팀이 있는 곳으로 돌진…… 멈춰! 엎드려!"

이미 전원이 땅에 바싹 엎드려 있었다. 새로 발사된 비눗방울은 매끄러운 호선을 그리며 지상에서 2미터쯤 되는 곳을 통과했다. 방울 전부가 우리 머리 위를 아무 일 없다는 듯 조용히 지나갔지만, 그중 하나는 나무에 부딪쳐서 그것을 산더미 같은 이쑤시개 더미로 만들어 놓았다.

"B, A 앞으로 10미터 돌진. C는 B가 있던 곳으로 가라. B의 척탄병들은 꽃을 잡을 수 있는지 확인해 봐."

두 발의 유탄이 꽃에서 30~40미터 떨어진 지면을 찢어발겼다. 그러자 꽃은 마치 공황 상태에 빠지기라도 한 듯이 끊임없이 비눗방울을 쏟아냈다. 그러나 지면에서 2미터보다 낮게 날아오는 비눗방울은 하나도 없었다. 우리는 포복 전진을 계속했다.

갑자기 꽃에서 이음매가 나타나더니 커다란 문만큼 넓어졌다. 토오란들이 그곳에서 우르르 쏟아져 나왔다.

"척탄병들은 사격을 중지하라. B팀은 좌우로 레이저를 소사하라. 놈들이 한 군데 뭉치게 만드는 거야. A와 C는 중앙을 돌파하라."

레이저의 집중 사격을 받고 돌진해 오던 토오란 하나가 죽었다. 나머지는 모두 원위치에 머물렀다.

슈트를 입고 고개를 숙인 채로 달리는 일은 쉽지 않았다. 우선 스케이트를 신고 얼음을 지치는 요령으로 몸을 좌우로 움직여야 했다. 안 그러면 공중으로 날아가 버리니까 말이다. A팀 병사 중 적어도 한 명이 너무 높이 도약한 탓에 친의 전철을 밟았다.

꼼짝없이 함정에 갇혀 있는 듯한 느낌이었다. 양쪽에는 레이저 광선의 벽이 버티고 있고, 조금이라도 머리를 들면 죽음을 의미하는 천장이 기다리고 있다. 그럼에도 불구하고 마침내 이 극악무도한 갓난애 포식자들을 한 놈이라도 죽일 기회가 왔다는 행복감에 나는 도취되어 있었다. 마음 한 구석에서는 이것들 모두가 개소리라는 사실을 자각하고 있었으면서도 말이다.

별로 효과적이라고는 할 수 없는 비눗방울을 제외하면(이것이 대인 무기로 설계된 것이 아니라는 점은 명백했다) 적의 공격은 없었다. 그러나 적은 건물로 되돌아가지는 않았다. 그러는 대신 100마리쯤 한 장소에 모여서 우왕좌왕하며 우리가 접근하는 것을 바라보고만 있었다. 유탄 두어 발이면 몽땅 쓸어버릴 수 있었겠지만, 코르테즈는 포로를 잡을 생각을 하고 있는 것 같았다.

"좋아. 내가 '고'라고 말하면, 놈들 측면으로 돌란 말이야. B팀은 일단 사격을 중지하고…… 2소대와 4소대는 오른쪽, 6소대와 7소대는 왼쪽으로 움직인다. B팀은 전진해서 포위망을 닫도록. 고!"

우리는 왼쪽으로 우회했다. 레이저 사격이 멈추자마자 토오란들은 도망치기 시작했다. 우리 소대 측면과 정면충돌하는 코스였다.

"A팀, 엎드려 사격 개시! 확실히 조준한 다음에만 쏴! 빗나가면 아군에게 맞을 가능성도 있어. 그리고 제발 부탁이니 한 마리만은 살려 둬!"

끔찍한 광경이었다. 우리들을 향해 돌진해 오는 괴물의 집단. 놈들은 훌쩍훌쩍 도약하며 오고 있었고, 비눗방울은 놈들을 피해 갔다. 게다가 놈들의 모습은 예전에 우리가 목격한 빗자루를 타고 가던 놈과 완전히 똑같아 보였다. 각자의 몸 전체를 덮은 채로 함께 움직이는, 거의 투명에 가까운 구체를 제외하면 아무것도 입고 있지 않았다. 중대 우익이 사격을 개시했고, 집단 후미의 토오란을 하나씩 처치하기 시작했다.

갑자기 토오란들 반대편에서 레이저 광선이 번득였다. 누군가가 조준을 개판으로 한 것이다. 그러자마자 처절한 비명이 울려 퍼졌고, 횡대를 훑어보니 누군가가(페리인 듯했다) 팔꿈치 밑이 날아가 버린 왼팔 그루터기를 오른손으로 잡고 넘어진 채로 몸부림치는 광경이 눈에 들어왔다. 손가락 사이로 피가 솟구쳤고, 미채 회로가 고장 난 슈트 표면은 검정, 하양, 정글, 사막, 초록, 회색으로 어지럽게 변화했다. 그 광경을 얼마나 오래 지켜보고 있었는지는 모르겠지만(적어도 의무병이 달려와서 응급조치를 시작할 때까지는 보고 있었다), 내가 다시 고개를 들었을 때 토오란들은 거의 나를 덮치기 직전이었다.

내가 처음 쏜 광선은 조준이 엉망이었고 너무 높았지만, 선두에 선 토오란의 방호 비눗방울 위쪽을 스쳐 갔다. 비눗방울이 소멸하면서 괴물은 비틀거리며 땅에 쓰러졌고, 간헐적으로 경련하기 시작했다. 입구멍에서 거품이 뿜어져 나왔다. 처음에는 흰색이었지만, 나중에는 빨간 것이 섞이기 시작했다. 마지막으로 한 번 경련한 다음 괴물은 경직했고, 몸을 활처럼 뒤로 꺾었다. 거의 말편자 모양에 가까울 정도로 깊게 꺾여 있었다. 호루라기 소리 같은 날카로운 비명은 그의 전우들이 그의 몸을 짓밟고 지나가자 멈췄다. 나는 미소 지었고, 그런 나를 혐오했다.

그것은 학살이었다. 적의 수에 비해 중대 측위는 5 대 1로 열세였지만, 학살이라는 점에는 다름이 없었다. 놈들은 전혀 계속 전진해 왔고, 우리의 측위에 평행하는 형태로 잔뜩 쌓여 있는 시체와 산산조각이 난 사지 더미 위로 올라올 때도 전혀 몸을 사리지 않았다. 적과 우리들 사이의 지면은 토오란의 피로 붉게 번들거리고 있었다. 조물주의 아이들은 모두 헤모글로빈을 가지고 있는 것이다. 그리고 곰인형들과 마찬가지로, 놈들의 내장은 훈련받지 않은 내 눈에는 인간 내장과 별로 달라 보이지 않았다. 우리가 놈들을 피투성이의 고깃덩어리가 될 때까지 찢어발기는 동안 내 헬멧 내부가 히스테리컬한 웃음소리로 진동하고 있었기에, 나는 코르테즈의 목소리를 거의 듣지 못할 뻔했다.

"사격 중지! 중지하라는 말이 안 들리나, 빌어먹을! 두세 마리 생포하란 말이야. 그러다가 다칠 염려는 없어."

나는 사격을 멈췄고, 다른 사람들도 곧 이 명령에 따랐다. 다음번 토오란이 내 앞에서 연기를 내고 있는 시체 더미를 넘어왔을 때 나는 비쩍 마른 두 다리에 태클을 걸어 넘어뜨릴 작정으로 앞으로 뛰어들었다.

마치 커다랗고 미끄러운 풍선을 껴안는 것과 마찬가지였다. 내가 밑으로 잡아끌려고 하자 토오란은 내 팔에서 쑥 벗어나 계속 달렸다.

결국 한 놈을 잡을 수 있었다. 그 위를 병사 여섯 명이 덮쳐누른다는 간단한 방법으로. 그 시점에서 살아남은 토오란들은 모두 우리의 횡대 사이를 빠져나가 코르테즈가 창고일 가능성이 있다고 말했던 거대한 원통형 탱크가 늘어선 곳을 향해 달려가고 있었다. 각 탱크의 기부(基部)에서 조그만 문이 하나씩 열렸다.

"포로는 잡았다."

코르테즈가 외쳤다.

"모조리 죽여!"

토오란들은 50미터는 떨어져 있었고, 죽어라고 뛰고 있었다. 레이저 광선이 위아래로 움직이며 그들 주위의 공간을 갈랐다. 한 마리가 두 동강이 나며 쓰러졌지만, 나머지 10여 마리는 계속 달렸고, 척탄병들이 사격을 개시했을 때는 거의 모두가 문에 도달해 있었다.

척탄병들의 유탄 발사기에는 500마이크로톤의 유탄이 장전되어 있었지만, 지근탄도 충분한 피해를 입히지는 못했다. 놈들의 비눗방울은 아무런 영향도 받지 않은 채로 충격파에 날아가 버리기만 했기 때문이다.

"건물! 저 빌어먹을 건물들을 작살내!"

척탄병들이 발사기를 들어 올리며 일제히 유탄을 쏘았지만, 유탄은 건물의 흰 거죽을 그슬리는 효과밖에 내지 못했다. 그러나 그중 한 발이 우연히도 문가에 떨어졌다. 그러자마자 건물은 마치 이음매를 따라 자른 것처럼 두 동강이 났다. 두 개의 거대한 파편이 옆으로 날아가면서 부서진 기계 조각들이 공중으로 솟구쳤고, 푸르스름하고 거대한 화염이 분출했다가 눈 깜짝할 사이에 소멸했다. 다른 척탄병들도 곧 문을 노리고 사격하기 시작했다. 토오란을 노리고 쏘는 자도 있었지만, 이것은 토오란을 잡는다기보다는 건물 안으로 도망치지 못하도록 할 요량으로 한 일이었다. 토오란들은 너도나도 건물로 들어가고 싶어 하고 있었다.

우리가 레이저를 쏘아 잡으려고 하는 동안에도 놈들은 계속 지그재그로 뛰어다니며 구조물로 들어가려 하고 있었다. 우리는 유탄의 폭발에 피해를 받지 않을 정도의 거리까지 바싹 접근해서 사격했지만, 제대로 조준하기에는 아직도 너무 멀었다.

그러나 우리는 놈들을 한 마리 한 마리씩 처치하기 시작했고, 건물 일곱 채 중 네 채를 파괴할 수 있었다. 이제 두 마리만 남았을 때 근처에 떨어진 유탄의 충격파가 문에서 불과 몇 미터 떨어진 곳으로 한 놈을 날려 보냈다. 그놈은 재빨리 문으로 뛰어들었고, 몇몇 척탄병들이 일제히 유탄을 발사했지만 모두 그 앞에 떨어지거나 옆에서 터지는 탓에 아무 피해도 입히지 못했다. 건물 주위에 수십 발의 유탄이 떨어지면서 지독한 폭음이 울려 퍼졌지만, 이 소음은 갑자기 거인의 한숨 소리 같은 쉭쉭 소리에 묻혀 버렸다. 아까까지만 해도 건물이 있던 장소에서는 두터운 원통형의 짙은 연기가 피어오르고 있었고, 마치 자로 그은 듯이 똑바로 성층권을 향해 뻗어 있었다. 이 일이 일어났을 때 다른 한 마리의 토오란은 원통형 건물의 기부에 있었다. 나는 그 토오란의 파편이 공중에 튀는 광경을 볼 수 있었다. 1초 후 충격파가 우리를 강타했고, 나는 몸을 제대로 가누지 못하고 팽이처럼 돌았다. 그러다가 토오란의 시체 더미에 격돌했고, 그 너머로 굴렀다.

　겨우 몸을 가누고 일어섰을 때 슈트 전체가 피투성이인 것을 깨닫고 한 순간 공황 상태에 빠졌다. 곧 그것이 토오란의 피라는 사실을 알고 긴장을 풀었지만, 더럽혀진 듯한 기분이었다.

　"저 새낄 잡아! 잡으라고!"

　혼란의 와중에서 포로로 잡았던 토오란이 속박에서 벗어나 수풀을 향해 달리고 있었다. 1개 소대가 그 뒤를 쫓고 있었지만 점점 뒤로 처졌다. 그러나 B반 전원이 옆에서 달려와 놈의 진로를 막았다. 나도 그곳으로 뛰어가 그 재미난 장난에 가담했다.

　네 명이 한꺼번에 토오란을 덮치고 있었고, 그 주위를 50명가량이 에워싼 채로 구경하고 있었다.

　"이 멍청이들아, 산개하지 못하겠나! 놈들은 1000마리쯤 더 남아 있고, 우리가 한 장소에 뭉치기만 학수고대하고 있는지도 모른단 말이다."

　우리는 투덜거리며 산개했다. 입 밖에 내지는 않았지만, 모두들 이 행성에는 더 이상 살아 있는 토오란이 남아 있지 않다고 확신하고 있었던 것이다.

　모두들 뒤로 물러나자 코르테즈는 포로에게 다가갔다. 갑자기 포로를 잡아 누르고 있던 네 명의 병사가 무너지듯이 토오란 위로 낙하했다……. 이 거리에서도 괴물 입에서 거품이 뿜어져 나오는 것을 볼 수 있었다. 비눗방울이 터졌던 것이다. 자살이었다.

　"이런 쌍!"

　코르테즈는 포로 옆에 가 있었다.

　"이 새끼 위에서 비켜."

　네 명의 병사는 뒤로 물러났고, 코르테즈는 레이저로 그 괴물을 10여

조각의 경련하는 고깃덩어리로 바꿔 놓았다. 실로 가슴이 푸근해지는 광경이었다.

"뭐, 괜찮겠지. 또 한 놈 잡으면 되니까 말이야. 중대! 다시 화살촉 대형을 짜라. 꽃을 향해 돌격을 실시한다."

이런 연유로 우리는 꽃을 향해 돌격했지만, 적의 탄약은 이미 다 떨어진 것 같았다.(아직도 딸꾹질 소리를 내고는 있었지만, 비눗방울은 더 이상 뱉어 내지 않았다) 건물은 텅 비어 있었다. 우리는 경사로를 급히 올라가서 복도로 쇄도했고, 언제든지 레이저를 쏠 수 있는 자세를 취한 채로 마치 전쟁놀이를 하는 애들처럼 꽃 안을 돌아다녔다.

안테나 시설이나 살라미, 기타 주요 건물 스무 채에서도 역시 아무런 반응이 없었다. 기지를 에워싼 막사 중 피해를 입지 않았던 마흔네 채도 마찬가지였다. 그래서 우리는 수십 채의 건물(이들 대다수의 용도는 전혀 알 수 없었다)을 '점령'했지만, 이 작전의 주요 목적, 즉 외계 생물학자들의 실험 대상이 되어 줄 토오란을 생포하는 데는 실패했다. 흐음, 어쨌든 산산조각이 난 토오란은 얼마든지 있었다. 없는 것보다는 나을 것이다.

우리가 기지를 한 치도 남김없이 샅샅이 수색한 후 진짜 조사단(과학자들)이 정찰선을 타고 도착했다. 코르테즈가 "좋아, 원상 복구해."라고 말하자 최면에 의한 강박 충동은 씻은 듯이 사라졌다.

처음에는 상당히 끔찍했다. 러키와 메리게이를 위시한 많은 병사들이 수백 배로 증폭된 피에 물든 살육의 기억 때문에 거의 미쳐 버릴 지경에 이르렀다. 코르테즈는 중대원들 모두에게 진정제를 한 알씩, 특히 중증의 경우에는 두 알씩 먹으라고 명령했다. 나는 특별한 명령은 받지 않았지만 두 알을 먹었다.

왜냐하면 우리가 저지른 일은 학살이었고, 도살에 불과했기 때문이다.

일단 놈들의 대공 무기를 파괴한 후에 우린 실질적으로 어떠한 위험에도 처해 있지 않았다. 토오란들은 개인 대 개인 전투에 관해 아무런 개념도 가지고 있지 않은 것 같았다. 우리는 그냥 그들을 몰아붙인 다음 도살했을 뿐이다. 인류와 다른 지적 생물 사이의 첫 번째 접촉에서 말이다. 곰인형들을 계산에 넣는다면 아마 두 번째 접촉일지도 모른다. 혹시 충분히 시간을 두고 곰인형들과 의사소통을 시도했더라면? 그러나 그들도 역시 같은 취급을 받았다.

이 일이 있은 후, 두려움에 떨며 폭주하는 생물들을 희희낙락하게 다지고 저민 사람은 진짜 **내**가 아니라는 사실을 오랫동안 자기 자신에게 납득시키려고 했다. 20세기에는 이미 "난 단지 명령에 따랐을 뿐이야."라는 발언이 비인간적 행위를 변명하기에 부적절하다는 판결이 만인의 공감을 얻고 있었다……. 하지만 그런 명령이 자기 마음속 깊숙이 있는 무의식이라는 꼭두각시 조종자로부터 왔을 경우에는 어떻게 하란 말인가?

가장 끔찍했던 것은 나의 행동이 알고 보면 그렇게 비인간적이 아니었을지도 모른다는 느낌이었다. 몇 세대 전의 조상님들은 굳이 최면 암시를 받지 않아도 같은 인류에게조차 똑같은 일을 했을 것이다.

인류 전체가 역겨웠고, 군대가 역겨웠고, 앞으로 남은 1세기 동안 이런 나 자신과 함께 살아가야 한다는 사실이 두려웠다……. 흐음, 최악의 경우에는 두뇌소거라는 선택이 남아 있군.

마지막으로 살아남은 토오란 한 명을 태운 우주선은 잡히지 않고 탈출에 성공했다. 그 우주선이 알레프의 콜랩서 필드에 돌입했을 때 지구의 희망호는 행성의 사각에 들어가 있었던 것이다. 어디 있는지는 모르지만 아마 고향으로 도망쳤을 것이다. 휴대용 무기로 무장한 20명의 인간이 무기도 없이 도망치는 100명에게 어떤 일을 할 수 있는가를 보고하기 위해.

다음에 인류와 토오란이 지상 전투에서 만났을 때는 이렇게 일방적으로는 끝나지 않을 것이라는 예감을 느꼈다. 그리고 그 예감은 옳았다.

만델라 하사

서기 2007-2024년

16

나는 두려웠다.

스토트 부소령은 애니버서리(Anniversary)호의 집회실 겸 식당 겸 체육관에 놓인 작은 연단 뒤에서 왔다 갔다 하고 있었다. 우리는 테트-38에서 요드-4로의 마지막 콜랩서 점프를 방금 끝낸 참이었다. 모함은 현재 1.5G로 감속 중이었고, 콜랩서 요드-4에 대한 우리의 상대적 속도는 무려 0.90c에 달해 있었다. 우리는 추격당하고 있었다.

"자네들도 당분간 긴장을 풀고 모함의 컴퓨터를 신뢰하는 게 어때. 어차피 토오란의 우주선은 앞으로 2주 후에나 공격 가능 범위에 도달하게 돼. 만델라!"

그는 중대원들 앞에서는 언제나 매우 주의 깊게 나를 만델라 '하사'라고 부른다. 그러나 이 브리핑에 모인 치들은 모두 하사가 아니면 병장이었다. 즉, 분대장들이었던 것이다.

"옛, 소령님."

"자네는 자네 분대에 소속된 남녀 병사들의 육체적 건강뿐만 아니라 심리적인 건강에 대해서도 책임을 지고 있네. 자네가 이 우주선 내부의 사기 저하 문제에 관해 알고 있다는 가정 하에서 하는 말인데, 자넨 이 문제에 대해 어떤 대책을 강구했나?"

"제 분대 내에서 말입니까?"

"물론."

"서로 솔직하게 터놓고 얘기했습니다."

"그럼 뭔가 그럴듯한 결론에 도달할 수 있었나?"

"반론할 생각은 없습니다만, 소령님, 가장 큰 문제가 뭔지는 명백하다고 생각합니다. 제 부하들이 이 배에 갇혀 지낸 지 벌써 14……"

"말도 안 되는 소리! 우리들 모두가 좁은 생활 공간의 중압에도 견딜 수 있도록 적절한 조건 학습을 받지 않았나. **게다가** 병사들은 상호 친목의 특권을 누리고 있네."

이건 상당히 미묘한 표현이다.

"장교들은 금욕 생활을 해야 하지만, **우리들의** 사기가 저하되는 건 본 적이 없어."

장교들이 금욕하고 있었다고 정말로 믿고 있다면, 소령은 하모니 소위 한테 가서 무릎을 맞대고 충분히 얘기를 나누는 편이 나을 것이다. 혹은 소령이 말하는 장교란 야전 지휘관을 의미하는 것인지도 모른다. 그럼 장교는 그와 코르테즈 두 사람뿐이다. 따라서 소령의 금욕 운운하는 얘기는 50퍼센트만 정확한지도 모른다. 코르테즈는 카메하메하 병장과 아아주 친한 사이였으니까 말이다.

"소령님, 사기 저하는 출격 전에 스타게이트에서 받은 해독 요법 때문인 지도 모릅니다. 어쩌면……"

"아냐. 심리요법사들은 단지 증오 조건 반사를 소거했을 뿐이야. 그 일에 대한 내 의견이 어떤지는 모두들 잘 알고 있겠지. 하지만 아냐. 그치들의 생각이 옳건 그르건 간에, 솜씨만은 확실하니까 말이야. 포터 병장."

중대장은 언제나 이런 식으로 그녀의 계급을 부른다. 왜 다른 동료들과 함께 진급하지 않았는지를 결코 그녀가 잊는 일이 없도록 하기 위해. 너무 여리기 때문이다, 마음이.

"자네도 자네 분대원들과 '솔직하게 터놓고' 얘기를 나눴나?"

"토론해 보았습니다, 소령님."

소령은 사람을 '온화하게 째려보는' 특기가 있었다. 그는 메리게이가 좀 더 자세한 설명을 시작할 때까지 그녀를 온화하게 째려보았다.

"저는 그것이 조건 학습 때문이라고는 생각하지 않습니다. 제 부하들은 안절부절못하고 있습니다. 매일같이 같은 일을 반복하는 일에 싫증을 내고 있기 때문입니다."

"그럼 전투에 참가하지 못해 안달이란 말인가?"

비꼬는 듯한 어조는 전혀 없었다.

"배에서 나가고 싶어 하고 있습니다, 소령님."

"좋든 싫든 조만간 나가야 해."

소령은 보일락 말락 한 미소를 지어 보였다.

"그러자마자 한시라도 빨리 배로 되돌아오지 못해서 안달하겠지."

이런 식의 무의미한 대화가 한참 계속되었다. 어느 분대장도 자기 부하들이 두려워하고 있다는 사실을 솔직하게 털어놓기를 꺼렸기 때문이다. 우리는 모함을 뒤쫓아오고 있는 토오란의 순양함이 두려웠고, 앞으로 있게 될 발착 행성으로의 강습작전을 두려워하고 있었다. 그러나 스토트 부소령은 성격상 두려움 운운하는 부하를 용납하지 못했다.

편성표

알파 타격부대
요드-4 작전

제1소대

지휘관:	**스토트 부소령** ········· **마르티네즈 함장**	
제2계급:	**코르테즈 중위**	
제3계급:	**주임상사 (공석)**	
		야전 군의관 윌슨 소위, M.D.
제4계급:	**소위 (공석)**	
제5계급:	**로저스 중사**	

제6계급:	**만델라 하사**	**칭 하사**	**포터 병장**

테이트 병장	페트로프 병장	스트루브 병장
유카와 병장	루슐리 상병	알렉산드로프 상병
호프스태터 상병	헤르츠 상병	구로사와 상병
멀로이 일병	헤이로프스키 일병	버그먼 일병
쇼클리 일병	폴링 일병	르노 일병
라비 일병	카타우바 일병	스틸러 일병

전문병과: 보크 중위(취사), 르바인 중위(군목), 파스토리 중위(심리),
빈트브레너 중위(의무), 하모니 소위(의무), 프린스웰 소위(정보),
스톤웰 준위(병기), 테오도폴리스(레이더), 싱 해군 소위(항법),
덜튼 중사(정비), 남걀 중사(보급).

스타게이트 TACBD/1003-9674-1300/2007년 3월 20일 SG

우주군 사령관 명령

발급 대상 순위: 1: 알파 타격부대/1소대 전원
2: 알파 타격부대 제6계급 이상 전원
3: 우주군 제5계급 이상(필요시에만)

무부투 나코 대장 앞

Arlathea Lincoln.

대리 작성자: 우주군 준장 앨리시어 링컨
2007년 3월 20일 SG

TACBD/1003/9674/1300/100 COP

나는 지급받은 새 T/O(인원 편성표)를 만지작거렸다. 이런 내용이었다.

나는 소대원들 대다수와 안면이 있었다. 인류와 토오란이 사상 처음으로 얼굴을 맞대고 접촉했던 알레프 기습작전에 함께 참가했던 친구들이다. 우리 소대에서 신참은 루술리와 헤이로프스키뿐이었다. 중대, 실례, '타격 부대'에는 알레프 기습에서 잃은 열아홉 명을 대신해서 스무 명의 보충병이 배속되었다. 이들 열아홉 명은 사지 절단이 한 명, 사망 네 명, 그리고 정신병자가 열네 명이었다.

T/O 끄트머리에 있는 '2007년 3월 20일'이란 숫자에 대해서는 위화감을 쉽게 불식할 수가 없었다. 그럼 나는 10년이나 군대에 있었다는 얘기가 된다. 실제로는 2년도 채 지나지 않은 듯한 느낌인데도. 물론 시간 팽창 효과 탓이다. 콜랩서 점프가 있다고 하더라도, 별에서 별로 이동하는 동안 세월은 살처럼 흐르는 것이다.

이 기습작전이 끝난 후 아마 내게는 제대 자격이 주어질 것이다. 연금도 현역급으로 받게 된다. 만약 내가 이 기습에서 살아남고, 또 그 사이에 규칙이 바뀌지 않는다면 얘기지만. 그때면 내 나이 스물다섯이지만, 이미 복무 경력 20년의 고참이 되어 있을 테니까 말이다.

스토트가 연설을 마칠 즈음해서 문을 노크하는 소리가 들렸다. 커다랗게, 단 한 번.

"들어오도록."

어디선가 본 기억이 있는 해군 소위가 불쑥 들어와서 아무 말도 없이 스토트에게 종이 한 장을 건넸다. 스토트가 그것을 읽는 사이 소위는 그 자리에 그냥 구부정하게 서 있었다. 적당하게 오만한 태도로. 이론적으로 말하자면 스토트는 소위의 상관이 아니었고, 어차피 해군들은 스토트를 싫어하고 있었다.

스토트는 종이를 소위에게 되돌려주고, 그를 무시한 채 우리를 보았다.

"분대장들은 각 분대원에게 통고하도록. 모함은 58분 후, 2010시에 예비 회피 기동을 개시한다. 일동…… 차렷!"

우리는 자리에서 일어나 맥이 빠진 목소리로 합창했다.

"좆 까십쇼, 소령님."

실로 멍청한 인사말이다, 이건.

스토트는 성큼성큼 방에서 나갔다. 소위는 히죽거리며 그 뒤를 따랐다.

나는 반지 통신기를 돌려 부분대장 회선에 맞추고 상대방을 불러냈다.

"테이트, 만델라야."

다른 부사관들도 모두 나와 같은 일을 하고 있었다.

조그만 목소리가 반지에서 흘러나왔다.

"테이트야. 무슨 일이지?"

"애들을 집합시키고 2000시까지는 가속 셸에 들어가야 한다고 전해 줘. 회피 기동이라는군."

"얼어죽을. 며칠 후에나 그럴 거라고 했었잖아."

"아마 새로운 사태가 일어났나 보지. 혹은 함장이 뭔가 반짝하는 아이디어를 생각해 냈을지도 몰라."

"함장은 엿이나 먹으라고 해. 지금 라운지에 있어?"

"응."

"그럼 올 때 커피 한 잔 가지고 와 줄래? 설탕 조금 넣어서?"

"알았어. 한 30분 뒤에 갈게."

"고마워. 애들을 불러야겠군."

모두들 커피머신 쪽으로 움직이고 있었다. 나는 포터 병장 뒤에 줄을 섰다.

"어떻게 생각해, 메리게이?"

"아마 함장은 가속 셸을 한 번 더 시험해 볼 생각인지도 몰라."

"진짜 전투가 일어나기 전에 말이지."

"'아마'라고 했잖아."

그녀는 빈 컵을 들어 올려 숨을 훅 불어넣었다. 걱정스러운 표정이었다.

"혹은 토오란의 군함이 또 한 대 우리 앞에서 기다리고 있는지도 몰라. 난 왜 그치들이 안 그러는지 이상하게 생각했거든. 우리는 그러잖아. 스타 게이트에서."

"스타게이트는 얘기가 달라. 적이 도착할 가능성이 있는 사출 각도를 전부 커버하려면 일곱 척의 순양함을 24시간 내내 운용해야 하잖아. 아군에게는 하나 이상의 콜랩서를 그런 식으로 방어할 여유는 없고, 그건 놈들도 마찬가지야."

그녀는 아무 말 없이 자기 컵에 커피를 따랐다.

"혹시 우린 토오란의 스타게이트에 해당하는 곳을 우연히 발견해 버렸는지도 몰라. 아니면 놈들은 지금 우리가 보유하고 있는 것보다 더 많은 우주선을 갖고 있든가."

나는 컵 두 개에 커피를 따르고 설탕을 넣은 다음 한쪽 컵을 밀봉했다.

"그걸 알 도리는 없지."

우리는 행여나 고중력(高重力) 하에서 컵을 떨어뜨릴세라 조심조심 테이블 쪽으로 되돌아갔다.

그녀가 입을 열었다.

"아마 싱이 뭔가 알고 있을지도 몰라."

"아마 그럴지도 모르겠군. 하지만 그 친구를 만나려면 우선 로저스와 코르테즈를 통하지 않으면 안 돼. 지금 코르테즈한테 그런 얘기를 했다간 욕이나 얻어먹기 십상이지."

"오, 난 직접 물어볼 수 있어. 우린⋯⋯"

그녀의 뺨에 보조개가 조금 팼다.

"우린 친구거든."

나는 입천장을 델 정도로 뜨거운 커피를 조금 홀짝인 다음 대수롭지 않다는 어조로 대꾸했다.

"밤마다 어디로 사라지나 했더니 거기에 가 있었던 거군."

"왜, 맘에 안 들어?"

그녀는 짐짓 순진한 표정으로 되물었다.

"아냐⋯⋯. 빌어먹을, 그건 내가 관여할 바가 아냐. 하지만, 하지만 그 작자는 장교잖아! 그것도 **해군** 장교!"

"소위는 우리 부대에 파견 나와 있으니까 반은 육군이나 마찬가지야."

그녀는 반지를 비튼 다음 "직통 회선."이라고 말했다.

"그럼 너하고 그 귀여운 미스 하모니의 관계는 어떻게 설명할 참이지?"

"그것하고 이것하곤 얘기가 달라."

그녀는 반지에 대고 상대방의 코드를 속삭였다.

"야냐, 똑같아. 너 장교하고 그 짓을 하고 싶었던 거지. 이 변태 같으니라고."

그녀의 반지가 두 번 삑삑 울렸다. 통화 중이었다.

"그 여잔 어때?"

"나쁘지 않아."

나는 침착함을 되찾고 있었다.

"게다가, 싱 소위는 완벽한 신사야. 질투 따위와는 인연이 멀지."

"그건 나도 마찬가지야. 하지만 만약 그 친구가 너를 괴롭히거나 하면, 나한테 귀띔만 하라고. 요절을 내 줄 테니까."

그녀는 컵 너머로 나를 바라보았다.

"만약 하모니 소위께서 조금이라도 널 괴롭힌다면 나한테 귀띔만 해줘. 나도 그 여자를 요절내 줄게."

"좋아, 그럼 약속이다."

우리들은 엄숙한 얼굴로 악수를 나눴다.

17

가속 셸은 새로운 발명품이었고, 우리가 스타게이트에서 휴식을 취하면서 재보급을 받았을 때 우주선에 설치되었다. 이 장비 덕택에 이론적인 한계 속도 가까이까지 우주선을 운용할 수 있게 되었다. 타키온 드라이브를 쓴다면 25G까지 가속이 가능하다.

테이트는 셸 구역에서 나를 기다리고 있었다. 나머지 분대원들은 근처를 어슬렁거리며 잡담을 나누고 있었다. 나는 테이트에게 커피를 건넸다.

"고마워. 뭔가 알아냈어?"

"아니. 하지만 해군들은 두려워하는 기색이 아니더군. 걔네들이 나설 일이잖아. 아마 또 연습인지도 몰라."

그는 커피를 소리 내며 마셨다.

"니미. 어차피 우리한텐 아무 차이도 없어. 그냥 저기 앉아서 빈사 상태가 될 때까지 찌부러져 있어야 하는 거지. 가속 셸 따위를 안 보고 살 수 있으면 얼마나 좋을까."

"하지만 저 물건 덕택에 우리는 쓸모없는 구닥다리가 되고, 집으로 돌아갈 수 있을지도 몰라."

"물론 그렇겠지."

의무병이 다가와서 내게 주사를 놓았다. 나는 1950시까지 기다렸다가 분대원들을 불렀다.

"자, 가자. 모두들 옷 벗고 셸로 들어가."

가속 셸은 부드러운 우주복과 마찬가지이다. 적어도 내부 장치는 상당히 닮아 있었다. 그러나 우주복의 생명 유지 장치 대신, 헬멧 꼭대기로 호스 하나가 연결되어 있고, 양쪽 발꿈치에서 두 개가 나와 있다는 점이 다르다. 배설 튜브 두 개도 밖으로 나와 있다. 이들 셸은 경량의 개인용 가속 침상 안에 바싹 어깨를 맞대고 늘어서 있다. 자기 셸을 찾아간다는 것은 마치 국방색 스파게티를 담은 거대한 접시 속을 헤치고 나아가는 것과 마찬가지이다.

헬멧 내부의 불이 들어오며 모두가 셸에 들어왔다는 사실을 알렸다. 나는 실내에 완충액을 채우는 버튼을 눌렀다. 물론 눈으로 볼 수는 없었지만, 엷은 푸른색 용액(에틸렌글리콜 및 기타 성분)이 부글부글 올라오며 우리 몸을 뒤덮는 광경을 상상할 수 있었다. 차갑고 마른 감촉을 주는 슈트 안감이 수축하며 온몸의 피부에 완전히 밀착했다. 내 체내압이 증가하고 있는 바깥쪽 용액의 압력에 맞춰 급속히 올라가고 있다는 사실을 나는 알고 있었다. 아까 맞은 주사는 바로 이것에 대비하기 위한 것이었다. 이 엷은 푸른색 바다 밑에서 체세포가 찌부러지지 않도록 보호하는 약이다. 그러나 역시 압력을 느낄 수는 있었다. 내 계기가 '2'를 표시했을 때(2란 수심 2해리에서 받는 수압을 나타낸다) 나는 으깨지는 동시에 부풀어 오르는 듯한 감각을 맛보았다. 2005시가 되었을 때 계기는 2.7에 가리켰고 그대로 그 자리에 머물렀다. 회피 기동이 시작된 2010시에는 아무 차이도 느낄 수 없었다. 바늘이 미세하게 떨리는 것은 보았지만 말이다.

이 시스템의 최대 결점이라고 한다면, 말할 필요도 없지만, 애니버서리호가 25G로 가속할 경우 셸 안에 들어가 있지 않았던 사람은 모조리 딸기잼이 되어 버리고 만다는 사실이다. 그러므로 조타와 전투는 모함의 전술 컴퓨터가 행하게 된다. 물론 평상시에도 컴퓨터가 대부분의 일을 처리하고 있지만, 인간 감독관이 있는 편이 훨씬 바람직하다.

또 하나 작은 결점을 든다면, 모함이 손상을 입고 함내 기압이 떨어질 경우, 사람은 땅에 떨어진 멜론처럼 파열해 버린다는 점이다. 만약 슈트 내부의 기압이 떨어진다면, 눈 깜짝할 사이에 납작하게 짜부라져 사망하고 말 것이다.

그리고 셸의 감압에는 10분쯤 걸리고, 그것을 벗고 다시 옷을 입기 위해서는 2~3분 걸린다. 따라서 이것은 당장 튀어나와서 전투에 임할 수 있는 종류의 옷이 아니었다.

가속은 2038시에 끝났다. 녹색등이 들어오자 나는 턱으로 감압 버튼을 눌렀다.

메리게이와 나는 밖으로 나와 옷을 입었다.

"어떻게 그렇게 된 거지?"

나는 그녀의 오른쪽 젖가슴 아랫부분에서 요골까지 자줏빛으로 길게 부풀어 오른 자국을 가리키며 물었다.

"벌써 이걸로 두 번째야."

그녀는 화난 목소리로 대꾸했다.

"처음에는 등이었어. 아무래도 셸이 제대로 몸에 맞지 않는 것 같아. 주름이 잡히나 봐."

"더 날씬해졌나 보군."

"이 아저씨 좀 봐, 듣기 좋은 소리만 하네."

우리의 칼로리 섭취량은 스타게이트를 떠난 이래 엄격하게 감시되고 있었다. 제2의 피부처럼 몸에 딱 맞지 않는 한 파이팅 슈트는 무용지물인 것이다.

벽에 달린 스피커가 웅웅거리며 그녀가 하려던 말을 지워 버렸다.

"모든 탑승원에게 고한다. 모든 탑승원에게 고한다. 제6계급 이상의 육군 요원 및 제4계급 이상의 해군 요원들은 2130시에 집회실로 집합하도록."

이 메시지는 두 번 되풀이됐다. 나는 몇 분 동안이나마 누워서 쉬려고 방에서 나왔다. 메리게이는 몸에 든 멍을 의무병과 병기 담당에게 보여 주고 있었다. 물론 질투심은 전혀 느끼지 않았다.

함장이 브리핑을 시작했다.

"전해 줄 정보는 그다지 많지 않고, 있다 하더라도 별로 좋은 뉴스는 아니다. 엿새 전에 우리를 추격 중인 토오란의 우주선이 자동추적식 미사일 1기를 발사했다. 발사시의 가속도는 80G였다. 약 하루에 걸쳐 분사를 계속한 후, 적 미사일의 가속도는 갑자기 148G로 뛰어올랐다."

모두들 놀라 숨을 들이켜는 소리가 들렸다.

"어제에는 203G로 뛰어올랐다. 말할 필요도 없지만, 이것은 지금까지 우리가 조우했던 적 미사일의 가속 능력의 두 배이다.

우리는 요격 미사일 네 발을 발사했다. 적 미사일이 장래에 택할 가능성이 가장 높다고 컴퓨터가 예측한 네 개의 탄도와 교차하는 지점을 향해 발사한 것이다. 우리가 회피 기동을 하는 동안 요격 미사일 하나가 적 미사일을 포착했다. 결국 모함에서 1000만 킬로미터 떨어진 곳에서 토오란의 미사일을 파괴할 수 있었다."

이건 실질적으로 바로 옆에서 폭발한 것이나 마찬가지였다.

"이 조우전에서 우리가 얻은 유일한 희망적인 정보는 미사일 폭발시의 스펙트럼 분석을 통해 알아낼 수 있었다. 적 미사일은 과거에 관찰된 다른 것들과 비슷한 폭발력밖에 가지고 있지 않았다. 고로 적의 폭발물에 관한 진보는 추진력에 관한 진보를 따라가지는 못했다는 뜻이 된다. 이 사실은 지금까지는 이론가들의 흥미밖에 끌지 못했던 극히 중요한 효과의 첫 번째 실례이다. 거기 있는 자네."

함장은 네굴레스코를 가리키고 물었다.

"알레프에서 우리가 토오란과 처음으로 싸운 지 어느 정도의 시간이 흘렀나?"

"그건 함장님의 준거 기준에 달렸습니다."

그녀는 정중하게 말을 이었다.

"제게는 약 8개월쯤 됩니다."

"바로 그거야. 그러나 콜랩서 점프 중의 시간 팽창 효과에 의해 자네는 약 9년의 세월을 잃었어. 모함에 타고 있는 동안 우리는 연구개발 면에서 어떠한 성과도 이룩하지 못했으므로, 공학적인 견지에서 본다면…… 적함은 우리 미래에서 왔다는 얘기가 된다!"

그는 일동이 이 사실을 음미할 시간을 주려는 듯 잠시 말을 멈췄다.

"이 전쟁이 지속되면 이런 현상은 한층 더 현저해질 것이다. 물론 토오란들도 상대성 이론을 무효화할 수는 없으므로, 그들이 유리해지는 것만큼 우리도 유리해질 것이다. 그러나 현재 핸디캡을 가지고 있는 것은 그들이 아니라 바로 우리이다. 토오란의 추적 우주선이 가까이 다가오면 다가올수록, 이 핸디캡은 점점 더 심화될 것이다. 적은 화력으로 우리를 쉽게 제압할 수 있기 때문이다. 따라서 우리는 좀 복잡한 회피 기동을 실시해야 한다. 적 우주선이 5억 킬로미터 이내로 접근한다면 모두 셸로 들어간 다음 병참 컴퓨터에게 모든 것을 전적으로 맡기는 수밖에 없다. 컴퓨터는 모함의 방향 및 속도를 무작위 패턴에 따라 급속도로 변화시킬 것이다.

솔직하게 말하겠다. 만약 우리보다 미사일을 1기라도 더 가지고 있다면, 놈들은 우리를 파괴할 수 있다. 그러나 최초의 미사일을 발사한 이후 놈들은 더 이상 발사하지 않았다. 아마 미사일을 온존하고 있는 것인지도 모른다……. 혹은 단 1기만 가지고 있었을 가능성도 있다. 이것이 사실이라면 적을 잡는 쪽은 우리이다. 어쨌든 간에, 모든 탑승원들은 경고가 있으면 10분 내에 가속 셸로 들어갈 준비를 하고 있어야 한다. 적함이 모함에서 10억 킬로미터 이내의 거리에 들어오면 각자의 셸 **바로** 옆에서 대기하고 있어야 한다. 5억 킬로미터 내에 들어오면, 모두 셸에 들어가 있어야 한다. 그 즉시 모든 가속실은 완충액이 주입되고 가압된다. 지각한 자를 기다려줄 여유는 없다. 이상이다. 부소령?"

"부하들에게는 나중에 말하겠습니다, 함장님. 감사합니다."

"해산."

그 '좆 까십쇼' 어쩌고 하는 난센스는 없었다. 해군은 이런 것들이 자기들의 품위를 약간 손상시킨다고 믿고 있었기 때문이다. 함장이 방에서 나갈 때까지 우리들은 모두(스토트를 제외하고) 차려 자세를 취하고 있었다. 그러자 해군 부사관 한 명이 또 "해산."이라고 말했다. 우리는 방에서 나왔다.

내 분대는 사후 처리 임무를 맡고 있었으므로 나는 모두에게 그러라는 명령을 내렸고, 테이트에게 지휘를 맡긴 다음 방에서 나왔다. 나는 잡담을 나누고 정보를 얻어 보기 위해 부사관실로 향했다.

쓸모없는 추측 이외에는 별로 들을 만한 얘기가 없었기 때문에, 나는 로저스와 함께 침대로 갔다. 메리게이는 또다시 모습을 감추고 있었다. 아마 싱을 후려내서 뭔가 정보를 얻어내려는 심산이리라.

18

다음 날 아침 스토트 부소령이 약속대로 중대 소집을 걸었다. 스토트는 함장이 한 얘기를 보병식 용어로 바꿔서 예의 단조롭게 딱딱거리는 어조로 되풀이했다. 현재 우리가 알고 있는 유일한 사실은 토오란의 해군이 그만큼 진보했으므로, 그들의 지상군도 이번에는 예전보다 잘 싸울 수 있으리라는 점이 특히 강조됐다.

그러나 이것은 흥미로운 문제를 제기해 주었다. 지난번에 처음으로 토오란과 지상에서 접촉했을 때, 우리는 압도적인 우위에 서 있었다. 토오란들은 자기네 주위에서 무슨 일이 일어나고 있는지도 제대로 이해하지 못했던 것이다. 우주에서는 그렇게 호전적이니까, 땅 위에서도 그만큼 야만적일 것이라고 생각했던 우리 예상은 빗나갔다……. 그러나 그들은 맞서 싸우는 대신 그냥 줄을 서서 차례대로 도살당할 때까지 기다리고 있었다. 그때 도망친 한 명은 아마 자기 동족들에게 가서 고풍스러운 접근전이란 무엇인지를 설명해 주었으리라.

물론 그렇다고 해서 그 보고가 요드-4에 있는 토오란들에게 전달되었다는 보장은 없었다. 빛보다 빠르게 소식을 전하는 방법을 우리는 단 한 가지밖에 모른다. 콜랩서 점프를 통해 물리적으로 메시지를 전달하는 방법이다. 그리고 토오란의 고향 행성에서 요드-4로 도달하기 위해서 몇 번이나 점프가 필요한지는 알 도리가 없었다. 따라서 적은 예전에 만난 놈들과 마찬가지로 수동적으로 나올 가능성도 있었다. 혹은 10년 가까이 보병 전법을 연마하고 있었을지도. 일단 행성에 도착해 보면 알 수 있을 것이다.

내가 병기 담당과 함께 분대원들의 파이팅 슈트 정비를 돕고 있었을 때 적함이 10억 킬로미터까지 접근했음을 알리는 경보가 울렸다. 우리는 가속실로 들어가야 했다.

각자가 누에고치 안으로 들어가기 전까지는 다섯 시간 정도 여유가 있었다. 나는 라비와 체스를 뒀고, 졌다. 그런 다음 로저스는 소대원들을 모아 놓고 열심히 유연체조를 시켰다. 앞으로 적어도 네 시간 동안 가속 셀안에서 찌부러져 있어야 한다는 사실에서 그들의 주의를 돌릴 심산이었던 것 같다. 지금까지 가장 오래 들어가 있었던 시간도 그 반밖에는 안 됐으니까 말이다.

5억 킬로미터 이내에 접근하기 10분 전, 나를 포함한 분대장들은 부하들을 집합시킨 후 셀로 들어갔다. 내 압력계가 2.7을 표시했을 때, 우리는 병참 컴퓨터에게 모든 것을 (아마 안전하게) 맡겼다.

침상에 누운 채로 짓눌리고 있었을 때, 어떤 바보 같은 생각이 떠올라서 마치 초전도체 속의 전류처럼 머릿속을 끊임없이 돌아다녔다. 군사과학 이론에 따르면 전쟁 수행은 두 가지 뚜렷한 카테고리로 분류된다. 전술(tactics)과 병참(logistics)이다. 병참은 실제 전투를 제외한 모든 것을 의미하고, 실제 전투가 곧 전술이다. 지금 우리는 전투 중이지만, 공격과 방어를 지시해 줄 전술 컴퓨터 따위는 없다. 그 대신 상상을 초월하는 효율을 가진 사이버네틱스의 잡화상, 즉 병참 컴퓨터가 있는 것이다.

그러나 내 두뇌 반대쪽은(이쪽만큼은 압박받고 있지 않았다) 컴퓨터에게 무슨 이름을 붙이든 무슨 상관이냐고 반박했다. 어차피 메모리 결정, 논리 회로, 너트와 볼트의 집합에 지나지 않았다······. 만약 그 컴퓨터를 징기스칸이 되도록 프로그램하면 그것은 전술 컴퓨터가 될 수 있는 것이다. 비록 평소에는 주식 시장을 모니터하거나 오물 처리를 제어하는 일을 했더라도 말이다.

그러나 다른 한쪽은 완강하게 저항했고, 그런 식의 논리를 따르자면 인간이란 단지 한 타래의 머리카락과 뼈, 그리고 힘줄투성이의 고깃덩어리 약간으로 이루어진 것에 지나지 않을 것이라고 주장했다. 잘 가르치기만 한다면, 선승(禪僧)조차도 전사로 바꿔 놓을 수 있다는 얘기야?

'그럼 도대체 너는, 우리는, 나는 뭐란 말이지?' 하고 다른 한쪽이 거듭 물었다. 원래는 평화를 사랑하는 진공 용접 전문가 겸 물리학 선생이었지만, '엘리트 징병법'에 의해 잡혀 와서 살인 기계가 되도록 재프로그램된 작자이지. 너/나는 적을 죽였고, 그걸 마음에 들어 했어.

하지만 그건 최면술이었고, 조건 반사 학습이었어. 나는 나 자신에게 반박했다. 상부에서도 더 이상 그런 짓은 안 하잖아.

그리고 최면술을 쓰지 않는 이유는 단 하나, 그것을 안 받은 병사 쪽이 적을 훨씬 더 잘 죽이기 때문이다. 실로 명쾌한 논리(logic)가 아닌가.

논리 얘기가 나온 김에 원래 질문으로 돌아가서, 왜 사람 대신 병참 (logistic) 컴퓨터에게 일을 시키는 것일까? 대략 이런 질문이 아니었던가.

녹색등이 들어오자 나는 반사적으로 턱을 써서 스위치를 눌렀다. 압력은 1.3으로 떨어져 있었고, 그제야 나는 우리들이 살아남았으며 최초의 전

초전에서 이겼다는 사실을 깨달았다.

그 생각은 반만 옳았다.

19

군복 상의의 벨트를 매고 있었을 때 반지가 뻑뻑거렸다. 손을 들어 올려 보니 로저스였다.

"만델라, 제3구획을 점검해 줘. 무슨 문제가 있는 것 같아. 딜튼이 통제 실에서 거길 감압(減壓)해야 했어."

제3구획이라. 그건 메리게이의 분대가 있는 곳이 아닌가! 나는 맨발로 복도를 달려갔다. 제3구획에 도착하자 마침 분대원들이 안쪽에서 문을 열고 비틀거리며 나오는 참이었다.

가장 처음 나온 사람은 버그먼이었다. 나는 그의 팔을 움켜잡았다.

"도대체 무슨 일이지, 버그먼?"

"어?"

버그먼은 내 얼굴을 들여다보았다. 압력실에서 나올 때는 모두 그렇지만 아직 멍한 상태였다.

"아, 만델라로군. 모르겠어. 그게 무슨 뜻이지?"

나는 여전히 그의 팔을 잡은 손을 놓지 않고 문 안을 들여다보았다.

"늦었잖아. 감압하는 게 늦었어. 무슨 일이 일어난 거지?"

버그먼은 머리를 뚜렷하게 하려는 듯이 고개를 세게 저었다.

"늦었다고? 뭐가 늦었어. 어, 어떻게 늦었단 얘기야?"

나는 처음으로 시계를 보았다.

"아주 늦지는……" 하느님 맙소사. "어, 우리가 누에고치에 들어간 건 0520시가 맞지?"

"응. 그랬던 것 같아."

줄줄이 늘어선 가속 셸과 복잡하게 얽힌 튜브 사이를 지나 나타나는 사람들 속에서도 메리게이는 여전히 모습을 드러내지 않았다.

"으음, 대략 2분 정도밖에 늦지 않았어……. 하지만 원래 우린 네 시간 동안만 가속 셸 안에 들어가 있을 예정이었잖아. 아니면 그보다 더 짧은 시간 동안. 하지만 지금 시간은 1050시야."

"으음."

버그먼은 또다시 고개를 흔들었다. 나는 그의 팔에서 손을 놓고 스틸러와 데미가 문에서 나올 수 있도록 뒤로 물러섰다.

버그먼이 말했다.

"모두가 늦은 셈이네. 그렇다면 아무 문제도 없는 거 아냐."

"어……" 이 친구는 관계없는 얘기를 하고 있었다. "그래, 맞아. 이봐, 스틸러! 혹시 메리……"

방 안에서 누군가가 소리를 질렀다.

"의무병! **의무병!**"

메리게이가 아닌 누군가가 밖으로 나오고 있었다. 나는 그녀를 거칠게 밀치고 방 안으로 돌진해 들어갔다. 누군가를 짓밟고, 그 위로 기어 올라가다시피 해서 부분대장인 스트루브에게로 갔다. 그는 어떤 누에고치 옆에 서서 반지 통신기에 대고 빠른 어조로 고함을 질러 대고 있었다.

"……흘린 피가 장난 아냐, 세상에, 그게 필요해……"

아직도 가속 셸 안에 누워 있는 사람은 메리게이였고,

"……덜튼한테서 연락을 받았어……"

그녀의 전신은 완전히 피로 뒤덮인 채로 번들거렸고,

"……메리게이가 나오지 않는다고……"

쇄골 옆에서 시작된 채찍을 맞은 듯이 통통 부어오른 자국은 젖가슴 사이를 지날 때는 별것 아닌 것처럼 변했고 그대로 흉골을 지나,

"……그래서 여기로 와서 셸을 열어 보니까……"

깊은 상처로 변해서 복부를 가로질러 치골에서

"……응, 아직도……"

몇 센티미터 위쪽에서 끝나 있었지만 박막에 싸인 내장이 튀어나와 있었다…….

"……응, 왼쪽 엉덩이라고 했지. 만델라……"

메리게이는 아직 살아 있었다. 심장은 뛰고 있었지만 피로 물든 머리는 옆으로 축 늘어져 있었고, 가늘게 뜬 눈은 뒤집혀 있었다. 천천히 숨을 내쉴 때마다 입가에서 빨간 거품이 생겨나며 터지는 것이 보인다.

"……왼쪽 엉덩이에 문신이 있어. 만델라! 정신을 차려! 엉덩이를 들고 혈액형을 확인……"

"**O형 RH 마이너스야, 빌어먹을**……. 미안해, O형 마이너스야."

이미 몇천 번은 본 문신이 아니었던가?

스트루브가 이 정보를 통신기에 대고 말했을 때 나는 갑자기 벨트에 구급 키트를 차고 있다는 사실을 깨달았다. 정신을 차리고 손으로 키트 속을

뒤졌다.

일단 출혈을 멈추고(상처를 보호하고) 쇼크 상태에서 벗어나도록 할 것. 매뉴얼에는 이렇게 쓰여 있었다. 하나 잊은 것이 있는데, 생각이 나지 않는다……. **기도(氣道)를 확보할 것**.

메리게이가 숨을 쉬고 있으니까 기도는 확보했다는 얘기가 된다. 그러나 이런 조그만 압박붕대 하나 가지고 길이가 거의 1미터에 달하는 상처의 출혈을 어떻게 막고 보호하란 말인가? 내가 할 수 있는 일이 있다면 일단 쇼크를 치료하는 일일 것이다. 나는 녹색 앰풀을 꺼내서 그녀의 팔에 갖다 대고 단추를 눌렀다. 그런 다음 압박붕대의 멸균된 쪽을 그녀의 노출된 장 위에 살짝 올려놓았다. 신축식 고정끈을 허리 밑으로 집어넣고 배를 누르지 않도록 주의하며 고정했다.

"그것 말고 달리 할 수 있는 일은 없어?"

스트루브가 물었다.

나는 무력감을 느끼며 뒤로 물러났다.

"모르겠어. 넌 뭔가 생각 안 나?"

"난 너와 마찬가지로 의사가 아니잖아."

스트루브는 문 쪽을 바라보며 꽉 쥔 주먹을 다른 손으로 주물렀다. 이두근이 솟아올랐다.

"도대체 의무병들은 다들 어디 가 있는 거지? 그 키트 안에 모르핀 복합제가 들어 있어?"

"응. 하지만 내장을 다쳤을 때는 쓰지 말라는 얘기를 누군가한테 들은 적이……"

"윌리엄?"

메리게이는 눈을 뜨고 고개를 들어 올리려고 했다. 나는 재빨리 다가가서 그녀를 부축했다.

"걱정 마, 메리게이. 의무병이 오고 있어."

"뭐가…… 괜찮아? 목이 말라. 물을 줘."

"안 돼, 달링. 지금은 물을 마시면 안 돼. 적어도 한동안은 안 될 거야."

외과 수술을 받을 경우 물을 마시는 것은 논외이다.

"이 피는 다 뭐야?"

메리게이는 작은 목소리로 말했고, 다시 머리를 힘없이 늘어뜨렸다.

"재구를 쳤나 보네."

"셸 탓일 거야."

나는 재빨리 말했다.

"주름이 잡혔던 거 기억나?"

메리게이는 머리를 흔들었다.

"셸?"

그녀는 그렇게 얘기하고는 얼굴이 갑자기 창백해지더니 힘없이 헛구역질을 했다.

"물……. 윌리엄, 물을 좀 줘."

그러자 배후에서 권위가 담긴 목소리가 말했다.

"물을 머금은 스펀지나 천을 가져다줘."

몸을 돌려 뒤를 돌아다보자 들것을 든 두 명의 의무병과 함께 군의관인 윌슨 박사가 와 있었다.

"우선 대퇴 동맥에 0.5리터를 수혈해."

윌슨은 압박붕대 밑을 조심스럽게 들여다보고는 딱히 누구를 보지도 않고 말했다.

"이 배뇨관을 2미터쯤 따라가서 조여 봐. 혈뇨가 나왔는지를 확인해 보란 말이야."

의무병 중 하나가 길이 10센티미터의 주삿바늘을 메리게이의 넓적다리에 꽂고는 플라스틱백에 든 피를 수혈하기 시작했다.

윌슨이 피곤한 목소리로 말했다.

"늦어서 미안하네. 오늘은 장사가 너무 잘 되어서. 아까 셸이 어쩌고 했는데 무슨 얘긴가?"

"예전에도 두 번 조금 다친 적이 있었습니다. 셸이 몸에 딱 맞지를 않아서, 외부 압력을 받으면 주름이 잡히는 겁니다."

윌슨은 혈압을 재면서 멍한 표정으로 고개를 끄덕였다.

"자네, 아니면 누구든지 좋으니……"

누군가가 그에게 물을 뚝뚝 흐르는 종이 타월을 건넸다.

"어, 혹시 누가 무슨 약물을 투약했나?"

"대(對) 쇼크제 앰풀을 하나 썼습니다."

윌슨은 종이 타월을 손으로 가볍게 뭉친 다음 메리게이의 손에 쥐여 주었다.

"이 친구 이름이 뭐지?"

나는 대답했다.

"메리게이, 물을 마시게 해 줄 수는 없지만 이걸 빨고 있을 수는 있어. 지금부터 자네 눈에 밝은 불빛을 비출 거야."

금속관을 써서 그녀의 동공을 보며 윌슨이 말했다.

"체온은?"

그러자 의무병 하나가 디지털식 계기상자의 수치를 읽고는 탐침을 잡아뺐다.

"혈뇨가 나왔나?"

"예. 조금."

윌슨은 압박붕대에 손을 슬쩍 올려놓았다.

"메리게이, 오른쪽으로 조금 돌아누울 수 있어?"

"예."

메리게이는 천천히 대답한 다음 팔꿈치를 써서 몸을 일으키려고 했다.

"못 하겠어요."

그녀는 그렇게 말하고는 울기 시작했다.

"괜찮아, 괜찮아."

윌슨은 멍하게 말하고는 등을 볼 수 있을 정도로만 그녀의 허리를 조금 밀어 올렸다.

"상처는 하나뿐이네."

그가 중얼거렸다.

"하지만 출혈이 장난 아니군."

윌슨은 반지 옆을 두 번 누른 다음 귓가에서 흔들었다.

"누군가 의무실을 지키고 있지는 않나?"

"다른 데로 불려가지 않았다면 해리슨이 대기하고 있을 겁니다."

여자 하나가 방으로 들어왔다. 나는 처음에는 그녀가 누군지 알아보지를 못했다. 창백한 얼굴에, 웃옷은 구겨지고 피로 얼룩져 있었다. 에스텔 하모니였다.

윌슨 박사가 고개를 들었다.

"또 다친 사람이 생겼나, 하모니 소위?"

"아뇨."

그녀는 무감동한 어조로 대답했다.

"정비병은 사지가 두 군데 절단된 상태여서 몇 분밖에 살지 못했어요.

장기 이식을 위해 보존해 놓긴 했지만."

"다른 사람들은?"

"감압이 워낙 폭발적이었던 탓에."

그녀는 코를 킁킁거렸다.

"여기서 제가 도울 일이 있나요?"

"응. 잠깐만 기다려 줘."

윌슨이 다시 반지에 대고 말했다.

"빌어먹을. 혹시 해리슨이 어디 있는지 알아?"

"몰라요……. 흐음, 시체 보존에 문제가 있어서 B수술실에 가 있을지도 모르겠군요. 난 제대로 보존했다고 생각하지만."

"흐음. 그렇지. 자네는 물론 잘 알고 있으니까……"

"수혈 끝!"

혈액백을 들고 있던 의무병이 말했다.

"대퇴 동맥에 0.5리터를 더 수혈해." 윌슨이 말했다. "에스텔, 자네는 의무병 대신 여기 이 친구의 수술 준비를 대신 해 주겠어?"

"물론 그러겠어요. 바쁜 편이 나으니까."

"좋아. 홉킨스, 의무실로 올라가서 운반용 침대하고 1차 스펙트럼용의 등장(等張) 플루오로카본액을 1리터, 아니, 2리터 가지고 돌아와. 머크 사 제품이라면 '복강 스펙트럼'이라고 쓰여 있을 거야."

윌슨은 옷소매에서 피가 묻어 있지 않은 부분을 찾아내서 이마의 땀을 닦았다.

"해리슨이 있으면 A수술실로 보내서 개복 수술을 위한 마취 준비를 하라고 해."

"그런 다음 이 환자를 A수술실로 데려가는 겁니까?"

"응. 만약 해리슨이 없으면 누군가 다른 사람을 찾아서……"

월슨은 나를 손가락으로 가리켜 보였다.

"……이 친구더러 환자를 A수술실로 데려가라고 해. 자네는 미리 거기로 달려가서 마취 준비를 해 놓고."

월슨은 자기 의료백을 집어 들고 안을 들여다보았다.

그가 중얼거렸다.

"여기서 시작해도 되겠군. 빌어먹을, 파라메타돈을 쓸 수가 없으니……메리게이? 기분이 어때?"

메리게이는 아직도 울고 있었다.

"난…… 아파요."

"나도 알아."

월슨이 상냥한 어조로 말했다. 그는 잠깐 생각을 해 보다가 에스텔에게 고개를 돌렸다.

"얼마나 많은 피를 잃었는지를 알 수가 없어. 가압된 상태에서 계속 흘렸을지도 모르거든. 또 복강 안에도 피가 좀 괴어 있어. 아직도 살아 있으니까 가압되었을 때는 그리 많이 흘리지 않은 것 같아. 아직 뇌손상까지 안 갔기를 바라는 수밖에 없겠군."

월슨은 메리게이의 팔에 부착된 디지털 계기에 손을 댔다.

"혈압을 관찰하고, 위험할 것 같으면 혈관수축제를 5시시 주사해. 난 수술하기 전에 씻고 와야겠어."

월슨은 백을 닫았다.

"가압식 앰풀이 아닌 다른 혈관수축제를 갖고 있어?"

에스텔이 자기 백을 뒤져 보았다.

"아뇨. 비상용 가압 앰풀밖에는…… 아…… 하나 있군요. 하지만 확장제는 규제 투약량밖에 가지고 있지 않아요."

"오케이. 만약 혈관수축제를 써야 하는데 혈압이 너무 급격히 올라간다면……"

"확장제를 한 번에 2시시씩 투여할게요."

"응. 말도 안 되는 방법이긴 하지만, 이런 상황에서는…… 할 수 없겠지. 너무 지치지 않았다면 위층에서 수술할 때 도와주겠어?"

"물론."

윌슨 박사는 고개를 끄덕이고 방에서 나갔다.

에스텔은 이소프로필 알코올을 머금은 솜으로 메리게이의 배를 닦기 시작했다. 차갑고 청결한 냄새가 났다. 에스텔이 말했다.

"누가 대 쇼크제를 투여했어?"

"응. 10분 전에 내가."

"아. 그래서 윌슨 박사가 걱정하고 있던 거구나. 아니, 넌 옳은 일을 했어. 하지만 대 쇼크제에는 혈관수축제가 조금 들어 있거든. 5시시를 더 주사하면 정량을 초과할 위험이 있어."

에스텔은 말없이 배를 닦는 일을 계속했고, 몇 초마다 고개를 들어 혈압 모니터를 점검했다.

"윌리엄?"

이 방에 들어온 이래 에스텔이 나를 알은체한 것은 이번이 처음이었다.

"이 여자, 그러니까, 메리게이는 네 애인이야? 주기적으로 만나는?"

"응."

"아주 예쁘네."

놀랄 만한 의견이었다. 찢긴 상처에 마른 피가 잔뜩 엉겨 붙어 있는 데다가, 내가 눈물을 닦아 준 탓에 얼굴에는 붉은 얼룩이 져 있는 메리게이를 보고 예쁘다고 하다니. 아마 의사나 여자나 애인이라면 이런 겉모습에 구애받지 않고 아름다움을 볼 수 있는 것인지도 모르겠다.

"응, 예뻐."

메리게이는 울음을 멈춘 상태였고, 지금은 눈을 꼭 감은 채로 종이 타월에 남은 마지막 물기를 빨고 있었다.

"물을 조금 더 줘도 될까?"

"알았어. 지금처럼 해서 줘. 너무 많이 주지는 말고."

나는 로커가 늘어선 작은 비품실에 있는 화장실로 들어가서 종이 타월에 물을 적셔 가지고 돌아왔다. 가압액이 뿜어 대던 증기는 이제 사라져 있었기 때문에 공기 냄새를 맡을 수 있었다. 어딘가 이상했다. 금속 공장에서 나는 듯한, 기계유와 탄 금속의 냄새였다. 혹시 공기 조절 시스템에 너무 부담을 준 것은 아닐까. 처음으로 가속실을 쓴 다음에 실제로 그런 일이 일어났던 것이다.

메리게이는 눈을 뜨지 않고 물에 적신 종이 타월을 받았다.

"지구로 돌아가면 함께 살 작정이야?"

"아마 그렇겠지. **만약** 그럴 수 있다면 말이야. 앞으로도 전투가 한 번 남아 있으니."

"더 이상 전투는 벌어지지 않을 거야."

에스텔은 억양이 없는 목소리로 말했다.

"그럼 아직도 그 얘기를 못 들었어?"

"무슨 얘기?"

"그럼 우리 배가 적의 공격을 받고 손상을 입었다는 걸 몰라?"

"손상을 입었어?"

그렇다면 왜 우리는 아직도 살아 있단 말인가?

"그래."

에스텔이 다시 배를 닦기 시작했다.

"분대 구획 네 개가 당했어. 장갑복 격납고도. 이제 이 배에는 파이팅 슈트가 한 벌도 남아 있지 않아. 속옷 차림으로 싸울 수는 없는 일이겠고."

"아니. 분대 구획에 맞았으면, 그 안에 있던 사람들은 어떻게 됐어?"

"생존자는 없어."

서른 명 모두가.

"누구누구?"

"3소대 전원하고 2소대 1분대."

알-사다트. 버시아. 맥스웰. 네굴레스코.

"하느님 맙소사."

"서른 명이 전사했는데도, 도대체 그렇게 된 원인이 뭔지를 아직도 알아내지 못했어. 확실히는 모르겠지만 언제든지 같은 일이 일어날 수도 있대."

"드론은 아니었고?"

"아니. 적이 발사한 드론은 모두 잡았어. 적함도 격침시켰고. 센서에는 아무것도 나타나지 않았는데, 갑자기 쾅! 하는 소리가 나면서 배의 3분의 1이 갈가리 찢겼던 거야. 엔진이나 생명 유지 시스템에 맞지 않은 것은 천만다행이라고 해야겠지."

나는 거의 에스텔의 말을 듣고 있지 않았다. 펜워스, 라바트, 스미서스, 크리스틴과 프리다. 모두 죽었다. 나는 망연자실한 상태였다.

에스텔이 백에서 면도날과 젤이 든 튜브를 꺼냈다.

"자, 신사답게 다른 쪽을 보고 있어. 아, 이게 있었군."

에스텔은 네모난 거즈를 알코올에 담갔다가 내게 건넸다.

"날 도와줘. 그걸로 얼굴을 닦아."

내가 얼굴을 닦기 시작하자 메리게이는 눈을 뜨지 않고 말했다.

"기분이 좋아. 뭘 하고 있는 거야?"

"신사 노릇. 그러면서 돕고……"

"모든 승무원에게 고한다. 모든 승무원에게 고한다."

가속실에는 스피커가 없었지만 비품실로 통하는 문을 통해서 뚜렷하게 방송을 들을 수 있었다.

"제6계급 이상의 모든 탑승원들은 의무 및 정비 임무를 직접 수행하고 있는 경우를 제외하고 즉시 집회 구획에 집합하라."

"가 봐야겠어, 메리게이."

메리게이는 아무 말도 하지 않았다. 그녀가 방금 전의 방송을 들었는지는 알 수 없었다.

"에스텔."

나는 그녀 쪽을 똑바로 쳐다보며 말했다. 신사 노릇 따위는 엿이나 먹으라고 해라.

"혹시……"

"응. 수술 결과가 나오면 가능한 한 빨리 알려 줄게."

"흐음."

"괜찮을 거야."

하지만 에스텔은 어둡고 걱정스러운 표정을 하고 있었다.

"자, 이제 가 봐."

나직한 목소리였다.

복도로 나갔을 때 스피커는 같은 방송을 네 번째로 되풀이하고 있는 참이었다. 공기 중에는 내가 그리 생각하고 싶지 않은 새로운 냄새가 났다.

20

집회 구획까지 반쯤 갔을 때가 되어서야 나는 내가 얼마나 험한 몰골을 하고 있는지를 깨닫고 서둘러 부사관 화장실로 들어갔다. 카메하메하 병장이 급하게 머리를 빗고 있었다.

"윌리엄! 너 어디 다쳤어?"

"아무 일도 아냐."

수도꼭지를 틀고 거울에 비친 내 얼굴을 바라보았다. 얼굴과 군복 웃옷에 온통 피가 말라붙어 있었다.

"이건 메리게이의 피야. 포터 병장 말이야. 가속 셸에…… 에, 주름이 생겨서, 그래서……"

"죽었어?"

"아니. 단지 중상을, 그러니까, 이제 수술을 받으러……"

"뜨거운 물을 쓰지 마. 그럼 핏자국이 안 지워져."

"아, 그래."

나는 뜨거운 물로 얼굴과 손을 씻은 다음 찬물에 적신 타월로 웃옷을 가볍게 두들겼다.

"네 분대 구획은 얼의 구획에서 두 개 더 간 곳에 있지?"

"응."

"무슨 일이 일어났는지 봤어?"

"아니. 응. 그러니까, 그게 일어났을 때 본 건 아니지만."

그제야 나는 그녀가 울고 있다는 사실을 깨달았다. 커다란 눈물이 뺨을 따라 턱으로 흘러내리고 있었다. 그러나 그녀의 목소리는 침착했고, 억제된 느낌조차 주었다. 그녀는 브러시로 거칠게 머리카락을 빗었다.

"엉망진창이야."

나는 그녀에게 다가가서 어깨에 손을 얹었다.

"만지지 마!"

카메하메하는 노성을 발하며 브러시로 내 손을 뿌리쳤다.

"미안해. 이제 나가."

화장실 문에서 그녀는 내 팔에 살짝 손을 갖다 댔다.

"윌리엄······."

그녀는 도전적인 눈으로 나를 보았다.

"난 죽은 사람이 내가 아니라서 기뻐. 무슨 말인지 이해해? 그런 식으로밖에 볼 수 없다는 뜻이야."

나는 이해했지만, 그녀의 말을 믿었는지에 관해서는 확신할 수 없었다.

함장이 굳은 목소리로 말했다.

"상황은 아주 간단하게 요약할 수 있다. 이건 우리가 알고 있는 정보가 너무 적다는 얘기도 되지만. 적함을 파괴한 지 10초쯤 지났을 때 두 개의

(극히 작은) 물체가 애니버서리호의 중앙부를 강타했다. 그것들이 탐지되지 않았다는 사실과 우리 탐지 장치의 한계에서 추론하건대, 그것들이 광속의 10분의 9에 달하는 속도로 날아왔다는 사실을 알 수 있다. 조금 더 정확히 말하자면, 애니버서리호의 축선(軸線)에 대한 이 물체의 **정상적**인 속도 벡터가 광속의 10분의 9를 초과하고 있었다는 뜻이다. 이 두 물체는 우리의 반발 필드 뒤로 파고들었다.

상대론적인 속도로 움직일 때 애니버서리호는 두 개의 강력한 전자기장을 발생시키도록 설계되어 있다. 하나는 우주선에서 5000킬로미터 떨어진 곳에, 다른 하나는 1만 킬로미터 떨어진 곳에 말이다. 양쪽 다 우주선이 진행하는 방향에 발생한다. 이 전자기장들은 램제트(ramjet) 효과에 의해 유지되고, 그 에너지는 항행 중인 우주선 주위의 성간 가스에서 얻는다.

선체에 부딪치면 손상을 입힐 염려가 있는 물체, 바꿔 말해서 고배율 확대경으로 볼 수 있을 정도의 크기를 가진 물체가 첫 번째 전자기장을 통과하면 그 표면에는 매우 강력한 부(負)의 전하가 발생한다. 그 물체가 두 번째 전자기장으로 돌입하면 우주선의 침로에서 튕겨나가게 되는 것이다. 만약 해당 물체가 이런 식으로 튕겨낼 수 없을 정도로 크다면 우리는 멀리서도 그것을 탐지할 수 있기 때문에 침로를 변경하면 된다.

적의 무기가 얼마나 위협적인지는 굳이 강조할 필요도 없을 것이다. 애니버서리호가 그 공격을 받았을 때, 적에 대한 우리의 상대속도는 0.01초 동안 우리 함의 전장(全長)에 해당하는 거리를 지나가 버릴 정도였다. 게다가 우리는 지속적으로 변화하고 완전히 무작위한 측면 가속을 통해 불규칙하게 움직이고 있었다. 따라서 우리 함을 맞힌 물체는 조준 사격된 것이 아니라 유도식이었던 것이 틀림없다. 그리고 유도 장치 자체도 내장되어 있었던 것 같다. 왜냐하면 우리 함이 그 물체에 맞았을 시점에서 살아 있던 토오란들은 없었기 때문이다. 이 모든 것들이 작은 조약돌만 한 물체 안에 들어 있었던 것이다.

제군들 대다수는 너무 젊기 때문에 '미래의 충격(future shock)'이라는 표현을 들은 적이 없을 것이다. 1970년대에는 과학기술의 발달이 너무나도 급격했던 탓에 사람들, 일반인들이 그것에 제대로 대체로 대처하지 못하는 일이 발생했다. 현재의 현실에 익숙해질 시간 여유를 가지기도 전에 미래가 엄습해 온다고나 할까. 토플러라는 사내는 이런 현상을 가리켜 '미래의 충격'이라는 용어를 만들었다."

함장은 때로 상당히 학구적일 때가 있었다.

"그리고 우리는 바로 이 학술 개념을 방불케 하는 물리적 상황에 직면해 있다. 알다시피 그 결과는 참담했다. 비극이었다. 그리고 예전 모임에서 언급했듯이 이것에 대항하는 방법은 없다. 상대성이론이 우리를 적의 과거라는 함정에 빠뜨리는 것이다. 그리고 상대성이론은 적들을 우리의 미래로부터 불러온다. 우리는 단지 다음번에는 이 상황이 역전되기를 바랄 수 있을 뿐이다. 그 역전을 불러오기 위해 지금 우리가 할 수 있는 일이라고는 스타게이트로, 그리고 지구로 귀환하는 일밖에 없다. 지구로 가면 전문가들이 애니버서리호가 입은 손상에서 추론을 이끌어내고, 모종의 대항 무기를 고안해 줄 수 있을지도 모른다.

이제 우리는 자네들 보병을 쓰지 않고도 우주에서 토오란의 발착 행성을 공격하고, 행성상의 기지를 파괴할 수 있다. 그러나 그런 공격은 매우 큰 위험을 수반할 것이다. 우리는 오늘 우리를 공격한 것들에 의해…… 격침당할 수도 있고, 그런다면 내가 극히 중요하다고 간주하고 있는 정보를 스타게이트로 가져갈 수도 없게 된다. 물론 연락용 무인 드론을 보내 적의 이 신무기에 관한 우리의 추측을 전달할 수도 있겠지만…… 그것 가지고

서는 불충분할지도 모른다. 그리고 아군은 그만큼 기술적으로 뒤떨어지게 된다. 따라서 우리 함은 요드-4를 우회하는 침로를 택했다. 콜랩서를 가급적 토오란 기지와 우리 사이에 두는 식으로 말이다. 우리는 적과 접촉을 피하고 최대한 빨리 스타게이트로 돌아갈 것이다."

믿기 힘든 일이었지만, 여기서 함장은 자리에 앉고 관자놀이를 주물렀다.

"여기 모인 사람은 적어도 분대장이나 반장 이상의 계급이다. 제군들 대다수는 훌륭한 전투 기록을 가지고 있다. 그리고 나는 제군 중 일부는 2년의 복무 기간이 끝난 후에도 다시 군에 입대해 주기를 희망하고 있다. 그런다면 아마 소위로 임관될 것이고, 처음으로 지휘관 역할에 직면하게 된다.

지금부터 내가 하는 말은 바로 그런 사람을 위한 것이다. 제군의…… 상관으로서가 아니라, 선배이자 한 사람의 충고자로서 말이다.

지휘관의 결단이란 단지 전술적인 상황을 감안해서 적에게 최대한의 피해를 입히는 동시에, 아군의 인명과 물자 피해를 최소화하는 방법을 선택하는 행위를 의미하는 것이 아니다. 현대전은 날이 갈수록 복잡해지고, 특히 지난 세기 이후 그런 경향은 더 심화되었다. 전쟁의 승리는 잇달아 전투에 이김으로써 쟁취할 수 있는 것이 아니라, 군사적 승리, 경제적 압박, 병참 조작, 적 정보 수집, 정치 상황을 망라하는 여러 가지, 글자 그대로 수십 개에 이르는 요소 사이의 복잡한 관계에 의해 결정되는 것이다."

나는 함장의 연설을 듣고 있었지만, 머릿속에는 전우의 3분의 1이 한 시간쯤 전에 목숨을 잃었다는 생각만이 꽉 차 있을 뿐이었다. 그런데도 함장은 저기 앉아서 우리에게 군사 이론을 강연하고 있었다.

"그런 연유로 때로는 전쟁에 이기기 위해 전투를 포기해야 할 때가 있다. 우리가 할 일은 바로 그것이다. 이런 결정을 내리기는 쉽지 않았다. 사실, 지금까지 군인으로 살아오면서 내린 가장 힘든 결정이었는지도 모른다. 내 결정이 적어도 표면적으로는 비겁하게 비칠 수도 있기 때문이다.

병참 컴퓨터는 우리가 적 기지를 공격한다면 성공할 확률이 62퍼센트라는 결과를 내놓았다. 유감스럽게도 그럴 경우 우리가 생존할 확률은 30퍼센트에 불과하다. 왜냐하면 성공적인 시나리오의 일부에는 광속에 달한 애니버서리호로 발착 행성을 직접 들이받는 것도 포함되어 있기 때문이다."

하느님 맙소사.

"제군이 이런 결정을 내려야 하는 상황에 직면하는 일이 없기를 빈다. 스타게이트에 귀환한 후 나는 틀림없이 적전(敵前) 비겁죄로 군법회의에 회부될 것이다. 그러나 토오란 기지 하나를 파괴하는 것보다 애니버서리호가 입은 손상을 분석해서 얻는 정보 쪽이 더 중요하다고 나는 정말로 확신하고 있다."

함장은 허리를 똑바로 폈다.

"한 군인의 경력보다 더 중요하다고."

나는 웃음이 터지려는 것을 억지로 참았다. 물론 '비겁함'은 함장의 결정과는 아무 관련이 없다고 해야 할 것이다. 생존 본능 같은 원시적이고 비(非)군인적인 것은 가지고 있지 않을 테니까 말이다.

정비 담당자들은 애니버서리호의 측면에 생긴 커다란 열상(裂傷)을 그럭저럭 때우고 그 구획을 다시 가압(加壓)하는 데 성공했다. 그날 우리는 남은 시간을 써서 그 부근을 청소했다. 물론 함장이 자기 경력을 희생하는 한이 있더라도 보존할 가치가 있다고 간주한 귀중한 증거를 건드리는 일 없이 말이다.

가장 힘들었던 부분은 시체를 우주로 투기하는 일이었다. 가속 셸이 찢어진 친구들을 제외하면 그렇게 힘들지는 않았다.

나는 다음 날 에스텔의 근무가 끝나자마자 그녀의 선실로 갔다.

"지금 메리게이를 문병하러 가도 아무 소용도 없을 거야."

에스텔은 음료를 홀짝이며 말했다. 에틸알코올과 구연산과 물을 섞고 오렌지 껍질 냄새 비슷한 것이 나는 에스테르를 한 방울 넣은 것이었다.

"위험한 고비는 넘겼어?"

"앞으로 2주는 기다려 봐야 해. 설명하자면 이래."

에스텔은 술잔을 내려놓고 깍지 낀 손 위에 턱을 괴었다.

"그런 부상은 보통 상황이었다면 별거 아니었을 거야. 출혈로 잃은 피를 보충해 주고, 복강 안에 마법의 가루를 살짝 뿌린 다음 찢어진 곳을 다시 붙이면 되니까 말이야. 한 이틀 있으면 비틀거리면서 돌아다닐 수 있을 거야.

하지만 골치 아픈 문제가 있어. 지금까지 가속 셸 안에서 부상을 입은 사람은 아무도 없었어. 지금까지는 별로 특이한 문제가 생기지 않았지만 말이야. 하지만 앞으로 며칠 동안은 주의 깊게 내장을 관찰해 봐야 해. 또 복막염이 큰 걱정거리야. 복막염이 어떤 건지 알아?"

"응."

그러니까, 막연하게는 안다.

"가속 중에 내장의 일부가 압력을 받고 파열되었기 때문이야. 우리는 통상적인 예방 조처만으로는 만족하지 않아. 왜냐하면 그…… 오물이 압력에 밀려 복막을 짓눌렀거든. 만전을 기하기 위해서 우리는 복강하고 십이지장 아래의 소화기관 전체를 완전히 소독했어. 그런 다음에는 물론 죽어 버린 장내세균들을 인공 배양한 것으로 대체해야 했어. 이건 표준적인 조치라고 할 수 있지만, 보통 그 정도 상처로 그렇게까지는 하지 않아."

"그랬었군."

이 얘기를 들으니 속이 조금 울렁거렸다. 우리들 대다수는 자신이 추악하게 질척거리는 물체로 가득 찬 살아 있는 가죽 주머니라고 간주하지는 않고, 또 그런 생각을 안 해도 충분히 만족하면서 살아가지만, 유독 의사들만 그 사실을 모르고 있는 듯했다.

"그것만으로도 이틀 동안은 메리게이를 만나지 않을 충분한 이유가 돼. 장내세균을 교환하면 소화 기관이 격렬한 영향을 받으니까 말이야. 24시간 관찰하고 있으니까 위험한 건 아니지만, 당사자는 엄청나게 피곤하고, 또 남에게 보이기도 뭐한 생리현상에 시달리지.

바꿔 말해서, 정상적인 임상 환경에서는 아무 문제없이 고비를 넘길 수 있는 상태야. 하지만 우린 지금 1.5G를 계속 유지하면서 감속하고 있는 중이고, 메리게이의 내장은 한 번 뒤죽박죽이 되었어. 만약 이 우주선이 급가속을 할 필요가 생기고, 그 가속도가 2G를 넘긴다면 메리게이는 죽게 돼."

"그렇지만…… 그렇지만 우린 콜랩서에 돌입할 때 2G를 넘길 거잖아! 그때는 어떻게……"

"알아, 알아. 하지만 그건 2주 뒤의 일이야. 일이 잘 풀리면 그때까지는 회복할 거야. 윌리엄, 사실을 사실 그대로 바라봐야 해. 외과 수술을 받을 때까지 살아남았다는 사실 자체가 기적이야. 그러니까 메리게이가 지구로 생활하지 못할 가능성은 충분히 있다고 봐야 해. 슬픈 일이지. 메리게이는 특별한 사람, 너에게는 **아주** 특별한 사람이니까 말이야. 하지만 그 밖에도 너무 많은 사람이 죽었고……. 너도 이젠 그런 일에 익숙해져야 해. 받아들이는 거야."

나는 내 술을 길게 들이켰다. 구연산이 빠진 것만 제외하면 에스텔의 것과 같았다.

"상당히 하드보일드한 태도로군."

"그럴지도 몰라……. 아냐. 그냥 현실적이라고 해 두자. 앞으로도 훨씬 더 많은 죽음과 슬픔이 우리를 기다리고 있을 것 같은 예감이 들거든."

"난 빼 줘. 스타게이트에 도착하자마자 난 제대해서 민간인이 될 거야."

"그렇게 자신하지 마."

이제는 익숙해진 반론이었다.

"우리를 징병해서 2년 동안 군인 노릇을 시킨 그 작자들은 아무렇지도 않게 그걸 4년으로 연장할 수도 있고 또……"

"6년이나 20년이나 전쟁이 끝날 때까지 연장할 수도 있겠지. 하지만 그러지는 못할걸. 그런다면 반란이 일어날 테니까."

"잘 모르겠군. 조건반사로 적을 죽일 수 있도록 훈련시키는 작자들인데, 다른 일들도 그렇게 못 하겠어? 다시 군대에 지원하도록 할지도 모르잖아."

나는 오싹했다.

나중에 우리는 섹스를 하려고 했지만, 두 사람 모두 생각할 일이 너무 많았다.

일주일 후에 처음으로 메리게이에게 문병을 갔다. 그녀는 핼쑥해지고 체중이 많이 준 상태였고, 매우 심란해 보였다. 윌슨 박사는 이것이 약 때문이라고 나를 안심시켰다. 뇌가 손상을 입은 증거는 어디에도 없다고 한다.

메리게이는 아직도 침대에 누운 채로 튜브를 통해 영양을 공급받고 있는 상태였다. 나는 달력을 볼 때마다 강한 불안감에 시달렸다. 날이 갈수록 그녀의 용태는 조금씩 좋아지는 것처럼 보였지만, 우리가 콜랩서로 돌입할 때도 여전히 침대에 누워 있다면 그녀가 살아남을 가망은 없었다. 그렇다고 해서 윌슨 박사나 에스텔에게서 고무적인 얘기를 들을 수 있었던 것도 아니었다. 결국은 메리게이의 회복력에 달려 있다는 얘기였다.

돌입하기 전날 그들은 메리게이를 의무실에 있는 에스텔의 가속 침상으로 옮겼다. 이제는 정신도 말짱해지고 입으로 음식을 먹고 있었지만, 아직도 자기 힘으로는 움직일 수가 없었다. 1.5G 아래에서는 말이다.

나는 그녀를 만나러 갔다.

"침로를 바꿨다는 얘기를 들었어? 테트-38로 돌아가려면 우선 알레프-9로 가야 한다나. 이 빌어먹을 깡통 속에서 네 달이나 더 지내야 한다는 얘기야. 하지만 지구에 도착하면 6년 치의 전투 수당을 더 받을 수 있어."

"잘됐네."

"아, 생각해 보라고. 지구에 도착하면 우리가 얼마나 멋진⋯⋯"

"윌리엄."

나는 말꼬리를 흐렸다. 거짓말에는 소질이 없었다.

"억지로 나를 즐겁게 해 주려고 하지는 마. 그러는 대신 진공 용접 얘기를 해 줘. 아니면 어렸을 적 얘기를. 어떤 얘기라도 좋으니까 내가 지구로 돌아가면 어쩌고 하는 헛소리만은 하지 말아 줘."

메리게이는 고개를 돌려 벽을 보았다.

"어느 날 아침 내가 자고 있다고 생각했는지 복도에서 의사들이 얘기하는 걸 들었어. 물론 난 이미 알고 있었지. 모두가 그토록 입 밖에 내지 않으려고 하는 사실을. 그러니까 얘기해 줘. 넌 1975년에 뉴멕시코에서 태어났다고 했지. 그런 다음엔 어땠어? 계속 뉴멕시코에서 살았어? 학교에서 공부는 잘했고? 친구는 얼마나 있었어? 아니면 나처럼 너무 똑똑한 것이

탈이었어? 처음으로 여자애하고 잔 건 언제지?"

　우리는 잠시 이런 종류의 얘기를 나눴지만, 불편했다. 잡담을 하는 동안
내 머리에 어떤 생각이 떠올랐다. 나는 메리게이의 병실을 나오자마자 곧
장 윌슨 박사에게 갔다.

"생존 가능성은 반반이라고 생각하지만, 이것도 억측에 불과해. 이런 상
황에 딱 들어맞는 임상 기록 같은 것은 없거든."

"하지만 견뎌야 하는 가속도가 낮으면 낮을수록 메리게이가 살아남을
가능성이 높다는 것은 사실 아닙니까?"

"물론이지. 이 상황에서 그게 무슨 의미가 있는지 모르겠지만 말이야.
함장은 최대한 조심스레 돌입할 예정이라지만 적어도 4G나 5G에 달할
거야. 3G조차도 위험할지 몰라. 결국 끝날 때까지 알 수 없다는 얘기야."

　나는 조급하게 고개를 끄덕였다.

"물론 그렇겠죠. 하지만 우리가 받는 가속보다 더 적은 양을 받게 할 방
법이 있습니다."

　그러자 윌슨이 미소 지으며 말했다.

"만약 가속 차단 장치를 발명했다면, 서둘러 특허를 신청하는 편이 나을
거야. 그러면 막대한 액수의 돈이……"

"아닙니다, 군의관님. 제가 생각해 낸 것은 정상적인 상황에서는 그다지
도움이 안 되는 방법입니다. 그런 경우에는 가속 셸 쪽이 더 효율적이지
만, 제가 고안한 방법은 같은 원리에 입각해 있습니다."

"설명해 보게."

"우선 메리게이를 셸 안에 넣고 그 안에 용액을……"

"잠깐 기다려. 절대로 그럴 수는 없어. 몸에 잘 안 맞는 셸이야말로 그런

176

부상을 입게 만든 원흉이 아닌가. 그런다면 다른 사람 걸 써야 할 거고."

"압니다, 군의관님. 일단 설명하게 해 주십시오. 생명 유지 장치만 제대로 작동한다면 메리게이의 몸에 딱 들어맞을 필요는 없습니다. 셸 안쪽에서 압력을 가하지는 않을 거니까요. 메리게이의 몸은 1센티미터제곱당 몇천 킬로그램이나 되는 압력을 바깥쪽 용액으로부터 받지 않아도 되니까 압력을 가할 필요는 없습니다."

"무슨 뜻인지 잘 모르겠군."

"그건 단지 물리학의 원리를 적용한…… 물리학 공부도 하셨죠?"

"의과대학에서 조금 공부했네. 라틴어 다음으로 성적이 나빴던 과목이었지."

"등가 원리를 기억하십니까?"

"그런 용어를 들은 기억은 있네만. 상대성이론에 관계된 거였지, 아마?"

"아, 예. 그러니까 그건…… 중력장 안에 있는 그와 동등한 가속을 받은 물체 안에 있든 차이는 없다는 원리입니다. 바꿔 말해서, 5G로 가속한 우주선 안에 있든 표면 중력이 5G인 거대한 행성에 우주선이 착륙해 있든 간에 우주선 안에 있는 우리가 경험하는 중력은 똑같다는 얘기입니다."

"당연한 얘기 아닌가."

"그럴지도 모르겠군요. 하여튼, 우주선 안에서 어떤 실험을 해 보든 간에 자신이 가속 중인 우주선 안에 있는 건지, 아니면 거대한 행성 위에 앉아 있는 건지를 아는 방법은 없습니다."

"설마. 엔진을 끄고, 또……"

"물론 밖을 내다보면 확인할 수 있겠지요. 제가 말한 실험은 바깥 환경과 격리된 곳에서 하는 물리학 실험 같은 겁니다."

"알았네. 이해하겠어. 그래서?"

"아르키메데스의 법칙을 알고 계십니까?"

"물론 알아. 가짜 왕관이…… 내가 물리학 공부에서 어렵다고 느끼는 건 바로 이 점이야. 명명백백한 일을 가지고 거창하게 설명하는가 하면, 어려운 부분에서는……"

"아르키메데스의 법칙이란 어떤 물체를 액체에 담그면, 그 물체는 자신이 밀어낸 액체의 무게와 동일한 부력(浮力)을 받는다는 원리입니다."

"당연한 얘기지."

"그리고 이 법칙은 사람이 그 어떤 중력장이나 가속을 경험할 때도 해당됩니다. 5G로 가속 중인 우주선에서 어떤 물체가 액체를 밖으로 밀어냈다고 가정할 때, 그 액체가 만약 물이라면 중력이 1G일 때의 물에 비해 다섯 배는 더 무거워집니다."

"물론이지."

"따라서 물이 든 탱크 안에 누군가를 띄운다면 그 누군가의 무게는 사라집니다. 우주선이 5G로 가속하더라도 말입니다."

"잠깐 기다려 보게. 무슨 얘긴지는 알겠지만 그건 불가능해."

"왜 불가능하다는 겁니까?"

나는 '당신은 알약이나 청진기에나 신경을 쓰고 물리학은 나한테 맡겨'라고 말하고 싶은 유혹을 느꼈다. 그러나 그러지 않아서 다행이었다.

"잠수함 안에서 렌치를 떨어뜨리면 어떻게 되지?"

"잠수함?"

"그래. 아르키메데스의 실험은……"

"이런! 박사님 말이 옳습니다. 맙소사. 거기까지는 미처 생각이 미치지 못했군요."

"렌치는 잠수함이 마치 무중력 상태가 아닌 것처럼 바닥에 떨어지게 돼."

178

윌슨은 허공을 응시하며 연필로 책상을 툭툭 쳤다.

"방금 자네가 묘사한 방법은 심각한 피부 손상, 이를테면 화상 따위를 입은 환자에게 쓰는 치료법이야. 지구에서 말이야. 하지만 그 방법을 써도 가속 셸과는 달리 내장을 지탱해 주지 못해. 그러니까 메리게이에게는 아무런 도움도 줄 수 없네……."

나는 방에서 나가기 위해 일어섰다.

"바쁘신데 방해해서 죄송……."

"잠깐 기다려 줘. 1분만. 자네의 그 아이디어를 부분적으로 활용할 방법이 있을지도 몰라."

"어떤 식으로 말입니까?"

"나도 거기까지는 생각이 미치지 못했어. 메리게이에게 우리가 평소에 하는 방식대로 가속 셸을 쓰게 하는 건 물론 논외야."

나도 그런 상황은 상상하고 싶지 않았다. 가만히 누워서 온몸의 구멍과, 인공적인 구멍 하나를 통해 산소를 첨가한 플루오로카본액이 밀고 들어오는 상태를 받아들이기 위해서는 잔뜩 최면을 받아도 모자랄 지경인 것이다. 나는 요골 위에 박혀 있는 밸브를 만지작거렸다.

"예, 그런다면 메리게이의 몸은 또 찢…… 그러니까…… 박사님은 낮은 압력에서……."

"맞아. 5G의 직선운동이 만들어 내는 가속에서 메리게이를 지키기 위해서는 굳이 몇천 기압이 필요하지 않아. 그건 급격한 회피 기동을 할 때나 해당하는 얘기지. 정비반을 호출하기로 하지. 자네의 분대 구획으로 가게. 그걸 쓸 테니까. 덜튼이 거기서 자네와 만날 거야."

콜랩서 장(場)에 돌입하기 5분 전에 나는 액체 주입 단추를 눌렀다. 메리게이와 나 두 사람만이 셸에 들어가 있었다. 중앙 통제실에서도 액체를 주입하고 배출할 수 있었기 때문에 내가 반드시 여기 있어야 하는 것은 아니었지만, 모든 시스템은 중복 기능이 있는 편이 낫다. 또 나 자신도 여기 있고 싶었다.

평소만큼이나 끔찍한 경험은 아니었다. 짜부라지고 부풀어 오르는 감각은 느끼지 않아도 됐으니까 말이다. 단지 몸 안이 플라스틱 냄새가 나는 액체로 갑자기 가득 찬 것을 느끼고(처음 순간, 그러니까 기도를 통해 폐 속의 공기를 대체하기 위해 몰려올 때는 결코 알아차리지 못한다), 약간의 가속이 있은 다음 다시 공기를 호흡하고 있다는 사실을 깨닫게 되고, 셸이 펑 하고 열리는 것을 기다리는 것이다. 그런 다음 플러그를 떼어내고 지퍼를 열고 밖으로 기어 나가……

눈을 뜨니 메리게이의 셸은 비어 있었다. 그쪽으로 가 보니 피가 보였다.

"출혈이 있었네."

윌슨 박사의 목소리가 음산하게 울렸다. 나는 눈시울이 뜨거워지는 것을 자각하며 몸을 돌렸고, 비품실로 통하는 문에 그가 기대고 서 있는 것을 보았다. 그는 놀랍게도, 끔찍하게도, 만면에 웃음을 띠고 있었다.

"예상했던 대로 말이야. 하모니 소위가 치료하고 있네. 메리게이는 완쾌할 거야."

21

메리게이는 일주일 만에 걸을 수 있게 되었고, 2주째부터는 '우애를 확인할' 수 있게 되었으며, 6주 뒤에는 완치 통고를 받았다.

우주에서 보낸 기나긴 10개월은 처음부터 끝까지 군대, 군대, 군대로 점철되어 있었다. 유연체조에, 무의미한 작업에, 강제적인 강의에, 급기야는 옛날 기초 군사훈련을 받았을 당시의 취침 할당제를 부활시킨다는 얘기까지 있었다. 그러나 실제로 그런 일은 일어나지 않았다. 아마 반란이 두려웠던 것이리라. 우리들처럼 대략 영속적인 관계를 맺은 커플의 경우 매일 밤 무작위한 파트너와 함께 지내야 한다면 그리 평판이 좋지 않았을 것이다.

이 모든 바보짓, 군대 규율에 대한 이 집착은 나를 곤혹스럽게 했다. 혹시 군대가 우리를 제대시키지 않을 작정이 아닌가 걱정이 되었기 때문이다. 메리게이는 내 걱정이 편집증적이라고 했고, 상관들이 집요하게 훈련을 시키는 이유는 열 달 동안 규율을 유지하려면 그러는 수밖에 없기 때문이라고 했다.

군대에 대한 일상적인 불평불만을 제외하면, 병사들끼리 하는 잡담의 주된 소재는 우리가 떠나 있는 사이 지구가 얼마나 바뀌었고, 또 제대 후에는 무슨 일을 할까 하는 것이었다. 26년 동안의 급료를 한꺼번에 받는 덕택에 우리는 상당히 부자였다. 그것도 복리(複利)를 포함해서 말이다. 처음 입대했을 때 받은 한 달 치 월급 500달러는 이제 1500달러로 늘어나 있었다.

우리는 그리니치력 2023년에 스타게이트에 도착했다.

스타게이트 기지는 우리가 요드-4 작전에 임하고 있던 17년 동안 놀랄 정도로 크게 확장되어 있었다. 기지는 타이코 시티만큼 거대한 건물이었고, 1만 명에 가까운 인원을 수용하고 있었다. 애니버서리호와 맞먹거나 더 큰 군함이 무려 78척이나 정박해 있었고, 이들은 토오란이 점령하고 있는 발착 행성을 공격하는 임무를 수행하고 있었다. 다른 열 척은 스타게이트 자체를 방어하는 임무를 맡고 있었고, 두 척은 탑승 보병과 승무원들이 오기를 기다리며 궤도상에 정박해 있었다. 전투 임무에서 복귀한 지구의 희망Ⅱ호는 스타게이트에서 다른 순양함이 돌아오는 것을 기다리고 있었다.

지구의 희망Ⅱ호는 탑승원의 3분의 2를 잃었고, 단 39명의 생존자들을 지구로 보낼 목적으로 순양함 한 척을 통째로 움직이는 것은 경제적이 아니었기 때문이다. 39명의 민간인들을 말이다.

우리는 정찰선 두 대에 분승한 뒤에 행성으로 내려갔다.

22

보츠포드 장군은(처음 만났을 때, 그러니까 스타게이트에 두 개의 막사와 스물네 개의 무덤밖에 없었을 당시에는 소령에 불과했던 인물이었다) 우아하게 장식된 세미나실에서 우리를 맞았다. 그는 방 끄트머리에 있는 거대한 홀로그래프식 작전 도면 앞에서 왔다 갔다 하고 있었다.

"우리가."

그는 자기 목소리가 너무 크다는 사실을 깨달았는지 곧 보통 대화를 하듯이 말을 이었다.

"우리가 제군을 다른 타격 부대에 분산 배속한 후 다시 전장으로 보낼 수 있다는 사실을 알고 있을 것이다. '엘리트 징병법'은 개정되었고, 복무 기간은 주관 시간으로 2년 대신 5년으로 연장되었기 때문이다.

그리고 나는 제군들 일부가 **왜** 군대에 남으려고 하지 않는지 도무지 이해할 수 없다! 2년만 더 기다리면 복리 이자는 각자가 일생 동안 쓰고도 남을 정도의 거액을 산출하게 되는데도 말이다. 물론 많은 사상자가 난 것은 사실이지만, 그건 피할 수 없는 일이었다. 제군들이 첫 참전자들이었으니까 말이다. 이제 상황은 좀 더 편해졌다. 파이팅 슈트는 개선되었고, 우리는 토오란의 전술에 대해 예전보다 더 많은 지식을 가지고 있고, 우리 무기는 전보다 더 효과적이다……. 전투를 두려워할 필요는 전혀 없는 것이다."

그는 테이블 상석에 앉은 뒤에 우리들을 바라보았다.

"나 자신이 기억하는 전투는 이미 반세기 전의 것이다. 그 경험은 내게 생의 환희와 활력을 불어넣어 줬다. 아마 나는 제군들과는 전혀 다른 종류의 인간인지도 모른다."

'혹은 매우 선택적으로 과거를 기억하고 있든지 말이야.' 하고 나는 생각했다.

"그러나 이런 말을 한다고 무슨 도움이 되지는 않겠지. 나는 제군에게 한 가지 대안을 제시하고 싶다. 직접 전투에 참가할 필요가 없는 직책을.

실은 우수한 교관이 매우 부족한 상태이다. 만약 제군 중 누구라도 교관 임무를 받아들인다면 군에서는 소위로 승진시킬 작정이다. 지구에 머물 수도 있고, 달이라면 두 배의 급료를 받는다. 카론이라면 세 배, 이곳 스타게이트에서라면 네 배이다. 게다가 지금 당장 결정을 내릴 필요조차 없다. 제군에게는 모두 지구로 가는 선편이 무료로 제공된다. 나는 제군들이 부럽다. 나는 15년 동안이나 돌아가지 않았고, 또 돌아갈 가망도 아예 없어 보이니까 말이다. 어쨌든 제군은 지구로 돌아가서 다시 민간인이 되어 볼 수가 있다. 만약 그 경험이 마음에 들지 않는다면, 어느 UNEF 시설이라도 좋으니 그냥 들어가기만 하면, 나올 때는 장교가 되어 있을 것이다. 게다가 마음에 드는 임무를 선택할 수 있다.

제군들 중 몇 사람은 웃고 있군. 그러나 벌써부터 지레짐작을 하는 것은 피하는 편이 좋다. 지구는 제군이 떠났을 때와 같은 장소가 아니다."

그는 상의에서 조그만 카드를 꺼내서 들여다보았다. 희미하게 미소를 짓고 있었다.

"제군 대다수는 지금까지 축적된 40만 달러 상당의 급료와 이자를 받게 될 것이다. 그러나 지구는 현재 전시 상태이고, 물론 이 전쟁을 떠받치고 있는 것은 지구의 시민들이다. 제군의 수입에는 92퍼센트의 소득세가 부과된다. 남은 3만 2000달러를 아껴 쓰면 3년 정도는 생활할 수 있을 것이다.

결국 언젠가는 제군도 새 일자리를 찾아야 할 것이고, 이 일자리야말로 제군의 특수한 훈련을 살릴 수 있는 직업일 터이다. 어차피 지구에서 일자리를 구하기는 쉽지 않다. 지구의 인구는 거의 90억에 달해 있고, 그중 50~60억 명이 실직 중이니까.

또 2년 전에 제군의 친구이거나 애인이었던 사람들은 이제 제군보다 스물한 살 더 나이를 먹었다는 사실을 명심하도록. 친척들 중에 타계한 사람들도 많을 것이다. 제군들에게는 매우 고독한 세계가 될 것이라고 생각한다. 그렇지만 이 세계에 관한 정보를 주기 위해, 방금 지구에서 도착한 스리 대위에게 제군을 인계하겠다. 대위?"

"감사합니다, 장군님."

대위의 피부, 혹은 얼굴에서 뭔가 잘못된 듯한 느낌을 받았다. 곧 나는 그가 분과 립스틱으로 화장하고 있다는 사실을 깨달았다. 흰 매니큐어를 칠한 손톱은 매끄러운 타원형으로 다듬어져 있었다.

"어디서부터 시작해야 할지 잘 모르겠군."

그는 얼굴을 조금 찡그리며 윗입술을 깨물었다.

"내가 어렸을 때에 비하면 너무 변한 것이 많기 때문이지. 나는 지금 스물세 살이고, 제군이 알레프를 향해 떠났을 당시에는 아직도 기저귀를 차고 있었다……. 우선, 제군 중 동성애자(homosexual)는 몇 명이 있는가?"

아무도 없었다.

"별로 놀랄 만한 일은 아니군. 물론 나는 동성애자이다. 아마 유럽과 아메리카에 사는 인구의 3분의 1이 동성애자일 것이다. 대다수의 정부는 동성애를 장려한다. UN은 그 점에 관해서는 중립을 견지하고 있고, 각 나라에 판단을 맡기고 있다. 정부가 호모 라이프를 장려하는 가장 큰 이유는 그것이 가장 확실한 산아 제한 방법 중 하나이기 때문이다."

이 얘긴 너무 그럴싸하게 들렸다. 군대식의 피임법은 확실하다는 점에서는 탁월한 효과가 있다. 모든 남자는 정자 은행에 정자를 맡기고, 정관 절제 수술을 받는 것이다.

"장군님이 말씀하셨듯이, 전 세계의 인구는 현재 90억에 달해 있다. 제군이 징집된 당시보다 두 배 이상으로 늘어나 있다는 얘기다. 그리고 이들의 거의 3분의 2가 학교에서 졸업하자마자 실직자가 되어 생활 보조를 받고 있다. 학교 얘기가 나왔으니까 말인데, 정부는 제군에게 몇 년간의 의무 교육을 부과했나?"

대위가 나를 보고 있었기 때문에 내가 대답했다.

"14년입니다."

대위는 고개를 끄덕였다.

"지금은 18년이야. 시험에 통과하지 못한다면 더 길어지지. 그리고 직장을 얻거나 1급 생활 보조를 받기 위해서는 우선 이들 시험에 합격해야 한다고 법으로 규정되어 있다. 그리고 제군에게 말해 두겠는데, 1급 생활 보조가 아니면 제대로 먹고살기 힘들다는 사실을 알아야 한다. 무슨 질문인가?"

호프슈타터가 손을 들고 있었다.

"대위님, 그 18년의 의무 교육은 모든 나라에서 실시되고 있습니까? 그렇게도 많은 학교를 도대체 어떻게 조달할 수 있었습니까?"

"오, 대다수의 사람은 마지막 5~6년 동안의 교육을 집이나 커뮤니티 센터의 홀로스크린을 통해서 수료하지. UN은 40개에서 50개의 정보 채널을 보유하고 있고, 24시간 내내 교육 방송을 내보내고 있다. 그러나 제군들 대다수는 그런 것들에 관해 걱정할 필요가 없다. 제군이 군대에 징집됐다는 건 그만큼 머리가 뛰어났다는 사실을 의미하니까."

그는 입술을 약간 뿌루퉁하게 내밀고 완전히 여성다운 동작으로 눈 위에서 머리카락을 걷어 냈다.

"역사 얘기를 좀 하는 편이 낫겠군. 제군이 떠난 뒤에 일어났던 중요 사건 중 최초의 것을 꼽자면 우선 '배급 전쟁(Ration War)'이 있다. 2007년의 일이었다. 그해에는 많은 일들이 한꺼번에 일어났지. 북아메리카의 메뚜기 기근, 버마에서 남중국해에 걸친 쌀 마름병, 남아메리카 서해안 전체를 엄습한 적조. 갑자기 식량의 절대량이 부족해졌다. UN은 이 사태에 개입해서 식량 배급을 통제했다. 모든 남자, 여자, 어린아이들이 각각 배급장을 받았다. 이 배급장에는 당사자가 한 달 동안 얼마나 많은 칼로리를 소비할 수 있는지 명시되어 있었다. 만약 크가 한 달 동안의 배급을 미리 써버렸을 경우에는 다음 달이 될 때까지 굶어야 했던 것이다."

알레프 작전 이후에 중대로 온 보충병들 일부는 '그, 그의, 그를'이라고 말하는 대신 '크, 크의 크를'이라고 발음했다. 혹시 그 발음이 표준어가 되어 버린 것이 아닌지 궁금했다.

"물론 불법적인 시장이 생겨났고, 곧 여러 사회 계층이 소비되는 식량의 양에 커다란 불평등이 존재하게 되었다. 임파르시알레스(公明派)라는 에콰도르의 보복 그룹은 영양 상태가 좋아 보이는 사람들을 체계적으로 암살하기 시작했다. 이 아이디어는 상당히 빨리 전파되었고, 몇 달 후에는 전 세계에서 선전포고도 안 된 전면적인 계급 전쟁이 일어나게 되었다. UN은 약 1년 후에 통제권을 회복하는 데 성공했다. 그때 인구는 40억 정도로 줄었고, 경작도 어느 정도 회복되어 있었으며, 식량 위기는 끝나 있었다. 식량 배급은 계속됐지만, 예전처럼 극단적이 되는 일은 결코 없었다.

첨언하자면, 장군님은 제군의 편의를 위해 제군이 받을 급료를 달러로 환산해 주셨다. 현재 전 세계에서는 단 하나의 통화 단위가 쓰이고 있을 뿐이다. 칼로리라는 이름의. 제군의 3만 2000달러는 대략 30억 칼로리에 해당된다. 혹은 300만K, 즉 킬로칼로리이다.

'배급 전쟁' 이래 UN은 자급농업을 가능한 한 장려했다. 개인이 직접 생산한 식량은 물론 배급대상에 포함되지 않는다……. 이 정책으로 인해 도시 인구가 줄어들었고, 이들은 UN의 농업 보호 지구로 이동했다. 따라서 도시문제도 부분적으로는 완화되었지만, 자급농업은 대가족을 양산하는 경향을 보였고, 결국 세계 인구는 '배급 전쟁' 이전보다 두 배 이상 늘어났다.

또한 내가 어렸던 시절에 누렸던 풍부한 전력의 혜택은 더 이상 제군들에게 주어지지 않는다……. 아마 제군이 기억하는 것보다 훨씬 줄어들어 있을 것이다. 하루 종일 밤낮으로 전력을 공급받고 있는 장소는 지구상에서는 손꼽을 정도밖에는 없다. 정부에서는 어디까지나 일시적인 현상이라고 주장하고 있지만, 그렇게 주장한 지도 벌써 10년이 넘는다."

대위는 이런 식으로 오랫동안 강의를 계속했다. 쳇, 생각해 보면 대부분은 그다지 놀랄 일도 아니었다. 지난 2년 동안 우리는 고향이 어떻게 변해 있을까 따위의 화제에 대부분의 잡담을 할애해 왔다. 불행하게도 우리들이 예측했던 나쁜 일들 대부분이 사실이 되어 버렸고, 좋은 변화는 그렇게 많이 일어나지 않은 듯했다.

아마 내가 보기에 가장 나쁜 일이라면, 그들이 대부분의 좋은 삼림 지대를 세분해서 조그만 농장들로 바꾸어 놓았다는 사실일 터였다. 만약 인간의 손이 닿지 않은 황야로 가고 싶다면, 도저히 작물을 경작할 수 없는 장소를 찾아야 했다.

호모 라이프를 선택한 사람들과 그가 '번식자'라고 명명한 사람들 사이의 관계는 상당히 원활하다고 대위는 말했지만, 나는 그 말을 액면 그대로 받아들일 수가 없었다. 나 자신은 동성애자들을 받아들이는 데는 전혀 문제가 없었지만, 지금까지 그렇게 많은 수에 한꺼번에 대처할 필요는 없었던 것이다.

한 병사의 무례한 질문에 대해 대위는 자신의 분과 화장이 자신의 성적 취향과 전혀 상관이 없다고 대답했다. 그냥 유행이라는 것이다. 나는 시대 착오적인 인간으로 남아서 그냥 원래 얼굴로 다니리라고 결심했다.

20년 사이에 언어가 상당히 변화했다는 점에 관해서는 그다지 놀랄 필요가 없는지도 모른다. 내 부모만 해도 언제나 무엇무엇이 '끝내준다(cool)'라고 했고, 대마초를 '풀(grass)'이라고 불렀다.

지구로 가는 선편이 오기까지 우리는 몇 주 동안 기지에서 기다려야 했다. 우리는 애니버서리호를 타고 지구로 귀환할 예정이었지만, 우선 그 우주선을 완전히 분해한 다음에 다시 조립할 필요가 있었다.

그동안, 우리는 아늑한 2인용 방을 할당받고 모든 군규에서 해방되었다. 우리들 대다수는 도서실에 틀어박혀 22년간 일어난 시사 문제를 알아보려고 했다. 밤에는 '플로잉 볼(Flowing Bowl)'이라는 이름의 부사관 클럽에 모였다. 사병들은 물론 들어가서는 안 됐지만, 빛나는 전투 기장을 두 개씩이나 단 병사와 다투려는 사람은 없었다.

주보에서 헤로인 주사를 놓아준다는 사실을 알고 나는 깜짝 놀랐다. 웨이터는 주사와 함께 중독 증상을 막는 해독 주사를 함께 놓기 때문에 괜찮다고 했다. 나는 놀란 여세를 몰아 한번 맞아 보기로 했다. 다시는 그럴 생각이 없다.

스토트 부소령은 스타게이트에 머물렀다. 그가 지휘할 새로운 알파 타격부대가 편성되고 있었던 것이다. 나머지 중대원들은 애니버서리를 타고 상당히 안락한 6개월간의 여행을 즐겼다. 코르테즈는 모든 것을 무조건 '군대식'으로 하라고 강요하지는 않았으므로, 요드-4에서 왔을 때에 비하면 훨씬 편했다.

23

별로 깊이 생각해 본 적은 없지만, 지구에서 역시 우리는 유명인이었다. 이 전쟁에 참전하고 처음으로 지구로 돌아온 제대 군인들이었던 것이다. 케네디 우주항에서 우리는 UN 사무총장의 영접을 받았고, 일주일 동안은 연회, 리셉션, 인터뷰 따위로 눈코 뜰 새 없이 바쁘게 돌아다녔다. 충분히 흥미로웠고, 금전적 이익도 있었지만(나는 타임라이프/팩스의 인터뷰에 응하고 100만K를 벌었다) 우리의 뉴스 가치가 줄어들고 각자가 어느 정도 마음대로 돌아다닐 수 있게 될 때까지는 제대로 지구 구경을 못 했다고 해야 할 것이다.

나는 그랜드센트럴 역에서 워싱턴행 모노레일을 타고 집으로 갔다. 지구 도착시에 케네디 공항에서 어머니를 이미 한 번 보았다. 어머니는 슬프게도 갑자기 나이를 먹은 것처럼 보였고, 아버지가 돌아가셨다는 소식을 내게 전했다. 비행기 사고라고 했다. 새로 직장을 얻을 때까지는 그녀와 함께 있을 작정이었다.

어머니는 워싱턴 시의 위성 도시인 컬럼비아에 살고 있었다. 1980년에 워싱턴을 떠났던 그녀는 '배급 전쟁'이 끝난 후 다시 그 도시로 이주했고, 공공 서비스 악화와 범죄율 증가 때문에 또다시 그곳을 떠나야 했다.

어머니는 모노레일역에서 나를 기다리고 있었다. 어머니 곁에는 검정 비닐로 된 제복을 입은 금발 거인이 함께 서 있었다. 허리에 커다란 화약식 권총을 차고, 오른손에는 쇠징이 달린 브래스너클을 끼고 있었다.

"윌리엄, 이분은 칼이란다. 내 보디가드이고 아주 친한 친구이지."

칼은 브래스너클을 잠깐 빼고 나와 악수했다. 놀랄 정도로 부드러운 태도였다.

"밋서 만델라, 처엄 뵙게 돼서 반갑습니다."

우리는 선명한 오렌지색 글자로 '제퍼슨'이라고 쓰인 육상차에 올라탔다. 자동차에 이름을 붙이다니 이상하다고 생각했지만, 곧 그것이 어머니와 칼이 살고 있는 고층 빌딩의 이름이라는 사실을 알았다. 이 육상차는 그 커뮤니티에 소속된 몇 대의 공용차 중 하나였고, 어머니는 1킬로미터당 100K를 지불하고 있었다.

컬럼비아가 예상했던 것보다 괜찮았다는 사실을 실토해야겠다. 곳곳에서 기하학 정원이 눈에 띄었고, 나무와 풀도 많았다. 고층 빌딩은 대략 원뿔 모양의 화강암을 되는 대로 갖다 쌓은 듯한 건물이었고, 이곳저곳에서 나무가 자라 있다는 것이 좀 이상했다. 빌딩이라기보다는 마치 산 같은 인상이었다. 우리 차는 산의 기부(基部)로 들어갔고, 밝게 조명된 통로를 지나 다른 차들이 몇 대 주차된 곳에서 멈췄다. 칼은 내가 가지고 온 유일한 짐인 백을 들고 엘리베이터 앞까지 가서 내려놓았다.

"미즈 만델라, 괜찮타면 이제 미즈 프리먼을 마중 나가도 될까요. 5시까지 웨스트 브랜치로 가야 합니다."

"물론이지, 칼. 윌리엄이 있으니까 괜찮아. 이 아이는 군인이니까."

그렇다. 소리 없이 사람을 죽이는 방법 여덟 가지를 배운 적도 있다. 혹시 일이 잘 안 풀릴 경우에는, 칼 같은 직업을 얻을 수 있을지도 모른다.

"아, 맞아, 전에 말씀 주신 적이 있습니다. 전쟁은 어땠나, 친구?"

"대부분 지루했지."

나는 반사적으로 이렇게 대답했다.

"지루하지 않았을 때는, 두려웠어."

그는 이해할 수 있다는 듯이 고개를 끄덕였다.

"다들 대개 그렇게 말하더군. 미즈 만델라, 6시 후에는 언제든지 불러 주십시오. 금방 갈 테니까요."

"고마워, 칼."

엘리베이터가 열리더니 키가 크고 비쩍 마른 소년이 나왔다. 불을 붙이지 않은 대마초 담배가 입가에 대롱대롱 매달려 있었다. 칼이 손가락의 쇠징을 훑어 보이자, 소년은 재빨리 그 자리를 떠났다.

"저넘들 라이더(rider)를 경계해야 해. 조심하십쇼, 미즈 만델라."

우리는 엘리베이터를 탔고, 어머니는 47층을 눌렀다.

"라이더가 뭡니까?"

"오, 엘리베이터를 타고 오르락내리락하면서 보디가드를 데리고 있지 않은 힘없는 사람들을 습격하는 젊은 깡패들이란다. 여기선 그렇게 심하지 않아."

47층은 상점과 사무실로 가득 찬 거대한 쇼핑센터였다. 우리는 식품점으로 갔다.

"아직 네 배급부를 받지 못했니, 윌리엄?"

나는 받지 않았다고 대답했지만, 군대는 내게 10만 '칼로리'에 상당하는 여행 티켓을 주었고, 아직 그 반 이상이 남아 있었다.

처음에는 좀 혼란스러웠지만, 내가 들은 설명은 이랬다. 전 세계가 단일 통화 체제를 채택했을 때, 관계자들은 장래에는 식량 배급부를 완전 대체하게 될 이 통화를 어떤 식으로든 식량 배급과 연동시켜 보려고 했다. 그래서 그들은 이 새 화폐를 음식물의 열량 단위를 의미하는 K, 즉 킬로칼로리라고 명명했다. 그러나 하루에 2000킬로칼로리의 스테이크를 먹는 사람이 하루에 같은 양의 빵을 먹는 사람보다 더 많은 돈을 지불해야 한다는 사실은 명백했다. 그래서 그들은 상대적 '배급 인자'를 설정해서 이 차이를 조정하려고 했지만, 계산법이 너무나도 복잡했던 탓에 제대로 이해했던 사람은 아무도 없었다. 결국 몇 주 후에는 다시 배급부를 쓰기 시작했지만, 이번에는 식량을 킬로칼로리라고 하는 대신 그냥 '칼로리'라고 부름으로써 혼란을 좀 줄여 보려고 했다. 다시 그냥 달러라고 부르면 문제가 훨씬 더 간단해질 텐데 말이다. 아니면 루블이라고 하든가, 시스테르세스라고 하든가……. 하여간 뭐라고 부르든 간에, 킬로칼로리만 아니면 괜찮았다.

곡물과 콩류를 제외하면 식품 가격은 상상을 초월할 정도로 비쌌다. 나는 거금을 투자해서 좋은 고기를 살 것을 주장했다. 결국 1500칼로리에 상당하는 다진 쇠고기를 1730K를 주고 샀다. 콩으로 만든 같은 양의 대용 스테이크 가격은 80K였다.

또 나는 140K를 주고 양상추 한 개, 175K를 주고 조그만 병에 든 올리브유를 샀다. 식초는 집에 남아 있다고 어머니가 말했다. 버섯을 좀 사려고 했지만 어머니는 이웃집에서 그것을 키우는 사람이 있으니까 자신의 발코니에서 재배한 채소와 바꾸면 된다고 했다.

92층에 있는 아파트에 도착했을 때 어머니는 집이 너무 비좁아서 미안하다고 말했다. 내 눈에는 그리 좁아 보이지 않았지만, 어머니는 한 번도 우주선에서 살아 본 적이 없으니까 그렇게 느낀 것인지도 모르겠다.

이렇게 고층이었음에도 불구하고 창문에는 쇠창살이 끼워져 있었다. 문에는 자물쇠가 무려 네 개나 달려 있었고, 그중 하나는 누군가가 쇠지렛대를 이용해 억지로 열려고 했기 때문에 고장 나 있었다.

어머니는 다진 쇠고기로 미트로프를 만들기 시작했고, 나는 자리에 앉아 석간 팩스를 펼쳐들었다. 어머니는 자신의 조그만 베란다 정원에서 홍당무를 몇 개 뽑았고, 버섯을 키우는 이웃 아주머니에게 전화를 걸었다. 그 아주머니의 아들이 버섯을 가지고 왔다. 어깨에 멘 산탄총에 손을 얹고 있었다.

"어머니, 이《스타》의 나머지 면은 어디 있나요?"

나는 부엌을 향해 물었다.

"내가 아는 한 그게 전부란다. 뭘 찾고 있었는데?"

"흐음…… 광고 섹션은 있지만, '구인' 광고가 없군요."

어머니는 웃었다.

"아들아, '구인' 광고는 10년 전에 다 없어졌단다. 지금은 정부가 모든 직장을 관할하고 있어……. 흐음, 직장 대부분이라는 편이 옳겠지."

"그럼 정부가 모든 사람을 고용하고 있단 말입니까?"

"아니, 그렇지는 않아."

어머니는 닳아빠진 타월로 손을 닦으며 거실로 들어왔다.

"정부가 모든 자원의 분배를 도맡고 있다고 해야 하겠지. 그리고 일자리보다 더 중요한 자원은 그렇게 많지 않단다."

"흐음. 그럼 내일 만나서 얘기해 봐야겠군요."

"그래 봤자 시간 낭비야. 제대 연금을 얼마나 받고 있다고 했지?"

"한 달에 2만K입니다. 아무래도 충분할 것 같지는 않군요."

"충분하지 않아. 하지만 네 아버지가 내게 남겨 준 연금은 그것의 반도 채 안 됐고, 나는 일자리를 얻을 수조차 없었단다. 꼭 사람이 필요할 경우에만 제공되기 때문이지. 고용 위원회가 너를 필요하다고 판단할 때까진 쌀하고 물만 먹고 살아야 해."

"하지만 어머니, 아무리 그렇더라도 역시 사람이 만든 제도 아닙니까. 웃돈을 주고 좀 괜찮은 직장을 구할 수도……"

"아니, 유감이지만 그건 불가능해. UN에서 절대로 매수가 불가능한 부서가 있다면 그건 바로 고용 위원회란다. 컴퓨터가 완전히 통괄하고 있으니까 말이야. 인간 직원은 아예 포함되어 있지도 않아. 그러니까……"

"하지만 어머니는 직장이 있다고 하셨잖아요!"

"지금 그 얘기를 하려던 참이었어. 무슨 수를 써서라도 취직하고 싶은 사람은, 딜러한테 가서 중고 일자리를 찾을 수 있지."

"중고 일자리? 딜러?"

"내 경우를 예로 들어 보면 이래. 해일리 윌리엄스라는 여자가 병원에서 일하고 있었지. 혈액을 분석하는 기계 담당이었어. 그녀는 일주일에 엿새를 일하고 1만 2000K를 벌고 있었지. 그러던 어느 날 힘들여 일하는 게 지겨워져서, 딜러와 접촉해 자기 일자리를 내놓았던 거야.

이런 일이 있기 조금 전에 나는 딜러에게 5만K를 주고 목록에 내 이름을 올려달라고 부탁했어. 딜러는 나를 다시 만나서 이 일자리에 관해 설명해 줬고, 나는 쾌히 승낙했어. 딜러도 내가 그러리라는 걸 알고 있었기에 가짜 신분증과 제복을 미리 준비해 놓고 있었지. 미스 윌리엄스를 한눈에 알아볼 수 있는 상급자들에게 뇌물도 약간 뿌렸고 말이야.

미스 윌리엄스는 어떻게 기계를 조작하면 되는지를 내게 가르쳐 주고 일을 그만두었지. 그녀의 구좌에는 주급 1만 2000K가 계속 입금되지만, 실제로는 나한테 그 반을 지불하는 거야. 딜러에게 10퍼센트를 지불하고 나면 나한텐 매주 5400K가 남지. 여기에 네 아버지의 연금으로 매달 받는 9000K를 합치면 상당히 안락하게 생활할 수 있단다.

그렇지만 얘기가 복잡해지는 건 지금부터야. 돈은 충분했지만 그 대신 나는 시간에 쪼들리게 됐단다. 그래서 나는 또 딜러를 만나, 내가 맡은 일자리의 반을 다시 하청 주겠다고 했어. 다음 날 또 '해일리 윌리엄스' 명의의 ID를 가진 젊은 여자가 병원에 나타나고, 난 기계를 어떻게 움직이면 되는지 그 아이한테 가르쳐 줬어. 그럼 그 아이는 월요일 수요일 금요일에 나 대신 일을 하는 거야. 내가 받는 진짜 월급의 반은 2700K니까, 그 여자는 그 반인 1350K를 벌고, 딜러한테는 135K를 지불하지."

어머니는 메모장과 첨필을 가져와서 잠시 계산을 하고 있었다.

"그래서 진짜 해일리 윌리엄스는 아무 일도 하지 않고 일주일에 6000K를 벌어. 나는 일주일에 사흘 일하고 4050K를 벌고, 내 조수는 사흘 일하고 1115K를 받는 거야. 딜러는 수수료로 10만K를 벌었고 매주 735K를 받아. 좀 웃기는 얘기지, 안 그러니?"

"흐으음…… 그렇군요. 게다가 이건 순전히 불법이 아닙니까?"

"딜러의 경우엔 그렇지. 만약 고용 위원회가 그 사실을 알면 관계자 전원이 일자리를 잃고 처음부터 다시 시작해야 해. 하지만 딜러는 두뇌소거형에 처해지지."

"그럼 5만K의 수수료를 낼 여유가 아직 있을 때, 딜러를 찾아가는 편이 낫겠군요."

사실은 아직도 300만K가 넘는 돈을 가지고 있었지만, 나는 그 대부분을 한꺼번에 써 버릴 작정이었다. 빌어먹을. 어차피 내가 피땀 흘려 번 돈이었다.

다음 날 아침 외출 준비를 하고 있었을 때 어머니가 작은 구두 상자를 들고 들어왔다. 상자 안에는 클립을 고정하는 식의 홀스터에 든 조그만 권총이 들어 있었다.

"네 아버지 것이었단다."

어머니가 설명했다.

"보디가드 없이 시내로 갈 생각이라면 가지고 가는 게 나을 거야."

그것은 터무니없이 조그만 총탄을 발사하는 화약식 권총이었다. 나는 권총을 들고 무게를 가늠해 보았다.

"아버지가 이걸 한 번이라도 쓴 적이 있습니까?"

"몇 번 썼지……. 라이더와 노상강도들에게 겁을 줘 쫓기 위해 썼을 뿐이지만 말이야. 실제로 누구를 쏜 적은 없어."

"아마 총이 필요하다는 건 사실이겠군요."

나는 권총을 다시 상자에 집어넣으며 말했다.

"하지만 이것보다는 좀 더 위력이 있는 걸 갖고 다니고 싶군요. 합법적으로 총을 살 수는 있습니까?"

"물론이지. 쇼핑센터에 가면 총포점이 하나 있단다. 전과만 없으면 뭐든지 마음에 드는 걸 살 수 있어."

다행이다. 나는 조그만 포켓용 레이저를 살 작정이었다. 화약식 권총으로는 눈앞의 벽도 맞히지 못할 것이 뻔했다.

"하지만…… 윌리엄, 보디가드를 고용하면 훨씬 내 맘이 놓일 것 같구나. 적어도 이 근처 지리에 익숙해질 때까진 말이야."

이건 어젯밤에도 이미 들었던 말이었다. 그러나 나는 공식적으로 훈련

받은 킬러였고, 겉치레뿐인 어릿광대들보다 훨씬 터프하다고 자부하고 있었다.

"일단 생각은 해 볼게요, 어머니. 걱정하지 마세요. 오늘은 시내가 아니라 하이어츠빌에 들를 생각이니까."

"거기도 위험하긴 마찬가지란다."

엘리베이터 문이 열렸다. 이미 선객이 있었다. 그 사내는 내가 들어오는 것을 무덤덤한 표정으로 바라보고 있었다. 나보다 조금 나이를 먹은 듯했고, 수염을 깨끗하게 깎고 단정한 옷차림을 하고 있었다. 내가 단추를 누르려 하자 그는 뒤로 한 걸음 비켜섰다. 47층을 눌렀을 때, 나는 이 사내의 행동이 단순한 예의에서 비롯된 것이 아닐지도 모른다는 사실을 깨닫고 돌아섰다. 사내는 허리띠에 끼워 넣은 쇠파이프를 황급히 꺼내려 하고 있었다. 지금까지는 망토에 가려 보이지 않았던 물건이었다.

"이봐, 친구."

나는 가지고 있지도 않은 무기에 손을 뻗치며 말했다.

"그렇게도 작살나고 싶어?"

그는 파이프를 꺼내는 데 성공했지만, 들어 올리는 대신 그냥 쥐고만 있었다.

"'작살'난다고?"

"죽고 싶냐는 얘기야. 군대 용어지."

나는 그에게 한 걸음 다가가며 옛날 받은 훈련을 기억해 내려고 했다. 무릎 바로 밑을 걷어찬 다음, 사타구니나 콩팥을 가격하라. 사타구니로 정했다.

"아니."

사내는 파이프를 다시 허리띠에 꽂았다.

"난 '작살'나고 싶은 생각은 없어."

47층에 도착한 엘리베이터의 문이 열리자 나는 뒷걸음질 쳐서 나왔다.

총포점은 온통 새하얀 플라스틱과 번쩍거리는 검정색 금속으로 치장되어 있었다. 머리가 벗어진 자그마한 사내가 나를 맞이하기 위해 잰걸음으로 다가왔다. 겨드랑이 밑에 권총을 차고 있었다.

"안녕하십니까, 손님."

그는 이렇게 말하고 킥킥 웃었다.

"뭘 원하십니까?"

"경량의 포켓 레이저를. 이산화탄소 레이저가 좋겠군."

사내는 의아한 얼굴로 나를 바라보다가 곧 알았다는 표정을 했다.

"당장 가져오죠, 손님."

또 킥킥거린다.

"오늘은 특별히 타키온 수류탄을 몇 개 덤으로 얹어 드리죠."

"고맙습니다."

있으면 편리할 것이다.

그는 기대하는 듯한 눈초리로 나를 보며 말을 이었다.

"그래서? 그다음 얘기가 어떻게 되지?"

"응?"

"농담 말이야, 농담. 농담을 했으면 뭔가 재밌는 결말이 있어야 할 것 아냐. 세상에, 레이저라니."

그는 또 킥킥거렸다.

나는 점점 상황을 파악하기 시작했다.

"그럼 레이저를 살 수는 없단 말이군."

"물론 그건 불가능해, 친구."

그는 이렇게 말하고 표정을 가다듬었다.

"그럼 정말로 모르고 있었단 말이야?"

"오랫동안 이 나라를 떠나 있었어."

"나라가 아니라 바깥 세계겠지. 사회에서 오래 격리되어 있었다는 뜻이 아닌가."

그는 왼손을 뚱뚱한 허리에 갖다 댔고, 우연인지 아닌지는 모르겠지만 총을 뽑기 쉬운 자세를 취했다. 그는 가슴 한복판을 긁었다.

나는 꼼짝 않고 서 있었다.

"맞아. 군대에서 방금 제대했으니까 말이야."

그는 입을 딱 벌렸다.

"이봐, 그게 정말이야? 지구 밖으로, 우주로 나가서 외계인들하고 총질을 했단 말이야?"

"그래."

"흐음, 그 나이를 먹지 않는다 어쩌고 하는 헛소리 말이야. 그건 전혀 근거가 없는 말이지, 안 그래?"

"아니, 사실이야. 난 1975년에 태어났으니까."

"흐음. 놀랄…… 노자로구먼. 나하고 거의 동갑이잖아."

그는 킥킥 웃었다.

"지금까지 정부가 지어낸 거짓말이라고 생각하고 있었어."

"어쨌든 간에…… 레이저를 살 수 없다고 했으니……"

"오, 물론 안 돼. 안 되다마다. 여긴 합법적인 가게라고."

"그럼 뭘 살 수 있나?"

"흠, 권총이라든지, 소총, 산탄총, 나이프, 방탄조끼 따위가 있고…… 레이저나 폭탄, 자동 화기 따위는 안 돼."

"그럼 권총을 보여 줘. 제일 큰 걸로."

"아, 바로 딱 맞는 게 있지."

그는 전시 케이스 쪽으로 오라고 내게 손짓한 다음 케이스 뒤쪽을 열고 거대한 리볼버를 꺼냈다. 그는 양손으로 그것을 들고 말했다.

"40게이지짜리 6연발 권총이야. 공룡도 녹아웃시킬 수 있는 물건이지. 정통 서부 스타일이야. 고체탄이나 플레셰트(flechettes)를 발사할 수 있어."

"플레셰트?"

"물론…… 아, 조그만 다트가 잔뜩 들어 있는 탄약이지. 발사된 후에 넓게 퍼지는 방식이야. 빗맞히려야 빗맞힐 수가 없지."

나한테 걸맞은 무기 같았다.

"어디 시험 삼아 쏘아볼 수 있는 곳이 없나?"

"물론 있고말고. 뒤쪽에 사격장이 있어. 조수를 불러야겠군."

그가 벨을 울리자 우리가 사격장으로 간 사이에 대신 가게를 볼 소년이 나왔다. 사격장으로 가는 도중에 사내는 빨강과 초록으로 칠해진 산탄총 탄약 상자를 집어 들었다.

사격장은 투명한 플라스틱제 문이 달린 조그만 대기실과, 출입문 반대쪽으로 길게 뻗어 있는 복도의 두 부분으로 나뉘어 있었다. 복도 끝에는 테이블이 하나 놓여 있었고, 반대쪽에는 표적이 있었다. 표적 뒤에는 금속판이 붙어 있었다. 아마 튕겨 나간 총알을 아래쪽에 있는 물탱크 수면으로 떨어뜨리기 위한 것이리라.

사내가 권총에 탄약을 장전하고 테이블 위에 올려놓았다.

"문이 닫힐 때까지 집어 올리면 안 돼."

그는 대기실로 들어가서 문을 닫은 후 마이크를 들어 올렸다.

"오케이. 처음에는 양손으로 쥐는 편이 나을 거야."

나는 그 말을 따랐고, 권총을 들어 올려 중앙 표적을 겨냥했다. 팔을 쭉 뻗었을 때의 엄지손톱만 한 사각형 종이였고, 내 실력으로는 도저히 맞힐 수 있을 것 같지도 않았다. 방아쇠를 당기자 쉽게 당겨지긴 했지만, 아무 일도 일어나지 않았다.

"아니, 그게 아냐."

스피커로 킥킥거리는 소리가 들려왔다.

"정통 서부 스타일이라고 했잖나. 먼저 공이치기를 잡아당겨야 해."

그렇군, 영화에서 본 것처럼 말이지. 나는 엄지손가락으로 공이치기를 뒤로 넘긴 다음 다시 표적을 겨냥하고 방아쇠를 당겼다.

총성이 너무나도 시끄러웠던 탓에 얼굴이 따끔거릴 지경이었다. 권총이 반동으로 튀어 올라서 거의 내 이마에 부딪힐 뻔했다. 그러나 세 장의 중앙 표적은 사라져 있었다. 단지 조그만 종잇조각들이 공중에서 떠다니고 있을 뿐이었다.

"이걸 사겠어."

그는 내게 허리띠용 홀스터와 탄약 스무 발, 방탄조끼, 그리고 장화용 칼집에 든 단검을 팔았다. 파이팅 슈트 속에 들어가 있었을 때보다 더 중무장한 느낌이었다. 그러나 움직임을 도와줄 증폭 장치 따위는 없었다.

모노레일 객차에는 호위가 두 명씩 딸려 있었다. 하이어츠빌 역에서 내릴 때까지는 내가 필요 이상으로 무장을 하고 온 것이 아닌가 하는 생각이 들었다.

하이어츠빌에서 내린 사람들은 모두 중무장을 하고 있거나 보디가드를 대동하고 있었다. 역 주위를 어슬렁거리는 사람들도 모두 무장하고 있었다. 경찰은 레이저를 휴대하고 있었다.

나는 역에서 '택시 호출' 버튼을 눌렀고, 나한테 올 차가 3856호라는 대답을 들었다. 경찰관한테 물어보니 역 밖으로 나가 길가에서 기다리고 있으라는 대답이 돌아왔다. 택시는 나를 찾기 위해 블록을 두 번 돌 거라고 했다.

5분쯤 택시를 기다리며 따닥거리는 총소리를 두 번 들었다. 두 번 모두 상당히 먼 곳에서 난 소리였다. 방탄조끼가 있어서 다행이었다.

마침내 택시가 왔다. 내가 손을 흔들자 택시는 커브를 돌았고, 내 앞에 멈추면서 문을 스르르 열어 주었다. 내가 기억하는 자동택시와 같은 식으로 움직이는 듯했다. 내가 손가락을 갖다 대고 정당한 호출인임을 확인시켰을 때까지 문은 열린 채로 있었고, 확인이 끝난 후에야 쾅 닫혔다. 문은 두꺼운 강철로 되어 있었다. 차창을 통해 본 바깥 광경은 흐릿하게 일그러져 있었다. 아마 두꺼운 방탄유리였을 것이다. 내가 기억하는 택시와는 딴판이었다.

딜러를 만날 예정인 하이어츠빌의 술집 주소 코드를 찾기 위해 택시에 비치된 때 묻은 주소록을 넘겨야 했다. 주소 코드를 누른 다음 등을 기대고 창밖의 도시 풍경을 바라보았다.

지금 지나가고 있는 구획은 대부분 주택가였다. 20세기 중반쯤에 지어진 잿빛의 다세대 주택들이 좀 더 현대적인 모듈식 아파트 사이에 빽빽이 들어차 있었고, 이따금 나타나는 개인 주택은 사금파리를 심고 유사 철망을 두른 높은 벽돌담이나 콘크리트 담에 둘러싸여 있었다. 도보로 이동하는 사람은 그렇게 많지 않았고, 모두들 무기에 손을 얹고 빠른 걸음으로 보도를 걷고 있었다. 창 너머로 본 사람들 대다수는 문간에 앉아 대마초를 피우거나, 쇼윈도 앞에 여섯 명 이상이 모여서 하는 일 없이 얼쩡거리고 있었다. 모든 것이 더러웠고 어지럽게 흐트러져 있었다. 하수구는 쓰레기로 꽉 막혀 있었고, 차가 지나갈 때마다 휴지가 어지럽게 날렸다.

그 점에 대해서는 이해할 수 있었다. 도로 청소부란 아마 위험천만한 직업일 테니까.

택시는 '톰과 제리의 바 앤드 그릴' 앞에 멈췄고, 430K를 받은 다음 내려 주었다. 나는 허리에 찬 산탄권총에 손을 댄 채로 보도에 내려섰지만, 주위에는 아무도 없었다. 나는 재빨리 술집으로 들어갔다.

안으로 들어가니 놀랄 정도로 깨끗했다. 희미한 조명에 인조 가죽과 인조 송판으로 장식된 내부가 보였다. 나는 카운터 쪽으로 가서 120K를 내고 인조 버번과 (아마) 진짜 물을 주문했다. 물값은 20K였다. 웨이트리스가 쟁반을 들고 다가왔다.

"한 대 찌르겠어, 젊은 오빠?"

쟁반에는 구식의 피하 주사기가 나란히 놓여 있었다.

"오늘은 별 생각이 없군. 미안해."

만약 내가 정말로 '한 대 찌르고' 싶다면, 분무식 주사기를 쓸 것이다. 이들 주삿바늘은 비위생적이고 아프게 보였다.

그녀는 마약주사 쟁반을 카운터 위에 올려놓고 내 옆의 스툴에 앉았다. 그녀는 손바닥으로 턱을 괴고 카운터 뒤쪽에 있는 거울에 비친 자기 모습을 응시했다.

"하느님. 화요일은 정말 싫다니까."

나는 작게 뭐라고 웅얼거렸다.

"뒤쪽 방으로 가서 속전속결로 한 번 할까?"

나는 그녀를 쳐다보며 가능한 한 무덤덤한 표정을 지으려고 했다. 그녀는 얇은 망사 비슷한 재질의 짧은 스커트를 입고 있었을 뿐이었고, 그 치마조차도 앞쪽에서 넓은 V자 모양으로 갈라져 있었기 때문에 좌우 골반

뼈와 탈색 처리한 음모가 조금 삐져나와 있었다. 치마가 어떻게 아래로 미끄러지지 않고 그대로 붙어 있을 수 있는지 궁금했다. 용모는 괜찮은 편이었고, 20대 후반에서 40대 초반 사이의 어떤 연령으로도 보였다. 그렇지만 내가 없는 사이 미용 외과 수술과 화장 기술이 도대체 얼마나 발달했는지를 몰랐으므로 확신할 수는 없었다. 아마 우리 어머니보다 더 나이를 먹었는지도 모른다.

"아, 됐어."

"오늘은 맘이 내키지 않아?"

"응."

"혹시 그럴 생각이 있다면, 괜찮은 남자애도 데려다줄 수……"

"아니, 정말 됐어."

맙소사.

그녀는 거울을 향해 토라진 표정으로 입을 삐죽 내밀어 보였다. 아마 호모 사피엔스 자체보다 더 오래된 표정일지도 모른다.

"내가 맘에 안 든단 말이지."

"아니, 당신 때문이 아냐. 다만 오늘은 그럴 생각으로 여기 온 게 아니거든."

"흐응……. 각자 자기 좋은 대로 하는 거겠지 뭐."

그녀는 어깨를 움츠려 보였다.

"이봐, 제리, 맥주 한 잔 가져다줘."

바텐더가 맥주를 가져왔다.

"이런 빌어먹을, 지갑이 제대로 열리지 않는군. 이봐요, 40칼로리만 빌려줄 수 있어요?"

나는 혼자서 연회를 주최할 수 있을 만큼의 배급표를 가지고 있었다.

50K를 뜯어내서 바텐더에게 건넸다.

"맙소사."

그녀는 내 배급부를 빤히 바라보고 있었다.

"월말인데도 어떻게 쓰지도 않은 채로 남아 있지?"

나는 가능한 한 짤막하게 내가 누군지, 또 어떻게 해서 이렇게 많은 칼로리를 가지고 있는지를 설명했다. 내 우체통 안에는 2개월분의 식량 배급부가 들어 있었고, 군대에서 받은 것들조차 아직 다 쓰지 못했던 것이다. 그녀는 쓰지 않은 배급부 하나를 10만K로 사 주겠다고 제안했지만 나는 거절했다. 비합법 행위는 하루에 한 번으로 족하다.

두 사내가 술집으로 들어왔다. 한쪽은 무장하고 있지 않았지만, 다른 사내는 권총과 산탄총을 지니고 있었다. 보디가드는 문 옆에 앉았고, 다른 쪽이 내게로 다가왔다.

"미스터 만델라?"

"만델라가 맞아."

"부스석으로 들어가겠나?"

사내는 자기 이름을 대지는 않았다.

그는 커피 한 잔을 마셨고, 나는 맥주 한 잔을 시켜 홀짝였다.

"나는 서류 기록은 남기지 않지만, 기억력이 워낙 좋으니까 괜찮네. 어떤 일자리에 흥미가 있는지, 또 자네의 자격이 어느 정도인지, 얼마만큼의 월급을 받아들일 용의가 있는지, 뭐 그런 얘기를 해 주게."

나는 그에게 내 물리학 지식을 쓸 수 있는 일자리를 찾을 수 있으면 좋겠다고 말했다. 교직이나 연구직, 혹은 기술직도 괜찮았다. 앞으로 2~3개월은 여행을 하며 돈을 쓸 작정이었기 때문에 당장 직장이 필요하지는 않다. 월급은 한 달에 적어도 2만K는 되어야 했지만, 그 또한 일의 내용에 달려 있었다.

그는 내가 얘기를 끝마칠 때까지 단 한 마디도 하지 않았다.

"자알 알겠어. 하지만 문제는…… 물리학 관계의 직장을 찾는 것이 매우 힘들다는 점이야. 교직은 논외야. 하루 종일 다른 사람들 눈에 띄는 일자리는 찾아 줄 수가 없네. 연구직에 관해 말하자면, 흐음, 자네 학위는 거의 4반세기 전에 받은 거야. 굳이 그러고 싶다면 우선 학교로 돌아가서, 5~6년 다시 공부해야 할 수도 있어."

"그럴 생각도 있네."

"자네가 가진 유일한 특수 기능은 자네의 실전 경험이야. 아마 보디가드 회사의 감독 업무 같은 걸 찾아 줄 수 있을지도 모르겠군. 2만K보다 더 좋은 급료로 말이야. 자네가 직접 보디가드 일을 하면 아마 그에 맞먹는 액수를 벌 수 있을 거야."

"말은 고맙지만 다른 작자를 위해 내 목숨을 걸 생각은 없네."

"알았어. 그런다고 자네를 탓할 수는 없겠지."

그는 남은 커피를 길게 들이켰다.

"흐음, 이제 가야겠군. 할 일이 산더미같이 밀려 있어. 자네 일은 기억해 두지. 아는 사람들 몇몇한테 얘기해 보겠어."

"알았어. 그럼 몇 달 후에 다시 보지."

"알았어. 날 만나려고 일부러 예약할 필요는 없네. 매일 열한 시에 커피를 마시려고 여기로 오니까 말이야. 그냥 그때 오기만 하면 돼."

나는 맥주를 마저 들이켜고 집으로 돌아가기 위해 택시를 불렀다. 시내 구경을 하고 싶었지만, 역시 어머니 말이 옳았다. 그러기 위해서는 우선 보디가드를 고용해야 했으니까.

24

집에 오니 전화가 새파랗게 반짝거리고 있었다. 어떻게 해야 하는지 몰랐기 때문에 '교환수'라고 쓰인 버튼을 눌렀다.

예쁜 젊은 여자 얼굴이 입방체 안에 떠올랐다.

"제퍼슨 교환수입니다. 무슨 용건이신가요?"

"아…… 전화가 파랗게 반짝이면 어떻게 해야 합니까?"

"예?"

"그러니까, 전화가 반짝이면……"

"지금 농담하고 있나요?"

나는 점점 이런 반응에 싫증을 내기 시작하고 있었다.

"설명하자면 너무 깁니다. 정말로 몰라서 묻는 겁니다."

"파란색으로 반짝거리면 교환수를 부르라는 뜻이에요."

"알았어요, 불렀습니다."

"아니, 제가 아니라 **진짜** 교환수 말이에요. 9번을 누르세요. 그다음엔

0번을."

그렇게 하자 나이 든 할멈이 나타났다.

"교후안수입니다."

"301-52-574-3975번의 윌리엄 만델라입니다. 교환수를 부르라고 해서 불렀습니다."

"조그음만 기다려요."

그녀는 내 시야 바깥으로 손을 뻗어 뭔가를 타이프했다.

"605-19-556-2027번에서 전화가 왔습니다."

나는 전화기 옆에 있던 메모장에 그 번호를 끼적거렸다.

"그게 어디죠?"

"잠까안만요. 사우스다코타입니다."

"고맙습니다."

사우스다코타 주에는 아는 사람이 없었다.

내가 그 번호를 누르자 좋은 인상의 나이 지긋한 부인이 대답했다.

"예?"

"그 번호에서 누가 제게 전화를 걸었더군요…… 아…… 저는……"

"오, 만델라 하사군요! 잠깐만 기다려 주세요."

나는 대기 중을 의미하는 사선(斜線)이 반짝거리는 것을 1초쯤 보고 있었고, 결국 50여 초를 그러고 있었다. 그제야 사람 머리 하나가 떠올랐다.

메리게이였다.

"윌리엄, 너 찾느라고 내가 얼마나 고생했는지 알아."

"달링, 나도 마찬가지였어. 도대체 사우스다코타 주에서 뭘 하고 있는 거지?"

"우리 부모님이 살고 계시거든. 작은 코뮌이 있어. 그래서 전화 받느라고 그렇게 시간이 걸렸던 거야."

그녀는 흙투성이의 양손을 들어 올려 보였다.

"감자를 캐고 있었지."

"하지만 내가 체크해 봤을 땐…… 기록에는, 투손에 있던 기록에는 네 부모님이 모두 돌아가셨다고 나와 있었잖아."

"아니, 그냥 드롭아웃(dropout)이 되셨을 뿐이야. 드롭아웃이 뭔지 알아? 새 이름을 받고, 새 삶을 사는 사람들이지. 내 사촌한테서 듣고 이 사실을 알았어."

"흐웅. 그럼 넌 어떻게 지냈어? 시골 생활은 즐거워?"

"내가 너한테 연락하려고 했던 이유 중 하나가 그거야. 윌리, 난 따분해 죽겠어. 건강에도 아주 좋고 경치도 좋지만, 난 뭔가 방탕하고 싸악한 짓을 하고 싶어서 죽을 지경이야. 그랬더니 자연히 네 생각이 나더라니까."

"칭찬해 줘서 고맙군. 8시에 볼까?"

그녀는 전화 위에 달린 시계를 보았다.

"아니, 오늘 밤은 그냥 잘 자는 게 나을 거야. 또 남은 감자도 모두 캐내어야 하니까 말이야. 그럼 내일…… 아침 10시에 엘리스 아일랜드 제트기 발착장에서 만나자. 흐으음…… 트랜스–월드 사의 안내 데스크 앞에서 말이야."

"알았어. 그럼 어디 가는 걸로 예약할까?"

그녀는 어깨를 으쓱했다.

"아무 데나 골라 봐."

"런던은 옛날부터 싸악하기로는 정평이 나 있었지."

"재밌겠구나. 1등석?"

"그것 빼고 뭐가 있겠어? 비행선 하나에 스위트룸을 예약해 놓을게."

"어머, 아아주 퇴폐적이네. 짐은 며칠 예정으로 싸면 돼?"

"옷은 가면서 사면 돼. 그러니까 짐은 됐어. 각자 두둑한 지갑 하나씩만 가져가자고."

그녀는 킥킥 웃었다.

"멋진 생각이야. 내일 10시에 보자."

"그러지. 어…… 메리게이, 총은 갖고 있어?"

"그렇게 위험해?"

"여기 워싱턴 근처는 그래."

"흐응, 그럼 하나 가져갈게. 난로 위에 아빠가 두어 자루 걸어 둔 게 있어. 투손에 있었을 때 쓰던 건가 봐."

"그걸 쓸 필요가 없으면 좋겠군."

"윌리, 그래 봤자 내 경우엔 액세서리 정도밖에 안 된다는 걸 너도 알잖아. 난 토오란도 죽이지 못했다고."

"물론 그렇겠지."

우리는 한순간 그냥 서로를 바라보고만 있었다.

"그럼 내일 10시에 만나자."

"응. 사랑해."

메리게이가 그렇게 말했다.

"어……"

그녀는 또 킥킥거리고는 전화를 끊었다.

상념에 잠기기에는 너무 생각해 볼 일이 많았다.

나는 세계일주용 비행선 티켓을 두 장 샀다. 계속 동쪽으로 가는 한 아무 곳에나 무제한으로 기항할 수 있는 티켓이었다. 자동택시와 모노레일을 타고 엘리스로 가는 데에는 두 시간 조금 넘게 걸렸다. 약속보다 이른 시각에 도착했지만, 그건 메리게이도 마찬가지였다.

그녀는 데스크의 젊은 여자와 말을 나누고 있었기 때문에 내가 오는 것을 보지 못했다. 그녀가 입은 옷은 정말 사람 눈을 끄는 것이었다. 사람의 손이 맞물려 있는 형태의 무늬로 이루어진 몸에 꽉 맞는 커버롤이었고, 보는 각도가 바뀔 때마다 주요 장소의 여러 손이 투명해졌다. 전신이 불그스름하게 볕에 그을려 있었다. 그녀의 모습을 보았을 때 노도처럼 밀려온 감정이 단순 명쾌한 육욕인지, 아니면 좀 더 복잡한 그 무엇인지는 알 수가 없었다. 나는 서둘러 그녀 뒤로 갔다.

그리고 이렇게 속삭였다.

"앞으로 세 시간 동안 우린 뭘 해야 하지?"

메리게이는 몸을 돌려 한순간 나를 껴안았고, 여자에게 고맙다고 말한 다음 내 손을 부여잡고 나를 자동 도로로 이끌었다.

"흐음…… 지금 어디로 가고 있는 거지?"

"묻지 마세요, 하사님. 그냥 따라오기만 하면 돼요."

우리는 환상(環狀) 교차로로 나가서 동쪽 자동도로에 올라탔다.

"뭔가 먹고 싶은 것 있어?"

그녀는 순진한 표정으로 물었다.

나는 짐짓 호색한 같은 표정으로 그녀를 곁눈질했다.

"그것 말고 다른 것 없나?"

그녀는 즐거운 듯이 웃음을 터뜨렸다. 몇몇 사람이 우리를 쳐다보았다.

"잠깐만 기다려요……. 여기야!"

우리는 도로에서 뛰어내렸다. '룸메트'라는 표지가 달린 복도였다. 그녀는 내게 열쇠를 건넸다.

예의 황당한 커버롤은 정전기로만 고정되어 있었다. 룸메트는 커다란 물침대 이외의 그 어떤 것도 아니었기 때문에, 서두르느라고 충격을 느낄 틈도 없었다.

충격으로부터는 곧 회복했다.

우리는 침대에 나란히 엎드려서 바깥에서는 들여다볼 수 없는 유리창을 통해 광장을 바삐 오가는 사람들을 바라보았다. 메리게이가 대마초 담배를 건넸다.

"윌리엄, 저걸 쓴 적이 있어?"

"저거라니, 뭐를?"

"저기 저거, 권총 말이야."

"저걸 산 총포점에서 한번 쏴 봤을 뿐이야."

"정말로 그걸 사람한테 겨누고 쏠 수 있다고 생각해?"

나는 연기를 조금 빨아들이고 대마초를 그녀에게 다시 건넸다.

"깊게 생각해 본 적은 없어. 어젯밤 그 얘기가 나오기 전까진 말이야."

"그래서?"

"난…… 확실히는 모르겠어. 내가 뭔가를 죽인 것은 오직 알레프 전투 때만이었고, 당시는 최면 강박에 걸려 있는 상태였어. 하지만 할 수 없이 누군가를 죽였다고 해서…… 정말로 고민할 것 같지는 않아. 상대방이 처음부터 나를 죽일 작정으로 있다면 말이야. 왜 그런 걸 걱정해야 하지?"

"생명 때문이지."

그녀는 슬픈 어조로 말을 이었다.

"생명은……"

"생명이란 공통의 목적을 가지고 걸어 다니는 세포의 집합이야. 만약 그 공통의 목적이 나를 죽이는 데 있다면……"

214

"오, 윌리엄. 그건 마치 코르테즈 같은 말투잖아."

"코르테즈 때문에 살아남았던 거야."

"그렇게 많이 살아남지는 못했어."

그녀는 내뱉었다.

나는 몸을 돌려 천장 타일을 찬찬히 관찰했다. 그녀는 내 가슴의 땀방울에 손가락을 대고 무늬를 그렸다.

"미안해, 윌리엄. 아마 우리 둘 다 환경에 적응하려 하고 있는 것 같아."

"그건 괜찮아. 어차피 네 말이 옳았으니까."

우리는 오랫동안 얘기를 나눴다. 처음 도착해서 여기저기의 공식 회합에 참가했을 때를 제외하면(그때는 밖으로 나갈 기회가 거의 차단되어 있었다) 메리게이가 가 본 대도시는 수폴스뿐이었다. 부모랑 코뮌의 보디가드와 함께 갔다고 했다. 그녀 말을 들어 보니 그곳도 워싱턴과 별로 다르지 않고, 단지 스케일만 작다는 인상을 받았다. 같은 문제에 시달리고 있었지만, 워싱턴만큼은 심각하지 않다는 뜻이다.

우리는 우리를 근심하게 만든 일들을 하나씩 꼽아 보았다. 폭력의 만연, 높은 생활비, 어딜 가도 우글거리는 사람들. 나는 호모의 만연도 포함하고 싶었지만, 메리게이는 내가 그 원인이 된 사회적 요인을 이해하고 있지 않을 뿐이라고 잘라 말했다. 필연적인 현상이라는 것이다. 그녀가 유감으로 생각하는 것은 단 하나, 제일 예쁜 남자들을 뺏겨 버렸다는 점이었다.

그리고 가장 중대한 문제는 모든 것들이 예전보다 더 나빠졌거나, 최상의 경우라도 옛날 그대로 남아 있었다는 점이었다. 22년이나 지났다면 일상생활의 적어도 일부분은 눈에 띄게 개선되었으리라는 예상이 빗나갔던 것이다. 그녀의 아버지의 주장에 따르면 모든 것이 전쟁 때문이었다. 조금이라도 재능이 있는 사람은 모두 UNEF로 끌려가기 때문이다. 그중에서도 최고의 인재들은 모두 '엘리트 징병법'의 희생양이 되었고, 마지막에는 모두 총알받이가 되어 버렸다.

이 의견에는 동의하지 않을 수가 없었다. 과거에 전쟁은 종종 사회 개혁을 촉진했고, 기술적인 이익을 가져왔으며, 예술 활동을 촉발하기까지 했다. 그러나 이번 전쟁은 마치 이런 식의 긍정적인 부산물이 절대로 나오는 일이 없도록 특별히 설계된 듯한 인상을 준다. 20세기 말의 테크놀로지의 개가(타키온 폭탄이나 길이 2킬로미터의 군함 따위)라고 해 보았자, 좋게 말해서 자금과 기존 공학 기술만 있으면 가능했던 흥미로운 개량에 지나지 않았던 것이다. 사회 개혁? 전 세계는 이론적으로 말해 계엄령하에 있었다. 예술에 관해 말하자면, 내게 좋은 것과 나쁜 것을 구별할 수 있는 능력이 있는 것 같지는 않다. 그러나 예술가는 어느 정도까지는 그 시대 분위기의 영향을 받는 법이다. 회화와 조각은 고통과 음울한 사색으로 가득 차 있었다. 영화는 정체되어 있었고, 제대로 된 플롯을 찾아볼 수가 없었다. 음악은 과거의 향수를 자극하는 곡이 주종을 이루고 있었다. 건축이란 주로 모든 사람을 몰아넣을 장소를 찾는 방법이었다. 문학은 거의 이해 불가능에 가까웠다. 대다수의 사람들은 대부분의 시간을 정부를 속여 먹을 수단을 찾는 데 할애하고 있었고, 가능한 한 위험 부담이 적은 방법으로 여분의 K나 식량 배급표를 얻는 데 혈안이 되어 있었다.

그리고 과거에 전쟁을 하고 있었던 나라의 국민은 언제나 전쟁과 밀접한 접촉을 유지하고 있었다. 신문은 전쟁 기사로 가득 차고, 제대 군인들이 전선에서 돌아왔다. 때로는 그들의 고향이 전선으로 변했고, 침략자들이 자기 집 앞을 행군하는 것을 보거나, 밤중에 폭탄이 쉭쉭거리며 떨어지는 소리를 들어야 했다. 그러나 그들은 자신들이 승리를 향해 가고 있거나, 아니면 적어도 패배를 늦추는 데 기여하고 있다는 사실을 실감하고 있었다. 적은 손으로 만질 수 있는 실체였고, 이해 가능하고 증오할 수 있는 프로파간다의 괴물이었던 것이다.

그러나 이 전쟁의 경우…… 적이란 모호하게밖에 이해할 수 없는 기묘한 생명체였고, 악몽이라기보다는 만화영화의 주인공에 더 걸맞았다. 전쟁이 모국에 끼친 영향은 주로 경제적인 것이었고, 감정적인 영향은 찾아볼 수 없었다. 세금이 늘어났지만, 그만큼 일자리도 늘어나는 식이었다. 22년 만에 제대해서 돌아온 군인이라고는 27명밖에 없었다. 제대로 된 시가행진을 하기에도 모자라는 수였다. 절대 다수는 이 전쟁이 갑자기 끝나면 지구 경제가 붕괴하리라는 생각밖에 하고 있지 않았다.

비행선을 타려면 프로펠러식의 조그만 항공기를 타고 공중에 떠 있는 비행선 곁에 접근해서, 같은 속도를 유지하다가 도킹하는 방법을 써야 했다. 우리는 담당 계원에게 짐을 건넨 다음 사무장에게 각자의 무기를 맡겼고, 방 밖으로 나갔다.

비행선에 탄 거의 모든 사람들이 전망 갑판에 서서 맨해튼이 지평선 너머로 천천히 기어가는 광경을 바라보고 있었다. 섬뜩한 광경이었다. 바람 한 점 없는 날씨였기 때문에, 마천루의 30~40층까지는 스모그에 묻혀 있었다. 마치 구름, 적란운 위에 세워진 도시처럼 보였다. 우리는 잠시 그것을 바라보다가 식사를 하기 위해 안으로 들어갔다.

음식은 우아하고 간단했다. 쇠고기 필레 스테이크에, 데친 채소 두 가지, 그리고 와인이었다. 후식으로는 치즈와 과일, 그리고 와인이 더 나왔다. 배급부를 꺼내고 어쩌고 할 필요는 없었다. 배급법에도 빠져나갈 구멍이 있었던 것이다. 대륙 간 수송 수단 내에서 소비되는 음식에는 배급부가 필요 없었다.

우리는 비행선이 대서양을 횡단하는 동안 나른하고 안락한 사흘을 보냈다. 우리가 지구를 떠났을 당시 비행선 수송은 막 시작된 참이었고, 돌아와 보니 20세기 말의 몇 안 되는 성공적인 투자 실례가 되어 있었다……. 이들 비행선을 건조한 회사는 우선 구식이 된 핵무기를 몇 개 구입했던 것이다. 폭탄 한 개분의 플루토늄은 비행선단 전체를 몇 년 동안이나 공중에 띄울 수 있었다. 그리고 비행선은 일단 하늘로 올라가면 다시는 내려오지 않는다. 정규적인 셔틀 편에 의해 보급받고 정비되는 이들 공중 호텔은 90억 명이 배를 곯지는 않지만, 언제나 배가 고픈 이 세계에 마지막으로 남겨진 사치 중 하나였다.

하늘에서 내려다보는 런던은 뉴욕만큼 참담해 보이지는 않았다. 템스강은 완전히 오염되어 있었지만, 공기는 깨끗했다. 우리는 가벼운 백에 짐을 싸고, 무기를 되돌려받은 후 런던 힐튼 호텔 옥상의 이착륙장에 내려앉았다. 우리는 호텔에서 삼륜차 두 대를 빌렸고, 지도를 보며 리전트 스트리트를 향해 출발했다. 유명한 카페 로얄에서 저녁 식사를 할 생각이었다.

삼륜차는 조그만 장갑차나 마찬가지였고, 자이로스코프식 안정 장치가 달려 있기 때문에 절대로 쓰러질 염려가 없었다. 우리가 돌아다닌 런던의 일각에서는 너무 과잉 방어가 아닌가 하는 생각이 들었지만, 아마 워싱턴 못지않게 위험한 구역도 있을 것이다.

나는 소스에 재워 구운 사슴고기를 주문했고, 메리게이는 연어구이를 택했다. 두 요리 모두 매우 훌륭했지만, 기절할 만큼 비쌌다. 플러시 천과 거울, 금박 따위로 호화스럽게 치장된 거대한 식당을 처음 보았을 때는 조금 압도당하는 느낌이었다. 게다가 열댓 개의 테이블에 손님이 있었음에도 불구하고 주위는 극히 조용했다. 우리는 속삭이듯이 얘기를 나누었지만, 곧 그것이 바보스러운 짓이라는 사실을 깨닫고 그만두었다.

식후의 커피를 마시며 메리게이에게 부모님이 어떻게 지내고 있는지 물었다.

"오, 흔히 들을 수 있는 얘기야. 아빠가 배급표 부정 사건에 휘말렸거든. 암시장에서 배급표를 샀는데 알고 보니 가짜였던 거야. 그것 때문에 직장에서 쫓겨났고, 아마 감옥에도 가야 했던 것 같아. 하지만 재판이 계류 중이었을 때 사람 사냥꾼이 접촉해 왔어."

"사람 사냥꾼?"

"응. 모든 코뮌에는 사람 사냥꾼이 있지. 코뮌에는 믿을 만한 농업 인력이 필요하거든. 실업 수당을 받지 못하는 사람들 말이야……. 너무 힘들다고 농기구를 내팽개치고 그냥 떠나 버릴 수 없는 사람들. 코뮌에서는 거의 모든 사람이 살아남기에 충분한 도움을 받을 수 있어. 정부의 블랙리스트에 올라가 있지 않은 모든 사람이."

"그럼 재판을 받기 전에 도망쳤단 말이야?"

그녀는 고개를 끄덕였다.

"절대로 쉽지는 않은 코뮌 생활, 아니면 감옥의 농장에서 몇 년 일하다가 출소해서 실업 수당으로 살아가는 방법 중 하나를 선택해야 했던 거지. 전과자는 합법적인 직장을 얻을 수 없어. 보석을 받기 위해 부모님은 살고 있던 아파트를 몰수당했지만, 일단 유죄 선고를 받고 감옥에 들어가면 어차피 정부에 의해 몰수당하게 되어 있었어. 그래서 사람 사냥꾼은 부모님한테 새로운 신분, 코뮌으로 가는 수송 수단, 작은 집, 그리고 토지를 한 구획 주겠다고 제의했어. 부모님은 승낙했지."

"그럼 사람 사냥꾼은 거기서 뭘 얻었는데?"

"아마 본인은 아무것도 얻지 않았을 거야. 코뮌은 구성원의 배급표를 전부 관리하니까. 돈은 가져도 되지만, 어차피 돈 자체가 별로 없으니까……."

"그러다가 혹시 잡히면 어떻게 되지?"

"그럴 가능성은 전혀 없어."

그녀는 웃었다.

"코뮌은 국내 생산량의 반 이상을 감당하고 있으니까, 실제로는 정부의 비공식적 기관이라고 해도 무방할 정도야. CBI는 그것들이 어디에 있는지 정확히 알고 있을걸……. 아빠는 감옥에 있는 것과 뭐가 다르냐고 불평하시더라."

"세상에 별 해괴한 방법도 다 있군."

"흐응, 어쨌든 그걸로 땅을 놀리지 않고 이용할 수 있으니까 말이야."

그녀는 빈 디저트 접시를 1센티미터쯤 살짝 앞으로 밀어냈다.

"또 부모님은 대다수 사람들보다 좋은 음식을 먹을 수 있어. 도시에서 입수할 수 있었던 것보다 훨씬 좋은 걸 말이야. 엄마는 닭하고 감자를 함께 요리하는 방법을 100가지는 알고 계시지."

저녁 식사를 한 다음 우리는 뮤지컬을 보러 갔다. 호텔을 통해 오래된 록 오페라 「헤어(Hair)」의 '문화적 번안극'을 입수했던 것이다. 팸플릿을 보니 원래의 안무에 좀 변경을 가했다고 씌어 있었다. 옛날에는 무대에서 실제로 성교하는 일이 금지되어 있었던 것이다. 음악은 고풍의 편안하게 듣기 좋은 것이었지만, 우리 두 사람은 향수에 젖어 눈물을 글썽거릴 정도로 나이를 먹지는 않았다. 그럼에도 불구하고, 그것은 내가 본 어떤 영화보다도 훨씬 즐거웠고, 육체적 곡예 중 어떤 것은 상당히 인상적이었다. 우리는 다음 날 아침 늦잠을 잤다.

우리는 관광객답게 버킹엄 궁전의 근위병 교대식을 끝까지 보았고, 대영 박물관을 구경했고, 피시앤드칩스를 먹은 다음 스트랫퍼드-온-에이번*으로 갔다가 올드 빅**으로 와서 어떤 미친 왕에 관한 이해하기 힘든 연극을 구경했다. 런던을 떠나기 전날까지는 어떤 문제도 일어나지 않았다.

새벽 2시에 가까웠고, 우리는 각자의 삼륜차 페달을 밟으며 거의 인적이 끊어진 대로를 지나가고 있었다. 모퉁이를 돌자 젊은 놈들이 누군가를 죽도록 패고 있는 광경이 보였다. 나는 끼익 소리를 내며 커브에서 멈췄고, 삼륜차에서 뛰쳐나오며 그들의 머리 위로 산탄권총을 발사했다.

그들은 한 소녀를 덮치고 있었다. 강간이었다. 그들 대부분은 뿔뿔이 흩어졌지만, 그중 하나가 코트에서 권총을 꺼냈다. 나는 방아쇠를 당겼다. 팔을 쏘려고 했던 것을 기억하고 있다. 산탄이 그의 어깨에 맞으면서 팔과 가슴의 반을 날려 보냈다. 그는 2미터는 날아가서 옆의 빌딩 벽에 부딪쳤다. 땅에 쓰러지기 전에 이미 죽어 있었을 것이다.

남은 자들은 줄행랑을 쳤지만, 그중 하나는 달아나면서도 나를 향해 조그만 권총을 난사했다. 한참 동안 그자가 나를 죽이려고 노력하는 것을 그냥 바라보고만 있다가, 퍼뜩 제정신으로 돌아와서 응사하기 시작했다. 이번에는 너무 조준이 높았고, 다음 순간에는 이미 그자가 골목 안으로 뛰어들어 사라진 후였다.

소녀는 멍한 표정으로 주위를 둘러보다가, 강간범의 갈가리 찢긴 시체를 보았고, 비틀비틀 일어나서 비명을 지르며 도망치기 시작했다. 허리부터 밑은 나체였다. 그러지 못하도록 막아야 한다는 것을 알고 있었지만 목소리가 나오지 않았고, 두 발은 마치 보도에 못박힌 것처럼 움직여 주지를

---

* 영국 워릭셔 주의 도시. 셰익스피어의 출생지 및 매장지.
** Old Vic, 런던의 극장. 셰익스피어 희곡의 상연으로 유명하다.

않았다. 삼륜차 문이 쾅 닫히는 소리가 나는가 했더니 메리게이가 곁에 와 있었다.

"도대체 무슨……"

그녀는 시체를 보고 숨을 혹 들이켰다.

"무, 무슨 일이 있었어?"

나는 망연자실한 상태로 그냥 그 자리에 우뚝 서 있었다. 지난 2년 동안 죽음이라면 신물이 날 정도로 보아 왔지만, 이건 달랐다……. 어떤 전자 부품의 고장으로 납작하게 짜부라져 죽거나, 슈트의 고장으로 딱딱하게 얼어죽거나, 혹은 불가해한 적과 총격전을 벌이다가 죽는 일에서조차 고상한 부분은 전혀 없었지만…… 적어도 죽음은 그 환경에 걸맞은 사건이었다. 고풍스러운 런던의 예스러운 좁은 길에서, 대다수의 사람이 기꺼이 제공해 줄 것을 굳이 훔치려고 하다가 죽어야 하다니 이해할 수 없었다.

메리게이가 내 팔을 끌고 있었다.

"여기서 나가야 해. 잡히면 **두뇌소거**당할지도 몰라!"

그녀 말이 옳았다. 나는 몸을 돌려 발을 딛으려다가 콘크리트 위로 넘어졌다. 나는 제대로 말을 들어주지 않은 한쪽 다리를 내려다보았고, 장딴지에 난 조그만 구멍에서 선홍색의 피가 솟구치고 있는 것을 보았다. 메리게이는 자기 블라우스를 길게 찢어 내서 상처를 묶기 시작했다. 쇼크 증세에 빠질 정도로 큰 상처가 아닌데 하고 생각했던 것을 기억하고 있다. 그러나 귀가 울리기 시작했고, 머리가 붕 뜨는 듯한 느낌과 함께 모든 것이 붉고 흐릿하게 변했다. 정신을 잃기 전에, 멀리서 사이렌이 울리는 소리를 들었다.

다행히도 경찰은 몇 블록 떨어진 길가를 헤매고 있었던 소녀를 찾아냈다. 그들은 최면 상태에서 그녀의 기억과 내 기억을 비교했다. 결국 법집행은 법집행의 프로에게 맡기라는 준엄한 경고와 함께 나는 훈방되었다.

도시에서 떠나고 싶었다. 그냥 배낭을 싸서 짊어지고 삼림 지대를 마음 내키는 대로 돌아다니며 마음을 정리하고 싶었던 것이다. 메리게이도 동감이었다. 그러나 그럴 준비를 하는 과정에서 시골은 도시보다 한결 더 나쁘다는 사실을 알게 되었다. 농장은 실질적으로 무장 캠프나 다름없었고, 그 사이의 공백 지대는 유랑 갱단이 지배하고 있었다. 이들 갱단은 마을과 농장을 기습적으로 약탈하면서 살아가고 있었다. 몇 분 동안 살인과 약탈을 자행하고, 구조대가 오기 전에 숲으로 달아나 버리는 것이다.

그럼에도 불구하고 영국인들은 자신들의 섬을 '유럽에서 가장 문명화된 나라'라고 부르고 있었다. 프랑스, 스페인, 독일, 특히 독일에 관해 들은 얘기로 미루어 보건대, 아마 영국인들의 말이 옳을지도 모른다.

나는 메리게이와 의논을 해 보았고, 결국 여행을 중단하고 미국으로 되돌아가기로 했다. 이번 여행은 21세기에 좀 더 익숙해진 다음에 끝마치면 될 것이다. 단 한 번 만에 받아들이기에는 너무나도 이질적이었다.

비행선 회사는 우리가 낸 돈의 대부분을 환불해 주었고, 우리는 통상적인 성층권 제트기를 타고 집으로 돌아왔다. 다리 상처는 거의 나아 있었지만, 고고도를 비행했을 때는 좀 쑤셨다. 과거 20년 동안 총상 치료는 비약적으로 발전했다. 워낙 실습 재료가 많았었기 때문이리라.

우리는 엘리스 공항에서 헤어졌다. 그녀에게서 들은 코뮌 생활은 도시의 그것보다 더 매력적으로 들렸다. 나는 일주일쯤 뒤에 그녀를 방문하기로 약속하고, 워싱턴으로 돌아왔다.

25

초인종을 울리니까 낯선 여자가 나왔다. 그녀는 몇 센티미터만 문을 열고 밖을 내다보았다.

"죄송합니다. 여긴 미시즈 만델라의 주거가 아니었습니까?"

"오, 그럼 당신이 윌리엄이군요!"

그녀는 문을 닫고 체인을 푼 다음 다시 활짝 열었다.

"베스, 이리 와서 누가 왔는지 봐!"

어머니는 타월로 손을 닦으며 부엌에서 나와 거실로 들어왔다.

"윌리…… 왜 이렇게 빨리 돌아왔니?"

"으음, 실은 설명하자면 좀 깁니다."

"앉아요, 앉아. 마실 것을 가져다줄 테니까, 내가 올 때까지 얘기하지 말고 기다려요."

다른 여자가 말했다.

"잠깐만. 아직 소개도 안 시켜 줬잖아. 윌리엄, 이분은 론다 와일더야.

론다, 윌리엄이지."

어머니가 말했다.

"언제 만날 수 있을지 고대하고 있었어. 베스한테서 여러 얘기를 들었지. 찬 맥주 한 병이면 되겠지?"

"예."

그녀는 호감이 가는, 단정한 느낌의 중년 여자였다. 왜 예전에 만나지 못했는지 궁금했다. 나는 어머니에게 그녀가 이웃에 사는지 물어보았다.

"어…… 실은 그 이상으로 가깝단다, 윌리엄. 몇 년 동안 여기서 함께 살고 있었어. 그래서 네가 집으로 돌아왔을 때도 여분의 방이 하나 있었던 거야. 혼자 사는 사람은 침실 두 개를 가질 수 없거든."

"하지만 왜……"

"내가 미리 얘기를 하지 않은 건, 네가 여기 머무는 동안 네가 그 방에서 론다를 쫓아냈다고 쓸데없이 걱정할까 봐서 그랬던 거야. 하지만 쫓아낸 건 아니란다. 왜냐하면……"

"괜찮아요."

론다가 맥주병을 가지고 왔다.

"펜실베이니아 주의 시골에 친척이 있어요. 언제든지 거기 가 있을 수 있으니까 괜찮아요."

"고맙습니다."

나는 맥주를 받아들었다.

"실은 여기엔 오래 머물러 있지 않을 겁니다. 그러니까, 사우스다코타로 가는 도중에 들렀습니다. 하룻밤 묵을 곳은 찾을 수 있습니다."

"오, 그러지 말아요. 난 소파에서 자면 돼요."

론다가 말했다.

이 제안을 승낙하기에는 너무 고풍스러운 남성우월주의에 절어 있었던 것 같다. 우리는 1분쯤 의논하다가 결국 내가 소파에서 자는 것으로 낙착을 보았다.

나는 론다에게 메리게이가 누구인지를 설명해 주었고, 우리 마음을 뒤흔들어 놓은 영국에서의 체험, 그리고 우리 입장을 정리하기 위해 돌아오기로 했다는 사실을 털어놓았다. 나는 내가 사람을 죽였다는 사실을 알고 어머니가 전율할 줄 알았지만, 그녀는 별다른 반응 없이 그 사실을 그냥 받아들였다. 론다는 우리가 보디가드도 없이 한밤중에 시내를 돌아다녔다고 쯧쯧 혀를 찼다.

우리는 밤늦게까지 이런저런 얘기를 했다. 어머니는 보디가드를 불러 일하러 나갔다.

밤새 어떤 의아한 느낌이 내 머릿속을 빙빙 돌고 있었다. 어머니와 론다의 상대방에 대한 태도였다. 어머니가 나가자 나는 터놓고 물어보려고 결심했다.

"론다……"

나는 그녀 건너편의 의자에 앉았다. 어떻게 말을 꺼내야 할지 알 수가 없었다.

"그러니까, 아, 당신하고 우리 어머니 사이의 관계는 정확하게 뭡니까?"

론다는 맥주를 길게 들이켰다.

"좋은 친구 사이죠."

그녀는 도전과 체념이 뒤섞인 표정으로 나를 바라보았다.

"아주 좋은 친구. 때때로 연인 사이인 적도 있어요."

가슴에 뻥 구멍이 뚫리고 황당한 기분이었다. 우리 어머니가?

"이봐요. 90년대식으로 생각하는 건 이제 그만두는 편이 나을 거예요.

지금 당신이 살고 있는 세계는 낙원이라고 할 수는 없겠지만, 싫든 좋든 여기서 살아야 하니까요."

론다는 이쪽으로 다가와서 내 손을 잡았고, 내 앞에서 거의 무릎을 꿇다시피 했다. 그녀는 한층 더 조용한 목소리로 말했다.

"윌리엄……. 자, 난 당신보다 겨우 두 살 더 나이를 먹었을 뿐이니까(그러니까 2년 먼저 태어났단 얘기죠), 그러니까, 나는 당신 기분이 지금 어떤지 알아요. 베…… 당신 어머니도 이해하고 있어요. 그, 우리들 사이의…… 관계를 다른 사람들에게 숨기고 있지는 않아요. 완전히 정상적인 일이니까요. 지난 20년 동안 많은 것이 바뀌었어요. 당신도 바뀌어야 해요."

나는 아무 말도 하지 않았다.

론다는 몸을 일으키고 단호한 어조로 말했다.

"당신 어머니가 예순 살이라고 해서, 누군가의 사랑을 받고 싶다는 감정 따위는 졸업했다고 믿고 있어요? 그녀는 당신보다 사랑을 더 필요로 하고 있어요. 지금도. 특히 지금은."

그녀의 눈초리에 비난하는 듯한 빛이 깃들었다.

"특히 죽은 과거에서 아들인 당신이 돌아온 지금은. 새삼 자기가 얼마나 늙었는지를 생각나게 한 아들이. 20년 연하인 내가 얼마나 늙었는지를 생각나게 한."

론다의 목소리가 떨렸고, 울음기가 섞여 나왔다. 그녀는 자기 방으로 뛰어 들어갔다.

나는 어머니에게 메리게이가 전화를 걸었다는 메모를 남겼다. 급한 용무가 생겨서 당장 사우스다코타에 가야 한다는 내용이었다. 나는 보디가드를 불러 집에서 나왔다.

삐걱거리며 오존 냄새가 새어 나오는 헐어 빠진 버스는 상태가 나쁜 도로와 그것보다 더 나쁜 도로의 교차점에 나를 내려놓았다. 수폴스까지의 2000킬로미터를 오는 데 한 시간 걸렸고, 150킬로미터 떨어진 게디스까지 오는 헬리콥터를 잡기 위해 두 시간 걸렸고, 12킬로미터 떨어진 프리홀드행의 다 부서져 가는 버스를 기다리다가 타고 오는 데 세 시간 걸렸다. 프리홀드는 포터 가족의 경작지가 있는 코뮌 조직이었다. 혹시 이런 식으로 가다간 목적지에 닿을 때까지 네 시간 동안 흙길을 걸어야 하는 것이 아닐까 하는 의문이 생겼다.

건물에 닿을 때까지 30분을 걸었다. 내 백은 견디기 힘들 만큼 무거워졌고, 육중한 권총에 힘이 쏠려 허리가 아팠다. 나는 단순한 모양의 플라스틱제 돔으로 이어지는 포석 위를 걸어가서 문 옆에 달린 줄을 당겼다. 안쪽에서 종이 땡그랑 소리를 냈다. 문의 들여다보는 구멍이 어두워졌다.

"누구세요?"

두터운 나무문에 막힌 탓에 분명하지 않은 목소리였다.

"여길 지나가다가 길을 물으려고 들렀습니다."

"물어보세요."

여자 목소리인지, 아니면 애 목소리인지 알 수가 없었다.

"포터 가족의 농장을 찾고 있습니다만."

"잠깐만요."

발자국 소리가 멀어지더니 다시 되돌아왔다.

"그 길을 1.9킬로미터 더 나아가면 돼요. 오른편에 감자하고 완두콩이 잔뜩 자라 있을 거예요. 가다 보면 닭 냄새를 맡을 수도 있을 거예요."

"고맙습니다."

"목이 마르다면 뒤뜰에 펌프가 있어요. 남편이 없어서 집에 들어오라고 할 수는 없군요."

"물론입니다. 고맙습니다."

펌프 물은 쇠맛이 좀 나긴 했지만, 정말 시원했다.

설령 감자나 완두콩이 앞에 나타나서 내 발꿈치를 물어뜯더라도 알아보지 못했겠지만, 50센티미터 보조로 걷는 방법은 터득하고 있었다. 그래서 일단 3800보를 걸은 다음에 깊게 숨을 들이쉬어 보리라고 결심했다. 아마 닭똥 냄새와 보통 공기와의 차이 정도는 감지할 수 있을 것이다.

3650보째에 바큇자국이 잔뜩 나 있는 길에 도달했다. 이 길은 플라스틱 돔과 흙으로 지은 사각형 빌딩들이 모여 있는 장소로 이어져 있었다. 인구 폭발 직전에 있는 것처럼 보이는 닭장도 있었다. 냄새는 났지만 그렇게 심하지는 않았다.

길을 반쯤 나아갔을 때 문이 열리고 메리게이가 뛰쳐나왔다. 조그만 천 조각밖에는 입고 있지 않았다. 미끌미끌했지만 즐거운 인사가 끝난 후, 그녀는 내가 왜 이렇게 일찍 왔느냐고 물었다.

"오, 집에 어머니 손님들이 묵고 있었거든. 방해가 되고 싶지 않았어. 아마 전화를 미리 거는 편이 나았을지도 모르겠군."

"물론 미리 걸었어야지……. 그럼 먼지투성이가 되면서까지 걸어오지 않아도 됐을 텐데. 하지만 우리 집에 충분히 빈 방이 있으니까 그것에 관해선 걱정하지 않아도 돼."

그녀는 나를 집 안으로 안내했고, 부모님에게 나를 소개했다. 그들은 나를 따뜻하게 맞아 주었고, 내가 아무래도 옷을 너무 잔뜩 껴입고 있는 것이 아닌가 하고 생각하도록 만들었다. 그들의 얼굴에는 연륜이 새겨져 있었지만, 몸에는 군살이나 주름이 거의 없었다.

저녁 식사는 나를 위한 환영회였으므로 그들은 닭을 살려 두는 대신 쇠고기 통조림을 땄고, 양배추와 감자를 넣고 쪘다. 내 평이한 미각으로는 비행선과 런던에서 먹었던 대부분의 미식(美食)에 맞먹을 정도로 맛이 있었다.

후식으로 커피와 염소젖 치즈(그들은 와인이 없어서 미안하다고 말했고, 몇 주 후면 코뮌에서 새 와인이 출시된다고 했다)를 들며, 나는 내가 할 수 있는 일이 무엇인지를 물었다. 미스터 포터가 대답했다.

"월, 자네가 여기 와 줘서 얼마나 고마운지 이루 말할 수 없을 정도야. 사람 손이 워낙 딸려서 5에이커의 땅을 그냥 묵히고 있었다네. 내일 쟁기를 가지고 나가서 그 땅을 갈아 줬으면 좋겠군."

"또 감자 심을 거예요, 아빠?"

메리게이가 물었다.

"아니, 아냐……. 이번에는 다른 걸 심을 거야. 콩이 좋겠군. 환금 작물이고 토질도 좋아지니까 말이야. 아, 그리고 월, 밤에는 모두 돌아가면서 보초를 서네. 네 명이 있으니까, 예전보다 훨씬 더 오래 잘 수 있을 거야."

그는 커피를 꿀꺽 들이켰다.

"자, 또 뭐가 있더라……."

"리처드, 비닐하우스가 있잖아요."

미시즈 포터가 말했다.

"아, 맞아, 비닐하우스가 있었지. 코뮌은 여기서 1킬로미터쯤 떨어진 레크리에이션 센터 옆에 2에이커 넓이의 그린 하우스를 가지고 있네. 모두 일주일에 아침이나 오후 한 번씩 거기 가서 일할 의무가 있다네. 둘 다 젊으니까 센터로 가서…… 매혹적인 프리홀드 코뮌의 밤을 즐기고 오면 어떤가? 이따금 정말로 박력 있는 체커 게임이 벌어질 때도 있다네."

"세상에, 아빠. 그 정도로 따분하지는 않잖아요."

"사실 이 애 말이 맞다네. 괜찮은 도서실이 있고, 의회 도서관에 직결된 동전식 단말기도 있어. 메리게이한테서 자네가 독서가라는 얘길 들었네. 잘됐군."

"재미있을 것 같군요."

사실 재미있을 것 같았다.

"그렇지만 파수는 누가 봅니까?"

"문제없네. 미시즈 포터, 그러니까 에이프릴이 처음 몇 시간 동안 보초를 서면 돼. 아, 참."

그는 이렇게 말하고 일어섰다.

"보초 서는 곳이 어딘지 보여 주지."

우리는 밖으로 나가 뒤쪽의 '탑'으로 갔다. 높은 원두막 둘레에 모래주머니를 쌓은 것이었다. 우리는 원두막 바닥 한가운데에 난 구멍에서 나온 줄사다리를 타고 올라갔다.

"두 사람이 들어오니 좀 비좁군. 의자에 앉게."

구멍 옆에는 오래된 피아노 의자가 하나 놓여 있었다. 나는 그 위에 걸터앉았다.

"경작지 전체를 높은 데서 둘러볼 수 있으니까 목이 아플 염려도 없지. 단지 같은 방향만 바라보고 있지는 말게."

그는 나무상자를 열고 기름 누더기로 싼 날렵한 라이플을 꺼냈다.

"이게 뭔지 기억이 나나?"

"물론입니다."

기초 훈련을 받을 때 껴안고 같이 잤던 무기이다.

"육군 표준 개인화기 T 식스틴이군요. 반자동에, 캘리버12 덤덤탄을 장전하는…… 도대체 어디서 그 물건을 손에 넣으셨습니까?"

"코뮌에서 정부 공매를 통해 구입했지. 지금은 골동품이야."

그는 소총을 내게 건넸고, 나는 기관부를 반으로 꺾어 보았다. 깨끗했다. 너무 깨끗하다.

"한 번이라도 이걸 쓰신 적이 있습니까?"

"거의 1년 가까이 쓰지 않았네. 사격 훈련을 하기엔 탄약이 너무 비싸기도 하고 말이야. 하지만 자넨 두어 발 연습 삼아 쏘아 보고, 제대로 작동한다는 걸 확인하는 게 나을 거야."

조준경을 켜고 들여다보니 밝은 녹색 빛이 시야를 꽉 채우고 있었다. 야간용으로 조정되어 있는 것이다. 증폭률을 로그0으로 되돌려놓고 배율을 열 배에 맞춘 다음 다시 결합했다.

"메리게이는 연습할 생각이 없다는군. 신물이 날 정도로 들고 다녀야 했다는 얘기였어. 그래서 억지로 권하지는 않았지만, 자기가 쓸 도구는 일단 신뢰할 수 있어야 하는 법이야."

나는 안전장치를 풀고 거리 측정기에 의하면 100에서 120미터 떨어진 흙덩어리를 찾아냈다. 거리를 110에 맞추고 모래주머니 위에 소총의 총신을 올려놓았다. 흙덩어리가 십자선 중앙에 오도록 조정한 다음 방아쇠를 당겼다. 총탄이 쉭 소리와 함께 발사됐고, 5센티미터쯤 밑으로 간 장소에 맞고 흙을 튀겼다.

"괜찮군요."

나는 조준 모드를 다시 야간으로 바꿔 놓고 안전장치를 잠근 다음 그에게 건넸다.

"1년 전에 무슨 일이 있었습니까?"

그는 누더기가 조준경에 닿지 않도록 주의 깊게 총을 감쌌다.

"점퍼(Jumper)들이 몇 명 들어왔지. 몇 발 위협사격을 해서 쫓아냈어."

"그랬군요. 점퍼가 뭡니까?"

"맞아, 자넨 무슨 말인지 모르겠군."

그는 담배를 한 대 꺼낸 다음 내게 담뱃갑을 건넸다.

"왜 그냥 도둑놈이라고 부르지 않는지 나도 모르겠네. 바로 그런 놈들이니까 말이야. 가끔은 살인도 해. 놈들은 많은 코뮌 구성원들이 상당히 풍족하게 살고 있다는 사실을 알고 있어. 환금 작물을 재배하면 거기서 나오는 수익금의 반은 자기가 가질 수 있거든. 게다가 우리들 중 많은 사람은 여기 왔을 때부터 부유했어.

어쨌든 간에, 점퍼들은 상대적으로 고립된 우리 처지에 편승하는 거야. 도시에서 나와서 이곳에 숨어든 다음, 한 장소만 습격하고 도망치는 게 보통이야. 이렇게 멀리까지는 거의 오지 않지만, 도로에 가까운 농장들의 경우엔…… 2주일이 멀다 하고 총소리를 듣곤 하지. 대개 위협사격 정도로 끝나곤 하지만, 계속 총소리가 들리면 경보 사이렌이 울리고, 코뮌 전체가 경계에 들어가는 거야."

"도로 근처에 살고 있는 사람들에겐 공평하지 못한 것처럼 들리는군요."

"물론 거기에 대한 보상이 있어. 우리들이 공출하는 작물의 반만 내면 되니까. 또 이것보다 더 강력한 무기들을 지급받네."

메리게이와 나는 가족용 자전거 두 대의 페달을 밟으며 레크리에이션 센터까지 갔다. 어둠 속에서 울퉁불퉁한 길을 달려야 했지만 두 번밖에 자빠지지 않았다.

리처드가 설명했던 것보다는 약간 더 활기가 있었다. 돔 반대편에서는 나체의 젊은 여자가 수제(手製) 드럼 여러 개의 반주에 맞춰 관능적으로 춤을 추고 있었다. 알고 보니 아직도 학생이라고 했다. '문화 상대성' 수업에 제출할 프로젝트란다.

여기 와 있는 사람들 대다수가 아직 젊었고, 따라서 아직 학생이었다. 그러나 이들은 학교를 농담 정도로밖에 여기고 있지 않았다. 일단 쓰고 읽는 법을 배우고 1급 독해 테스트에 합격하면, 그다음부터는 1년에 오직 한 과목만 택하면 되는 것이다. 그리고 이들 과목 중에는 등록만 하면 학점을 받을 수 있는 것들도 있었다. 스타게이트에서 우리를 놀라게 한 이른바 '18년간의 의무 교육'이란 기껏 이런 것이었다.

다른 사람들은 보드게임 따위를 하거나, 책을 읽거나, 여자가 몸을 빙빙 돌리는 광경을 보거나, 아니면 그냥 잡담을 하고 있었다. 두유나 커피, 싱거운 자가제 맥주를 서빙하는 카운터도 있었다. 배급표 따위는 전혀 눈에 띄지 않았다. 전부 코뮌 내에서 생산되거나 코뮌의 배급표를 써서 바깥세상에서 사온 것들이었다.

우리는 전쟁에 관해 다른 사람들과 토론을 벌였다. 그들 중 일부는 메리게이와 내가 제대 군인임을 알고 있었다. 그들의 태도는 천편일률적이었지만, 간단히 설명하기는 힘들다. 그들은 전쟁 수행을 위해 그렇게도 많은 세금을 내야 한다는 사실에 추상적이나마 화를 냈고, 토오란들이 지구에 전혀 위협이 되지 않을 것이라고 확신하고 있었다. 그러나 그들 모두 전 세계 일자리의 거의 반수가 전쟁과 관련이 있다는 사실을 알고 있었다. 만약 전쟁이 끝난다면, 모든 것이 붕괴되어 버린다는 사실을.

나는 이미 모든 것이 와해되어 있다고 느꼈지만, 어쨌든 내가 이 세계에서 자라나지 않은 것은 사실이다. 그리고 그들은 '평화시'가 뭔지를 아예 모르고 있었다.

우리는 집으로 돌아갔고, 메리게이와 나는 각자 두 시간씩 보초를 섰다. 다음 날 늦은 아침에는 좀 더 잠을 잤으면 좋을 텐데 하고 생각하고 있었다.

쟁기는 바퀴가 두 개 달린 커다란 회전날이었고, 양손으로 손잡이를 쥐고 방향을 바꾸는 방식이었다. 동력은 원자력이었지만, 출력 자체는 보잘 것없었다. 땅이 딱딱하지만 않다면 기어가는 듯한 속도로 앞으로 나아갔지만, 물론 놀고 있는 5에이커의 토지에 딱딱하지 않은 곳 따위는 거의 없었다. 회전날은 조금 앞으로 나아가다가 곧 그 자리에서 공전했고, 내가 조금 더 힘을 주어 밀면 겨우 몇 센티미터 나아가다가 또 멈추는 식이었다. 첫날에는 1에이커의 10분의 1밖에 갈지 못했지만, 요령이 생긴 다음에는 하루에 5분의 1까지 갈 수 있었다.

힘들고 체력을 요하는 일이었지만, 노동은 즐거웠다. 나는 귀에 이어클립을 꽂고 리처드의 오래된 테이프에서 흘러나오는 음악을 들으며 일했다. 몸은 햇빛에 온통 갈색으로 그을어 있었다. 이런 식으로 영원히 살아가도 좋지 않을까 생각하기 시작하던 참이었다. 급작스럽게 중단당하기 전까지는.

어느 날 밤 메리게이와 내가 레크리에이션 센터에서 책을 읽고 있을 때 도로 쪽에서 희미한 총성이 들려왔다. 우리는 집으로 돌아가는 쪽이 낫겠다는 결론을 내렸다. 그래서 도로를 반쯤 나아갔을 때 왼쪽에서 연속적으로 총성이 울렸다. 도로에서 레크리에이션 센터보다 훨씬 먼 곳을 연결하는 선상에서 일제히 울렸던 것이다. 이것은 미리 조율된 공격이었다. 총탄이 머리 위로 쉭쉭거리며 날아가기 시작하자 우리는 자전거를 포기하고 길가에 팬 배수용 도랑 위로 엉금엉금 기어가야 했다. 육중한 차가 덜컹거리며 지나갔다. 좌우로 총을 난사하고 있었다. 집까지 기어가는 데는 20분이나 걸렸다. 우리는 활활 타오르고 있는 농가를 두 채 지나쳤다. 우리 집이 목제가 아니라서 다행이었다.

나는 우리 집의 감시탑에서 아무도 사격하고 있지 않다는 사실을 깨달왔지만, 아무 말도 하지 않았다. 안으로 황급히 들어갔을 때 집 앞쪽에 낯선 사내 둘이 죽은 채로 쓰러져 있는 것을 보았다.

에이프릴은 마룻바닥에 쓰러져 있었다. 아직 살아 있었지만, 파편으로 생긴 몇백 개나 되는 작은 상처에서 피를 흘리고 있었다. 거실은 깨진 돌 조각투성이였고 먼지가 자욱했다. 문이나 창문 너머로 누가 폭탄을 던져 넣은 것이다. 나는 메리게이를 어머니 곁에 남겨 두고 뒤뜰 쪽에 있는 탑으로 달려갔다. 줄사다리는 끌어올려져 있었기 때문에 지주를 타고 올라가야만 했다.

리처드는 구부정하게 소총에 기대고 앉아 있었다. 조준경에서 나오는 엷은 초록색 광선이 그의 왼쪽 눈 위에 생겨 있는 완전히 둥그런 구멍을 비추고 있었다. 조금 흐른 피가 콧잔등에 말라붙어 있었다.

나는 리처드의 몸을 바닥에 눕히고 내 셔츠로 그의 머리를 덮었다. 호주머니에 탄약 클립을 채운 다음 총을 들고 집으로 돌아갔다.

메리게이는 어떻겐가 어머니를 편하게 해 주려 하고 있었다. 그들은 조용히 말을 나누고 있었다. 메리게이는 한 손에 내 산탄권총을 쥐고, 곁의 마룻바닥에 다른 총을 놓아두고 있었다. 내가 들어가자 그녀는 고개를 들었고, 무표정한 얼굴로 고개를 끄덕였다. 울지는 않았다.

에이프릴은 메리게이에게 뭐라고 속삭였다. 메리게이가 물었다.

"어머니는…… 아빠가 괴로워하지는 않았는지 알고 싶어 하셔. 아빠가 죽었다는 건 이미 알고 계시는군."

"아니. 아무것도 느끼지 못하셨을 거야."

"다행이구나."

"다른 것보다는 낫지." 나는 입을 닥치고 있지 못했던 나를 저주하고 말을 이었다. "맞아, 다행이야."

나는 문과 창문을 점검하며 효과적인 사격 장소를 찾았다. 1개 소대가 내 뒤통수를 쳐도 모를 장소뿐이었다.

"밖으로 나가서 지붕 꼭대기로 올라갈게."

탑으로 되돌아갈 수는 없었다.

"누군가 안으로 들어 올 때까지는 쏘지 마……. 혹시 아무도 없다고 생각할지도 모르니까."

흙지붕까지 기어 올라가니 대형 트럭이 오던 길을 다시 되돌아오는 것이 보였다. 조준경을 통해 다섯 명의 사내가 타고 있는 것을 볼 수 있었다. 네 명은 운전석에, 한 명은 지붕이 없는 짐칸 위에서 기관총을 들고 약탈품에 둘러싸인 채로 앉아 있었다. 그는 냉장고 두 대 사이에서 몸을 숙이고 있었지만, 내 사선(射線)에 들어와 있었다. 그러나 주의를 끌고 싶지는 않았기 때문에 쏘지는 않았다. 트럭은 집 앞에서 멈췄고, 1분 동안 그대로 있다가 방향을 반대로 바꿨다. 운전석 창문은 아마 방탄유리겠지만, 나는 운전사의 얼굴을 겨냥하고 방아쇠를 한 번 당겼다. 탄환이 창문에 거미줄 같은 금을 내고 날카로운 소리와 함께 튕겨 나가자 운전사는 앉은 자리에서 움찔 뛰어올랐다. 그러자 짐칸에 타고 있던 사내가 쏘기 시작했다. 수십 발의 총탄이 내 머리 위로 쉭쉭거리며 날아갔다. 탑의 모래주머니에 푹푹 박히는 소리를 들을 수 있었다. 나를 보지는 못한 것이다.

사격이 멈췄을 때 트럭은 10미터도 채 떨어져 있지 않았다. 기관총 사수는 냉장고 뒤에 몸을 숨기고 재장전하고 있었다. 나는 주의 깊게 겨냥했고, 그자가 다시 기관총을 쏘기 위해 몸을 내밀었을 때 목을 쏘았다. 덤덤탄이었기 때문에 목으로 들어간 총탄은 정수리에서 튀어나왔다.

운전사는 길게 호를 그리듯이 트럭을 돌렸고, 운전대쪽 문이 집의 현관문과 평행이 되도록 차를 세웠다. 탑과 나 자신으로부터 사각(死角)이 되는 위치였지만, 그들이 내 위치를 알아차렸다고는 생각하기 힘들었다. T-16은 발사염(發射炎)을 내지 않고, 소리도 거의 나지 않는다. 나는 신발을 벗어 던지고 조심스럽게 트럭의 운전석 지붕 위에 발을 디뎠다. 운전사가 집에 면한 문 쪽으로 나와 줄 것을 기대하고 있었다. 문이 열리면 운전석 안을 도탄(跳彈)으로 가득 채워 줄 수 있다.

그렇게 되지는 않았다. 지붕이 돌출한 부분에 가려 보이지 않는 반대편 문이 먼저 열렸던 것이다. 운전사가 나오기를 기다리며 메리게이가 잘 숨어 있었으면 좋겠다고 생각했다. 걱정할 필요는 없었다.

귀청이 떨어질 듯한 폭발음이 울렸다. 또 울렸다. 또 한 번 울렸다. 몇천 개의 미세한 플레셰트의 충격파로 대형 트럭이 진동했다. 짧은 비명은 두 번째 총성으로 중단됐다.

나는 트럭 지붕에서 뛰어내린 다음 집을 돌아 뒷문으로 뛰어갔다. 메리게이는 무릎에 어머니의 머리를 얹고 있었고, 누군가가 작게 훌쩍거리고 있었다. 다가가서 만진 메리게이의 뺨은 말라 있었다.

"잘해냈어, 달링."

그녀는 아무 말도 하지 않았다. 문 쪽에서는 뭔가가 끊임없이 뚝뚝 떨어지는 소리가 들렸고, 공기는 초연과 날고기 냄새로 매캐했다. 우리는 새벽이 올 때까지 함께 웅크리고 있었다.

나는 에이프릴이 자고 있다고 생각했지만, 희미한 빛 아래에서 그녀가 뿌연 눈을 치켜뜨고 있는 것을 보았다. 얕은 숨을 쌕쌕거리고 있었다. 피가 말라붙은 피부는 잿빛 양피지처럼 보였다. 말을 걸어 보아도 반응이 없었다.

자동차가 길을 오는 소리가 들렸기 때문에 나는 총을 들고 밖으로 나갔다. 흰색 시트를 한쪽에 드리운 덤프트럭이었다. 짐칸에 서 있는 사내가 메가폰을 통해 이렇게 되풀이하고 있었다. "부상자…… 부상자." 내가 손을 흔들자 트럭이 왔다. 그들은 임시변통으로 만든 들것에 에이프릴을 태우고 우리들에게 트럭이 어느 병원으로 가는지 가르쳐 주었다. 같이 따라가고 싶었지만 탈 자리가 전혀 없었다. 트럭 짐칸은 온갖 종류의 부상자로 가득 차 있었다.

메리게이는 집으로 들어가고 싶어 하지 않았다. 점점 날이 밝아 오면서 그녀가 그렇게도 완벽히 죽인 사내들의 모습이 눈에 들어왔기 때문이다. 나는 담배를 꺼내오기 위해 안으로 들어가서 억지로 주위를 둘러보았다. 엉망진창이긴 했지만, 별로 동요하지 않았다. 바로 그 사실이 신경에 거슬렸다. 잔뜩 쌓여 있는 인간 햄버거 대신 주로 파리와 개미와 냄새에만 신경이 쓰였던 것이다. 우주에서 죽는 쪽이 훨씬 더 깨끗하다.

우리는 그녀의 아버지를 집 뒤쪽에 매장했다. 트럭이 수의로 감싼 에이프릴의 조그만 몸을 싣고 되돌아온 후 그녀를 그의 곁에 묻었다. 조금 후 코뮌의 위생 트럭이 왔고, 가스마스크를 쓴 사내들이 점퍼들의 시체를 처분했다.

우리는 밖에서 뜨거운 햇볕을 받으며 앉아 있었다. 마침내 메리게이는 울었다. 오랫동안, 조용히.

26

우리는 덜레스 공항에 착륙해서 모노레일을 타고 컬럼비아로 갔다.

나무에 에워싸인 각양각색의 건물이 호수 하나를 중심으로 다양한 형태로 배치되어 있는 광경은 보기 좋았다. 모든 건물은 자주(自走) 도로로 중앙에 위치한 가장 큰 건물로 연결되어 있었다. 점포나 학교, 사무실 따위가 입주한 공공 돔이었다.

투명 플라스틱으로 밀폐된 자주 도로를 통해 어머니의 아파트로 갈 수도 있었지만, 그러는 대신 차가운 공기와 낙엽 냄새를 맡으며 그 옆을 걸어갔다. 플라스틱 튜브 안에서 미끄러지듯이 이동 중인 사람들은 주의 깊게 우리로부터 시선을 돌렸다.

어머니는 대답이 없었지만 내게는 어머니가 준 열쇠 카드가 있었다. 어머니는 침실에서 자고 있는 것 같았기 때문에 메리게이와 나는 거실에 앉아서 잠시 독서를 하기로 했다.

그러던 중에 갑자기 침실에서 발작적인 기침 소리가 들려와서 깜짝 놀랐다. 나는 침실로 달려가서 문을 두들겼다.

"윌리엄? 온지 몰랐……"

기침 소리.

"……들어오렴. 집에 와 있는 줄 몰랐어……"

어머니는 침대 위에서 베개에 기대 앉아 있었다. 주위에 흩어져 있는 것들은 약이 든 상자였다. 핼쑥한 얼굴이었다. 창백하고 깊게 주름이 져 있다.

어머니가 대마초 담배에 불을 붙이자 기침은 좀 가라앉은 듯했다.

"언제 왔어? 나는 그것도 모르고……"

"얼마 안 됐어요……. 그런데 도대체 언제부터…… 몸이 이렇게……"

"오, 론다가 아이들을 보러 간 뒤에 어디서 옮은 것 같아. 한 이틀 있으면 나을 거야."

이렇게 말하고는 다시 기침을 하기 시작했고, 약병을 입에 대고 빨갛고 걸쭉한 액체를 조금 마셨다. 어머니의 약은 모두 시중에서 구입할 수 있는 매약(賣藥)처럼 보였다.

"의사한테는 가 봤어요?"

"의사? 설마. 윌리, 여기서 의사는…… 어차피 그리 심각한 것도 아니야……. 그러니까……"

"심각하지 않다고요?"

여든네 살에?

"말도 안 되는 소립니다, 어머니."

나는 주방으로 가서 전화를 들고 상당히 힘들게 병원으로 연결했다.

평범한 20대 여자의 얼굴이 홀로큐브에 떠올랐다.

"일반 서비스과의 도널슨 간호사입니다."

얼굴에 들러붙은 듯한, 직업적으로 성실한 미소였다. 하지만 이곳에서는 모두가 미소 짓고 있다.

"우리 어머니에게 의사가 필요해요. 아무래도……"

"이름과 번호를 대 주십시오."

"이름은 베스 만델라입니다."

나는 철자를 말했다.

"무슨 번호를 얘기하라는 겁니까?"

"물론 의료 서비스 번호입니다."

간호사는 미소 지었다.

나는 어머니에게 번호를 물어보았지만 기억이 나지 않는다는 대답이 돌아왔다.

"기억이 안 난다고 하시는데요."

"상관없습니다. 기록을 찾아보면 되니까요."

그러고는 미소 띤 얼굴을 옆에 놓인 키보드 쪽으로 돌리고 코드를 입력했다.

"베스 만델라라고 하셨죠?"

간호사가 물었다. 미소는 이제는 의아한 듯한 미소였다.

"**당신**이 그분 아들이란 말입니까? 지금 80대라고 나오는데요?"

"부탁입니다. 설명하자면 기니까 우선 의사를 찾아 주십시오."

"혹시 농담이라도 하고 계신 건가요?"

"그게 무슨 뜻입니까?"

금방이라도 질식할 듯한 기침 소리가 침실에서 들려왔다. 지금까지 들은 것 중 최악이었다.

"농담이 아닙니다. 어머니 상태는 아주 위중할 수도 있습니다. 그러니까 당장……"

"하지만 만델라 부인은 2010년부터 우선도가 0인데요."

"도대체 그게 무슨 뜻이지?"

"저……"

미소는 이제 딱딱하게 변해 가고 있었다.

"제발 부탁이니 내가 다른 행성에서 왔다고 생각해 주십시오. 우선도가 0이라는 건 도대체 무슨 뜻입니까?"

"다른…… 오! 난 당신이 누군지 알아요!"

간호사는 옆을 보았다.

"이봐, 소냐. 잠깐 여기로 와서 이걸 좀 봐. 누군지 알면 깜짝 놀랄 걸……."

그러자 다른 얼굴이 큐브에 가득 찼다. 무기력해 보이는 금발의 젊은 여자였고, 처음 간호사와 똑같은 미소를 띠고 있었다.

"기억 나? 오늘 아침 스테트에서 본 거?"

"아, 맞아. 군인들 중 한 사람. 우와, 정말 놀랄 노자네. 정말."

금발 여자의 얼굴이 뒤로 물러났다.

"오, 만델라 씨."

첫 번째 간호사가 과장된 어조로 말했다.

"곤혹스러워 하시는 것도 하등 이상할 것이 없군요. 설명하자면 아주 간단해요."

"그래서?"

"이건 보편적 의료보장 시스템의 일부랍니다. 모든 사람은 70살이 되면 심사를 받습니다. 제네바에서 자동적으로요."

"무슨 심사를? 그게 무슨 뜻이지?"

그러나 추악한 진실이 무엇인지는 이미 명백했다.

"흐음, 당사자가 얼마나 중요한 사람이고 또 어떤 수준의 의료 혜택을 받을 수 있는지를 심사받는 겁니다. 3급은 다른 사람들과 똑같고, 2급은 3급과 우선도가 같지만 모종의 수명 연장 조치를……"

"그리고 0급은 아무 치료도 받지 못한다는 뜻이로군."

"그렇습니다, 만델라 씨."

동정이나 이해의 빛은 전혀 찾아볼 수 없는 미소였다.

"고맙습니다."

나는 전화를 끊었다. 메리게이는 내 뒤에 서서 입을 멍하게 벌린 채로 소리 없이 울고 있었다.

나는 스포츠 용품점에서 등산용 산소통을 찾아냈고, 워싱턴 시내의 한 술집에 있는 사내를 통해 암시장에서 약간의 항생제까지 구입할 수 있었다. 그러나 어머니의 용태는 아마추어가 치료할 수 있는 범위를 넘어 있었다. 어머니는 나흘을 더 살았다. 화장장의 직원들도 간호사와 똑같은 직업적인 미소를 띠고 있었다.

달에 사는 내 동생 마이크에게 연락을 하려고 했지만 전화 회사는 내가 계약서에 서명을 하고 2만 5000달러의 보증금을 입금할 때까지 회선을 연결시켜 줄 수 없다고 했다. 나는 제네바에서 크레디트를 이체해야 했다. 이런 사무를 처리하는 데는 반나절이 걸렸다.

마침내 연결이 되었다. 나는 거두절미하고 말했다.

"어머니가 돌아가셨어."

1초의 몇 분의 1 동안 전파는 달까지 올라갔고, 같은 시간이 흐른 뒤에 되돌아왔다. 마이크는 나를 응시하고 있다고 천천히 고개를 끄덕였다.

"놀라지는 않아. 과거 10년 동안 지구로 갈 때마다 어머니는 아직도 살

아 계실까 하는 생각을 하곤 했거든. 어머니나 나나 자주 연락하기에는 돈
이 충분치 않았어."

제네바에서 들은 얘기인데, 달에서 지구까지 편지를 보내려면 100달러
가 든다고 했다. 거기에 5000달러의 세금이 붙는단다. UN이 유감이긴 하
지만 꼭 필요한 아나키스트들이라고 간주하는 과학자들이 그리 쉽게 지구
와 연락을 취할 수 없도록 하기 위한 조치였다.

우리는 한동안 조의를 표했다. 이윽고 마이크가 말했다.

"윌리 형, 지구는 더 이상 형과 메리게이에게 걸맞은 장소가 아냐. 이제
는 형도 그걸 깨달았을 거야. 그러니까 달로 와. 여기에서라면 형은 아직
도 개인으로서 살아갈 수 있어. 70살이 되더라도 에어록 밖으로 내던지거
나 하지는 않아."

"그럼 또 UNEF에 재입대해야 하잖아."

"맞아. 하지만 싸우지는 않아도 돼. 신병들을 훈련할 교관이 더 필요하
다잖아. 교관 일을 하면서 남는 시간에 공부를 해서 최신 물리학을 따라잡
을 수도 있어. 나중에는 연구 쪽에 종사할 수 있을지도 몰라."

우리는 조금 더 말을 나누었다. 도합 3분 동안 통화했다. 거스름돈이
1000달러 돌아왔다.

메리게이와 나는 그날 밤을 새워 얘기를 나눴다. 아마 어머니의 아파트
에서 그녀의 삶과 죽음에 둘러싸여 있지 않았더라면 다른 결정을 내렸을
지도 모르겠다. 그러나 새벽이 오자 고고하고 야심적이며 주의 깊은 느낌
을 주는 컬럼비아의 아름다움은 이제는 불길하고 불안하게 보였다.

우리는 짐을 꾸리고 남은 돈을 타키오 크레디트 조합으로 이체한 후 모
노레일을 타고 케이프 캐너배럴로 갔다.

"노파심에서 하는 얘기지만, 전투 경험이 있는 제대 군인이 되돌아온 것은 자네들이 처음이 아냐."

징병관은 성별을 알아보기 힘든 근육질의 중위였다. 머릿속에서 동전을 던져 보자 뒷면이 나왔다.

"지금까지 들은 바로는, 아홉 명이 재입대를 신청했어."

허스키한 테너였다.

"전원이 달 근무를 신청했지……. 아마 거기 가면 몇몇 친구들을 만날지도 모르겠군."

그녀는 책상 너머로 간단한 양식의 서류를 건넸다.

"여기 재입대 양식에 사인하기만 하면 돼. 둘 다 소위가 되는 거지."

서류는 현역으로 복귀시켜 달라는 간단한 신청서였다. 결국 우리는 제대하지 않았던 것이다. 징병법의 연한이 연장되었으므로, 그냥 예비역에 편입되어 있었을 뿐이었다. 나는 서류를 찬찬히 읽어 보았다.

"이 서류는 우리가 스타게이트에서 받았던 보장에 관해선 일언반구도 언급하고 있지 않습니다만."

"그건 걱정할 필요가 없어. 상부에서 다 알아서……"

"필요하다고 생각하는데요, 중위님."

나는 서류를 다시 그에게 건넸다. 메리게이도 자기 서류를 돌려주었다.

"알아보고 올게."

그녀는 책상에서 일어나 사무실 안으로 사라졌다. 잠시 후 우리는 프린터가 딸각거리는 소리를 들었다.

그녀는 똑같은 서류를 가지고 되돌아왔다. 우리들 이름 밑에는 다음과 같은 부수 조항이 인쇄되어 있었다. 보장된 근무지 [달], 선택한 임무 [전투 훈련 전문가].

우리는 신체검사를 받고 새로운 파이팅 슈트를 맞췄고, 각자의 재정 문제를 처리했다. 다음 날 아침 셔틀을 잡아타고 달로 간 다음 그리말디 기지에 도착했다.

단기 체류 장교용 숙사로 들어가는 문에는 어떤 잘난 작자가 써 놓은 '이 문으로 들어가는 자, 모든 희망을 버리라'라는 낙서가 있었다. 우리는 우리가 묵을 2인용 방으로 가서 저녁 식사를 하기 위해 옷을 갈아입기 시작했다.

누군가가 두 번 문을 두드렸다.

"편지가 왔습니다, 소위님."

문을 열자 문가에 서 있던 하사가 경례를 했다. 잠시 그를 빤히 바라보다가 내가 장교라는 사실을 기억해 내고 답례했다. 그는 두 장의 똑같은 팩스 용지를 내게 건넸다. 나는 그중 하나를 메리게이에게 건넸다. 우리는 동시에 숨을 들이켰다.

* * O R D E R S * * O R D E R S * * O R D E R S * *

하기의 인원:

만델라, 윌리엄 소위 [11 575 278] COCOMM D CO GRITRABN

및 포터, 메리게이 소위 [17 386 907] COCOMM B CO GRITRABN

는 이하의 임무에 재배치된다.

만델라 소위: 스타게이트 소속 시타 타격부대 제2소대 소대장

포터 소위: 스타게이트 소속 시타 타격부대 제3소대 소대장

임무 내용:

테트-2 작전에서 보병 소대를 지휘할 것.

상기의 인원은 즉시 그리말디 수송대대에 출두, 스타게이트행

승원 명부에 등록할 것.

스타게이트 전술사령부 발급/1298-8684-1450/SG 2019년 8월 20일:

우주군 총사령관 승인.

* *ORDERS* *ORDERS* *ORDERS* *

"전혀 시간 낭비를 안 하는군, 안 그래?"

메리게이가 신랄한 어조로 그렇게 말했다.

"보나마나 상시 명령이었을 거야. 타격부대 사령부는 여기서 몇 광주(光週)나 떨어진 곳에 있으니까 말이야. 우리가 재입대한 걸 아직 알고 있지도 않을걸."

"그럼 우리가 받은……"

그녀는 말꼬리를 흐렸다.

"보장 말이지. 흐음, 우린 우리가 원했던 자리에 배속받았어. 하지만 한 시간 이상 그 자리를 지키고 있을 거라고 보장한 사람은 아무도 없었지."

"정말 더러운 속임수야."

나는 어깨를 움츠려 보였다.

"정말 군대다운 속임수지."

그러나 나는 우리가 고향으로 돌아가고 있다는 느낌을 떨쳐 버릴 수가 없었다.

만델라 소위

서기 2024-2389년

27

"번갯불에 콩 볶아 먹듯 해치우는 거야."

나는 소대 선임하사인 산테스테반 쪽을 보고 있었지만, 사실은 나 자신을 향해 말하고 있었다. 듣고 싶은 자들은 들으라는 식이었다.

"옙. 몇 분 안에 해치워 버리지 못하면 오히려 이쪽이 작살날 겁니다."

선임하사가 대답했다. 사무적이고 단조로운 말투였다. 이미 약물을 투여받았기 때문이다.

콜린스 일병이 헐리데이와 함께 왔다. 무의식중에 서로의 손을 맞잡고 있었다.

"만델라 소위님? 조금 시간을 주시겠습니까?"

목소리가 조금 메어 있었다.

"1분만이야."

나는 이렇게 대답했지만, 너무 무뚝뚝했던 것 같아 이렇게 덧붙였다.

"5분 안에 출격해야 해. 미안하네."

이들 두 명을 보는 일은 괴로웠다. 두 사람 모두 실전 경험이 없었다. 그러나 다른 병사들과 마찬가지로 다시 살아서 서로를 만날 가능성이 얼마나 적은지는 잘 알고 있었다. 그들은 구석으로 가서 소근거리며 기계적으로 서로의 몸을 애무하기 시작했다. 정열도, 위안도 없는 이별이었다. 콜린스의 눈이 눈물로 반짝였지만, 흐느끼고 있지는 않았다. 헐리데이는 딱딱하고 마비된 듯한 표정이었다. 헐리데이 쪽이 훨씬 더 예뻤지만, 평소의 발랄함이 사라진 지금은 단지 모양 좋고 흐리멍덩한 겉껍데기만 남아 있을 뿐이었다.

지구를 떠나 몇 개월이 지나는 동안 나는 노골적인 여성 동성애에 익숙해졌다. 잠재적인 파트너들을 상실한 일에 관해서조차 더 이상 분개하지 않았다. 그러나 남자끼리 다니는 것을 보면 아직도 소름이 돋는다.

나는 옷을 벗고 뒷걸음질 쳐서 대합조개처럼 활짝 열린 파이팅 슈트 안으로 들어갔다. 신식 생체반응 측정 장치와 외상(外傷) 처리 기구가 달린 신형 슈트의 내부는 옛날 것에 비하면 지독하게 복잡했다. 그러나 손발이 조금 날아가 버렸을 경우를 생각해 보면 힘들여 입을 만한 가치가 있었다. 영웅적인 의족이나 의수를 달고 넉넉한 연금이 기다리고 있는 고향으로 돌아갈 수 있을 테니까. 게다가 절단된 것이 팔이나 다리일 경우 학자들은 기관재생(器官再生)의 가능성조차 검토하고 있었다. 헤븐(Heaven)이 사지가 결여한 군인들로 가득 차 버리기 전에 빨리 완성시키는 편이 나을 것이다. 헤븐은 부상자들을 위해 병원/휴식 및 오락을 제공하는 새로운 행성이었다.

셋업 절차를 끝내자, 슈트는 자동적으로 닫혔다. 체내 센서와 약물 주입용 튜브가 몸에 꽂힐 때의 격통에 대비해서 반사적으로 이를 악물었지만, 물론 아픔 따위는 느끼지 않았다. 조건반사 학습으로 통각 신경이 차단되어 있기 때문에, 약간 얼떨떨한 느낌을 받았을 뿐이었다. 몇천 개의 조그만 상처로 참을 수 없는 아픔을 느끼는 것보다는 나았다.

콜린스와 헐리데이는 슈트에 들어가는 중이었고, 나머지 10여 명은 거의 준비가 끝나가고 있었기 때문에 나는 3소대의 집합 구획으로 갔다. 메리게이에게 또다시 작별인사를 하기 위해.

그녀는 이미 슈트를 입고 내게로 오고 있었다. 우리는 무전을 쓰는 대신 서로의 헬멧을 갖다 댔다. 프라이버시를 확보하기 위해서였다.

"기분은 괜찮아, 달링?"

"괜찮아. 약을 먹었거든."

"그래, 나도 정말 행복해."

나도 아까 내 약을 삼켰다. 판단력을 잃는 일 없이 낙천적이 되는 약이란다. 우리들 대다수가 조금 후 죽을 것이라는 사실을 알고 있었지만, 웬일인지 그다지 걱정이 되지는 않았다.

"오늘 밤 같이 잘래?"

"두 사람 다 돌아올 수 있으면."

불분명한 말투였다.

"그러자면 또 알약(pill)을 먹어야겠군."

그녀는 그렇게 말하고 억지웃음을 지으려고 했다.

"수면제 말이야. 신병들 상태는 어때? 열 명이었던가?"

"응, 열 명. 다들 괜찮아. 약을 먹였어. 투약량을 4분의 1로 줄여서."

"나도 그랬어. 가능한 한 긴장을 풀어 주고 싶었거든."

사실 내 소대에서 나를 제외하면 실전 경험이 있는 사람은 산테스테반뿐이었다. 분대장들 네 명은 고참이긴 했지만 전투에 참가한 적은 없었다.

내 광대뼈에 맞닿아 있는 스피커가 지직거리더니 코르테즈 중령의 목소리가 흘러나왔다.

"2분 남았다. 부하들을 정렬시키도록."

우리는 작별인사를 나눴다. 나는 내 부하들을 점검하기 위해 원래 구획으로 돌아왔다. 모두 별문제 없이 슈트를 입은 것 같았기 때문에 그대로 정렬시키고 기다렸다. 오랜 시간이 흐른 것처럼 느껴졌다.

"좋아, 모두 탑승하도록."

마지막 말이 끝나자마자 내 앞에 있던 격벽이 열렸고(집합 구획은 이미 공기를 뺀 상태였다), 나는 부하들을 이끌고 강습 우주정으로 들어갔다.

신형 우주정은 구역질이 날 정도로 추했다. 뼈대뿐인 탓에 내부가 그대로 드러나 있었고, 탑승자들을 고정하기 위한 쥠쇠, 이물과 고물에 한 문씩 장착된 선회식 레이저포, 각 레이저포 밑에 위치한 조그만 타키온 동력로가 보였다. 전자동식이었다. 강습정은 우리를 가능한 한 빨리 땅에 내려놓은 다음, 다시 잽싸게 이륙해서 적을 공격할 것이다. 결국 한 번 쓰고 버리는 자동식 기계에 불과했던 것이다. 우리가 살아남을 경우 데리러 와줄 우주정은 바로 옆에 고정되어 있었다. 훨씬 더 예쁘게 생겼다.

우리는 쥠쇠로 각자의 몸을 고정했고, 강습 우주정은 측면 제트를 두 번 분사하며 상그레 이 빅토리아(Sangre y Victoria)호에서 이탈했다. 기계의 목소리로 짧은 초읽기가 있은 후 우리는 4G의 가속도로 행성을 향해 똑바로 강하했다.

변변한 이름 하나 가지고 있지 않은 그 행성은 가까이에 열을 보내 주는 통상적인 항성을 보유하지 않은 검정색 바윗덩어리였다. 처음에는 배후의 별빛을 가로막고 있기 때문에 그 존재를 알 수 있는 정도였지만, 좀 더 접근해 감에 따라 검정 일색의 행성 표면에서도 미묘한 색깔 차이가 있는 것을 알 수 있었다. 우리는 토오란의 전진 기지의 반대편 반구에 강하하고 있었다.

　정찰 보고에 의하면 그들의 기지는 직경이 수백 킬로미터에 달하는 편평한 용암 대지 한복판에 위치하고 있었다. UNEF가 지금까지 조우한 다른 토오란 기지에 비하면 상당히 원시적이었지만, 기습은 불가능했다. 우리는 적 기지에서 15킬로미터쯤 떨어진 지점으로 강하해서 지평선 너머로 돌진할 예정이었다. 네 척의 강습정이 각각 다른 방향에서 기지를 향해 일제히 접근하는 것이다. 지독한 감속을 해서, 가능하면 적의 무릎 위에 뚝 떨어져서 발포하며 뛰쳐나오는 수밖에 없었다. 몸을 숨길 수 있는 장소 따위는 아예 없었다.

　물론 나는 걱정하고 있지 않았다. 마음 한구석으로는 그 알약을 먹지 않는 쪽이 나았을 거라고 생각하기는 했지만 말이다.

　우리는 상공 1킬로미터에서 수평 비행에 들어갔고, 이 바윗덩어리의 탈출 속도보다 훨씬 빨리 돌진했다. 강습정은 우주로 튀어나가 버리지 않기 위해 끊임없이 궤도를 수정하고 있었다. 행성 표면이 짙은 잿빛 급류처럼 눈 밑을 흘러간다. 타키온 엔진의 분사에서 생겨난 의사(擬似) 체렌코프광(光)*이 약하게 반짝이며, 우리들의 현실에서 그것 자신의 현실로 이행하고 있었다.

　볼품없는 기계는 약 10분간 저공을 날아갔다. 느닷없이 앞쪽 브레이크용 제트가 불을 뿜었고, 우리는 슈트 안에서 앞으로 푹 고꾸라졌다. 감속이 워낙 급격했던 탓에 눈알이 눈구멍에서 튀어나올 지경이었다.

　"사출(射出) 준비."

---

* Cerenkov glow, 대전(帶電) 입자가 초광속의 등속운동을 행할 때 발하는 전자파 방사에 의한 복사(輻射).

여자 목소리의 기계음이 말했다.

"5, 4……"

강습정이 레이저를 난사하기 시작했다. 밀리세컨드의 섬광이 카메라 플래시처럼 터지며 지면을 언뜻언뜻 비추었다. 몇 미터 아래로 보이는 지면은 일그러지고, 얽은 듯한 균열과 검은 바위로 뒤죽박죽이 되어 있었다. 우리는 속도를 늦추며 하강하고 있었다.

"3……"

여기까지였다. 지독하게 눈부신 섬광이 번쩍였고, 강습정의 꼬리 부분이 곤두박질치면서 시야에서 지평선이 사라졌고, 지면에 격돌했다. 선체가 옆으로 미끄러지면서 박살 난 인간과 선체의 파편이 사방으로 튀었다. 선체는 핑핑 돌다가 어딘가에 부딪혀서 멈췄다. 나는 다리를 빼려고 했지만 선체 밑에 깔려서 옴짝달싹도 할 수 없었다. 선체의 들보가 내 다리를 으깨면서 우지끈하고 뼈가 부러지는 소리가 났고, 참을 수 없는 격통을 느꼈다. 찢어진 슈트에서 공기가 새어 나가는 날카로운 소리가 났다. 그러자마자 외상(外傷) 치료 장치가 작동하며 '쓱싹' 하는 소리가 났고, 고통이 더 심해졌고, 곧 고통이 사라지면서 몸을 뺀 나는 옆으로 구르고 있었고, 절단된 다리의 짧은 그루터기에서 솟구친 피가 거무칙칙한 바위 위에서 얼어붙어 까맣게 반짝거리는 것을 보았다. 입에서 금속의 맛이 났고, 붉은 안개가 모든 것을 감췄고, 곧 강바닥의 진흙 같은 갈색으로 변했고, 더 짙은 진흙이 되며 나는 정신을 잃었다. 약기운이 머릿속에서 **이건 그렇게 나쁘지는 않군**이라고 속삭였다…….

파이팅 슈트는 가능한 한 육체의 많은 부분을 구할 수 있도록 설계되어 있다. 만약 당신이 팔이나 다리의 일부를 잃는다면, 사지의 16개소를 에워

256

싸고 있는 면도날처럼 날카로운 홍채 모양의 조리개가 액압(液壓) 프레스의 힘으로 닫히면서, 당신이 폭발적인 감압 때문에 사망하기 전에 손상을 받은 부분을 깨끗하게 절단하고 슈트를 밀폐하는 것이다. 그런 다음에는 외상 치료 장치가 절단면을 소작(燒灼)하고, 잃은 피를 보충해 주며, '기쁨 약'과 대(對) 쇼크제를 귀까지 차오를 정도로 주입한다. 따라서 당신은 기쁨에 휩싸인 채로 죽거나, 혹시 전우들이 전투에서 이겼을 경우에는 늦게 나마 모함의 응급실로 운반되는 것이다.

이번에는 내가 검은 솜에 감싸여 자고 있던 동안에 이긴 듯했다. 나는 응급실에서 깨어났다. 응급실은 환자로 가득 차 있었다. 나는 주욱 늘어선 간이침대 중 중간에 위치한 하나에 누워 있었다. 중간께였다. 어느 침대에도 외상 치료 장치에 의해 육체의 4분의 3(혹은 그 이하)을 건진 부상자들이 누워 있었다. 모함의 의사 두 명은 우리들을 무시하고 있었다. 그들은 밝게 조명된 수술대 옆에 서서 피의 제전에 몰두하고 있었다. 나는 오랫동안 그들을 바라보고 있었다. 밝은 빛에 눈을 가늘게 뜨고 보고 있자니, 그들의 녹색 수술복에 묻은 피는 검은 윤활유 같았고, 붕대로 감긴 몸은 그들이 수리하고 있는 기묘하게 말랑말랑한 기계처럼 보였다. 그러나 이 기계는 자는 도중에 비명을 올리고, 기계공들은 안심하라고 중얼거리며 기름투성이의 공구를 열심히 쓰고 있다. 나는 그 광경을 바라보았고, 잤고, 눈을 뜰 때마다 다른 장소에서 깨어났다.

마지막으로 눈을 떴을 때는 일반 병실에 누워 있었다. 나는 벨트로 꽁꽁 묶인 채 튜브를 통해 영양을 공급받고 있었다. 여기저기에 생체 센서 전극이 붙어 있었지만 의무병들은 눈에 띄지 않았다. 이 조그만 병실에 있는 사람은 나 말고는 옆 침대에서 자고 있는 메리게이뿐이었다. 그녀의 오른팔은 팔꿈치 바로 위에서 절단되어 있었다.

나는 그녀를 깨우는 대신 오랫동안 바라보기만 하며 감정을 정리해 보려고 했다. 진정제의 효과를 무시하려고 해 보았다. 그녀의 절단된 오른팔을 바라보았지만, 동정도 혐오도 느끼지 않았다. 억지로 전자의 감정을 느끼려 해 보았고, 그다음에는 후자를 시험해 보았지만, 아무 일도 일어나지 않았다. 마치 그녀가 언제나 그랬던 것 같은 느낌이었다. 약물일까, 조건 학습일까, 아니면 사랑일까? 기다려 보는 수밖에 없었다.

메리게이가 갑자기 눈을 떴다. 조금 전에 이미 잠에서 깼지만, 그녀가 내게 생각할 시간을 주려고 했다는 사실을 깨달았다. 그녀가 말했다.

"안녕, 부서진 장난감 병정 아저씨."

"기, 기분은 어때?"

참으로 적절한 질문이다.

메리게이는 자기 입술에 손가락을 대고 키스를 했다. 낯익은 제스처였다. 상념에 잠겨 있다는 표시이다.

"멍청하고, 마비된 느낌이야. 더 이상 군인 노릇을 할 필요가 없다는 사실이 기쁘고."

그녀는 미소 지었다.

"그 얘길 들었어? 우린 헤븐으로 가게 된대."

"아니. 거기 아니면 지구라고 생각하고는 있었지만."

"헤븐 쪽이 훨씬 나아."

그 무엇이라도 지구보다는 나을 것이다.

"벌써 도착했다면 얼마나 좋을까."

"얼마나 오래? 거기 가려면 얼마나 오래 걸리지?"

그녀는 몸을 뒤척이고 천장을 쳐다보았다.

"모르겠어. 아직 아무한테도 얘기를 안 들었어?"

"방금 깼거든."

"우리한테 제대로 말해 주지도 않았던 지령이 있었어. 상그레 이 빅토리아 호는 네 번의 작전을 수행하라는 명령을 받고 있어. 이 네 작전을 모두 완수할 때까지는 계속 싸워야 하는 거야. 혹은 더 이상 실질적인 전투가 불가능할 정도로 사상자 수가 늘어날 때까지 말이야."

"어느 정도까지 늘어야 하는데?"

"잘 모르겠어. 이미 우린 3분의 1 넘게 잃었어. 하지만 지금 우린 알레프-7을 향해 가고 있어. 팬티 습격이래."

이것은 토오란의 도구(가능하다면 포로) 수집을 주 목적으로 하는 작전을 가리키는 새로운 속어였다. 나는 이 용어가 어디서 왔는지를 알아보려고 했지만, 실로 바보스러운 설명을 하나 얻어들었을 뿐이었다.*

문을 노크하는 소리가 한 번 나더니 포스터 박사가 휙 들어왔다. 그는 손을 휘휘 저어 보였다.

"아직도 따로따로 **누워** 있다니? 메리게이, 난 자네가 좀 더 회복되어 있다고 생각했었는데 아닌가 보군."

포스터는 괜찮은 친구였다. 정열적인 호모였지만, 이성애에 대해서는 관대했다.

그는 메리게이의 상처를 검사해 보고, 다음에는 내 것을 보았다. 그는 말을 하지 못하게 할 샘인지 우리 입에 체온계를 쑤셔 넣었다. 그가 다시 말문을 열었을 때는, 심각하고 솔직한 어조로 바뀌어 있었다.

"감추지 않고 솔직하게 얘기해 주겠네. 두 사람 모두 귀까지 기쁨약에

---

* 팬티 습격(panty raid)이란 미국 대학의 남자 기숙생이 여자 기숙생으로 쳐들어가서 팬티를 빼앗아 오는 장난을 의미한다.

절어 있으니까, 약효가 떨어질 때까지는 각자가 잃은 것에 관해서도 전혀 걱정이 되지 않을 거야. 나 자신의 편의를 위해서 헤븐에 도착할 때까지 투약을 계속할 작정이네. 절단 수술을 받은 환자를 스물한 명이나 돌봐야 하니까. 스물한 명의 정신병 환자를 돌볼 여유는 없어.

즐길 여유가 있을 때 마음의 평화를 즐기게. 특히 자네들의 경우엔 앞으로도 함께 지낼 작정으로 있는 것 같으니까 말이야. 헤븐에서 받게 될 의수와 의족에는 전혀 문제가 없겠지만, 기계 의족이나 팔을 볼 때마다 상대방의 행운을 서로 부러워하게 될 거야. 상대방의 모습이 고통의 기억과 상실감을 불러일으키는 거지……. 일주일도 안 되어서 서로를 못 잡아먹어 으르렁거릴지도 몰라. 혹은 음울한 애정을 공유하며 남은 인생을 보낼지도 모르지. 혹은 그런 것들을 초월할 수 있을지도 몰라. 서로에게 힘을 주는 거지. 일이 잘 안 풀린다고 해서 낙담하지는 말게."

포스터는 체온계의 눈금을 읽고 노트에 메모를 했다.

"의사 말을 믿게. 자네 시대의 예스러운 기준에서 보면 조금 괴상한 의사라고 해도 말이야. 그걸 명심해 둬."

그는 내 입에서 체온계를 빼낸 다음 어깨를 가볍게 두드렸다. 공평하게 메리게이의 어깨도 두드렸다. 문가에서 그는 말했다.

"모함은 앞으로 약 여섯 시간 후에 콜랩서로 돌입하네. 간호병이 와서 가속 탱크에 넣어 줄 거야."

우리들은 탱크로 들어갔고(옛날에 쓰던 개인용 가속 셸에 비해 훨씬 더 편하고 안전했다) 테트-2의 콜랩서 필드로 돌입했다. 마이크로세컨드 후에 알레프-7에서 튀어나왔을 때 적 순양함의 공격을 피하기 위해 미친 듯한 50G의 회피 기동을 이미 시작하며.

예상대로 알레프-7 작전은 참담한 실패로 끝났고, 모함은 두 번의 작전에서 생긴 도합 54명의 전사자와 39명의 부상자를 태우고 비틀거리며 헤븐을 향해 갔다. 아직 싸울 수 있는 병사는 12명밖에 없었고, 그들조차도 도저히 전의에 불타고 있다고는 할 수 없었다.

헤븐으로 가기까지는 세 번의 콜랩서 점프가 필요했다. 어떠한 배도 전장에서 그곳으로 직접 가지는 않았다. 설령 이 우회에서 비롯된 지연으로 부상자가 더 사망하는 한이 있더라도 말이다. 헤븐은 지구와 더불어 토오란들에게 절대로 발각되어서는 안 되는 장소였다.

헤븐은 오염되기 전의 지구같은 아름다운 세계였다. 인류가 욕망이 아니라 애정을 가지고 지구를 대했더라면 아마 이렇게 되었을 것이다. 원시림, 새하얀 해변, 시원(始原) 그대로의 사막. 몇십 개 있는 도시들은 모두 환경에 완벽히 조화되고 있든가(그중 하나는 완전히 지하에 묻혀 있었다), 인간의 창의력을 넉살 좋게 자랑하고 있었다. 오세아누스(Oceanus)는 산호초 안에 있었고, 그 투명한 지붕은 깊이 6길의 물에 잠겨 있었다. 보레아스(Boreas)는 극지의 황야에 있는 깎아지른 듯한 산봉우리 위에 건조되어 있었다. 그리고 그 유명한 스카이(Skye)는 무역풍을 타고 대륙에서 대륙으로 떠다니는 거대한 휴양 도시였다.

우리는 다른 방문자들과 마찬가지로 정글 도시인 스레숄드(Threshold)에 착륙했다. 4분의 3이 병원인 이곳은 행성 최대의 도시였지만, 궤도상에서 셔틀을 타고 하강하며 내려다보더라도 그런 사실을 알 수는 없었다. 문명의 유일한 흔적이라고 해 보았자 갑자기 나타난 짧은 활주로 정도였고, 동쪽에서 뻗어오는 장중한 열대 우림과 서쪽으로 한없이 펼쳐진 대양에 비하면 이 조그만 흰색 길은 실로 하찮게 보였다.

일단 수목으로 이루어진 지붕 밑으로 내려와 보면, 쉽게 도시의 전모를 파악할 수 있다. 자연석과 나무를 쓴 낮은 건물들이 두께 10미터에 달하는 나무들 사이에 산재해 있었다. 집들은 돌을 깐 간소한 느낌의 오솔길로 연결되어 있었고, 넓고 구불구불한 산책길 하나는 해변까지 이어져 있었다. 햇볕은 나뭇잎 사이로 쏟아져 내리며 얼룩덜룩한 그림자를 드리웠고, 공기에는 달콤한 숲의 향기와 톡 쏘는 듯한 바다 내음이 뒤섞여 있었다.

나중에 들은 바로는 이 도시는 200평방킬로미터에 걸쳐 뻗어 나가고 있으며, 걸어가기에 너무 먼 곳까지는 지하철을 타고 갈 수 있다고 했다. 스레숄드의 생태계 균형은 극히 주의 깊게 관리되고 있었다. 바깥쪽 정글을 닮아 있었지만, 위험하거나 불편한 인자는 모두 배제되어 있었다. 강력한 반발(pressor) 필드가 대형 육식 동물이나 내부 식물의 건강 유지에 불필요한 곤충들의 침입을 막고 있는 것이다.

우리들은 걷거나, 절뚝거리거나, 바퀴 달린 침대에 실린 채로 가장 가까운 건물로 갔다. 그곳은 병원의 접수 구역이었다. 병원의 나머지 부분은 아래쪽, 지하 30층까지의 공간을 차지하고 있었다. 각 환자는 검사를 받고 개인 병실을 할당받았다. 나는 메리게이와 함께 2인용 방을 받아 보려고 했지만, 그런 설비는 없었다.

'지구년'으로는 2189년이었다. 따라서 나는 215살이었다. 하느님 맙소사, 저 괴팍한 노인장 좀 보게나. 기부금을 걷어야겠군. 아니, 사실 그럴 필요는 없었다. 나를 검사했던 의사는 지금까지 축적된 내 봉급이 지구에서 헤븐으로 이체될 것이라고 했다. 복리 이자를 합쳐서 말이다. 나는 억만장자가 되기 일보 직전이었다. 헤븐에서는 그 돈을 쓸 방법을 얼마든지 찾을 수 있을 것이라고 의사가 말했다.

중상자들부터 우선적으로 치료를 받았기 때문에 내가 수술을 받은 것은 며칠 후의 일이었다. 수술 후 병실에서 깨어났을 때 나는 잘려 나간 다리에 의족이 붙어 있는 것을 보았다. 관절이 달린 반짝거리는 금속제 의족이었고, 관련 지식이 없는 내 눈에는 발과 다리의 골격과 똑같이 보였다. 실로 소름 끼치는 물건이었다. 의족은 액체가 가득 찬 투명한 주머니 속에 들어 있었고, 전선이 침대 발치의 기계까지 이어져 있었다.

간호병이 문을 열고 들어왔다.

"기분이 어떠십니까, 소위님?"

나는 그 '소위님' 어쩌고 하는 헛소리를 그만두라고 대꾸할 뻔했다. 이제는 제대하신 몸이고 다시는 군대에 돌아갈 생각도 없었기 때문이다. 그러나 이 사내에게는 상대방의 계급이 자신보다 높다고 생각하게 만드는 편이 나을지도 모른다.

"모르겠어. 조금 아프군."

"좀 있으면 지독하게 아파 올 겁니다. 신경이 자라기 시작하면 말입니다."

"신경?"

"옙."

그는 기계를 조작하며 반대쪽 계기를 읽고 있었다.

"신경이 통해 있지 않는 다리로 뭘 할 수 있단 말입니까? 그럼 그냥 매달려 있기만 할 텐데요."

"신경? 보통 신경 말인가? 그럼 내가 '움직여'라고 생각하면 이 물건이 움직여 준단 말이야?"

"물론이죠."

간호병은 의아한 눈초리로 나를 쳐다보다가 곧 다시 기계를 조정하기 시작했다.

세상에 이렇게 놀라울 수가.

"보철술(補綴術)도 그 사이에 정말 발달했군."

"보…… 무슨 술이라고요?"

"그러니까, 인공 사지……"

"오, 그거 말이군요. 책에서 읽은 적이 있습니다. 나무다리나 갈고리 따위 말이죠."

이 작자는 어떻게 이 일자리를 얻을 수 있었을까?

"맞아. 그게 보철술이야. 잘려 나간 내 다리 끝에 지금 달려 있는 물건이지."

"저, 소위님."

그는 그때까지 끼적거리고 있던 회람판을 내려놓고 말을 이었다.

"정말 오랫동안 우주에 계셨던 모양이군요. 저 물건은 나중에 진짜 다리가 될 겁니다. 부러지지 않는다는 점을 제외하면, 다른 다리와 똑같아진다는 뜻입니다."

"그럼 팔도 마찬가진가?"

"물론이죠. 사지는 다 똑같습니다."

그는 다시 뭔가를 기입하기 시작했다.

"간, 신장, 위, 기타 무엇이라도. 심장과 폐는 아직도 연구 중이니까 지금은 기계식 대용 장기를 써야 합니다만."

"실로 환상적이군."

메리게이도 다시 원래의 온전한 몸으로 돌아갈 수 있는 것이다.

간호병이 어깨를 으쓱했다.

"그럴지도 모르겠군요. 제가 태어나기 전부터 이미 이런 식이었습니다만. 소위님은 연세가?"

내가 대답하자, 그는 휘파람을 불었다.

"세상에. 그럼 개전 때부터 참가하고 있단 얘기가 아닙니까."

그의 악센트는 매우 기묘하게 들렸다. 개개의 단어는 모두 정확했지만, 발음법이 전부 틀렸던 것이다.

"응. 엡실론 공격에도 참가했지. 알레프 0에서 말이야."

콜랩서에는 발견한 순서대로 히브리어의 알파벳을 붙이는 것이 관례였지만, 곧 콜랩서가 여기저기에서 우후죽순처럼 발견되자 곧 글자가 모자라게 되었다. 그래서 그다음부터는 글자 뒤에 번호를 붙이게 된 것이다. 마지막으로 내가 들은 바로는 요드-42까지 생겼다고 한다.

"우와아, 정말 옛날 얘기로군요. 처음에 지구는 어땠습니까?"

"잘 모르겠군. 덜 붐볐고, 환경도 괜찮았어. 1년 전에 다시 지구로 돌아갔지. 빌어먹을, 벌써 1세기 전의 얘기로군. 보는 시점에 따라 그렇다는 얘기야. 지구의 상황이 너무 나빴기 때문에 난 재입대했던 거야. 전부 좀비들로 가득 차 있었지. 기분 나빠 하진 말게."

그는 어깨를 으쓱해 보였다.

"한 번도 가 본 적이 없습니다. 지구에서 온 사람들은 향수를 느끼는 것 같더군요. 아마 좀 나아졌는지도 모르죠."

"뭐라고? 그럼 자넨 다른 행성에서 태어났단 말인가? 여기 헤븐에서?"

내가 그의 악센트를 못 알아들었던 것도 당연하다.

"여기서 태어나서 자라고 징집받았습니다."

그는 호주머니에 다시 펜을 꽂고 회람판을 접어서 수첩만 하게 만들었다.

"그렇습니다, 중위님. 3세대째의 천사(angel)입니다. UNEF 최고의 행성에서 태어난 거죠."

그는 UNEF의 글자를 하나하나씩 발음했고, 내가 언제나 들어 왔던 것처럼 '유네프'라고 발음하지는 않았다.

"어, 이제 가야겠습니다, 소위님. 한 시간 동안 점검할 모니터가 두 대 더 남아 있거든요."

그는 뒷걸음질 쳐서 문을 나갔다.

"뭔가 필요하시다면 저 테이블 위에 버저가 있습니다."

3세대 천사라. 그의 조부모는 지구에서 왔다는 얘기가 된다. 아마 내가 100살쯤 되는 애송이였을 때의 일이었을 것이다. 내가 등을 돌리고 있던 동안 인류는 도대체 몇 개의 행성을 식민화했던 것일까. 팔을 잃으면, 새 걸 키우라고?

어딘가에 뿌리를 내리고 1년을 1년으로서 살 수 있다면 얼마나 좋을까.

지독하게 아플 거라던 간호병의 말은 거짓이 아니었다. 또 다리만 그랬던 것이 아니었다. 물론 그것도 기름이 끓는 것처럼 아프기는 했지만, 새로운 세포 조직이 '돋아나기' 위해서는, 이질적인 세포에 대한 내 몸의 저항을 억누를 필요가 있었던 것이다. 암이 대여섯 개 발생했고, 각 부위마다 따로따로 치료를 받는 고통을 감수해야만 했다.

나는 녹초가 되어 있었지만, 여전히 다리가 자라는 광경에 매료되어 있었다. 하얀 실들은 혈관과 신경으로 변했고, 처음에는 좀 느슨하게 매달려 있었지만, 금속 뼈 주위에 근육이 붙으면서 곧 제자리에 들어갔다.

곧 다리가 자라는 광경에 익숙해졌기 때문에, 더 이상 불쾌감은 느끼지 않았다. 그러나 메리게이가 나를 방문했을 때는 쇼크를 받았다. 그녀는 새로운 팔의 피부가 돋기도 전에 돌아다녀도 좋다는 허가를 받고 있었던 것이다. 마치 걸어 다니는 해부 표본처럼 보였다. 그러나 나는 곧 충격을 극복했고, 그녀는 매일 병실로 와서 몇 시간 동안 머무르며 게임을 하거나, 잡담을 하거나, 그냥 곁에 앉아서 책을 읽다가 가곤 했다. 그러는 중에도 그녀의 팔은 투명한 플라스틱제 깁스 안에서 천천히 자라고 있었다.

내 경우에는 피부가 생겨난 지 일주일이 지난 뒤 새 다리에서 깁스와 기계를 떼어 냈다. 구역질이 날 정도로 추했다. 털도 안 나 있고 시체처럼 하얀 데다가 철봉처럼 굳어 있었다. 그러나 어떻게든 움직일 수는 있었다. 일어나서 발을 질질 끌면서 돌아다닐 수는 있었으니까.

나는 '거리 및 운동 패턴 재정립'(이 말은 끝없이 이어지는 고문을 듣기 좋은 말로 표현한 것이었다)을 위해 정형외과로 이송되었다. 나는 옛 다리와 새 다리를 동시에 굽히는 기계에 결박되었다. 새 다리는 그 움직임에 저항했다.

메리게이도 근처에 있는 부서에서 팔을 규칙적으로 비틀리고 있었다. 나보다도 한층 더 힘들었음에 틀림없다. 매일 오후 옥상의 햇빛이 언뜻언뜻 비치는 장소로 가서 일광욕을 하기 위해 아래층에서 만났을 때 언제나 핏기가 없는 초췌한 모습을 하고 있었기 때문이다.

시간이 흘러감에 따라 치료는 고문이라기보다는 점점 격렬한 운동에 가까워졌다. 날씨가 좋으면 우리는 반발 필드로 보호되고 있는 잔잔한 바다에서 매일 한 시간씩 헤엄을 쳤다. 나는 땅 위에서는 아직도 절뚝거렸지만, 물속에서는 상당히 자유롭게 움직일 수 있었다.

헤븐에서 우리가 유일하게 맞닥뜨렸던 진짜 자극은(전투로 둔해진 우리 감수성을 자극할 수 있었던 것은) 이 주의 깊게 보호된 바닷속에 있었다.

우주선이 착륙할 때마다 반발 필드를 한순간 끌 필요가 있었다. 그러지 않는다면 그냥 바다 너머로 튕겨 나갈 테니까 말이다. 그래서 이따금 동물이 침입하곤 했지만, 위험한 육상 동물은 그러기에는 움직임이 너무 느렸다. 바다에서는 얘기가 달랐다.

헤븐의 바다를 석권하고 있는 왕자가 천사들이 발작적으로 독창성을 발휘하여 '상어'라고 이름 붙인 괴물이라는 점에는 반론의 여지가 없었다. 그러나 이놈은 지구의 상어 몇 마리를 아침밥 대신 먹어 치울 수 있을 것이다.

침입해 온 것은 보통 크기의 백상어였다. 지난 며칠 동안 반발 필드 주위를 배회하며, 필드 안에서 그 많은 단백질들이 철벅거리며 물장구를 치는 것을 보고 안절부절못하던 놈이다. 다행히도 반발 필드가 끊어지기 2분 전에 경보 사이렌이 울리게 되어 있었으므로 그놈이 쏜살같이 헤엄쳐 왔을 때 물속에는 아무도 없었다. 정말 쏜살같이 왔다는 말이 걸맞았다. 헛물을 켜기는 했지만 거의 모래사장 위까지 튀어 올라왔을 정도로 광포한 돌격이었다.

그놈은 전장 12미터의 유연한 근육 덩어리였고, 한쪽에는 면도날처럼 날카로운 꼬리, 반대쪽에는 사람 팔 길이의 이빨이 잔뜩 달려 있었다. 노랗고 커다란 구형의 눈은 머리에서 위로 1미터 이상 자라 있는 두 개의 줄기 끝에 달려 있었다. 아가리는 터무니없이 넓었고, 벌린 상태에서 사람 하나가 들어가 서 있을 수 있을 정도였다. 그런다면 장래에 손자들에게 자랑하기에 딱 걸맞은 박력 있는 사진이 나올 것이다.

다시 반발 필드를 끄고 그놈이 나가 줄 때까지 기다리고 있을 수는 없었다. 그래서 레크리에이션 위원회는 상어 사냥대를 모집했다.

거대한 물고기의 오르되브르(前菜)가 되어 주고 싶은 마음은 별로 없었지만, 플로리다에서 어린 시절을 보내며 작살로 물고기를 많이 잡아 본 기억이 있는 메리게이는 이 모험에 흥분해 마지않았다. 그들이 어떤 사냥법을 쓰는지를 들은 다음에는 나도 이 개그에 참가하기로 했다. 충분히 안전하다는 느낌을 받았기 때문이다.

이들 '상어'는 보트에 탄 사람은 결코 공격하지 않는 것으로 되어 있었다. 내 경우와는 달리 확실하지 않은 이 얘기를 굳게 믿은 사람 둘이 노 젓는 보트를 타고 반발 필드 가장자리까지 갔다. 오직 쇠고기 한 덩어리만으로 무장하고. 그들은 고깃덩어리를 발로 차서 뱃전 너머로 떨어뜨렸다. 상어는 순식간에 그곳으로 가 있었다.

이것이 오락 시간의 시작을 알리는 신호였다. 오리발, 마스크, 호흡 장치를 단 채 작살 하나씩을 들고 해변에서 대기하고 있었던 멍청이들은 모두 스물세 명이었다. 그러나 작살은 상당히 강력한 놈이었다. 제트추진식에다가 고성능 폭약 탄두가 달려 있었으니까.

우리는 철벅거리며 바다로 들어갔고, 고기를 먹고 있는 괴물을 향해 바닷속을 밀집 대형으로 나아갔다. 놈은 우리를 처음 보았을 때도 공격하려고 하지는 않았다. 그러는 대신 상어는 뒤로 자기 먹이를 감추려고 했다. 아마 우리를 상대하는 사이 혹시 몇몇이 뒤로 슬쩍 돌아가서 자기 먹이를 훔쳐 먹지 않도록 하기 위해서 그랬을 것이다. 그러나 깊은 바다로 돌아가려고 할 때마다 상어는 반발 필드에 부딪혔다. 점점 열을 받고 있는 것을 알 수 있었다.

마침내 상어는 쇠고기를 놓아두고 뒤로 홱 몸을 돌린 다음 돌진해 왔다. 멋진 스포츠였다. 1초 전만 해도 손가락만 했던 것이, 다음 순간에는 곁에 있는 사람만 해지고, 급속하게 접근해 오는 것이다.

아마 열 개쯤 되는 작살이 명중했던 것 같았고(내 것은 맞지 않았다) 상어는 갈가리 찢어졌다. 그러나 전문가의(혹은 재수 좋은 친구의) 작살 하나가 대가리에 명중해서 뇌와 한쪽 눈을 날려 보낸 후에도, 상어는 산산조각 난 살과 내장의 반을 피와 함께 뒤로 길게 끌며 우리 대형에 격돌했고, 한 여자를 그 끔찍한 턱으로 꽉 물어서 그녀의 다리를 분쇄해 버렸다. 그제야 상어는 자기가 죽었다는 사실을 깨달은 듯했다.

우리는 아직 숨이 붙어 있는 여자를 해변으로 끌어올렸다. 구급차가 대기하고 있었다. 그들은 그녀에게 대용 혈액과 진정제를 투여한 다음 급히 병원으로 운반했다. 결국 그녀는 살아남았고, 새로운 다리를 키우는 고통을 감수해야 했다. 나는 이제부터 물고기 사냥은 다른 물고기에게 맡겨 두리라고 결심했다.

일단 물리 치료를 참을 만하게 된 다음에는 스레숄드 생활도 상당히 즐거웠다. 군대 규율 따위는 없었고, 읽을 책도 많았으며, 심심풀이 오락거리도 얼마든지 있었다. 그러나 좀 시시해진 것도 사실이었다. 우리가 제대한 것이 아니라는 사실은 명백했기 때문이다. 우리는 다시 전선으로 되돌려 보내기 위해 수리 중인 부서진 기계에 불과했다. 메리게이와 나는 앞으로 3년 동안 소위로 복무해야 한다.

그러나 손발이 완전히 나았다는 선언을 받은 날부터 우리에게는 여섯 달 동안의 휴식과 레크리에이션이 주어졌다. 메리게이는 내가 완전히 낫기 이틀 전에 이미 퇴원했지만, 내가 나올 때까지 기다려 주었다.

그때까지 모인 내 급료는 8억 9274만 6012달러에 달했다. 다행히도 자루에 담은 지폐로 지급받지는 않았다. 헤븐에서는 전자 크레디트 이체 제도가 시행되고 있었기 때문에, 나는 디지털 표시창이 달린 조그만 기계만 가지고 다니면 됐다. 뭔가를 사고 싶으면 매장 크레디트 넘버와 구입 금액만 누르면 되는 것이다. 그 돈은 자동적으로 내 구좌에서 상점 구좌로 이체된다. 기계는 얇은 지갑만 했고, 당사자의 지문에만 반응했다.

헤븐의 경제는 휴식, 휴양을 위해 끊임없이 유입되는 몇천 명의 백만장자 병사들에 의해 성립하고 있었다. 가벼운 식사 한 번에 100불이 들고, 하룻밤 잘 방을 빌리려면 적어도 그 열 배는 내야 한다. 헤븐을 건설하고 소유하는 것이 UNEF임을 감안하면, 이 폭주하는 인플레이션이 축적된 우리의 급료를 경제 주류에 되돌려 놓기 위한 간단한 방법이라는 점은 명명백백했다.

우리는 휴가를 즐겼다. 필사적으로 즐겼다. 우리는 비행기와 캠프 장비를 빌려 몇 주 동안 행성 곳곳을 탐험했다. 얼음장처럼 차가운 강에서 헤엄쳤고, 푸르른 정글 속을 기듯이 전진했다. 초원, 산맥, 극지의 황야, 사막.

각자의 개인용 반발 필드를 조절하면 외부 환경으로부터 완전히 보호받는 일도 가능했다. 벌거벗은 채로 눈보라 속에서 잔다든지, 혹은 직접 자연을 경험한다는 선택도 있었다. 메리게이의 제안에 따라, 우리가 문명에 돌아오기 전에 마지막으로 한 일은 사막에 우뚝 솟은 산봉우리 정상으로 올라가는 일이었다. 감수성을 높이기 위해(혹은 우리의 지각을 왜곡시키기 위한 것이었는지, 아직도 모르겠다) 며칠 동안 단식을 하고, 타오르는 작열하는 열기 속에서 등을 맞대고 앉아 생명의 완만한 흐름에 관해 묵고했다.

그런 다음엔 다시 사치스런 생활로 되돌아왔다. 우리는 행성의 모든 도시를 관광했다. 이들 모두가 제각기의 매력을 가지고 있었지만, 결국 우리는 남은 휴가를 마저 보내기 위해 스카이로 돌아왔다.

스카이에 비하면 헤븐의 나머지 지역은 지하 바겐세일 매장이나 마찬가지였다. 하늘을 나는 이 환락 돔을 근거지로 놀았던 4주 동안, 메리게이와 나는 각각 5억 달러 이상을 썼다. 도박을 했고(하룻밤 새에 100만 달러 이상을 잃은 적도 종종 있었다), 이 행성에서 입수할 수 있는 최고의 요리와 술을 음미했고, 우리들의 (시인해야 할 것이다) 고풍스러운 취미에는 너무 기괴하지 않은 범위 내에서 모든 서비스와 상품을 써 보았다. 우리는 각자 전속 하인을 고용했다. 이들의 월급은 소장의 그것보다 더 많았다.

이미 말했듯이 필사적으로 즐겼던 것이다. 전쟁의 양태가 근본적으로 바뀌지 않는 한, 3년 후까지 우리가 살아남을 가능성은 극미(極微)에 가까웠다. 우리는 치명적인 병에 걸렸지만 놀랄 정도로 건강한 병자였고, 일생동안 느낄 감각을 반년 안에 경험하려 하고 있었다.

그러나 적지 않은 위안이 있기는 했다. 남은 여생이 아무리 짧더라도, 적어도 우리는 함께 지낼 수 있기 때문이다. 왠지 모르게 그런 위안마저 뺏길 가능성도 있다는 생각은 단 한 번도 한 적이 없었다.

우리가 스카이의 투명한 '1층'에서 발밑으로 흘러가는 대양을 바라보며 가벼운 점심을 즐기고 있었을 때, 메신저가 성큼성큼 들어오더니 봉투 두 개를 건넸다.

메리게이는 대위로 진급했고, 나는 소령이 되어 있었다. 우리의 군대 경력과 스레숄드에서 받은 테스트 결과에 입각한 결정이었다. 나는 중대장이었고, 그녀는 중대 부관이었다.

그러나 같은 중대가 아니었다.

그녀는 이곳 헤븐에서 바로 편성되는 새로운 중대로 배속되었다. 나는 지휘관이 되기 전에 스타게이트로 돌아가서 '교리 주입 및 교육'을 받으라는 명령을 받고 있었다.

오랫동안 우리는 아무 말도 하지 못했다.

"이의를 제기하겠어."

나는 힘없는 목소리로 말했다.

"내게 억지로 지휘관 역할을 맡길 수는 없어. 지휘관으로 만들 수는."

메리게이는 아직도 충격에서 헤어나지 못하고 있었다. 이것은 단순한 이별이 아니었다. 설령 전쟁이 끝나고 우리가 우주선을 타고 불과 몇 분의 차이를 두고 지구를 향해 떠난다고 해도, 콜랩서 점프의 기하학은 우리들 사이에 세월을 쌓아 올릴 것이다. 상대방보다 늦게 지구에 도착해 보니 먼저 온 쪽은 이미 반세기나 더 나이를 먹었거나, 혹은 이미 죽어 있을 가능성이 더 많았다.

우리는 잠시 동안 아무 말도 없이 앉아 있었다. 최고급 요리에도 손을 대지 않고, 우리 주위와 아래쪽의 아름다운 풍경에도 눈을 주지 않은 채로, 오로지 상대방만을, 그리고 우리를 죽음만큼 확실한 심연으로 갈라 놓은 두 장의 종이만을 의식하고 있었다.

우리는 스레숄드로 되돌아갔다. 나는 항의했지만 묵살당했다. 메리게이를 내 중대 부관으로 배속시키려고 해 보았지만, 내 부하들은 이미 정해져 있다는 대답을 들었다. 나는 그 부하들 대다수가 아마 아직 태어나지도 않았을 것이라는 점을 지적했다. 그럼에도 불구하고 "이미 정해진 일이다." 라고 그들은 말했다. 내가 스타게이트에 도착하려면 거의 1세기나 걸릴 것이라고 나는 말했다. 타격 부대 사령부는 세기 단위로 **계획**을 세운다는 대답이 돌아왔다.

인간 위주로 계획을 세우지는 않는 것이다.

우리는 한 낮과 한 밤을 함께 지냈다. 그 일에 관해서는 가능한 한 얘기하고 싶지 않다. 단순히 연인을 잃는 것이 아니었다. 메리게이와 나는 각자가 뒤에 남기고 온 현실 세계, 1980년대와 1990년대의 지구에 대한 유일한 연결고리였다. 그 세계는 지금 우리가 지키기 위해 싸우고 있는 빙퉁그러지고 그로테스크한 세계가 아니었다. 그녀가 탄 셔틀이 이륙했다. 마치 묘혈로 관이 떨어지는 듯한 느낌이었다.

나는 컴퓨터 시간을 징발해서 그녀가 탄 배의 궤도와 출발 시각을 알아냈다. 그리고 '우리의' 사막에서 그녀가 떠나는 광경을 볼 수 있다는 사실을 알았다.

나는 우리가 함께 단식했던 뾰족한 산봉우리에 착륙했고, 서쪽 지평선 너머로 새로운 별이 생겨나는 것을 바라보았다. 별은 한순간 섬광을 발했고, 행성에서 점점 멀어짐에 따라 빛도 스러지며 보통 별로 변했고, 희미한 별로 변했고, 곧 사라졌다. 나는 정상 가장자리로 걸어갔고, 깎아지른 듯한 바위 절벽에서 500미터 아래로 희미하게, 물결치듯이 계속되는 얼어붙은 사구(砂丘)를 내려다보았다. 가장자리에 앉아 다리를 건들거렸다. 아무런 생각도 하지 않고 있었다. 이윽고 여명의 빛이 비스듬하게 비쳐 오며 부드럽고 매혹적인 명암을 배합한 얕은 돋을새김처럼 이들 사구를 드러냈다. 나는 두 번 몸을 기울이며 뛰어내리려고 했다. 그러지 않았던 것은, 고통이나 상실이 두려워서가 아니었다. 고통은 한순간의 밝은 불꽃일 뿐이고, 나를 상실하는 것은 군대일 뿐이다. 그리고 그것은 나에 대한 군대의 궁극적인 승리가 될 것이다. 그렇게도 오랫동안 내 인생을 관할해 오다가, 드디어 최후의 일격을 가하는 꼴이다.

적을 봐서라도 그럴 수는 없었다.

만델라 소령

서기 2458-3143년

고등학교 생물 시간 때 들었던 옛날 실험은 어떤 것이었더라? 우선 플라나리아 한 마리에게 미로 속을 헤엄치는 방법을 가르친다. 그런 다음 그놈을 짓이겨서 헤엄 따위는 칠 줄 모르는 다른 플라나리아에게 먹인다. 아니, 이럴 수가! 그럼 훈련받지 않은 플라나리아도 미로 속을 헤엄칠 수 있게 된다.

나도 맛대가리 없는 소장(少將)을 실컷 먹어야 했던 탓에 입맛이 썼다.

물론 그 기술은 내 고교 시절 때보다는 더 진보했을 터였다. 시간 팽창 효과 덕택에 연구 및 개발에 대략 450년을 쓸 수 있었을 테니까.

스타게이트에서 내가 받은 명령서는 내가 나 자신의 '타격 부대'(그들은 중대라는 말 대신 여태 이 용어를 쓰고 있었다)의 지휘를 맡기 전에, 이른바 '교리 주입 및 교육'을 받을 것을 지시하고 있었다.

스타게이트에서는 내 교육을 위해 소장들을 잘게 다져 크림소스를 곁들여 내놓거나 하지는 않았다. 그들이 3주 동안 나한테 먹인 거라곤 포도당,

자나 깨나 포도당뿐이었다. 포도당과 전기 자극.

그들은 내 몸에 난 털이란 털을 전부 면도로 밀어 버리고 주사 한 대로 내 몸을 행주처럼 축 늘어지게 만들었으며, 머리와 몸에 몇십 개나 되는 전극을 부착하고 산소가 첨가된 플루오로카본 탱크에 나를 담근 다음 ALSC에 접속시켰다. ALSC란 가속 생체 상황 컴퓨터(accelerated life situation computer)의 약자이다. 이것 때문에 나는 눈코 뜰 새 없이 바빠졌다.

이 기계가 내가 그때까지 배웠던 전쟁(이건 표현이 좀 그렇군) 기술을 전부 검토하는 데는 아마 10분밖에 걸리지 않았을 것이다. 그런 다음 기계는 새로운 교육에 착수했다.

나는 돌멩이에서 노바(新星) 폭탄까지를 망라한 온갖 무기를 쓰기 위한 최상의 방법을 배웠다. 단지 머리로 이해하기만 한 것이 아니다. 전극은 바로 그 목적을 위해 있었던 것이다. 사이버네틱스로 제어되는 네거티브 피드백에 입각한 운동 감각. 나는 손에 쥔 무기를 느꼈고, 내가 그것을 사용하는 광경을 바라보았다. 그리고 그 무기를 완벽히 쓸 수 있을 때까지 훈련을 되풀이했다. 환영은 완전무결했다. 나는 마사이족 전사들과 함께 어떤 마을을 습격하며 투척기로 창을 날렸다. 내 몸을 내려다보니 호리호리하고 검었다. 나는 18세기의 프랑스풍 저택 안뜰에 서서, 멋들어진 옷을 차려입은 잔인한 인상의 사내로부터 에페*를 배웠다. 나는 샤프스 라이플을 쥐고 나무 위에 앉아 빅커스버그**로 통하는 진흙투성이 들판을 포복 전진해 오는 푸른 군복 차림의 사내들을 저격했다. 3주 만에 나는 몇 개 연

---

* 끝이 날카로운 펜싱용 검의 일종.
** 미국 미시시피 주의 도시. 남북 전쟁의 격전지.

대분의 전자적 유령을 죽였다. 내게는 1년 이상으로 느껴졌지만, ALSC는 시간 감각에 기묘한 영향을 끼친다.

쓸모없는 이국풍 무기의 사용법을 배우는 일은 훈련의 일부분에 지나지 않았다. 사실 그것은 편한 축에 속했다. 왜냐하면 운동 감각을 자극받고 있지 않을 때 기계는 내 몸을 완전히 마비시킨 채 4000년분의 전쟁사 및 군사 이론으로 내 대뇌를 폭격했던 것이다. 게다가 어느 것도 절대로 잊어 버릴 수가 없었다! 적어도 탱크 안에 잠겨 있는 동안은.

스키피오 아에밀리아누스가 누군지 아는가? 난 몰라. 제3차 포에니 전쟁의 영웅이다. "전쟁이란 위험 부담의 영역에 속하므로, 그 무엇보다도 중요한 전사의 자질은 용기이다"라고 폰 클라우제비츠는 주장했다. 그리고 나는 이 시적 문구를 결코 잊지 못할 것이다. "선발대는 통상적으로 소대 지휘반의 선도 아래 종대(縱隊)를 짜고 전진하며, 레이저 분대, 중화기 분대, 그리고 잔존 레이더 분대가 그 뒤를 따른다. 종대의 측면 방위는 관찰에 의존하지만, 지형이나 시계(視界)의 상태가 양 측면의 안전 확인을 위한 소규모 분견대의 파견을 요구할 경우 선발대 지휘관은 소대 선임하사를 차출……" 운운. 이건 『타격부대 소부대 지휘관용 핸드북』에 실려 있었다. 길이가 마이크로필름 카드 두 장을 가득 채울 정도, 그러니까 무려 2000페이지에 달하는 책을 핸드북이라고 부를 수 있다면 얘기지만.

혐오스러운 분야에서 팔방미인적인 전문가가 되고 싶다면, UNEF에 입대해서 장교 훈련을 받으면 된다.

모두 합쳐서 119명, 그중 내가 책임을 져야 할 인원은 118명이었다. 나 자신은 포함시켰지만 함장을 뺐다. 그녀라면 자기 자신쯤은 책임질 수 있을 것이다.

ALSC 훈련이 끝난 다음 주어진 2주 동안의 신체 회복 기간 중에도 부하

편성표

감마 타격부대
사데-138 작전

제1계급:	만델라 소령	안토폴 함장		
제2계급:	무어 대위			
제3계급:	힐보 중위			
제4계급:	라일랜드 소위 러스크 소위 얼세버 소위, M.D.			
제5계급:	보그슈테트 소위	브릴 소위	게이너 소위	하이모프 소위
제6계급:	웹스터 중사	길리스 중사	에이브람스 중사	돌 중사
제7계급:	돌린스 하사 겔러 병장	벨 하사 칸 병장	앤더슨 하사 캘빈 병장	노이에스 하사 스프래그스 병장
제8계급:	보아스 상병 링게만 상병 로즈베어 상병 울프, R. 상병 린 일병 시몬스 일병 위노그라드 일병 브라운 일병 블룸퀴스트 일병 윙 일병 루리아 일병 그로스 일병 아사디 일병 호만 일병 폭스 일병	와이너 병장 아이클 상병 션 상병 슈빅 상병 덜 상병 페를로프 상병 모니헌 일병 프랭크 일병 그로바르 일병 오를란스 일병 마이어 일병 쿼튼 일병 힌 일병 스탕달 일병 에릭스 일병 보라 일병	밀러 상병 라이즈만 상병 커플링 상병 로스토 상병 헌팅턴 상병 데 솔라 상병 풀 상병 네팔라 일병 슈바 일병 울라노프 일병 셀리 일병 린 일병 슬래어 일병 솅크 일병 딜스트라 일병 레비 일병	콘로이 상병 야카타 상병 버리스 상병 코헨 상병 그레이엄 상병 쇼엘플레 일병 울프, E. 일병 카르코슈카 일병 마제르 일병 디쥬조바 일병 아르맹 일병 볼레 일병 존슨 일병 오르브레히트 일병 카이반다 일병 츄디 일병

지원: 윌리엄스 중위(항법), 자르빌 소위(의무), 라소넨 소위(의무), 윌버 소위(심리), 스지들로프스카 소위(정비), 가프첸코 소위(병기), 게도 소위(통신), 김 소위(컴퓨터), 에번스 상사(의무), 로드리게스 상사(의무), 코스티디노프 상사(의무), 르와브워고 상사(심리), 블라진스키 상사(정비), 터핀 상사(병기), 카레라스 중사(의무), 쿠즈네초프 중사(의무), 와루잉케 중사(의무), 로하스 중사(의무), 보토스 중사(정비), 오번 중사(취사), 므부구아 중사(컴퓨터), 페리스 하사(의무), 실즈 하사(정비), 안겔로프 하사(병기), 부긴 하사(컴퓨터), 다보르그 병장(의무), 코리아 병장(의무), 카즈디 병장(섹스), 발데스 병장(섹스), 무랑가 병장(병기), 코티시 상병(정비), 루드코스키 상병(취사), 민터 상병(병기).

스타게이트 우주군 사령부 승인 2458년 3월 12일.

지휘관 귀하:
우주군 준장 올가 토리셰바

를 만나지는 않았다. 최초의 중대 소집이 있기 전에 시간 적응 담당 장교에게 출두해야 한다는 지시를 받았기 때문이다. 서기에게 면회를 요청하자 통해 저녁 식사 후 레벨6의 장교 클럽에서 만나자는 대답이 돌아왔다.

　나는 저녁 식사까지 함께 해결할 심산으로 일찌감치 레벨6으로 갔다. 그러나 장교 클럽에는 안주 정도밖에 없었다. 그래서 나는 어딘가 에스카르고 비슷해 보이는 버섯을 우적우적 씹었고, 나머지 칼로리는 알코올의 형태로 섭취했다.

　"만델라 소령?"

　나는 일곱 잔째의 맥주를 마시느라 바빠서 대령이 다가오는 것을 미처 보지 못했다. 내가 자리에서 일어나려 하자 그는 그냥 앉아 있으라고 손짓했고, 건너편 의자에 털썩 앉았다.

　"자네한테 감사해야겠군. 이 따분한 밤을 어떻게 지내면 좋을까 하고 고민하던 참이었으니까 말이야. 적어도 그 반은 자네가 구해 줬네."

　대령이 손을 내밀었다.

　"잭 카이녹이야. 반갑군."

　"대령님……"

　"대령님 운운하지는 말아 줘. 나도 자네한테 소령 운운하지는 않을 테니까. 우리 같은 화석들은…… 우리 자신의 방식을 유지해야 하는 법이지. 윌리엄."

　"좋습니다."

　그는 내가 들어 본 적도 없는 술을 주문했다.

　"자, 그럼 어디서부터 시작할까? 기록에 의하면 자네가 마지막으로 지구에 간 건 2007년이라고 되어 있군."

　"맞습니다."

"별로 마음에 들진 않았겠군, 안 그런가?"

"예."

좀비들, 행복한 로봇들.

"흐음, 그 이후로 좀 나아졌지. 그러다가 다시 나빠졌지만. 고마워."

마지막 말은 그가 주문한 술을 가져온 일병에게 한 말이었다. 유리잔 바닥에서는 녹색이고, 위로 갈수록 밝은 연두색으로 바뀌는 발포성 칵테일이었다. 그는 그것을 한 모금 마신 다음 말을 이었다.

"그런 다음 또 좋아졌다가, 또 나빠졌어. 그러다가…… 이유는 잘 모르겠네. 주기적이라고나 할까."

"그럼 지금은 어떻습니까?"

"흐음……. 나도 확실히는 모르겠군. 보고서는 산더미처럼 쌓여 있지만, 거기서 선전 문구를 가려내기란 쉬운 일이 아냐. 나도 거의 200년 동안 돌아가지 않았네. 200년 전에는 상당히 상황이 악화되어 있었어. 자네 성격에 달렸다고도 볼 수도 있지만."

"그게 무슨 뜻입니까?"

"이를테면…… 온갖 소동이 일어났지. 반전 운동에 관해서는 들어 봤나?"

"들어 본 적이 없는 것 같군요."

"흐으음, 이 운동이라는 말에 현혹되기 쉽지. 실은 그건 전쟁이었어. 게릴라전."

"저는 트로이 전쟁 이래 지금까지 일어난 모든 전쟁의 이름, 분류, 번호를 댈 수 있다고 생각했습니다만."

이 말에 대위는 미소 지었다.

"그런데 그것만은 빼먹은 듯하군요."

"그럴 만한 이유가 있었어. 그 전쟁은 제대 군인들이 일으켰으니까. 내가 듣기로는 요드-38과 알레프-40 작전의 생존자들이었다고 하네. 그들은 함께 제대했고, UNEF 전체를 상대로 싸워 이길 수 있다고 생각했던 거야. 지구에서 말이야. 사실 그들은 대중의 많은 지지를 얻었네."

"하지만 이기지 못했군요."

"보시다시피 우린 아직 여기 있지 않나."

그가 술을 휘젓자 색깔이 바뀌었다.

"사실은 이것도 전부 남한테 들은 얘기야. 내가 마지막으로 지구에 갔을 때 전쟁은 이미 끝나 있었네. 산발적인 파괴 활동을 제외하면 말이야. 그리고 그건 별로 안전한 화제가 아니었어."

"좀 놀랐습니다. 아니, 상당히 놀랐다고 하는 편이 옳겠군요. 지구의 대중이 그런 일을…… 정부의 의지에 반하는 일을 했다는 사실 자체가."

대령은 애매하게 '끙' 소리를 냈다.

"게다가, 혁명이라니. 우리가 지구에 있었을 당시에는 UNEF에 반대하는 언사 자체를 한 마디라도 끌어내는 일 자체가 불가능했습니다. 군대뿐만 아니라 각국의 정부에 대해서도 말입니다. 대중은 당시의 상황을 있는 그대로 받아들이도록 철저한 조건 반사 훈련을 받았던 겁니다."

"아. 그것도 주기적이었다고 할 수 있겠지."

대령은 의자에 깊숙이 고쳐 앉았다.

"그건 테크닉의 문제가 아니네. 만약 지구 정부가 원했다면…… 모든 시민의 주요한 사상과 행동을, 요람에서 무덤까지 완벽하게 통제할 수도 있었어. 정부는 그러지 않았네. 왜냐하면 그건 치명적인 행위였기 때문이야. 전쟁 중이었으니까. 자네 자신을 예로 들어 보지. 탱크 속에 들어가 있었을 때 자넨 동기(動機) 조작을 하나라도 받았나?"

나는 잠시 생각해 보았다.

"만약 그랬다면, 그걸 제가 알아차릴 수 있다는 보장은 없습니다."

"그건 사실이야. 부분적으로는. 그렇지만 내 말을 믿어도 좋네. 자네 뇌의 그 부분에는 아무도 손을 대지 않았어. UNEF나 이 전쟁, 혹은 전쟁 전반에 대한 자네의 태도에 변화가 있었다고 한다면, 그건 새로운 지식을 얻었기 때문이야. 아무도 자네의 기본적 동기를 건드리지는 않았네. 그 이유는 자네도 잘 알고 있겠지."

명칭, 날짜, 숫자들이 새로운 지식의 미로를 통해 쏟아져 나왔다.

"테트-17, 세드-21, 알레프-14, 라즐로……'라즐로 비상 위원회 보고서.' 2106년 6월."

"맞아. 그리고 알레프-1에서 자네 자신이 경험했던 일들도 포함시킬 수 있겠지. 로봇은 좋은 병사가 될 수 없네."

"그럴 수 있었을 겁니다. 21세기까지는. 조건 반사 학습은 장군들의 오랜 꿈에 대해 해답을 제공해 줄 수도 있었을 겁니다. SS*, 프레토리언 가드**, 황금 군단***에서 최상의 부분만 따 와서 군대를 만드는 겁니다. 모즈비 공격대, 그린베레."

그는 술잔 너머로 나를 보며 웃었다.

"그 친구들에게 최신 전투복을 착용한 보병 분대를 공격하도록 시켜 보게. 2~3분 내에 몽땅 전멸해 버릴걸."

"분대원 각자가 냉정을 잃지 않을 경우에는 그렇겠지요. 그리고 살아남기 위해서 사력을 다해 싸울 경우에는."

---

* 나치스 친위대.

** 고대 로마의 황제 친위대.

*** 13~14세기까지 러시아를 지배했던 몽골족. 잔인함으로 악명이 높았음.

라즐로 보고서의 직접적 원인이 된 군인 세대는, 어떤 잘난 작자가 고안해 냈던 이상적인 전투원의 조건에 맞도록 태어날 때부터 조건 학습을 받았다. 그들은 한 팀으로서 완벽하게 움직였고, 지독하게 피에 굶주려 있었으며, 자기 자신의 생존을 그다지 중요시하지 않았다. 그리고 토오란들은 그들을 갈기갈기 찢어발겼다. 토오란도 그들과 마찬가지로 개개인에 신경을 쓰지 않고 싸웠던 데다가, 한 수 더 위였다. 게다가 이 전투들에서 그들은 언제나 수적으로 우위에 서 있었던 것이다.

카이눅은 술잔을 들어 올려 색깔 있는 술을 응시했다.

"나는 자네의 심리 분석 파일을 봤네. 여기 도착하기 전의 것하고 탱크 속에서 훈련을 받은 후의 것 양쪽을 말이야. 어느 쪽도 근본적으로는 바뀌지 않았어."

"그 말을 들으니 안심이 되는군요."

나는 손짓으로 맥주를 한 잔 더 주문했다.

"꼭 그런 것은 아닐지도 모르네."

"예? 제가 좋은 장교가 될 수 없다는 뜻입니까? 그건 제가 처음부터 주장해 왔던 겁니다. 전 리더 체질이 아닙니다."

"어떤 면에선 옳고, 어떤 면에선 틀린 말이야. 분석 파일에 뭐라고 씌어 있는지 알고 싶나?"

나는 어깨를 으쓱해 보였다.

"그건 기밀 사항이 아니었습니까?"

"그래. 하지만 자넨 이제 소령이네. 따라서 자네의 지휘 계통에 포함되어 있다면 그 누구의 파일이라도 꺼내 볼 수 있어."

"별로 크게 놀랄 만한 일은 씌어 있지 않을 거라고 생각됩니다만."

그러나 나는 좀 흥미를 느꼈다. 거울에 비친 자기 모습에 매료되지 않는 동물이 어디 있단 말인가?

"맞아. 파일에는 자네가 반전주의자라고 나와 있네. 그것도 좌절한 반전주의자. 그래서 가벼운 신경증에 걸려 있다더군. 거기서 비롯된 죄의식을 자네는 군대의 탓으로 돌림으로써 해결하고 있어."

새로 시킨 맥주는 너무 차가워서 이가 시렸다.

"놀랄 것도 없겠군요."

"만약 자네가 토오란 대신 인간을 죽여야 한다면, 난 자네가 그럴 수 있으리라고 확신할 수가 없네. 설령 그러기 위한 천 가지 방법을 알고 있다고 해도 말이야."

이 말에는 어떻게 대답해야 할지 알 수가 없었다. 아마 그가 옳다는 증거일지도 모른다.

"그리고 리더십에 관해 말하자면, 자네에겐 잠재적인 자질이 있네. 그렇지만 그건 선생이나 목사에게서 볼 수 있는 자질이야. 공감이나 동정심에 입각해서 타인을 이끄는 거지. 자넨 자기 생각을 타인에게 부과하려는 욕망을 가지고 있지만, 자기 의지를 관철하려고 그러는 것은 아냐. 바꿔 말하자면, 자네 말이 옳다는 얘기가 되네. 그 태도를 바꾸지 않는 한 자네는 최악의 장교가 될 거야."

웃을 수밖에 없었다.

"제게 장교 교육을 받으라고 명령했을 때 UNEF는 이미 그 사실을 전부 알고 있었을 텐데요."

"다른 매개 변수도 참작되었네. 예를 들자면, 자넨 적응성이 있고, 충분한 지성과 분석력을 가지고 있어. 그리고 자넨 전쟁 발발시부터 지금까지 살아남은 열한 명의 고참 중 한 명이네."

"졸병의 경우 생존은 미덕이겠지요."

나는 유혹을 억누를 수가 없었다.

"그러나 장교는 그 용기로 뭇 사람의 모범이 되어야 합니다. 자기 배와 운명을 같이한다든지, 두려움 따위는 모르는 과감한 태도로 성벽을 타고 올라간다든지 해서."

대령은 헛기침을 했다.

"교체 요원이 1000광년이나 떨어져 있을 경우에는 해당이 안 돼."

"하지만 이해가 되지 않는군요. 아마 이곳 스타게이트에 있는 인원의 3분의 1은 저보다 더 나은 자질을 가지고 있을 겁니다. 그런데 왜 '태도를 바꿀지도' 모른다는 가능성 하나만 가지고 일부러 그 먼 헤븐에서 저를 데려온 겁니까? 하여간 군대가 생각하는 거라곤!"

"적어도 뭔가 관료적인 사고와 관련이 있을 거라고 생각하네. 게다가 자넨 졸병으로 남아 있기엔 너무 나이를 먹었어."

"그건 시간 팽창 효과 때문입니다. 제가 참가한 작전은 겨우 셋밖에 되지 않습니다."

"그건 문제가 되지 않아. 게다가 그건 평균적 병사의 생존 기간의 2.5배나 되네. 선전부에 있는 친구들은 아마 자넬 전설적인 영웅쯤으로 만들려고 할 거야."

"전설적 영웅이라."

나는 맥주를 홀짝였다.

"도대체 존 웨인은 어디로 간 거지? 개똥도 약에 쓰려면 없다더니."

"존 웨인?"

대령은 고개를 가로저었다.

"난 탱크에 들어간 적이 없네. 전쟁사에 관해서는 잘 몰라."

"신경 쓰지 마십시오."

카이녹은 남은 술을 마저 들이켜고 일병에게 (이건 농담이 아니다) '럼 안타레스'를 가져오라고 했다.

"그건 그렇고, 나는 자네의 시간 적응 담당 장교 역을 맡아야 한다고 하더군. 현재 상황에 관해 뭘 알고 싶나? 이런 걸 현재라고 부를 수 있다면 얘기지만."

나는 아직도 딴생각을 하고 있었다.

"그럼 한 번도 탱크에 들어간 적이 없단 말입니까?"

"없어. 그건 야전 장교들만 받네. 3주 동안 자네를 훈련시키는 데 필요했던 컴퓨터 설비와 에너지는 지구 전체를 며칠 동안 공급할 수 있을 정도네. 우리 같은 사무직들까지 훈련시키기에는 너무 비싸게 먹히지."

"전투 참가장을 달고 계십니다만."

"내 건 명예 훈장이야."

럼 안타레스는 홀쭉하고 긴 유리잔에 든 엷은 호박색 액체였고, 조그만 얼음 덩어리가 위에 떠 있었다. 바닥에는 새빨갛고 엄지 손톱만 한 구체가 가라앉아 있었다. 구체에서 올라온 진홍색 실지렁이 같은 것들이 위를 향해 건들거리고 있었다.

"그 빨간 건 뭡니까?"

"시나몬이네. 시나몬이 든 에스테르야. 맛이 괜찮지……. 한번 맛 좀 보겠나?"

"아니요, 맥주로 충분합니다. 고맙습니다."

"레벨1로 가서, 도서관 컴퓨터를 찾아보면 시간 적응용 파일이 들어 있네. 내 부하들이 매일 갱신하지. 자네에게 내가 권고하고 싶은 건 주로…… 자네의 타격 부대를 만나기 전에 마음의 준비를 해 달라는 거야."

"예? 그럼 부하들이 모두 사이보그라도 된다는 말입니까? 아니면 클론?"

그는 웃었다.

"아냐, 인간 복제는 위법이네. 실은 가장 큰 문제는, 아, 자네가 이성애자(heterosexual)라는 사실이야."

"오, 그건 문제가 되지 않습니다. 저는 그 점에 관해서는 관대하니까요."

"맞네. 분석 파일에는 자네가…… 자신이 관대하다고 생각하고 있다고 나와 있어. 하지만 엄밀하게 말해서 문제는 그게 아냐."

"오."

나는 그의 입에서 무슨 말이 나올지 이미 알고 있었다. 구체적으로는 알 수 없지만, 대략 어떤 내용인지를.

"오로지 안정된 정서를 가진 인간만이 UNEF에 징집당하네. 자네가 이 사실을 받아들이기 힘들다는 건 알지만, 현재 이성애는 정서 기능 장애로 간주받고 있네. 치료는 비교적 쉽지만 말이야."

"만약 **나를** 치료할 작정으로 있다면……"

"냉정을 되찾게, 그러기엔 자넨 너무 나이를 먹었어."

그는 술을 조금 홀짝였다.

"부하들과 어울리는 일도 자네가 생각하는 것만큼 어렵지는……"

"잠깐. 그럼 아무도…… 중대원들 전원이 동성애자란 말입니까? 나만 빼놓고?"

"윌리엄, 지구인들 모두가 동성애자네. 한 1000명쯤 빼고 말이야. 제대 군인과 치료가 불가능한 자들이지."

"아."

도대체 무슨 말을 할 수 있단 말인가?

"인구 문제를 해결하는 방식치고는 좀 극단적으로 보입니다만."

"아마 그럴지도 모르겠군. 하지만 그 효과만은 부정할 수 없어. 지구의 인구는 현재 10억 명 미만에서 안정되어 있네. 인간 하나가 죽거나 행성 밖으로 나가거나 하면 다른 하나가 생명을 부여받지."

"'태어나는' 것이 아니군요."

"태어나지만, 옛날 방식으로 그러지는 않아. 자네가 쓰던 옛말로는 '시험관 아기'라고 하지. 물론 지금은 시험관 따위는 쓰지 않지만."

"흠, 나쁘지만은 않은 얘기군요."

"어느 탁아소에도 인공 자궁이 설치되어 있고, 생명을 부여받은 인간을 생후 여덟 달에서 열 달까지 돌봐 주네. 자네가 탄생이라고 부르는 과정은 며칠 동안 꾸준히 일어나네. 옛날처럼 급작스럽고 격렬한 사건이 아냐."

'아아, 멋진 신세계여.' 하고 나는 생각했다.

"출생시의 트라우마*도 없고, 완벽하게 적응한 10억 명의 동성애자들로 가득 찬 지구라."

"지구의 현재 규범에 완벽하게 적응한 사람들이라고 해야겠지. 자네나 내게는 조금 이상하게 느껴질지도 몰라."

"그건 너무 소극적인 표현이 아닐까요."

나는 남은 맥주를 마저 들이켰다.

"그럼 대령님도, 아…… 동성애자입니까?"

"아, 나는 아냐."

대령은 이렇게 말했고, 나는 긴장을 풀었다.

"하지만, 사실을 말하자면 나는 더 이상 이성애자라고도 할 수 없네."

그는 자기 엉덩이를 두들겼다. 기묘한 소리였다.

"전투에서 중상을 입고 나서, 내가 희귀한 임파선 장애를 가지고 있다는

---

* 출산시에 신생아가 받는 정신적 외상을 의미하는 정신의학 용어.

사실을 알았네. 재생이 불가능해. 내 허리 밑으로는 금속하고 플라스틱밖에 없네. 자네의 말을 빌리자면, 나는 사이보그야."

우리 어머니 입버릇을 빌리자면, 한마디로 기가 찰 노릇이다.

나는 웨이터를 불렀다.

"어이, 일병. 나한테도 그 안타레스 뭔가 하는 걸 한 잔 갖다 줘."

여기 이 빌어먹을 행성에서, 나는 나를 제외하면 아마 단 한 사람의 정상인일지도 모르는 무성(無性) 사이보그와 함께 바에 앉아 있었다.

"더블로 말이야."

29

중대원들은 겉보기에는 충분히 정상적이었다. 다음 날 처음으로 중대 소집이 있었을 때 강당으로 들어온 그들은 상당히 젊었고, 약간 뻣뻣한 느낌을 주었다.

탁아소에서 나온 지 7년 내지 8년밖에는 안 되는 자들이 대부분이었다. 탁아소란 통제되고 고립된 환경을 제공했고, 극소수의 전문가(보통 소아과 의사나 선생)들만이 접근할 수 있는 시설이었다. 열두 살이나 열세 살때 탁아소를 나오면 스스로 자기 이름을 고르고(성은 정자와 난자를 제공한 부모 중 더 높은 유전자 등급을 가진 쪽의 것을 택한다) 법적으로는 그때부터 가(假)성인으로 간주된다. 그들의 교육 수준은 대략 내가 대학 1학년때 받은 것에 상당한다. 그들 대다수는 한층 더 전문적인 교육을 받게 되지만, 직장을 할당받고 즉각 일을 시작하는 사람들도 있다.

그들은 언제나 면밀하게 관찰받으며, 반사회적 경향, 이를테면 이성애취향 등을 조금이라도 보이는 자는 교정 시설로 보내어진다. 그 이후에는 완치되든지, 아니면 일생 동안 그곳에서 살든지 둘 중 하나이다.

스무 살에 달하면 누구나 UNEF에 징집된다. 대다수는 5년 동안 책상 앞에 앉아서 일하다가 제대한다. 그러나 극소수(8000명에 약 1명)의 운이 좋은 자들은 전투 훈련에 지원하지 않겠느냐는 권유를 받는다. 여기 응하면 5년을 더 복무해야 하지만, 거부하면 '반사회적'이라는 낙인이 찍힌다. 그리고 10년의 복무 기간 동안 이들이 살아남을 확률은 무시해도 좋을 만큼 희박하다. 살아남은 사람은 아무도 없었으니까. 최상의 기회라고 해 보았자 (주관 시간으로) 10년의 복무 기간이 지나기 전에 전쟁이 끝나는 경우밖에는 생각할 수 없다. 시간 팽창 효과가 전투와 전투 사이의 간격을 가능한 한 길게 만들어 주기를 기대하는 것이다.

병사는 주관 시간으로 보통 1년마다 한 번씩 전투에 참가하게 되며, 각 전투에서는 총 인원의 평균 34퍼센트가 살아남으므로, 10년 동안의 전쟁에서 당신이 살아남을 가능성을 계산하는 일은 어렵지 않다. 대략 0.002퍼센트이다. 바꿔 말하자면, 옛날 쓰던 6연발 리볼버 권총의 약실에 네 발의 실탄을 장전하고 러시안 룰렛을 시작하는 것이나 마찬가지이다. 열 번 계속해서 방아쇠를 당기고도 건너편 벽에 골수가 튀기지 않았다면, 축하합니다! 당신은 이제 어엿한 민간인입니다.

UNEF는 약 6만 명의 전투 병력을 보유하고 있으니까, 그중 1.2명만이 10년 동안의 전쟁에서 살아남을 수 있다는 얘기이다. 나는 그 목표를 이미 반쯤 달성하고 있었지만, 심각하게 그런 행운아가 될 계획은 세우고 있지 않았다.

이 강당에 모인 젊은 병사들 중 도대체 몇 명이 자신의 운명을 알고 있을까? 나는 아침 내내 훑어보았던 인사 서류의 사진과 눈앞에 있는 실물을 맞혀 보려고 했지만, 쉽지 않았다. 이들 모두가 엄격한 유전적 파라미터 내에서 선택된 집단이었던 데다가, 놀랄 정도로 서로를 닮아 있었던 것이다. 키는 컸지만 너무 크지는 않았고, 근육질이었지만 너무 육중하지는 않았으며, 지적이었지만 과도하게 고민하는 타입은 아니었다……. 그리고 지구는 내가 살고 있던 시대에 비해 인종적으로 훨씬 더 균질적으로 변해 있었다. 이들 대다수는 어딘가 폴리네시아인의 특징을 가지고 있었다. 오로지 두 사람(카이반다와 린)만이 순수한 인종적 타입을 대표하고 있는 것처럼 보였다. 다른 자들이 이들을 못살게 굴지는 않는지 궁금했다.

여자들 대다수는 보기만 해도 가슴이 찌르르할 정도로 미인이었다. 그러나 나는 냉정하게 비평을 할 수 있는 상태가 아니었다. 헤븐에서 메리게이에게 작별을 고한 이래 1년 가까이 금욕해 왔던 것이다.

혹시 이들 중 격세유전 끼가 있거나, 자기 지휘관의 기행(奇行)에 자발적으로 참가해 줄 사람은 없을까 하고 생각했다. '장교가 자기 부하와 성적인 관계를 가지는 일은 절대 금지되어 있다.' 실로 부드럽기 짝이 없는 문장이다. '이 군규를 위반한 자는 모든 소유 자금을 몰수받고 이등병으로 강등된다. 혹은 이 관계가 소속 부대의 전투 능력에 해를 끼친 경우에는, 즉결 처분된다.' 만약 UNEF의 모든 군규가 이 규칙만큼이나 쉽게, 그리고 자주 위반된다면, 참으로 편한 군대가 될 것이다.

그러나 남자 부하들에게서는 어떠한 매력도 발견할 수 없었다. 그러나 앞으로 1년이 지난 후에 어떻게 느낄지에 관해서는 나도 확신할 수 없었다.

"중대, 차려엇!"

이렇게 외친 사람은 힐보 중위였다. 내가 벌떡 일어서지 않았던 것은 새로 부여받은 조건 반사 덕택이었다. 강당에 있던 병사들은 일제히 부동자세를 취했다.

"저는 힐보 중위. 소령님의 제2 야전 장교입니다."

옛날 같았으면 '야전 일등 상사'라고 불렀을 것이다. 군대의 역사가 길어지면 길어질수록 장교 숫자가 늘어나 가분수가 된다는 좋은 예이다.

힐보는 빠릿빠릿한 진짜 군인처럼 행동했다. 아마 그녀는 매일 아침 수염을 깎으면서 거울을 향해 호령하는 연습이라도 하고 있는 것이리라. 그러나 나는 인사 기록을 보았고 그녀가 단 한 번밖에 전투를 경험하지 않았다는 사실을 알고 있었다. 그것도 몇 분 동안만 계속된 전투였다. 그녀는 거기서 팔과 다리를 하나씩 잃었고, 나와 마찬가지로 재생 클리닉에서 테스트를 받은 다음 장교로 임관했다.

얼어죽을, 그런 부상을 입기 전에는 상당히 좋은 친구였는지도 모른다. 다리 하나를 다시 키우는 일만 해도 견디기 힘들었던 것이다.

힐보는 전형적인 선임하사식의 격려 연설을 하고 있었다. 엄격하지만 공정한 내용이었다. 세세한 일로 소령님의 시간을 낭비하지 말아라, 지휘 계통을 이용하도록, 대다수의 문제는 제5계급에서 해결될 수 있으니까 말이다.

이런 얘기를 들으면서 나는 미리 힐보와 얘기를 좀 더 나눌 수 있었으면 좋았을 텐데 하고 생각했다. 타격부대 사령부는 실로 성급하게 최초의 중대 소집을 명했고(우리는 다음 날 우주선에 탑승할 예정이었다) 부하 장교들과는 겨우 몇 마디씩 얘기를 나눴을 뿐이었다.

결코 충분했다고 할 수는 없었다. 왜냐하면 힐보와 내가 중대 운영법에 관해 본질적으로 다른 철학을 가지고 있다는 사실이 점점 명백해지고 있었기 때문이다. 중대의 **운영**이 그녀 몫이라는 점은 사실이다. 나는 단지 명령을 내릴 뿐이니까. 그러나 힐보는 잠재적으로 '좋은 아이-나쁜 아이' 적인 상황을 만들어 내고 있었고, 지휘 계통을 이용해서 휘하의 남녀 병사들로부터 자신을 고립시키려 하고 있었다. 나는 그렇게까지 초연한 태도를 유지할 생각은 없었고, 격일제로 한 시간씩을 할애해서, 어떤 병사도 상관의 허가를 받는 일 없이 내게 직접 와서 불평이나 제안을 할 수 있도록 할 작정이었다.

탱크 안에서 보냈던 3주 동안 힐보와 나는 똑같은 정보를 전해 받고 있었다. 그럼에도 불구하고 우리가 리더십에 관해 이렇게도 상이한 결론에 도달했다는 사실이 흥미로웠다. 나의 이 '개방' 정책은 오스트레일리아와 미국의 '현대' 육군에서 좋은 결과를 가져왔던 정책이다. 그리고 이것은 우리가 처한 상황에서는 매우 적절한 선택이라는 생각이 들었다. 왜냐하면 중대원들은 한 번에 몇 개월, 심지어는 몇 년씩이나 함께 갇혀 지내야 했기 때문이다. 내가 이곳에 오기 전에 타고 있던 우주선 상그레이빅토리아에서는 이런 시스템을 채택하고 있었고, 이 정책은 긴장을 푸는 데 일조했다.

힐보는 중대원들에게 쉬어 자세를 취하게 하고 열변을 토하고 있었다. 좀 있으면 다시 부동자세를 취하게 하고 나를 소개할 것이다. 무슨 얘기를 해야 할까? 나는 그냥 뻔한 소리를 몇 마디 한 다음 내 '개방' 정책에 관해 설명하고, 안토폴 함장에게 바통을 넘길 작정이었다. 그러나 아무래도 힐보와 충분히 숙의한 다음 그러는 편이 나을 것 같았다. 그녀 쪽에서 먼저 이 정책을 남녀 부하들에게 설명하는 것이 가장 좋다. 그러면 우리 두 사람이 대립하고 있는 것처럼 보이지는 않을 테니까.

내 부관인 무어 대위가 나를 구해 주었다. 그는 옆문으로 서둘러 들어왔다. 언제나 성급하게 움직이는 통통한 유성(流星) 같은 친구이다. 무어는 재빨리 경례를 부치고 전투 명령서가 들어 있는 봉투를 내게 건넸다. 나는 함장과 작은 목소리로 짤막하게 토의를 했다. 그녀도 우리의 목적지를 병사들에게 가르쳐 준다고 해서 해가 되지는 않을 것이라는 의견이었다. 부사관과 사병들은 이론적으로는 말해 그것을 '알 필요'는 없었지만 말이다.

이 전쟁에서 하나 걱정 안 해도 되는 것은 적의 첩보원이었다. 아무리 페인트를 두껍게 칠한다고 해도, 토오란은 기껏해야 걸어 다니는 버섯 정도로밖에 보이지 않을 테니까 말이다. 의심받을 게 뻔하다.

힐보는 중대원들에게 차려 자세를 취하게 하고 내가 얼마나 훌륭한 지휘관인지를 충실하게 설교하고 있었다. 내가 이 전쟁 발발시부터 참전했고, 만약 그들이 복무 기간이 끝날 때까지 살아남고 싶거든 나를 본받는 편이 나을 것이라는 말하고 있었다. 그녀는 내가 적탄을 맞지 않는 재능을 가진 평범한 군인이라는 점에 관해서는 언급하지 않았다. 또 내가 제대 허가를 받자마자 제대했고, 단지 지구의 상황을 견딜 수가 없다는 이유 하나만으로 다시 귀대했다는 사실도 밝히지 않았다.

"고맙네, 중위."

나는 연단에 올라가 섰다.

"쉬어."

나는 명령서를 펼치고 높이 들어 보였다.

"좋은 뉴스와 나쁜 뉴스가 있다."

5세기 전에는 농담이었던 문구가 지금은 단순한 사실의 열거에 불과했다.

"이것은 사데-138 작전에 관한 전투 명령서이다. 좋은 뉴스란 아마 싸우지 않아도 될지 모른다는 사실이다. 적어도 당장은. 나쁜 뉴스란 우리가 적의 표적이 될 것이라는 사실이다."

마지막 말을 듣고 중대원들은 조금 동요한 기색을 보였지만, 아무도 입을 열거나 내게서 눈을 떼는 사람은 없었다. 군기가 잘 잡혀 있었다. 혹은 그냥 숙명이라고 체념하고 있는 것인지도 모른다. 이들이 스스로의 미래에 대해 얼마나 현실적인 비전을 가지고 있는지는 알 수 없었다. 아니, 정확히 말하자면 미래의 결여에 대해서 말이다.

"우리가 받은 명령은 이렇다……. 사데-138 콜랩서를 공전하는 가장 큰 발착 행성을 찾아내서 그곳에 기지를 건설하라. 그런 다음 교체 인원이 도착할 때까지 그 기지에 머문다. 아마 2~3년 후에나 돌아올 수 있을 것이다.

그동안, 틀림없이 적의 공격을 받을 것이다. 제군 대다수가 이미 알고 있듯이, 타격부대 사령부는 콜랩서 간의 적 이동을 관찰하고 일정한 패턴을 발견했다. 사령부는 이 복잡한 시공 패턴을 역산(逆算)해서 최종적으로는 적의 고향 행성을 발견할 것을 희망하고 있다. 그러나 현재로서는 적 세력의 확산을 저지하기 위해 요격 부대를 파견하는 일밖에 할 수 없다.

넓은 시야에서 보자면, 우리가 받은 명령은 대략 이런 것이다. 우리는 적의 세력권 주변부에 대한 저지 작전에 참가한 몇십 개의 부대 중 하나이다. 이 임무가 얼마나 중요한지는 아무리 자주 강조하더라도 모자랄 정도이다. 만약 UNEF가 적의 팽창을 막을 수 있다면, 적을 포위하는 것도 가능해지는 것이다. 그리고 전쟁에 이기는 일도."

가능하다면 우리가 몽땅 전사해 버리기 전에.

"한 가지 확실하게 해 두고 싶은 점이 있다. 우리는 행성 착륙 당일에 공격받을 수도 있고, 혹은 10년 동안 그냥 행성을 점령하고 있다가 고향으로 돌아올 수도 있다."

정말 그렇게 된다면 내 손에 장을 지지겠다.

"무슨 일이 일어나든 간에, 우리 모두는 최고의 전투 대기 상태를 유지해야 한다. 우주 항행 중 유연체조 프로그램과 과거에 받은 훈련의 복습은 규칙적으로 행해질 것이다. 특히 건설 기술의 훈련이 중요하다. 최단 시간 내에 기지와 그 방어 시설을 건설해야 하니까 말이다."

맙소사. 이거 점점 장교 같은 말투가 되어 가고 있잖나.

"뭔가 질문은 없나?"

질문은 없었다.

"그럼 안토폴 함장을 소개하겠다. 함장님?"

함장은 강당에 가득 찬 땅개들을 상대로 마사리크(Masaryk)Ⅱ호의 특징과 성능에 관해 간단히 설명해 주는 동안에도 따분한 기색을 감추려 하지 않았다. 나는 강제 학습에 의해 그녀가 하고 있는 얘기 대부분을 이미 알고 있었지만, 그녀가 마지막에 한 말이 내 주의를 끌었다.

"사데-138은 인류가 도달한 콜랩서 중에서도 가장 먼 별이야. 이 은하계에 소속되어 있다기보다는, 약 15만 광년 떨어진 대 마젤란 성운에 있다는 쪽이 정확하겠지. 이 여행에는 네 번의 콜랩서 점프와 적어도 4개월의 주관적 시간이 필요해. 콜랩서에 진입해서 사데-138에 도착할 때쯤이면 스타게이트의 달력으로 약 300년이 지나 있을 거야."

만약 살아서 돌아온다고 해도, 그때는 이미 700년이 흘러 있을 것이라는 얘기이다. 그런다고 뭐가 특별히 달라지는 것은 아니지만 말이다. 메리게이는 죽은 것이나 마찬가지였고, 내게 중요한 사람은 더 이상 아무도 남아 있지 않았다.

"소령님이 말한 것처럼, 이런 수치에 안심하고 있어서는 안 돼. 적도 역시 사데-138을 향해 가고 있고, 아군도 적군도 같은 날에 그곳에 도착할지도 모르니까 말이야. 이 상황을 수학적으로 설명하려면 복잡해지지만, 우리 말을 믿는 쪽이 나아. 아슬아슬한 경주가 될 거야. 소령님, 뭔가 또 할 말이라도?"

나는 의자에서 일어나며 입을 열었다.

"흐음……."

"중대, **차려엇!**"

힐보가 외쳤다. 이런 일에 익숙해질 필요가 있다.

"제4계급 이상의 상급 장교들과 잠시 얘기를 나누고 싶군. 소대 선임하사들은 내일 아침 0400시에 집합구역67로 각자의 소대원들을 집합시키도록. 그때까지는 자유 시간이다. 해산."

나는 다섯 명의 장교를 내 숙사로 초대했고, 진짜 프랑스제 브랜디 한 병을 꺼냈다. 두 달분의 급료에 해당했지만, 달리 어디 쓸 데가 있단 말인가? 투자라도 해 봐?

나는 잔을 돌렸지만 의사인 얼세버만은 사양했다. 그 대신 그녀는 코 밑에서 조그만 캡슐을 깨고 깊이 들이마셨다. 그런 다음에는 어떻겐가 도취한 표정을 감추려고 노력했지만 역부족이었다.

"우선 기본적인 인사 문제 하나를 거론하기로 하지."

나는 브랜디를 따르며 말했다.

"모두들 내가 동성애자가 아니라는 사실을 아나?"

'예, 소령님'과 '아닙니다, 소령님'의 혼성 합창.

"그렇다면 이 사실이 지휘관으로서의 내 위치를…… 복잡하게 만들 거라고 생각하나? 부사관과 사병들까지 포함해서?"

"소령님, 제가 생각하기로는……"

무어가 입을 열었다.

"일일이 경칭을 붙일 필요는 없어. 이 작은 그룹 내에서는 말이야. 나 자신의 시간으로 4년 전 나는 일병에 불과했어. 근처에 사병들이 없을 때는 그냥 만델라, 혹은 윌리엄이라고 불러 줘."

나는 이 말을 하면서도 내가 잘못을 저지르고 있다는 느낌을 받았다.

"계속 말해 보게."

"흠, 윌리엄. 100년 전에는 문제가 됐을지도 모르겠군요. 당시 사람들이 어떤 생각을 가지고 있었는지는 알고 게시겠죠."

"실은 모르고 있네. 21세기에서 현재까지 내가 알고 있는 지식은 전부 전쟁사에 관한 것뿐이거든."

"오, 그럼, 그건, 흠, 그건, 뭐라고 했더라?"

그는 손을 휘휘 저어 보였다.

"그건 범죄였어요."

얼세버가 간단명료하게 대답했다.

"우생학 위원회가 내놓은 보편적인 호모섹스라는 개념에 대중이 익숙해지기 시작했던 시기였죠."

"우생학 위원회?"

"UNEF의 일부예요. 지구상에서만 권한을 가지고 있는."

그녀는 빈 캡슐에 코를 대고 깊숙하게 숨을 들이켰다.

"그 목적은 사람들이 더 이상 생물학적인 방법으로 아이를 낳는 것을 금지하는 데 있었죠. 첫째 이유를 들자면 사람들은 각자의 유전적 파트너를 선택하는 데 유감스러울 만큼 분별력이 결여되어 있었고, 둘째, 위원회는 인종적 상이점이 불필요한 불화를 일으킨다고 보았기 때문이에요. 신생아의 출생을 완전히 통제함으로써, 그들은 몇 세대 안에 모든 사람을 똑같은 인종으로 만들 수 있었어요."

나는 상황이 그렇게까지 극단으로 치달았다는 사실을 모르고 있었다. 그러나 아마 논리적인 선택이었으리라.

"그럼 거기에 찬성하고 있나? 의사로서 말이야."

"의사로서요? 나도 잘 모르겠군요."

그녀는 호주머니에서 캡슐을 하나 더 꺼내서 엄지와 검지 사이에 끼우고 굴렸다. 아무것도 보고 있지 않았다. 혹은 다른 사람들이 볼 수 없는 그 무엇인가를 보고 있었는지도 모른다.

"어떤 면에서는 내 일을 간단하게 만들었다고 할 수 있겠죠. 많은 질병은 이제 더 이상 존재하지 않아요. 하지만 나는 위원회가 자기들이 알고 있다고 생각하는 것만큼 유전학에 통달해 있다고는 생각하지 않아요. 유전학은 정밀과학이 아니니까. 아마 우린 뭔가 크게 잘못된 일을 하고 있고, 그 결과는 몇 세기 후에나 나타날지도 모르는 일이죠."

그녀는 코 밑에서 캡슐을 깨고 두 번 깊게 숨을 들이켰다.

"하지만 여자로서는 물론 대찬성이죠."

힐보와 러스크가 열심히 고개를 끄덕였다.

"출산을 경험할 필요가 없기 때문인가?"

"그것도 한 이유겠죠."

그녀는 사팔뜨기처럼 코믹한 표정으로 캡슐을 바라보고 있다가 마지막으로 한 번 더 들이마셨다.

"하지만 제일 큰 이유는…… 남자를…… 받아들일 필요가 없다는 거겠죠. 내 몸 안으로 말예요. 생각만 해도 구역질이 나요."

무어는 웃었다.

"다이애나, 그래 본 적이 없으면서 어떻게……"

"쳇, 입 닥치지 못해?"

그녀는 장난 삼아 그에게 빈 캡슐을 던졌다.

"하지만 그건 완전히 자연스러운 행위야."

내가 항의했다.

"나뭇가지에서 가지로 옮겨 다니는 것도, 뭉뚝한 작대기로 풀뿌리를 파내는 일 역시 그와 마찬가지로 자연스러운 행위였겠죠. 요약하자면 진보예요, 친애하는 소령님. 진보란 말예요."

무어가 입을 열었다.

"어쨌든 간에, 그것이 범죄였던 것은 단기간에 지나지 않습니다. 그 이후로는, 아, 치료가 가능한……"

"기능장애로 간주됐죠."

얼세버가 끝맺었다.

"고마워. 그래서 지금은, 흐음, 정말로 희귀한 행위가 됐습니다……. 남자와 여자가 서로에게 어떤 식으로든 강한 감정을 품는다는 일은 이제 찾아볼 수 없다고 생각합니다."

"조금 괴상야릇한 버릇이라고 생각하면 돼요."

다이애나는 관대한 어조로 대꾸했다.

"갓난애를 잡아먹는 것하곤 얘기가 다르니까요."

"맞습니다, 만델라."

힐보가 말을 이었다.

"그것 때문에 소령님에 대한 제 태도가 바뀌리라고는 생각하지 않습니다."

"아, 고맙군."

실로 멋지다. 사회적으로 어떻게 행동하면 되는지 내가 전혀 모르고 있다는 사실을 나는 깨닫기 시작하고 있었다. 나의 '정상적'인 행동의 많은 부분은 성적 에티켓에 관계된 암묵적인 규범에 뿌리박고 있는 것이다. 그럼 나는 남자를 여자처럼 다뤄야 하고, 여자는 남자처럼 다뤄야 할까? 혹은 누구에게도 형제자매처럼 대해야 할까? 모든 것이 극히 혼란스러웠다.

나는 남은 술을 마저 들이켜고 잔을 내려놓았다.

"하여간, 격려해 줘서 고맙네. 내가 자네들에게 묻고 싶었던 건 주로 그런 일이었어……. 모두들 할 일이 많겠지. 작별인사나 뭐 그런 거 말이야. 더 이상 여기에 잡아 두지 않겠네."

찰리 무어를 제외한 전원이 방에서 어슬렁어슬렁 나갔다. 나와 찰리는 이 지구에 있는 모든 술집과 장교 클럽을 순례하며 억수로 술을 마시기로 했다. 우리는 12차까지 갔고, 아마 그 이상 돌아다닐 수도 있었겠지만, 나는 내일 있을 중대 집합 전에 몇 시간이라도 눈을 붙이기로 결심했다.

나를 유혹할 때 찰리는 극히 예의 바르게 행동했다. 나의 거절도 그만큼 예의 바른 것이었기를 나는 빌었다. 하지만 앞으로도 그걸 실컷 연습할 기회가 생길 듯한 예감을 느꼈다.

30

UNEF가 초기에 보유했던 우주선들은 거미처럼 섬세한 일종의 아름다움을 가지고 있었다. 그러나 여러 기술의 진보에 따라 질량 보존보다는 구조적 강도 쪽이 더 중요하게 되었다.(옛날 우주선을 25G의 속도로 몰았다가는 아코디언처럼 짜부라졌을 것이다) 그리고 이 사실은 설계에도 반영되어 있었다. 둔중하며, 기능적인 외관이라는 형태로. 모함에서 유일한 장식이라고는 칠흑의 선체에 파란색으로 흐릿하게 쓰인 'MASARYK Ⅱ'라는 선명(船名)뿐이었다.

우리가 탄 셔틀은 이 이름 옆을 통과해서 하역 플랫폼으로 갔다. 콩알만한 남녀들이 선체 외각을 정비하고 있는 것이 보였다. 이들과 비교해 보니, 글자 하나의 높이가 100미터에 달한다는 사실을 알 수 있었다. 우주선 자체의 길이는 1킬로미터를 넘었고('1036.5미터야.'라고 나의 잠재 기억이 속삭였다), 폭은 그것의 약 3분의 1(319.4미터)이었다.

그렇다고 해서 내부가 널찍했던 것은 아니었다. 동체 부분에 거대한 타키온 구동식 전투정 여섯 척과 로봇식 무인 전투기 50대가 격납되어 있었던 것이다. 보병은 구석으로 밀어 넣어졌다. "전쟁이란 알력의 한 형태이다." 하고 폰 클라우제비츠라는 작자가 말한 적이 있다. 앞으로도 그가 한 말을 음미해 보아야 할 듯한 생각이 든다.

가속 탱크에 들어갈 때까지 여섯 시간쯤 여유가 있었다. 나는 앞으로 20개월 동안 내 집이 될 조그만 방에 짐을 던져놓고 탐험에 나섰다.

찰리는 나보다 먼저 라운지에 와 있었고, 마사리크II의 커피 맛을 누구보다도 먼저 음미한다는 특권을 행사하고 있었다.

"코뿔소 담즙으로 만들었군요, 이거."

"적어도 두유는 아니잖아."

나는 그렇게 대꾸하고 조심스럽게 한입 머금어 보았다. 일주일 후에는 두유가 그리워질 것이다.

장교용 라운지는 바닥도 벽도 금속으로 된 가로 3미터, 세로 4미터의 조그만 방이었다. 커피 머신과 도서실 단말기, 딱딱해 보이는 의자 여섯 개, 그리고 프린터 하나가 놓인 테이블 한 개가 전부였다.

"참으로 즐거운 곳이군요, 안 그렇습니까?"

찰리는 나른한 동작으로 키를 눌러 기계에서 도서 총목록을 불러냈다.

"군사 이론서가 잔뜩 있군요."

"잘됐군. 기억을 되살릴 수 있을 테니까 말이야."

"장교 훈련에는 자원했습니까?"

"나? 아니. 명령이었어."

"적어도 명령이었으니까 할 수 없다고 변명할 수는 있겠군요."

그는 전원 버튼을 끄고 녹색 광점이 점점 스러져 가는 것을 바라보았다.

"저는 자원이었습니다. 하지만 이럴 것이라고는 아무도 가르쳐 주지 않

있습니다."

"그랬었군."

그는 지휘관이 떠맡은 책임의 중하(重荷) 따위의 특별히 미묘한 문제를 논하고 있지는 않았으므로 나는 가볍게 대꾸했다.

"좀 시간이 지나면 익숙해질 테니까 걱정 말게."

억지로 학습한 정보. 끊임없이 계속되는 무언의 속삭임.

"아, 여기 계셨군요."

힐보가 안으로 들어와 우리들과 인사를 나누었다. 그녀는 주위를 힐끗 둘러보았다. 이 방의 스파르타적인 설비에 만족한 기색이 뚜렷이 엿보였다.

"가속 탱크로 들어가기 전에 중대원들에게 연설을 하고 싶으십니까?"

"아니, 그건…… 필요할 것 같지 않군."

나는 거의 '바람직하지' 않다고 말할 뻔했다. 부하를 질책하기 위해서는 실로 미묘한 기술이 필요했다. 앞으로도 이 부대의 지휘관이 힐보가 아니라는 사실을 계속 명심시킬 필요가 있었다.

혹은 그녀와 계급장을 맞바꾼다는 선택도 있었다. 지휘의 즐거움을 그녀에게 맛보게 하는 것이다.

"자네는 소대장들을 집합시키고 가속 탱크에 들어가는 절차를 복습시키는 게 어떨까. 나중에는 비상 훈련으로 전환해야 할 거야. 하지만 지금은 부하들을 몇 시간이라도 쉬게 하는 편이 낫겠지."

그들이 자기들의 중대장만큼이나 숙취에 시달리고 있다면 말이다.

"옛, 소령님."

그녀는 뒤로 돌아 그 자리를 떠났다. 조금 발끈한 듯했다. 내가 명령한 일은 원래는 라일랜드나 러스크에게 맡겨도 충분한 일이었기 때문이다.

찰리는 통통한 몸을 굽혀 딱딱한 의자에 앉은 다음 한숨을 쉬었다.

"이 기름투성이의 기계 안에서 20개월이나 지내야 한다니. 그것도 저 여자와 함께. 빌어먹을."

"흐음, 자네가 내게 잘 보이기만 하면, 그녀와 같은 방을 할당해 주지는 않겠네."

"알았습니다. 이제부터 영원히 소령님의 종이 되겠습니다. 아, 다음 주 금요일부터 시작하죠."

그는 자기 컵을 들여다보고 커피 찌꺼기는 들이켜지 않기로 결정한 듯했다.

"심각한 얘기지만, 힐보는 문제를 일으킬 겁니다. 어떻게 대처할 생각입니까?"

"모르겠네."

찰리도 물론 고분고분하다고 할 수는 없었다. 그러나 그는 내 부관이었고 지휘 계통 밖에 있었다. 그리고 내게도 한 사람 정도는 친구가 필요했다.

"일단 항해를 시작하면 좀 나아질지도 모르겠군요."

"그렇군."

기술적으로 말해 우리는 이미 항해 중이었다. 우주선은 1G의 기어가는 듯한 가속으로 스타게이트 콜랩서를 향해 움직이고 있었으므로. 그러나 이것은 오로지 탑승자들의 편의를 위해서였다. 자유낙하 상태에서 해치를 고정하기는 정말로 힘들었기 때문이다. 우리들 모두가 가속 탱크 속에 들어가기 전까지 실질적인 여행은 시작되지 않는다.

라운지는 너무 무미건조했기 때문에 찰리와 나는 남은 자유 시간을 이용해서 함내를 탐험하기로 했다.

브리지는 여느 컴퓨터 시설과 하등 다를 바가 없었다. 관측 스크린 따위의 사치스러운 장비는 일체 존재하지 않았다. 우리는 충분히 거리를 두고 뒤쪽에 서서, 모두 탱크에 들어가 우리들의 운명을 완전히 기계에 맡기기 전에 안토폴과 그녀 휘하의 해군 장교들이 최종 점검을 하는 광경을 바라보았다.

사실은 현창(舷窓)이 하나 있기는 있었다. 이물 쪽의 항법실 벽에 나 있는 두꺼운 플라스틱제 거품이었다. 콜랩서 돌입 전에 그가 담당하고 있는 일은 완전히 자동화되어 있었으므로, 윌리엄스 중위는 한가한 듯했다. 그는 기꺼이 우리를 안내해 주었다.

중위가 손톱으로 현창을 톡톡 쳤다.

"이번 항해에서는 이 물건을 안 썼으면 좋겠군요."

"왜?"

찰리가 물었다.

"길을 잃었을 경우에만 사용하니까요."

만약 돌입 각도가 0.001라디안이라도 빗나간다면, 우리는 아마 은하계 반대쪽에서 튕겨 나올 것이다.

"그럴 경우엔 가장 밝은 항성들의 스펙트럼을 분석해서 대략의 위치를 알아낼 수 있습니다. 지문이나 마찬가지죠. 별 세 개를 확인한 다음에는 삼각 측량법을 쓰면 됩니다."

"그런 다음 가장 가까운 콜랩서를 찾아서 원래 항로로 되돌아간다는 말이로군."

내가 말했다.

"문제는 그겁니다. 사데-138은 우리가 아는 한도 내에서는 마젤란 성운 안에 존재하는 유일한 콜랩서입니다. 그 사실도 노획한 적의 데이터를 분석해서 알아낸 겁니다. 만약 우리가 성운 내에서 길을 잃고 다른 엉뚱한 콜랩서를 찾아낸다면, 어떻게 돌입하면 될지 전혀 알 수가 없으니까요."

"듣던 중 반가운 소식이로군."

"그렇다고 해서 정말로 길을 잃어버린다는 건 아닙니다."

그는 상당히 심술궂은 표정으로 말을 이었다.

"모두 가속 탱크로 들어간 다음, 지구를 향해 최고 출력으로 날아가면 되니까요. 함내시간으로는 약 3개월 후에 도착할 수 있을 겁니다."

"물론이지. 15만 년 미래의 지구에 말이야."

나는 대꾸했다.

25G로 가속하면 한 달 이내에 광속의 10분의 9에 해당하는 속력을 낼 수 있었다. 그다음부터는 성 앨버트*의 팔에 모든 것을 맡기는 수밖에 없는 것이다.

"흠, 그게 단점이기는 하지만, 적어도 누가 전쟁에서 이겼는지를 확인해 볼 수는 있지 않습니까."

그런 식으로 얼마나 많은 병사들이 전쟁에서 도망쳤는지 궁금했다. 어딘가에서 사라져서 행방불명이 된 타격부대의 수는 마흔둘이었다. 이들 모두가 지금 정상 우주공간에서 광속에 가까운 기는 듯한 속도로 날고 있고, 몇 세기에 걸쳐 지구나 스타게이트로 한 척씩 돌아올 가능성도 없지는 않았다.

탈영하는 방법치고는 편리한 것인지도 모른다. 일단 콜랩서 점프의 연쇄에서 빠져나오기만 한다면 이들을 추적하는 일은 실질적으로 불가능해지니까 말이다. 그러나 불행히도 각 우주선의 점프 과정은 타격부대 사령부에 의해 미리 프로그램되어 있다. 계산 잘못으로 우주선이 잘못된 웜홀로 들어가서 우주 어딘가의 엉뚱한 장소에서 튀어나왔을 경우에만 비로소

---

* Saint Albert(1206~1280), 독일의 성직자이자 자연과학자, 과학자들의 수호성인.

인간 항법사가 등장하는 것이다.

찰리와 나는 체육관을 둘러보았다. 한꺼번에 열두 명쯤 들어갈 수 있을 정도로는 넓었다. 나는 탱크에서 나온 다음 중대원 모두가 하루에 한 시간 운동할 수 있도록 근무표를 만들라고 찰리에게 지시했다.

식당은 체육관보다 조금 넓은 정도였다. 4교대로 조금씩 시차를 두며 식사를 하더라도, 북적거리는 것을 피할 수는 없을 것이다. 그리고 남녀 사병용 라운지는 장교용 라운지보다 한층 더 한심했다. 20개월이 지나기도 전에 정말로 심각한 사기 문제가 야기될 것 같았다.

병기 담당의 구획은 체육관과 식당과 양쪽 라운지를 합친 것보다 더 컸다. 그럴 수밖에 없었다. 최근 몇 세기 동안 온갖 종류의 보병용 무기가 개발되었기 때문이다. 기본 병기는 아직도 파이팅 슈트였지만, 내가 알레프-널 작전 직전에 억지로 입어야 했던 초기 모델보다 훨씬 더 세련된 것이었다.

병기 담당 장교인 라일랜드 소위는 각 소대에서 차출한 네 명의 부하들이 마지막으로 병기창을 점검하는 것을 감독하고 있었다. 몇 톤에 달하는 폭발물과 방사성 물질에 25G의 가속이 걸렸을 때를 상정해 보면, 아마 이 우주선에서 가장 중요한 일이라고 할 수 있을 것이다.

나는 그의 적당한 거수경례에 답례했다.

"모두 순조롭게 풀리고 있나, 소위?"

"옙, 이 빌어먹을 장검들을 제외하면 말입니다."

이것들은 정체(停滯) 필드에서 쓸 무기이다.

"구부러지지 않도록 고정하는 방법이 없습니다. 부러지지 않기를 바랄 뿐입니다."

정체 필드의 작동 원리는 나의 이해 범위를 완전히 벗어나 있었다. 현재의 물리학과 내가 석사 학위를 땄을 당시의 물리학 사이에는 갈릴레오와 아인슈타인만큼이나 격차가 있었던 것이다. 그러나 그것이 어떤 효과를 끼치는지는 알고 있었다.

필드 내부에서는 어떠한 물체도 초속 16.3미터보다 빠른 속도로 움직일 수는 없다. 필드는 직경 50미터의 반구(우주공간에서는 구) 모양을 하고 있었다. 그 내부에서는 전자파라는 것이 아예 존재하지 않는다. 전기도, 자력도, 빛도 없는 것이다. 슈트를 입고 밖을 내다보면 희미한 회색빛에 잠긴 주위의 광경이 보인다. 이 현상을 알기 쉬운 말로 내게 설명해 준 작자의 말에 따르면, '근접한 타키온 현실에서 새어 나온 의사(擬似) 에너지의 위상(位相) 전이'에 의한 것이라고 한다. 내게는 모두 연소(燃素)*나 마찬가지로 종잡을 수가 없는 단어들이다.

그럼에도 불구하고 그것은 모든 재래식 무기를 쓸모없게 만드는 효과가 있었다. 일단 필드 내부에 들어가면 노바 폭탄조차도 비활성의 쇳덩어리로 변하고 만다. 그리고 지구인이든 토오란이든 간에, 생명체가 적절한 절연체로 몸을 감싸지 않은 채로 필드에 들어오면 눈 깜짝할 사이에 죽어 버리고 만다.

모두들 처음에는 마침내 궁극의 무기를 발견했다고 생각하고 있었다. 지상전에서 전혀 손해를 입지 않은 채 토오란의 기지를 일소해 버린 교전이 다섯 번 계속되었다. 이쪽에서는 단지 필드를 적이 있는 곳까지 운반해 간 다음(지구 중력 하에서라면 체격이 좋은 병사 네 명만으로도 운반 가능했다) 적이 필드의 불투명한 벽을 통과하면서 몰사하는 광경을 구경하기만 하면 됐던 것이다. 필드 발생기를 운반하는 병사들은 자기 위치를 파악하

---

* phlogiston, 산소를 발견하기 전까지 가연물 속에 존재한다고 믿어졌던 가상의 물질.

기 위해 스위치를 끄는 짧은 시간을 제외하면 다칠 염려도 없었다.

그러나 여섯 번째로 필드를 썼을 때 토오란은 대항책을 마련해 놓고 있었다. 방호복을 입고 발생기 운반자들의 우주복을 찢을 수 있는 날카로운 창으로 무장하고 왔던 것이다. 그때부터는 운반자들도 무장하게 되었다.

10여 개의 타격부대가 정체 필드를 가지고 출격했지만, 이 일이 있은 이래 이런 식의 전투는 세 번밖에 보고되지 않았다. 다른 부대들은 여태껏 싸우고 있는가, 아니면 아직도 항해 중이든가, 혹은 완전히 전멸해 버렸을 것이다. 그들이 돌아오지 않는 한 확인할 방법은 없었다. 게다가 토오란들이 아직도 '그들의' 부동산을 점거하고 있을 경우에는 그것을 탈환할 때까지 돌아오려야 돌아올 수가 없었을 것이다. 그런 행위는 '전시 탈주'로 간주되고, 모든 장교는 처형당하기 때문이다.(소문에 따르면 그냥 두뇌소거를 당한 뒤에 조건 학습을 받고 다시 전장으로 보내어진다는 얘기도 있었다.)

"정체 필드를 쓸 생각이십니까, 소령님?"

라일랜드가 물었다.

"아마 그럴지도 모르겠군. 그렇지만 토오란들이 이미 거기 와 있지 않는 한 처음부터 쓰지는 않을 거야. 밤낮으로 슈트 안에서 지낸다는 건 별로 내키지 않으니까."

장검이나, 창이나, 투척용 나이프를 쓰는 일도 내키지 않았다. 비록 내가 그것들을 써서 수없이 많은 전자적 유령을 발할라로 보낸 경험이 있다고 해도 말이다.

시계를 보았다.

"자, 이제 슬슬 탱크 안으로 들어가는 편이 낫겠군. 대위, 준비가 다 끝났는지 확인하도록."

돌입 시퀀스가 시작될 때까지 두 시간쯤 남아 있었다.

가속 탱크가 있는 방은 거대한 화학공장을 닮아 있었다. 바닥의 직경은 무려 100미터나 되었고, 온통 흐릿한 잿빛으로 칠해진 육중한 기계로 발 디딜 틈도 없었다. 여덟 개의 탱크는 중앙 엘리베이터를 중심으로 거의 대칭형으로 설치되어 있었다. 다른 탱크들보다 두 배는 더 큰 탱크 하나가 이 대칭을 무너뜨리고 있었다. 그것은 지휘 탱크였고, 상급 장교들과 지원 병과의 전문가들을 위한 것이었다.

블라진스키 상사가 한 탱크 뒤에서 걸어 나오더니 경례했다. 나는 답례하지 않았다.

"도대체 그건 뭐지?"

잿빛 우주 안에서 단 하나 존재하는 색채.

"고양이입니다, 소령님."

"설마!"

밝은 흰색 바탕에 얼룩이 있는 커다란 고양이였다. 그 동물이 상사의 어깨 위에 늘어져 있는 광경은 실로 황당하게 보였다.

"질문을 바꾸지. 도대체 이 고양이는 여기서 뭘 하고 있나?"

"정비 분대의 마스코트입니다, 소령님."

고양이는 가까스로 고개를 들더니 열의 없는 목소리로 한 번 썩 하는 위협음을 내고 다시 무기력한 원래 자세로 돌아갔다.

나는 찰리를 보았다. 그는 어깨를 움츠려 보였다.

"좀 잔인한 느낌이 드는군요."

찰리는 그렇게 말하고 상사를 보았다.

"그걸 어떻게 감당하려고 하나. 25G로 가속한 다음에는 털가죽과 내장만 남을 텐데."

"오, 대위님, 아닙니다! 아닙니다, 소령님."

블라진스키는 고양이 어깨 사이의 털을 그러 올려 보였다. 플루오로카본용 장치가 박혀 있었다. 내 좌골 위에 달린 것과 똑같았다.

"스타게이트에 있는 점포에서 이미 조절을 마친 놈을 구입했습니다. 지금은 많은 배들이 이런 마스코트를 싣고 있습니다, 소령님. 함장님도 허가서에 사인을 해 주셨습니다만."

맞다, 그녀는 그럴 권한이 있었다. 정비 분대는 우리 두 사람의 공동 지휘 하에 있었고, 우주선은 그녀 관할이었다.

"개는 데려올 수 없었나?"

난 고양이라면 질색이었다. 언제나 살금살금 숨어 다니고 있다.

"아닙니다, 소령님. 개는 적응하지 못합니다. 자유 낙하 상태를 견디지 못하니까요."

"뭔가 특수한 장비를 설치해야 했나? 탱크에 말이야."

찰리가 물었다.

"아닙니다, 대위님. 여분의 침대가 있었습니다."

이렇게 기쁠 수가. 그렇다면 이 동물과 같은 탱크를 쓴다는 얘기군.

"고정 벨트 길이를 줄이기만 하면 됐습니다. 세포벽 강화약은 인간 것과는 다르지만, 그건 원래 가격에 포함되어 있었습니다."

찰리는 고양이의 귀 뒤를 긁어 주었다. 고양이는 낮게 갸르릉거렸지만 움직이지는 않았다.

"어째 좀 멍청한 것 같군. 이 고양이 말이야."

"미리 약을 먹였습니다."

기운이 없는 것도 당연했다. 그 약은 겨우 생명을 유지할 수 있을 정도까지 신진대사율을 낮추기 때문이다.

"침대에 고정하기가 훨씬 수월해지니까요."

"그럼 괜찮겠군."

나는 말했다. 사기 진작에 도움이 될지도 모르겠다.

"그러나 만약 그놈이 조금이라도 작전에 방해가 되는 일이 있다면, 내 손으로 직접 재순환 장치에 넣어 버릴 테니 주의하도록."

"옛, 소령님!"

상사는 안도한 기색이 역력했다. 설마 내가 이렇게도 귀여운 털 뭉치에게 그런 끔찍한 짓을 하리라고는 믿고 있지 않은 눈치였다. 한번 시험해 보라고, 친구.

이렇게 해서 볼 것은 전부 보았다. 이제 엔진 이쪽에서 아직 안 본 것은 앞으로 있을 가속에 대비해서 전투정들과 무인 전투기들이 육중한 버팀대에 꽉 죄어져 있는 거대한 격납고뿐이었다. 찰리와 나는 그것을 구경하러 갔지만, 격납고로 이어지는 에어록 문에는 창이 없었다. 안으로 들어가면 창문이 있다는 사실을 알고 있었지만, 에어록 내부는 진공이었다. 단지 우리의 호기심을 채울 목적으로 귀찮은 공기 주입과 가열 절차를 일일이 밟을 가치는 없었다.

나는 실은 내가 여분의 인원이 아닌가 하고 느끼기 시작하고 있었다. 힐보를 불렀더니 모든 일이 잘 진행되고 있다는 대답이 돌아왔다. 한 시간 더 남아 있었기 때문에 찰리와 나는 라운지로 돌아가서 컴퓨터를 중개 삼아 '크리그슈필러(Kriegspieler)'라는 전쟁 게임을 시작했다. 막 재미있어지기 시작했을 때 가속 10분 전을 알리는 경보가 울렸다.

가속 탱크는 5주의 '반 생명-반 실패' 비율을 가지고 있었다. 그 속에 잠긴 채로 살아남거나, 혹은 밸브나 튜브가 날아가서 구둣발에 밟힌 벌레처럼 납작해질 가능성이 5주 후에는 반반이라는 뜻이다. 실제 상황에서는 정말로 긴급한 사태가 일어나지 않는 한 2주 이상 가속하는 일은 없었다. 이번 여정에서 탱크에 들어가 있는 시간은 열흘에 지나지 않았다.

그러나 탱크 속에 들어가 있는 인간에게는 5주건 다섯 시간이건 마찬가지였다. 일단 압력이 적정 레벨에 달하면 사람은 시간 감각을 완전히 상실하기 때문이다. 몸과 두뇌는 굳어 버리고, 오감으로부터는 아무런 입력도 없으며, 자기 이름의 철자를 생각해 내는 일에만도 몇 시간이나 걸리는 것이다.

갑자기 플루오로카본이 사라져 있다는 사실을 깨달았을 때도 전혀 시간이 흘렀다는 느낌은 안 들었지만 그렇게 놀라지는 않았다. 감각이 돌아오면서 온몸이 따끔거렸다. 탱크 안은 마치 건초를 쌓아 놓은 들판 한복판에서 열린 천식 환자들의 모임을 방불케 했다. 서른아홉 명의 인간과 한 마리의 고양이가 목과 코에 남아 있는 플루오로카본의 마지막 잔재를 뱉어 내려고 일제히 콜록거리며, 재채기를 하고 있었기 때문이다. 내가 고정 벨트를 푸는 동안 옆쪽 문이 열렸고, 눈이 아플 정도로 밝은 빛이 탱크 내부를 채웠다. 고양이가 제일 먼저 밖으로 뛰쳐나갔고, 사람들도 질세라 우르르 따라 나갔다. 나는 지휘관의 체통을 지키기 위해 제일 마지막까지 남아 있었다.

밖에서는 100명이 넘는 인간들이 우글거리며 굳은 몸을 풀거나 문지르고 있었다. 체통을 지켜야 해! 벌거벗은 젊은 여자들 사이에 둘러싸인 나는, 그들의 얼굴을 응시하며 사나이다운 반응을 감추기 위해 필사적으로 머릿속에서 3차수 미분 방정식을 풀려고 해 보았다. 임기응변의 조치이기는 했지만, 어쨌든 엘리베이터까지는 갈 수 있었다.

힐보는 호령을 하며 부하들을 줄 세우고 있었다. 엘리베이터 문이 닫힐 때 나는 소대원 모두가 머리에서 발끝까지 가벼운 타박상을 입고 있다는 사실을 깨달았다. 검게 멍든 스무 쌍의 눈. 정비와 의무 부문 양쪽에게 말해 둘 필요가 있다.

옷을 입은 다음에 말이다.

31

이따금 자유 낙하 상태에서 항법 체크를 할 때를 제외하면 우리는 3주 동안 1G의 가속도를 유지했다. 마사리크Ⅱ호는 콜랩서 레시-10에서 길고 좁은 타원 궤도를 그리며 떨어져 나간 다음, 다시 되돌아가는 중이었다. 이 기간은 평온무사하게 지나갔고, 부하들도 모함의 일과에 잘 적응해 줬다. 나는 바쁘기만 한 잡무를 최소한도로 줄이고, 훈련의 복습과 운동을 최대한도로 늘렸다. 다 부하를 위한 일이었지만, 나는 그들이 같은 생각을 하고 있다고 믿을 만큼 순진하지는 않았다.

1G로 항해한 지 한 주쯤 지났을 때 루드코스키 상병(취사 담당 조수)은 증류 장치를 이용, 순도 95퍼센트의 에틸알코올을 하루에 8리터씩 생산하고 있었다. 이것을 막을 생각은 없었다. 우리들의 생활에서는 즐거움이라는 것이 별로 없었기 때문이다. 그들이 근무시간 중에 취해 있지만 않는다면 나는 신경 쓰지 않는다. 하지만 상병이 우주선의 완전히 폐쇄된 생태계 안에서 어떤 식으로 원료를 추렴해 냈고, 또 병사들이 어떻게 술값을 지불

하고 있는지에 대해 무척 궁금했다. 그래서 나는 지휘 계통을 역으로 이용하여 얼세버에게 진상을 알아내라고 명했다. 그녀는 자르빌에게, 자르빌은 카레라스에게, 카레라스는 취사 담당인 오번과 말을 나누었다. 알고 보니 이 모든 일을 시작한 사람은 오번 중사였다. 실행은 루드코스키에게 맡겨 놓고, 자기는 그 사실을 믿을 만한 제3자에게 자랑하지 못해 안달하고 있었던 것이다.

만약 내가 한 번이라도 사병들과 함께 식사를 했다면, 뭔가 이상한 일이 진행 중이라는 사실을 알아차렸을 것이다. 그러나 이 음모는 장교들에게까지는 전파되지 않고 있었다.

오번은 루드코스키를 통해 알코올을 기초로 한 함내 경제를 급조해 냈던 것이다. 설명하자면 다음과 같다.

세끼 식사에는 언제나 설탕이 잔뜩 든 후식인 젤리나, 커스터드*, 플랜** 따위가 곁들여져 나온다. 이들의 달착지근한 맛을 견딜 수 있다면 먹는 것은 물론 자유이다. 그러나 쟁반을 다시 재순환 장치로 가져갔을 때 후식이 그대로 남아 있을 경우, 루드코스키는 그 병사에게 10센트짜리 전표를 건네고 그 설탕과자를 발효통 속에 긁어 넣는다. 그는 20리터들이 발효통을 두 개 가지고 있었고, 그중 하나를 채우는 사이 다른 하나에게 '작업'을 시키고 있었다.

10센트 전표가 이 시스템의 근간을 이루고 있었고, 5달러로 0.5리터의 순수한 에틸알코올(맛은 주문하는 사람 마음대로 고를 수 있다)을 살 수 있었다. 1개 분대 다섯 명이 후식을 전부 건너뛴다면 매주 약 1리터의 알코

---

* 우유, 달걀, 설탕 따위를 섞어 만든 과자.
** 치즈, 과일 따위를 넣은 파이의 일종.

올을 살 수 있었다. 파티를 열기에는 충분하지만 공중의 건강을 위협할 정도의 양은 아니다.

다이애나가 이 정보를 내게 전할 때, 그녀는 루드코스키표 '최악'주를 한 병 함께 가져왔다. 글자 그대로 완전히 실패한 맛이었다. 지휘 계통을 거슬러 올라오는 사이에도 겨우 몇 센티미터밖에 줄어 있지 않았다.

그 술에서는 딸기와 캐러웨이***를 섞어 놓은 것 같은 소름 끼치는 맛이 났다. 다이애나는 이 술이 아주 마음에 든 듯했다. 이런 식의 악취미는 평소에 거의 술을 마시지 않는 사람의 경우에는 드문 일이 아니다. 나는 부하에게 얼음물을 좀 가져오라고 했다. 그녀는 한 시간 후 완전히 곤드레만드레 취해 있었다. 나 자신은 얼음물을 섞어 한 잔을 만들었지만, 아직 그것조차도 다 마시지 못하고 있었다.

그녀는 인사불성이 되기 일보 직전에서 뭐라고 혼잣말을 중얼거리며 자기 간을 위로하고 있었지만, 느닷없이 고개를 홱 들더니 어린애처럼 물끄러미 나를 쳐다보았다.

"윌리엄 소령, 당신은 정말로 심각한 문제를 안고 있어요."

"자네가 내일 아침에 부닥칠 문제의 반도 심각하지 않네, 다이애나 군의 소위."

"오, 그건 걱정 안 해도 돼요."

그녀는 취한 동작으로 자기 얼굴 앞에서 손을 휘휘 저어 보였다.

"비타민 조금하고, 포도……당 조금, 그래도 안 되면 아드…… 아드레날린 1시시만 있으면 아아무러치도 않을 거예요. 당신…… 당신이야말로…… 진짜진짜 문제야."

*** 회향풀의 일종. 약용.

"이봐, 다이애나, 이젠 돌아가는 편이……"

"당신한테 필요한 건…… 그 친절한 발데스 병장한테 예약을 넣는 일이에요."

발데스는 남성 섹스 카운슬러였다.

"그 사람이라면 동정해 줄 거예요. 그게 일이니이이까. 그럼 당신도……"

"이 얘긴 예전에도 한 적이 있잖아, 생각 안 나나? 난 그냥 이대로 살고 싶어."

"안 그런 사람이 어디 있겠어요."

그녀는 아마 알코올이 1퍼센트는 섞여 있음직한 눈물 한 방울을 닦아 냈다.

"사병들이 당신을 '올드 커리어(老兵)'란 별명으로 부르는 줄 알고 있죠? 이젠 아녜요."

그녀는 바닥을 내려다보다가 고개를 들어 벽을 보았다.

"지금은 모두들 '올드 퀴어(老變態)'라고 부른다고요. 알아요?"

그것보다 더 심한 별명을 얻을 것을 각오하고 있었다. 그러나 이렇게 빨리 이런 날이 올 줄은 몰랐다.

"상관없어. 지휘관은 언제나 별명을 얻기 마련이거든."

"물론 나도 알아요. 하지만."

그녀는 갑자기 일어나더니 조금 비틀거렸다.

"너무 마셨나 봐요. 좀 누워야지."

그녀는 내게서 등을 돌리고 관절에서 소리가 날 정도로 힘껏 기지개를 켰다. 그러자 옷의 이음매가 스르륵 열렸다. 그녀는 어깨를 움츠려 웃옷을 아래로 미끄러뜨렸고, 바닥에 떨어진 옷에서 빠져나와 발끝으로 살금살금

걸어 내 침대로 갔다. 그녀는 내 침대 위에 앉아 매트리스를 가볍게 두드
렸다.

"이리 와요, 윌리엄. 기회는 지금뿐이에요."

"하느님 맙소사, 다이애나. 이건 당신한테 공평치 못해."

"공평하고 말고요."

그녀는 킥킥거렸다.

"게다가 난 의사라고요. 난 냉정할(clinical) 수 있고, 전혀 개의치 않을
거예요. 이거 벗는 것 좀 도와줘요."

500년이 지났어도, 브래지어의 훅은 여태껏 등 쪽에 달려 있었다.

어떤 종류의 신사는 그녀가 옷을 벗는 것을 도와주고 조용히 방에서 나
갔을 것이다. 다른 종류의 신사는 문을 향해 후다닥 도망쳤을 것이다. 그
어느 쪽도 아니었던 나는 사냥감을 향해 다가갔다.

아마 다행스럽게도, 그녀는 우리들 사이의 일이 더 이상 진척되기 전에
곯아떨어졌다. 나는 오랫동안 그녀의 모습과 감촉을 즐겼다. 치한이 된 듯
한 기분이었기 때문에 나는 옷을 전부 끌어모아 어떻겐가 그녀에게 입힐
수가 있었다.

그녀를 침대에서 안아 올렸다. 감미로운 부담이었다. 그제야 누가 이런
광경을 보기라도 한다면, 이 작전이 종결될 때까지 그녀는 온갖 소문의 대
상이 되리라는 사실을 깨달았다. 나는 찰리에게 전화를 걸어 함께 술을 마
시다가 다이애나가 좀 과음한 탓에 뒤끝이 안 좋다는 사실을 알렸고, 미안
하지만 자네도 한잔하러 와서 의사 선생을 자기 방으로 데려다 주는 것을
도와주지 않겠느냐고 말했다.

찰리가 문을 노크했을 때, 그녀는 의자에 늘어져서 천진난만한 표정으
로 작게 코를 골고 있었다.

찰리는 그녀를 보고 미소 지었다.

"의사여, 자기 자신을 치료하라."

나는 찰리에게 경고의 말과 함께 술병을 건넸다. 그는 쿵쿵 냄새를 맡아 보고 얼굴을 찡그렸다.

"도대체 이건 뭡니까. 니스?"

"취사병들이 만들어 낸 거야. 진공 증류기로."

그는 난폭하게 다루면 마치 터지기라도 한다는 듯이 조심스럽게 병을 내려놓았다.

"이런 것 가지고선 곧 손님이 끊길 겁니다. 독극물 중독으로 모두 사망해 버릴 테니까요. 다이애나는 정말로 이 지독한 걸 마셨습니까?"

"흐음, 두 취사병들 모두 이것이 그다지 성공적이지 못한 실험이었다고 자인하고 있네. 하지만 다른 맛이 들어간 것들은 아마 괜찮을 거야. 응, 아주 마음에 들어 하더군."

"흐응……"

그는 웃었다.

"쳇! 자, 그럼 내가 팔을 잡을 테니 다리를 잡고 가겠습니까?"

"아니, 둘이서 팔을 하나씩 잡고 부축하는 편이 낫겠어. 조금이라도 걷게 만들 수 있을지도 모르니까."

우리가 의자에서 일으켜 세웠을 때 그녀는 조금 신음 소리를 냈고, 한쪽 눈을 뜨더니 "안녕, 차아알리."라고 말했다. 그러고 나서는 눈을 감고 우리가 자기를 숙사로 끌고 가도록 내버려 두었다. 도중에 우리 모습을 본 사람은 아무도 없었지만, 그녀의 애인이자 룸메이트인 라소넨은 방에 앉아서 책을 읽고 있었다.

"정말로 그걸 마셨나요, 소령님?"

라소넨이 쓴웃음을 지으며 자기 친구를 보았다.

"자, 제가 도와 드리죠."

우리들 세 명은 어떻겐가 그녀를 침대에 눕힐 수 있었다. 라소넨은 다이애나의 머리카락을 눈가에서 쓸어 올렸다.

"실험해 보겠다고 말하고 갔어요."

"과학에 대해서는 나보다 훨씬 헌신적이군. 위도 더 튼튼한 것 같고."

잠시 후 우리들 모두 찰리가 그런 말을 안 했었으면 좋았을 텐데, 하고 생각했다.

다이애나는 겸연쩍은 어조로 처음 한 잔을 마신 다음부터는 아무것도 기억하고 있지 않다고 실토했다. 그녀 얘기를 들어 보니 아무래도 찰리가 처음부터 끝까지 동석하고 있었다고 생각하고 있는 듯했다. 물론 그러는 편이 훨씬 낫다. 그러나 오, 다이애나! 나의 사랑스러운 잠재적 이성애자여, 다음 항구에 닿을 때 최고급 스카치를 한 병 선물하게 해다오. 700년 후의 얘기가 되겠지만.

우리는 레시-10에서 카프-35로 점프하기 위해 다시 탱크로 되돌아갔다. 이번에는 25G로 2주간이었다. 그런 다음에는 다시 1G로 4주간의 통상 항행에 들어간다.

나는 이미 '개방 정책'을 표명하고 있었지만, 실제로 이것을 이용한 부하는 단 한 명도 없었다. 병사들과 얼굴을 맞댈 기회는 거의 없었고, 설령 그런다 하더라도 십중팔구 부정적인 상황 하에서 그랬던 것이 대부분이었다. 훈련 보고서를 보고 테스트해 본다든지, 따로 불러 질책한다든지, 이따금 강의를 하는 것이 고작이었다. 게다가 나의 직접적인 질문에 대해 예, 아니요 식의 대답이 돌아올 경우를 제외하면 무슨 말을 하고 있는지를 도무지 알아들을 수가 없었다.

이들 대다수는 모국어나 제2외국어로 영어를 말할 수 있었다. 그러나 근 450년 동안 영어는 대폭 변화했기 때문에 알아듣기가 매우 힘들었고, 빨리 말할 경우에는 아예 이해가 불가능했다. 다행히도 그들은 기초 훈련 때 21세기 초의 영어를 배웠다. 이 언어 내지 방언은 25세기의 병사라도 자신의 19대 할아버지의 동시대인이었던 사람과 의사를 소통할 수 있도록 채택된 공통어였다. 지금도 할아버지 같은 것이 존재한다면 말이지만.

나는 나의 첫 번째 야전 지휘관이었던 스토트 대위 생각을 했다. 다른 중대원들과 마찬가지로, 나는 그를 진심으로 증오했다. 그리고 만약 그가 성도착증 환자였고, 순전히 그의 편의를 위해 새로운 언어를 배울 것을 내게 강요했다면 어떻게 느꼈을까 하고 상상해 보았다.

고로, 우리는 군기 문제에 직면해 있었다. 그러나 조금이라도 군기가 잡혀 있었다는 사실 자체가 놀라움이었다. 힐보 덕택이었다. 개인적으로는 전혀 호감이 가지 않았지만, 적어도 부하들을 장악할 수 있었던 것은 그녀 덕택이었다.

함내의 낙서 대부분은 제2 야전 장교와 그녀의 지휘관이 황당무계한 체위로 성적 교섭을 벌이고 있는 광경을 묘사한 그림이었다.

우리는 카프-35에서 삼크-78로 점프했고, 그곳에서 아인-129로, 마지막에는 사데-138로 점프했다. 이들 점프 대부분은 몇백 광년 이내의 것이었지만, 마지막 점프의 거리만은 14만 광년이나 되었다. 우리가 아는 한 유인 우주선이 행한 콜랩서 점프로는 가장 긴 것이었다.

어떤 웜홀을 통해 콜랩서에서 다른 콜랩서로 이동할 때 소요되는 시간은 거리와는 상관없이 동일했다. 내가 물리학을 공부하고 있었던 당시, 과학자들은 콜랩서 점프에 소요되는 시간은 정확히 제로라고 생각하고 있었다. 그러나 몇 세기 후 그들은 복잡한 파장 유도 실험에 의해 점프시 실제로는 나노세컨드*의 몇 분의 일에 상당하는 시간이 흐른다는 사실을 증명했다. 얼마 안 되는 시간이라고 느낄지도 모르지만, 콜랩서 점프가 처음 발견되었을 때도 물리학을 기초부터 뜯어고쳐야 했던 것이다. A지점에서 B지점으로 이동하는 데 시간이 걸린다는 사실을 발견했을 때 또다시 모든 것을 해체해야 했다. 물리학자들은 아직도 논쟁을 벌이고 있는 중이었다.

그러나 사데-138의 콜랩서 장(場)에서 광속의 4분의 3의 속도로 출현했을 때 우리는 좀 더 절박한 문제에 직면해 있었다. 토오란이 우리보다 빨리 도착했는지 당장 알 수 있는 방법이 없었기 때문이다. 우리는 무인 정찰기를 발사했다. 이것은 300G로 감속하면서 우리가 도착하기 전에 미리 주위의 공간을 정찰하도록 프로그램되어 있었다. 그 태양계에 다른 우주선이 있는가, 혹은 콜랩서 주위를 도는 행성에서 토오란이 활동하고 있다는 징후를 탐지하면 우리에게 경고를 보낼 것이다.

무인 정찰기를 발사한 다음 우리는 탱크 안으로 들어갔고, 컴퓨터는 모함을 감속시키며 3주간의 회피 기동을 시작했다. 탱크 속에서 얼어붙은 채로 있기에 3주는 너무 긴 시간이라는 점만 제외하면 아무런 문제도 없었다. 회피 기동이 끝난 후 며칠간은 모두들 나이 든 장애인들처럼 절뚝거리며 움직였다.

만약 무인 정찰기가 토오란이 이미 항성계에 와 있다는 보고를 보낼 경우 우리는 그 즉시 1G로 감속하고 노바 폭탄으로 무장한 전투정과 무인

---

* 10억분의 1초.

전투기들을 전개시킬 것이다. 혹은 그럴 수 있을 만큼 오래 살아 있지 못할지도 모른다. 이따금 토오란은 항성계에 진입한 우주선을 몇 시간 만에 파괴할 수 있었기 때문이다. 탱크 안에서 죽는다는 것은 아마 가장 편한 죽음은 아닐지도 모른다.

사데-138에서 몇 AU되는 곳까지 되돌아가기까지는 한 달 정도가 걸렸다. 무인 정찰기는 우리 요구에 합치하는 행성을 발견하고 있었다.

기묘한 행성이었다. 지구보다는 조금 작을 정도였지만 밀도가 더 높았다. 대다수의 발착 행성 같은 극저온의 냉동고는 아니었다. 행성의 핵이 발산하는 열뿐만 아니라, 마젤란 성운에서 가장 밝은 항성인 황새치자리S 로부터 겨우 3분의 1광년 떨어져 있었기 때문이었다.

이 행성의 가장 기묘한 특징은 지형이라고 할 만한 것이 결여되어 있다는 점이었다. 우주공간에서 보면 그것은 조금 흠집이 난 당구공처럼 보였다. 우리의 함내 물리학자인 김 소위는 행성의 변칙적이고 혜성을 닮은 공전 궤도를 지적했고, 아마 이 행성이 대부분의 생애를 항성간 우주에서 '방랑 행성'으로서 돌아다니며 보냈기 때문에 상대적으로 원시적인 상태를 유지하고 있다고 설명했다. 행성이 사데-138 근처로 흘러 들어와서 그 중력장에 사로잡히고, 콜랩서가 주위로 끌어당긴 다른 표류물들과 함께 공간을 공유할 것을 강요받았을 때까지는 단 한 번도 커다란 운석에 맞지 않았을 가능성이 많았다.

우리는 위성 궤도에 마사리크Ⅱ호를 남겨 두고(행성 착륙 능력은 있었지만, 그런다면 적함 발견이 더 어려워지고, 탈출 시간도 줄어들기 때문에) 전투정 여섯 척을 이용해서 행성 표면으로 건축 자재를 운반했다.

배에서 나올 수 있어서 기뻤다. 행성은 거주 불가능이었지만 말이다. 희박한 대기는 수소와 헬륨의 차가운 바람이었고, 정오에도 기온이 너무 낮

왔던 탓에 그 이외의 물질은 가스로서조차 존재할 수 없었다.

'정오'란 황새치자리S가 머리 위에 떠올랐을 때를 말했다. 조그맣지만 눈이 아플 정도로 밝은 광점이었다. 기온은 밤이 되면 25K*에서 17K로 천천히 떨어졌다. 이것이 문제였다. 왜냐하면 새벽이 오기 직전 대기 내에 존재하는 수소가 응축하기 시작하면서 모든 것을 지독하게 미끄럽게 만들었기 때문이다. 따라서 앉아서 기다리는 것밖에는 달리 방도가 없었다. 새벽이 오면 희미한 파스텔색 무지개가 뜨면서 흑백으로만 이루어진 단조로운 풍경에 익숙해진 우리들에게 조금이나마 위안을 주었다.

지면은 불안정했다. 약하게 부는 바람을 받고 천천히, 그러나 끊임없이 움직이는 얼어붙은 가스의 작은 알갱이들로 뒤덮여 있었던 것이다. 넘어지지 않으려면 어기적거리며 천천히 걸어야 했다. 기지 건설 중에 생기는 사망 사고의 4분의 3은 단순한 전락(轉落) 때문이라고 해도 좋은 것이다.

거주 구획을 제쳐 두고 대공 및 주변 경계용 방어망을 먼저 건설하라는 내 결정에 부하들은 불만인 듯했다. 그러나 이것은 엄밀한 규칙에 따른 것이었고, 행성에서 '하루'를 지내면 이틀 동안은 모함으로 가서 쉴 수 있었다. 함내시간은 24시간제였음에 비해 행성의 하루는 38.5일이었으니까 그렇게까지 후한 대우는 아니라고 할 수도 있었을 것이다.

기지는 4주도 채 되기 전에 완성되었다. 실로 강력한 설비였다. 직경 1킬로미터의 원으로 이루어진 방어망은 0.001초 이내에 적을 자동적으로 조준 공격할 수 있는 기가와트 레이저포를 25문 장비하고 있었다. 이들 레이저포는 방어망과 지평선 사이에서 일정한 크기 이상의 물체가 움직이면 반응하도록 되어 있었다. 이따금 수소로 축축하게 젖은 지면 위로 바람이

---

* 여기서 K는 절대온도의 단위 켈빈을 말한다.

불었고, 느슨한 눈덩이를 이룬 조그만 얼음 알갱이들을 굴려 보낼 때가 있었다. 눈덩이들은 그렇게 멀리까지 굴러가지는 못했다.

적이 지평선 너머로 모습을 드러내기 전의 조기 방어 수단으로는 기지를 중심으로 매설된 거대한 지뢰밭이 있었다. 땅속에 묻혀 있는 지뢰들은 주위의 중력장이 일정 수준 이상으로 왜곡되면 폭발한다. 토오란 한 명이라면 20미터 이내, 소형 우주선일 경우에는 1킬로미터 상공까지 접근하면 폭발하도록 되어 있었다. 도합 2800개였고, 대부분 파괴력 100마이크로톤의 핵지뢰였다. 그중 50개는 가공할 만한 위력을 가진 타키온 폭탄이었다. 지뢰는 레이저포의 유효 사정이 끝나는 지점에서 너비 5킬로미터의 고리 모양으로 무작위 매설되어 있었다.

기지 내부에서는 개인용 레이저, 마이크로톤 유탄, 그리고 아직 실전에서는 사용된 적이 없지만 1개 소대에 한 문씩 배치된 타키온 동력식 연발 로켓 발사기에 의존해야 한다. 마지막 수단으로는 거주 구획 옆에 설치된 정체 필드가 있었다. 불투명한 잿빛 돔 내부에는 황금 군단이 떼거리로 몰려오더라도 충분히 대항할 수 있을 정도의 구석기 시대 무기 한 무더기와 소형 우주선 한 척이 감추어져 있었다. 전투에 이겼지만 모든 우주선을 잃을 경우의 대비책이었다. 적어도 열두 명은 스타게이트로 되돌아갈 수 있을 것이다.

이들 이외의 생존자들의 경우 원군이나 죽음이 찾아올 때까지 속수무책으로 그냥 기다리고 있는 수밖에 없다는 사실은 깊게 생각하지 않는 편이 나을 것이다.

거주 구획과 관리 시설은 모두 지하에 묻혀 있었으므로 직사(直射) 병기로부터 보호받고 있었다. 그러나 사기에는 별로 좋은 영향을 끼치지 않았다. 외부 작업이 있다고 하면, 그것이 아무리 힘들고 위험한 일이라고 해도 병사들은 예약을 하고 줄을 서서 기다릴 지경이었다. 자유 시간에 부하들을 밖으로 올려 보내고 싶지는 않았다. 위험했을 뿐만 아니라, 기지 관리상 장비 인출 상황을 점검하고 그들의 위치를 끊임없이 확인하는 일에 골머리를 썩여야 했기 때문이다.

마침내 나는 양보했고, 부하들이 매주 몇 시간씩 밖으로 올라가는 일을 허락했다. 아무 특징도 없는 평원과 (낮에는 황새치자리S, 밤에는 희미하고 거대한 타원형의 은하수로 점령된) 하늘밖에 볼 것이 없었지만, 녹아내린 바위벽과 천장을 바라보는 것보다는 나았다.

가장 인기가 있는 스포츠는 방어망 가장자리까지 걸어가서 레이저포 앞에 눈뭉치를 던지는 일이었다. 가장 작은 눈뭉치로 레이저포를 발사시키는 쪽이 이기는 것이다. 이 행위의 오락적 가치는 수도꼭지에서 물이 새는 것을 쳐다보고 있는 것과 같은 정도라고 생각됐지만, 실제적인 해는 없었다. 레이저는 기지 바깥쪽으로만 발사될 뿐이고, 동력은 얼마든지 있었기 때문이다.

5개월 동안은 상당히 원활하게 일이 진행되었다. 관리상의 문제는 마사리크Ⅱ에서 이미 경험했던 것들과 별로 차이가 없었다. 그리고 콜랩서에서 콜랩서로 점프하고 있었을 때보다 수동적인 혈거 생활 쪽이 위험은 더 적었다. 적어도 적이 나타날 때까지는 말이다.

루드코스키가 증류기를 다시 조립했을 때 나는 일부러 모르는 척하고 있었다. 주둔 임무의 단조로움에서 벗어나게 해 주는 것이라면 무엇이든지 환영이었고, 이 경우 전표는 술뿐만 아니라 도박의 칩으로도 쓸 수 있었던 것이다. 내가 정한 규칙은 단 두 가지뿐이었다. 완전히 술이 깨지 않은 한 아무도 밖으로 나갈 수 없고, 아무도 그것을 써서 성적인 호의를 팔아서는 안 된다. 아마 나 자신의 청교도적인 부분이 그런 규칙을 만들었는지도 모르지만, 이것 또한 어차피 군규에 포함된 것이었다. 지원 병과의 전문가들의 의견은 양분되어 있었다. 정신건강 담당인 윌버 소위는 나와 동감이었고, 섹스 카운슬러인 카즈디와 발데스는 반대했다. 그러나 이들 두 사람은 아마 그 방면의 '프로페셔널'로서 용돈을 벌었기 때문인지도 모른다.

마음 편하고 따분한 5개월이 흘러간 후, 그로바르 일병의 문제가 발생했다.

말할 필요도 없이 거주구 내부에서 무기 휴대는 허용되지 않았다. 병사들이 받아 온 훈련을 감안하면, 단순한 주먹다짐조차도 죽음에 이르는 결투로 끝날 가능성이 있었던 데다가, 모두들 신경이 날카로워져 있었기 때문이다. 100명의 정상인을 우리가 있는 지하 동굴에 처넣었다면 일주일도 채 되기 전에 서로를 못 잡아먹어서 안달했을 것이다. 그러나 이들 병사는 좁은 공간 내에서도 함께 견딜 수 있는 능력을 위해 특별히 선발된 자들이었다.

그럼에도 불구하고 싸움은 일어났다. 그로바르가 과거에 자신의 애인이었던 션을 거의 죽일 뻔했던 사건이었다. 후자가 식당에서 줄을 서 있던 전자를 보며 얼굴을 찌푸려 보였던 것이다. 그로바르는 일주일 동안 독방에 감금된 다음(션도 원인을 제공했다는 이유로 같은 처분을 받았다) 정신과 상담과 함께 징벌 작업을 할당받았다. 그런 다음 그는 매일 션의 얼굴을 보지 않아도 되도록 4소대로 전출됐다.

그 사건 이후 두 사람이 처음으로 복도에서 마주쳤을 때, 그로바르는 인사하는 대신 강력한 킥으로 상대방의 목을 강타했다. 다이애나는 션에게 새로운 기관(氣管)을 만들어 주어야 했다. 그로바르는 한층 더 엄한 독방

생활과 정신과 상담, 그리고 징벌 작업을 부여받았다. 염병할. 이 녀석을 쫓아 버릴 수 있는 다른 **중대** 따위는 없었던 것이다. 이 일이 있은 후 2주 동안은 얌전히 있었다. 나는 이 두 사람이 같은 방에 함께 있는 일이 결코 없도록 이들의 작업 및 식사 스케줄을 조정했다. 그러나 그들은 다시 복도에서 만났다. 이번에는 전보다는 좀 더 공평한 결과가 나왔다. 션은 갈비뼈가 두 대 부러졌지만, 그로바르는 고환이 파열되고 이가 네 개 부러졌다.

이런 식으로 가다간 둘 중 적어도 한 사람이 죽게 될 터였다.

군법 총칙에 따르면 나는 그로바르의 처형을 명할 수 있었다. 이론적으로 우리는 전투 상태에 들어가 있었기 때문이다. 아마 그때 그래야 했을지도 모른다. 그러나 찰리가 좀 더 인도적인 해결 방법을 제시했고, 나는 그의 제안을 받아들였다.

감금은 유일하게 인도적이며 실제적인 방법이기는 했지만, 그로바르를 영원히 가두어 둘 수 있는 충분한 공간 따위는 없었다. 그러나 우리 머리 위의 정지 궤도에 떠 있는 마사리크II호에는 빈 방이 얼마든지 있었다. 나는 안토폴을 불러냈고, 그녀도 그로바르를 맡는 데 동의했다 . 나는 그 얼어죽을 인간이 함내에서 또 문제를 일으킬 경우 우주복 없이 우주 공간으로 내팽개칠 수 있는 권한을 그녀에게 넘겼다.

우리는 전 중대원을 소집하고 상황을 설명했다. 병사들 모두에게 그로바르 사건의 교훈을 숙지시키고 싶었기 때문이다. 나는 돌로 된 연단 위에 서서 막 운을 떼려던 참이었다. 중대원들은 내 앞에, 장교들과 그로바르는 내 뒤에 정렬해 있었다. 그때였다. 이 미치광이가 나를 죽일 결심을 한 것은.

다른 병사들과 마찬가지로 그로바르는 정체 필드 내에서 매주 다섯 시간씩 훈련을 받고 있었다. 면밀한 감독 하에서 병사들은 토오란의 인형을 상대로 장검, 창, 기타 등등을 쓰는 연습을 했다. 그로바르는 어떻겐가 무기를 하나 숨겨 나왔다. 차크라라고 하는 인도의 무기였고, 금속제 팔찌 주위에 면도날처럼 날카로운 날이 달려 있는 물건이었다. 쓰기 쉬운 무기는 아니었지만, 일단 사용법을 터득하기만 하면 통상적인 투척용 나이프보다 훨씬 더 효과적이었다. 그로바르는 차크라의 전문가였다.

그로바르는 순식간에 자기 양편에 서 있던 사람들을 무력하게 만들었고 (한쪽 팔꿈치로 찰리의 관자놀이를 가격하는 동시에 옆차기로 힐보의 슬개골을 깼다), 웃옷에서 차크라를 꺼내 매끄러운 연속 동작으로 나를 향해 던졌다. 내가 반응하기도 전에 그것은 이미 내 목을 향해 반쯤 날아오고 있었다.

본능적으로 나는 그것을 옆으로 쳐냈고, 그 과정에서 손가락 네 개를 잃을 뻔했다. 면도날처럼 날카로운 칼날이 내 손바닥 위쪽을 찢었지만, 차크라의 방향을 바꾸는 데는 성공했다. 그로바르는 나를 향해 돌진해 왔다. 이를 드러내고, 두 번 다시 기억하고 싶지 않은 표정을 짓고.

아마 그는 이 '올드 퀴어'가 자신보다 겨우 다섯 살 나이를 먹었을 뿐이고, 전투 반사 능력이 있으며 3주에 걸친 네거티브 피드백 운동 감각 훈련을 받았다는 사실을 미처 깨닫지 못했던 것 같다. 어쨌든, 너무 쉬웠기 때문에 오히려 이쪽에서 미안한 감정을 느낄 지경이었다.

그의 오른발 끝이 안쪽을 향했다. 그가 한 발자국을 더 디딘 다음 맹렬하게 도약할 작정이라는 사실은 명백했다. 나는 짧은 발레스트라 (ballestra) 동작으로 피아의 거리를 조절했고, 그의 양쪽 발이 바닥을 찬 순간 좀 심하다 싶을 만큼 강렬한 옆차기로 그의 태양 신경총을 강타했다. 그는 땅에 쓰러지기도 전에 기절해 있었다. 그러나 죽은 것은 아니었다.

만약 정당방위로 사람을 죽였다면 내 고민은 갑자기 배가되는 대신 이미 사라져 있었을 것이다.

단순한 정신병적 문제아라면 지휘관은 그를 감금하고 잊어버릴 수 있었다. 그러나 실패한 암살자의 경우에는 얘기가 달랐다. 그리고 그를 처형하면 나와 부하들 사이의 관계가 악화되리라는 것은 불을 보듯 뻔했다.

나는 다이애나가 내 옆에서 무릎을 굻고 내 손가락을 억지로 펼치려 하고 있다는 사실을 깨달았다.

"힐보와 무어를 봐 줘."

나는 이렇게 중얼거렸고, 병사들을 쳐다보았다.

"해산."

32

"바보 같은 소리 하지 마십쇼."

찰리가 말했다. 그는 젖은 수건을 관자놀이에 갖다 대고 있었다.

"그 작자를 처형해야 한다고 생각하지 않나?"

"움직이지 말아요!"

다이애나는 약을 발라 상처를 닫을 수 있도록 내 손의 찢어진 부분을 맞대려 하고 있었다. 손목 아래부터는 얼음덩어리가 된 듯한 느낌이었다.

"자기 손으로 그럴 필요는 없습니다. 누구에게든 명령만 하면 되는 일입니다. 아무나 골라서."

"찰리 말이 맞아요. 큰 통에 쪽지를 넣고 제비를 뽑게 하는 거예요."

다이애나가 말했다.

힐보가 반대쪽 침대 위에서 깊은 잠에 빠져 있어서 다행이었다. 그녀의 의견을 묻고 싶지는 않았다.

"만약 선택된 병사가 그걸 거부한다면?"

"벌을 주고 다른 자를 택하는 겁니다."

찰리가 말했다.

"탱크 속에서 아무것도 배워 오지 못했습니까? 자기 손으로 부하들 앞에서 그런 짓을 할 수는 없습니다……. 따라서 다른 자가 대신해야 한다는 건 명백하지 않습니까?"

"다른 임무라면 물론 그렇겠지. 하지만 이 경우…… 우리 중대에서 사람을 죽여 본 자는 아직 아무도 없어. 그런다면 마치 누군가에게 죄책감을 떠맡기는 꼴이 되지 않겠나."

다이애나가 끼어들었다.

"정말 그렇게 골치 아픈 일이라면, 중대원들을 불러다 세워 놓고 이게 얼마나 골치 아픈 일인지 설명해 주면 되잖아요. 그런 다음 제비를 뽑게 하는 거예요. 걔들도 애가 아네요."

'제비를 뽑았던 군대는 과거에도 있었다.'라고 강한 의사(擬似) 기억이 내게 속삭였다. 20세기 초의 스페인 내전에서 마르크스주의 POUM 민병대가 바로 그런 일을 했던 것이다. 상세한 설명을 들은 후에야 명령에 따르는 식이었다. 그 명령이 이치에 맞지 않는다고 생각되면 거부할 수도 있었다. 장교와 사병들은 술을 먹고 함께 취했고, 경례나 계급 따위도 존재하지 않았다. 그리고 그들은 전쟁에 졌다. 그러나 그들의 적이 시종일관 편했던 것도 아니었다.

"끝났어요."

다이애나는 힘없이 늘어진 내 손을 내 무릎 위에 내려놓았다.

"앞으로 30분은 쓰지 말아요. 아프기 시작하면 써도 돼요."

나는 상처를 찬찬히 들여다보았다.

"상처가 꼭 맞붙어 있지 않군. 불평할 생각은 물론 없지만 말이야."

"불평하지 말아요. 자칫했더라면 손 대신 잘려 나간 그루터기만 남아 있었을 테니까. 게다가 스타게이트부터 이쪽 우주에서 재생 장치 따위는 없어요."

"잘라야 할 건 손이 아니라 소령님 목입니다."

찰리가 말했다.

"왜 그리도 가책을 느껴야 하는지 모르겠군요. 그때 그 자식을 죽여 버렸어야 했습니다."

"얼어죽을, 그런 건 나도 잘 알고 있어!"

찰리와 다이애나는 내 고함에 놀라 펄쩍 뛰어올랐다.

"미안해, 빌어먹을. 됐어, 걱정하는 건 나한테 맡겨 둬."

"두 사람 모두 잠시 딴 얘기를 하고 있으면 어때요."

다이애나가 일어서서 진료 가방의 내용물을 점검하며 말했다.

"또 돌볼 환자가 있어요. 서로를 너무 흥분시키지 말아요."

"그로바르?"

찰리가 물었다.

"그래요. 교수대에 자기 힘으로 오를 수 있는지 확인해 봐야 하니까."

"혹시 힐보가 깨어나면……"

"앞으로 30분은 더 자고 있을 거예요. 하지만 만일의 경우를 생각해서 자르빌을 내려 보내죠."

그녀는 서둘러 문을 열고 나갔다.

"교수대라……."

나는 처형에 관해서는 아직 아무런 생각도 한 바가 없었다.

"도대체 어떤 식으로 그 인간을 처형해야 하지? 실내에서 그럴 수는 없어. 사기 문제가 있으니까. 그렇다고 총살해 버린다면 보기에 좀 그렇고."

"에어록으로 그냥 내보내십시오. 그 자식에게 특별한 의식 따위는 필요 없습니다."

"아마 자네 말이 옳을지도 모르겠군. 그 인간 생각을 하고 있던 건 아니었어."

나는 그런 식으로 죽은 사람의 시체를 찰리가 본 적이 있을까 하고 생각했다.

"혹은 그냥 재순환 장치에 처넣어 버리는 쪽이 나을지도 모르겠군. 어차피 마지막에는 거기로 가야 할 테니까."

찰리는 웃었다.

"바로 그겁니다. 그럼 조금 몸을 깎아내야 할지도 모르겠군요. 그 기계 문은 그렇게 넓지 않으니까."

찰리는 어떻게 하면 그럴 수 있을지 몇 가지 제안을 내 놓았다. 자르빌이 들어왔지만 우리를 거의 무시하고 있었다.

갑자기 병실 문이 쾅 하고 열렸다. 환자를 실은 바퀴 침대가 들어왔다. 일병 하나가 침대를 밀고 있었고, 다이애나는 옆에서 함께 달리며 사내의 가슴을 누르고 있었다. 다른 사병 두 사람이 뒤를 따라왔지만, 문가에서 멈춰 있었다.

"저기 벽에 갖다 대."

그녀가 명령했다.

환자는 그로바르였다.

"자살하려고 했어요."

그녀가 설명했지만, 보기만 해도 알 수 있었다.

"심장이 정지해 있어요."

그로바르는 자기 허리띠로 올가미를 만들어 목을 맸던 것이다. 허리띠는 아직도 목에 걸린 채로 축 늘어져 있었다.

고무 손잡이가 달린 커다란 전극 두 개가 벽에 걸려 있었다. 다이애나는 한 손으로 이들 전극을 홱 낚아채며 다른 손으로 그의 웃옷을 열어 젖혔다.

"침대에서 손을 떼요!"

그녀는 전극을 각각 양손에 들고, 발로 스위치를 넣은 다음 그로바르의 가슴에 대고 눌렀다. 낮게 웅웅거리는 소리가 났고, 그의 몸이 경련하며 펄쩍 뛰었다. 살이 타는 냄새가 났다.

다이애나는 고개를 젓고 있었다.

"절개 준비를 하고, 도리스도 이리로 불러 줘."

그녀는 자르빌에게 말했다.

그로바르의 가슴에서 꾸르륵거리는 소리가 났지만, 그것은 마치 수도관에서 나는 듯한 기계적인 소리였다.

그녀는 발로 스위치를 끈 다음 손에서 전극을 떨어뜨렸다. 손가락에서 반지를 빼더니 살균 장치에 양손을 찔러 넣었다. 자르빌은 가슴에 고약한 냄새가 나는 액체를 환자의 가슴에 바르기 시작했다.

두 개의 전극이 닿았던 부위의 피부가 그슬려 있었고, 그 중간에 작고 빨간 반점이 있었다. 그것이 무엇인지를 깨닫기까지는 조금 시간이 걸렸다. 자르빌은 그것을 닦아냈다. 나는 가까이 다가가서 그로바르의 목을 살펴보았다.

"비켜요, 윌리엄. 소독도 안 했잖아요."

다이애나는 그로바르의 쇄골을 만져 보았고, 조금 밑으로 내려간 곳에서부터 흉골 아래쪽까지 단번에 절개했다. 피가 넘쳐흘렀다. 자르빌은 그녀에게 크롬으로 도금된 커다란 펜치 같은 물건을 건넸다. 나는 고개를 돌렸지만 그 물건이 그로바르의 갈비뼈를 뚝뚝 부러뜨리는 소리만은 안 들으려야 안 들을 수가 없었다. 다이애나는 견인기(牽引器)와 스펀지를 요구했고, 나는 내가 아까 앉아 있던 곳까지 슬그머니 되돌아갔다. 시야 가장자리로 나는 그녀가 그로바르의 흉강에 손을 집어넣고 직접 심장을 마사지하는 광경을 보았다.

찰리는 지금 내 기분과 똑같은 표정을 하고 있었다. 그는 약한 목소리로 말을 걸었다.

"이봐, 다이애나, 그러다가 설마 당신까지 기절하지는 말아 줘."

그녀는 대답하지 않았다. 카트에 인공 심장을 싣고 온 자르빌은 두 개의 튜브를 들고 있었다. 다이애나는 메스를 집어 들었고, 나는 그 광경으로부터 다시금 고개를 돌렸다.

30분 후에도 그로바르는 죽어 있었다. 그들은 기계를 끄고 시트로 그의 몸을 덮었다. 다이애나는 팔에 묻은 피를 씻고 이렇게 말했다.

"옷을 갈아입어야 해요. 금방 돌아올게요."

나는 일어서서 병실 바로 옆에 있는 그녀의 방으로 갔다. 꼭 알아야 했다. 오른손을 들어 노크를 하려고 했지만, 갑자기 타는 듯한 아픔을 느꼈다. 나는 왼손으로 문을 두드렸다. 문은 그 즉시 열렸다.

"뭐지? 아, 손을 어떻게 해달라는 거군요?"

그녀는 반라였지만 신경을 쓰고 있는 것 같지는 않았다.

"자르빌한테 가서 얘기해요."

"아니, 그것 때문에 온 게 아냐. 무슨 일이 일어났지, 다이애나?"

"오, 그거요."

웃웃을 뒤집어쓰며 대답했기 때문에 불분명한 목소리였다.

"아마 내 잘못이었다고 할 수 있겠죠. 1분 동안 혼자 있게 놔뒀으니까."

"그러자마자 목을 매려고 한 거군."

"맞아요."

그녀는 침대에 앉은 다음 의자에 앉으라고 내게 손짓했다.

"화장실에 다녀오니까 이미 죽어 있었어요. 힐보를 너무 오랫동안 혼자 놓아두고 싶지 않았기 때문에 자르빌은 이미 내보낸 상태였고."

"하지만, 다이애나……. 그로바르의 목에는 아무런 자국도 나 있지 않았어. 멍 따위는 찾아볼 수 없었어."

그녀는 어깨를 움츠려 보였다.

"목을 매서 죽은 게 아녜요. 심장 발작이었어요."

"누군가가 그에게 주사를 놨어. 심장 바로 위에다가."

그녀는 기묘한 눈초리로 나를 보았다.

"그건 내가 그런 거예요, 윌리엄. 아드레날린. 표준적인 처치였어요."

주사를 맞을 때 몸을 갑자기 뒤틀거나 하면 내출혈로 붉은 반점이 생긴다. 약이 주사 구멍으로 제대로 흡수되면 자국은 남지 않는다.

"그럼 당신이 주사를 놓았을 때 이미 죽어 있었다는 말이야?"

"의사로서의 의견을 묻는다면 그렇다고 대답하겠어요."

그녀는 눈썹 하나 까딱 안 했다.

"심장 박동도, 맥도, 호흡도 없었어요. 이런 증상을 보이는 병은 그것 말고는 거의 없죠."

"응, 그렇군."

"뭔가…… 왜 그래요, 윌리엄?"

내가 믿을 수 없을 정도로 운이 좋았든가, 아니면 다이애나가 아주 뛰어난 배우였든가 둘 중 하나였다.

"아냐. 맞아, 이 손을 위해 뭔가 약을 얻어야겠군."

나는 문을 열었다.

"이걸로 많은 문제에서 해방됐군."

그녀는 내 눈을 똑바로 쳐다보았다.

"맞아요."

실제로는 다른 문제와 옛날 문제를 교환한 것에 지나지 않았다. 그로바르의 죽음에 관해서는 공평한 목격자가 여럿 있었음에도 불구하고, 내가 얼세버 박사를 시켜 그를 처형시켰다는 루머가 꾸준히 돌아다녔다. 내가 그를 죽이는 일에 실패했고, 그 결과 골치 아픈 군법회의를 열고 싶지 않았기 때문이라는 것이다.

사실 보편 군법에 의하면 그로바르는 어떠한 종류의 재판을 받을 권리도 없었다. 나는 단지 '거기 있는 너, 너, 그리고 너, 이 자를 데리고 나가서 죽여'라고 명령하기만 하면 됐던 것이다. 이 명령을 거부하는 사병은 커다란 악운을 맞게 된다.

어떤 의미에서 나와 부하들 사이의 관계는 개선되었다. 그들은 적어도 겉으로는 좀 더 경의를 보이게 되었으니까 말이다. 그러나 적어도 그 일부는 자신이 변덕스러운 위험인물임을 행동으로 증명한 악한에게 사람들이 보이는 정도의 싸구려 경의에 지나지 않았을 것이다.

그래서 이제 내 별명은 '킬러'가 되었다. '올드 퀴어'에 겨우 익숙해지려던 참이었는데.

기지는 훈련과 대기의 일과로 신속하게 복귀했다. 나는 빨리 토오란이와 주기를 바랄 정도로 초조해하고 있었다. 어떤 식으로든 간에 빨리 결말을 보고 싶었던 것이다.

병사들은 이런 상황에 나보다 훨씬 더 잘 적응했다. 이유는 명백했다.

각자가 행해야 할 구체적인 임무를 부여받았고, 따분함을 달래기 위한 충분한 자유 시간도 있었던 것이다. 내 의무는 더 복잡했지만 그다지 만족감을 주지는 않았다. 왜냐하면 내 레벨까지 올라오는 문제란 '여기서부터는 소령님이 판단해 주십시오.' 식의 것들이었기 때문이다. 만족스럽고 명명백백하게 해결할 수 있는 문제는 아래에서 미리 알아 처리해 버린다는 뜻이다.

원래 스포츠나 게임에는 거의 관심이 없었지만, 일종의 안전밸브로서 나는 스포츠에 몰입하기 시작했다. 긴장되고 밀폐된 환경 탓에, 태어나서 처음으로 독서나 연구 따위로 도피할 수가 없었다. 그래서 나는 육척봉(六尺棒)과 기병도로 다른 장교들과 펜싱 연습을 했고, 완전히 지쳐 빠질 때까지 운동 기계에 매달렸다. 사무실에 줄넘기 줄을 갖다 놓기까지 했다. 장교들 대다수는 체스를 두었지만, 보통 모두가 나를 이길 수 있었다. 그리고 내가 이길 경우에는 마치 상대방이 일부러 져 준 듯한 인상을 언제나 받곤 했다. 말로 하는 게임은 상대방이 내가 쓰는 고대어에 익숙하지 않았기 때문에 하기 힘들었다. 그리고 내게는 '현대' 영어를 습득할 만한 시간도, 재능도 없었다.

한동안 나는 다이애나의 제안대로 향정신제를 복용했지만, 그 누적된 효과에 두려움을 느꼈다. 거의 신경이 쓰이지 않을 정도로 미묘하게 중독되어 가고 있었던 것이다. 그래서 나는 약을 끊었다. 그다음에는 윌버 소위에게 가서 체계적인 정신분석을 받아 보았다. 애당초 불가능한 얘기였다. 그는 학술적으로는 나의 모든 고민을 이해하고 있었지만, 각기 쓰고 있는 문화적 언어가 전혀 달랐던 것이다. 그가 내게 사랑과 섹스에 관해 조언한다는 것은, 14세기의 농노에게 그의 신부님과 지주와 어떻게 하면 잘 지낼 수 있는지를 설교하는 것과 마찬가지였다.

결국 내 고민의 근원은 바로 그것이었다. 나는 지휘관이 받는 스트레스와 좌절감에 대처할 자신이 있었다. 때로는 적과 거의 맞먹을 만큼 이질적으로 느껴지곤 하는 인간들과 좁은 동굴 안에 갇혀서 지낼 수도 있었다. 무의미한 명분을 위해 싸우다가 결국은 고통에 찬 죽음을 맞이하리라는 확신에 가까운 느낌조차도 견딜 수 있었다. 메리게이가 함께 있어 주기만 한다면. 달이 바뀔수록 이 느낌은 점점 강해져만 갔다.

이 시점에서 그는 준엄한 어조로 내가 스스로의 위치를 너무 로맨틱하게 미화하고 있다고 질책했다. 사랑이 무엇인지는 자기도 알고 있다고 그는 말했다. 그 자신도 사랑에 빠진 적이 있었으니까. 그리고 이 경우 커플의 성별은 상관이 없다고 주장했다. 좋아, 나도 이 주장은 받아들일 수 있어. 아이디어 자체는 내 부모 세대 때도 이미 진부한 것이었다.(뻔한 얘기지만, 내 세대에 와서 이 아이디어는 저항에 부딪히기 시작했지만 말이다.) 그러나 사랑, 사랑이란 약 8개월의 반감기를 가지는 불안정한 화학반응이라고 그는 주장했다. "그건 헛소리야" 하고 나는 반박했고, 그가 문화적인 눈가리개를 쓰고 있다고 비난했다. 이 전쟁이 일어나기 전의 사회에서는 사랑이야말로 죽을 때까지 지속되는 것이고, 죽고 나서조차 지속되는 것이라고 3000년 동안 가르쳐 왔고, **만약 자네가 수정란이 아니라 어머니 몸에서 태어났다면 그런 건 가르쳐 주지 않아도 알 수 있을 거야!** 그러면 윌버 소위는 이해할 수 있다는 표정으로 쓴웃음을 짓고, 나는 스스로에게 부여한 성적 욕구불만과 로맨틱한 망상의 희생이 되었을 뿐이라고 되풀이했다.

지금에 와서 생각해 보면, 이런 식으로 토론하며 우리는 즐거운 시간을 보냈던 것 같다. 비록 그가 나를 '고치지는' 못했지만 말이다.

내 무릎 위에 하루 종일 웅크리고 앉아 있는 새 친구가 생겼다. 바로 그 고양이였다. 이 녀석에게는 고양이를 좋아하는 사람에게서는 몸을 감추고, 부비강염이 있거나 이 조그맣고 교활한 동물을 그냥 싫어하는 사람만 골라서 귀찮게 구는 고양이 특유의 재능을 가지고 있었다. 그러나 우리들에게는 공통점이 하나 있었다. 내가 아는 한, 나를 제외하면 이놈은 근처의 항행 가능한 우주에 존재하는 유일한 이성애 성향의 포유류 수컷이었던 것이다. 고양이는 물론 거세되어 있었지만, 지금 이 상황에서는 나나 고양이나 오십보백보였다.

  우리들이 기지 건설에 착수한 지 정확히 400일째가 되던 날이었다. 나는 책상 앞에 앉아 힐보가 작성한 새 근무표를 보는 둥 마는 둥 하고 있었다. 고양이는 내 무릎 위에서 웅크리고 있었고, 내가 쓰다듬는 것을 거부했음에도 불구하고 커다랗게 갸르릉거리고 있었다. 찰리는 의자에 앉아서 뷰어로 뭔가를 읽고 있었다. 전화가 울렸다. 함장이었다.

  "놈들이 왔어요."

  "뭐가 왔단 말입니까?"

  "놈들이 여기 왔다니까요. 토오란의 우주선 한 척이 방금 콜랩서 필드에서 나왔어요. 속도는 0.80c. 30G의 감속. 대략 그 정도예요."

  찰리는 내 책상 너머로 몸을 기울이고 있었다.

  "뭡니까?"

  나는 고양이를 떨쳐냈다.

  "얼마나 걸립니까? 추적할 수 있을 때까지?"

"이 전화를 끊자마자."

나는 전화를 끊고 병참 컴퓨터로 갔다. 이것은 마사리크Ⅱ호에 탑재되어 있는 것과 똑같았고, 그쪽의 데이터뱅크와 직결되어 있었다. 내가 컴퓨터에서 수치를 알아내려고 하는 동안 찰리는 영상 디스플레이를 조작했다.

디스플레이는 가로세로 1미터, 높이 50센티미터의 홀로그램이었고, 사데-138과 우리 행성, 그리고 다른 소행성 몇 개의 위치를 나타내도록 프로그램되어 있었다. 녹색 광점과 빨간 광점들이 각각 아군과 토오란의 우주선들을 나타내고 있었다.

컴퓨터는 토오란들이 감속한 후 다시 이 행성으로 돌아오기까지의 최단시간은 11일을 조금 넘길 것이라고 말했다. 물론 이것은 지금 당장 최대 가속과 최대 감속을 실행했을 경우의 수치이다. 만약 그런다면 우리는 그들을 벽에 앉은 파리처럼 쉽게 때려잡을 수 있다. 따라서, 우리와 마찬가지로 그들은 우주선의 방향과 가속도를 무작위로 바꿔 나갈 것이다. 과거 수백 번에 걸쳐 수집된 적의 행동 기록에 입각해서 컴퓨터는 다음과 같은 확률표를 내놓았다.

접촉일	확률
11	0.000001
15	0.001514
20	0.032164
25	0.103287
30	0.676324
35	0.820584

40	0.982685
45	0.993576
50	0.999369

중간값

28.9554	0.500000

물론, 안토폴과 그녀 휘하의 유쾌한 해적들이 적 순양함을 파괴할 수 있을 경우에는 얘기가 달라진다. 내가 학습 탱크 속에서 배운 바에 따르면 그럴 확률은 50 대 50보다 약간 낮았다.

그러나 적이 도착하는 데 28.9554일 걸리든 2주가 걸리든 간에, 지상에 있는 우리들은 속수무책으로 그냥 보고만 있어야 한다. 만약 안토폴이 성공한다면, 정식 교체 병력이 와서 이곳에 주둔하고 우리가 다른 콜랩서를 향해 갈 때까지 싸우지 않아도 된다.

"아직 움직이지 않았군요."

찰리는 디스플레이의 배율을 최저로 맞춰 놓고 있었다. 행성은 커다란 멜론만 한 크기의 흰 공이었고, 마사리크II호는 오른쪽으로 멜론 여덟 개 분쯤 떨어져 있는 곳에 있는 녹색 광점이었다. 이 두 물체의 실제 영상을 스크린에서 동시에 볼 수는 없었다.

우리가 보고 있는 사이에 우주선에서 조그만 녹색 광점이 또 하나 튀어나와 움직이기 시작했다. 그 옆에 2라는 숫자가 희미하게 떠올랐다. 디스플레이 왼쪽 아래에 투영된 약어표를 보니 2-추적 중인 무인 우주선이라고 나와 있었다. 약어표의 다른 번호들은 각각 마사리크II호, 행성 방어를 맡은 유인 전투정 한 대, 그리고 열네 척의 행성 방어용 무인 전투기를 나타내고 있었다. 이들 열여섯 척의 우주선들 사이의 거리가 아직 충분히 벌어지지 않았기 때문에 한 개의 광점으로 보이는 것이다.

고양이가 내 발목에 등을 비볐다. 나는 고양이를 들어 올리고 쓰다듬어 주었다.

"힐보를 불러서 중대 소집을 걸게. 기왕이면 한꺼번에 전하는 편이 나을 테니까."

남녀 병사들은 이 뉴스에 그다지 즐거운 표정이 아니었고, 나도 그런 그들을 탓할 생각은 없었다. 우리들 모두 토오란들은 이것보다는 빨리 공격해 올 것이라고 생각하고 있었다. 결국 그들이 나타나지 않자 타격부대 사령부는 아무래도 판단을 잘못했고, 적은 결국 오지 않을 것이라는 기대가 높아갔던 것이다.

중대원들의 무기 사용 훈련 강도를 높일 필요가 있었다. 거의 2년 동안 고성능화기를 쓰지 않았던 것이다. 그래서 나는 그들의 손가락 레이저를 활성화했고, 유탄과 로켓 발사기를 지급했다. 외부 센서와 방어 레이저 망에 손상을 입힐 우려가 있었으므로 기지 내에서는 연습을 할 수가 없었다. 그래서 우리는 기가와트 레이저포의 방어망을 반원상(半圓狀)으로 끄고 1킬로미터 떨어진 곳으로 갔다. 한 번에 1개 소대씩 보냈고, 찰리나 내가 통솔했다. 러스크는 조기 경보 스크린에 정신을 집중하고 있었다. 만약 무슨 일이 일어나면 그녀는 즉각 조명탄을 발사하게 되어 있었고, 소대는 미확인 물체가 지평선 너머에 나타나 레이저포가 자동적으로 작동하기 전에 방어망 안쪽으로 되돌아와야 한다. 만약 그러지 못한다면, 레이저포들은 미확인 물체뿐만 아니라 그 소대까지 0.02초 내에 구워 버리기 때문이다.

기지 내에 표적으로 쓸 만한 물건은 전혀 없었지만, 별로 큰 문제가 되지는 않았다. 처음으로 발사한 타키온 로켓은 지면에 가로 10미터, 세로 20미터, 깊이 5미터의 구멍을 팠다. 여기서 생긴 쇄석들은 사람의 두 배에서 그 이하에 이르는 갖가지 크기의 표적을 제공해 주었다.

병사들은 우수했다. 정체 필드 속에서 원시적인 무기를 가지고 훈련했을 때에 비하면 훨씬 더 나았다. 가장 좋은 레이저 사격 훈련은 어떻게 하다 보니 스키트사격에 가까워져 있었다. 우선 두 사람으로 한 조를 짜고, 뒤쪽에 선 사람에게 불규칙적으로 바윗덩어리를 던지게 한다. 앞에서 사격하는 쪽은 이 바위의 궤도를 가늠해서 그것이 땅에 떨어지기 전에 쏘아 맞히는 방식이다. 이들의 시각 반사 능력은 감탄할 만했다.(아마 우생학 위원회는 뭔가 옳은 일을 하나 해낸 것인지도 모른다.) 조약돌만큼 작은 바위를 쏘는 연습에서 병사들 대다수는 적어도 열 개 중 아홉 개를 명중시킬 수 있었다. 생체공학과는 인연이 없는 그들의 지휘관은 열 개 중 보통 일곱 개를 맞히는 정도였다. 부하들보다는 내가 훨씬 연습량이 많았는데도.

병사들은 유탄 발사기의 탄도를 계산하는 일에도 숙달되어 있었다. 유탄 발사기는 옛날 것보다 훨씬 더 용도가 넓었다. 표준 추진 작약이 든 1마이크로톤 유탄 대신 네 종류의 작약을 발사할 수 있는 데다가 1, 2, 3, 혹은 4마이크로톤의 유탄을 선택할 수 있었다. 그리고 레이저 사격이 위험할 정도로 가까운 거리에서 백병전을 벌일 경우에는, 발사기의 총열을 꺾고 '산탄'이 든 탄창을 장전할 수 있었다. 이것을 한 발 쏘면, 천 개의 조그만 플레셰트가 구름처럼 확산되며 날아간다. 5미터 이내에서 이것을 맞으면 즉사하지만, 6미터 떨어져 있으면 무해한 기체로 변해 버리는 것이다.

타키온 로켓 발사기를 쓸 경우에는 아무런 기술도 필요하지 않았다. 한 가지 조심해야 할 점이 있다면 발사시 뒤에 서 있는 사람이 없도록 주의하는 일 정도였다. 로켓의 분사 때문에 발사통 뒤의 몇 미터까지는 위험 지대였던 것이다. 사격은 표적을 십자선 중앙에 오게 한 다음 버튼을 누르면 끝이었다. 탄도 따위를 걱정할 필요는 없었다. 로켓은 어떠한 경우에도 똑바로 날아가기 때문이다. 1초도 채 지나기 전에 로켓은 탈출 속도에 도달한다.

밖으로 나와서 새로운 장난감을 가지고 주위 풍경을 파괴하는 일은 병사들의 사기에 좋은 영향을 끼쳤다. 그러나 주위 풍경은 반격해 오지는 않는다. 이들 무기가 물리적으로 아무리 강력해도, 그 효력은 토오란들의 반격 강도 여부에 달려 있는 것이다. 고대 그리스 보병의 밀집형 방진(方陣)도 상당히 강력해 보였겠지만, 화염 방사기를 가진 한 사내의 적이 되지는 못했을 것이다.

그리고 시간 팽창 효과 탓에 전투에서 적이 어떤 종류의 병기를 보유하고 있는지 미리 아는 것은 불가능하다. 그들은 정체 필드에 관해 아예 들어 본 적도 없을지도 모른다. 혹은 그들은 주문을 한 마디 외워 우리를 연기처럼 사라져 버리게 할 수 있을지도 모른다.

4소대와 함께 나가 바위를 태우고 있었을 때 찰리에게서 급히 돌아와 달라는 연락이 왔다. 나는 하이모프에게 소대를 맡기고 기지로 돌아왔다.

"또 한 척이 나타났다고?"

홀로그래프 디스플레이의 배율은 우리 행성이 콩알만 하게 보이도록 조절되어 있었다. 사데-138의 위치를 나타내는 X자에서 5센티미터가량 떨어져 있다. 디스플레이 전체에는 적색과 녹색 광점이 41개 흩어져 있었다. 약어표에 따르면 41번은 **토오란 순양함(2)**를 의미했다.

"안토폴에게 연락했나?"

"예."

그는 다음에 내가 어떤 질문을 할지 예상하고 있었다.

"신호가 도착해서 다시 돌아오기까지는 거의 하루가 걸립니다."

"이런 일은 한 번도 일어난 적이 없었어."

물론 찰리도 이 사실을 알고 있었다.

"아마 이 콜랩서는 놈들에게 특별히 중요한 것인지도 모르겠군요."

"그런지도 모르겠군."

그렇다면 우리가 지상에서 싸워야 한다는 것은 거의 확실해졌다. 설령 안토폴이 첫 번째 순양함을 파괴하는 데 성공한다 해도, 두 번째 적함과 50 대 50의 대등한 전투를 벌일 수는 없을 것이다. 무인 전투기와 전투정이 모자라기 때문이다.

"지금 안토폴의 의자에 앉고 싶진 않군."

"상당히 불리해졌군요."

"글쎄. 우리 상황은 그렇게 나쁘지만은 않아."

"그런 말은 다른 부하들에게나 하십쇼, 윌리엄."

그는 디스플레이의 배율을 내려 단 두 개의 물체만 보이도록 만들었다. 사데-138과 천천히 움직이고 있는 적색 광점이었다.

그로부터 2주 동안 우리는 광점들이 하나씩 사라지는 것을 보며 시간을 보냈다. 언제 어디를 보아야 할지 알고 있다면, 밖으로 나가 진짜로 일어나고 있는 일을 볼 수 있었다. 하늘에서 경질의 밝은 광점이 나타났다가, 곧 사라지는 광경을.

그 순간, 노바 폭탄은 기가와트 레이저의 100만 배에 해당하는 에너지를 방출하고 있는 것이다. 폭탄은 직경 500미터에 태양 내부의 온도에 필적할 만큼 뜨거운 미니 항성을 만들어 낸다. 이것에 닿는 것은 모조리 소

멸해 버린다. 지근탄에 의한 방사능은 우주선의 전자 기기를 수리 불가능
하게 될 때까지 파괴해 버린다. 두 대의 전투정(한쪽은 아군, 다른 한쪽은
적)이 그런 운명을 맞은 듯했다. 동력이 끊어진 채로, 같은 속도를 유지하
며 소리 없이 항성계에서 멀어져 갔던 것이다.

전쟁 초기에는 이것보다 더 강력한 노바 폭탄을 썼지만, 원료가 되는 축
퇴(縮退) 물질은 질량이 커지면 불안정해지는 경향이 있었다. 우주선 내부
에 실려 있을 때도 폭발해 버렸던 것이다. 토오란들도 같은 문제에 직면했
다는 사실은 명백했다. 혹은 처음부터 그 제조법을 우리한테서 베꼈는지
도 모른다. 왜냐하면 그들 또한 100킬로그램 미만의 축퇴 물질을 쓰는 노
바 폭탄만을 쓰기 시작했기 때문이다. 그리고 우리와 거의 똑같은 방식으
로 그것들을 사용했다. 미사일이 표적에 도달하기 전에 탄두는 수십 개로
분리되고, 그중 하나만이 진짜 노바 폭탄이었다.

아마 마사리크Ⅱ호와 이에 딸린 전투정 및 무인 전투기들을 모두 파괴한
다음에도 그들에게는 지상의 아군을 향해 쏠 노바 폭탄이 몇 개쯤 남을 것
이다. 따라서 우리가 지금 하고 있는 사격 훈련은 시간 낭비일 가능성이
많았다.

비윤리적이긴 하지만, 열한 명의 부하를 끌어모아 정체 필드 안에 안전
하게 감추어 둔 전투정을 탈 수도 있다는 생각이 뇌리를 스쳐 갔다. 전투
정은 스타게이트로 돌아갈 수 있도록 미리 프로그램되어 있었다.

나는 마음속에서 그 열한 명의 목록을 만들어 보기조차 했다. 내게는 다
른 사람들보다 더 중요한 열한 명을. 결국 그중 여섯 명은 무작위로 선택
해야 한다는 결론이 나왔다.

그러나 나는 이런 생각을 구석으로 밀어제쳤다. 우리에게는 아직 기회
가 있었다. 중무장한 적 순양함에 대해서조차도 충분히 승산이 있었던 것

이다. 우리까지 살상 범위에 넣을 수 있을 만큼 가까운 지점까지 노바 폭탄을 발사할 수는 없을 것이다.

게다가, 지금 탈출해 보았자 적전 도망죄로 우주복 없이 우주 공간에 밀려 넣어지는 것이 고작이다. 그런데 왜 도망칠 필요가 있단 말인가?

안토폴의 무인 전투기 중 하나가 첫 번째 토오란 순양함을 파괴하자 사기가 올라갔다. 행성을 지키기 위해 뒤에 남겨 둔 전투기들을 제외하더라도, 그녀는 아직 무인 전투기 열여덟 대와 전투정 두 척을 가지고 있었다. 그들은 빙 돌아 두 번째 순양함을 환격하려고 했다. 적함은 이미 몇 광년 떨어진 곳까지 접근해 있었고, 마사리크II호는 이미 적 무인 전투기 열다섯 대의 공격을 받고 있었다.

무인 전투기 중 하나가 마사리크II호를 포착했다. 아군의 함재 전투정들은 공격을 계속했지만, 결국은 패주하기 시작했다. 한 척의 전투정과 무인 전투기 세 대가 최대 가속으로 전장에서 이탈했고, 황도면을 따라가며 원을 그렸다. 적의 추적은 없었다. 우리는 병적인 흥미를 느끼며 적 순양함이 우리와 싸우기 위해 천천히 되돌아오는 광경을 바라보았다. 그 아군 전투정은 도망치기 위해 사데-138로 되돌아가고 있었다. 아무도 그들을 비난하거나 하지는 않았다. 사실, 무운을 빈다는 작별 메시지를 보냈을 정도였다. 승무원들은 가속 탱크에 들어가 있었기 때문에 당연히 응답은 없었다. 그러나 메시지는 기록될 것이다.

적이 되돌아와서 행성 반대편의 정지 궤도에 안착하기까지는 닷새가 걸렸다. 우리는 적 공격의 피할 수 없는 첫 번째 단계에 대비했다. 이 공격은 전자동으로 공중에서 수행될 예정이었다. 적의 무인 전투기 대 아군의 레이저포의 싸움이다. 무인 전투기가 기지를 파괴하는 데 성공할 경우에 대비해서 50명의 부하들을 정체 필드 안에 대기시켰다. 무의미한 행위에 지나지 않았지만 말이다. 적은 그냥 옆에서 기다리고 있다가, 아군이 필드를 끄자마자 손쉽게 구워 버릴 수 있는 것이다.

찰리가 괴상한 아이디어를 하나 내놓았고, 나도 거의 찬성할 뻔했다.

"기지 전체를 부비트랩화할 수 있습니다."

"그게 무슨 뜻이지? 여긴 이미 부비트랩투성이야. 반경 25킬로미터에 걸쳐서 말이야."

"아니, 지뢰나 그런 걸 얘기하는 게 아닙니다. 이 기지, 지하 시설 전체를 의미했던 겁니다."

"말해 보게."

"저 전투정에는 노바 폭탄 두 개가 실려 있습니다."

그는 두께 몇백 미터나 되는 암벽 너머에 있는 정체 필드 쪽을 가리켜 보였다.

"그 폭탄을 이리로 가져와서, 부비트랩 장치를 한 다음에, 모두 정체 필드 속에 숨어서 대기하고 있는 겁니다."

어떤 면에서는 유혹적인 얘기였다. 나는 더 이상 아무런 결정을 내리지 않아도 되고, 모든 것을 운에 맡길 수 있는 것이다.

"성공할 것 같지는 않군, 찰리."

그는 기분이 상한 것 같았다.

"물론 성공할 겁니다."

"아니, 생각해 보라고. 그 계획을 성공시키려면, 폭탄을 폭발시키기 전에 토오란을 한 놈도 빠짐없이 살상 범위 내에 들여 놓아야 해. 하지만 놈들은 우리 방어망을 파괴하지 않는 한 기지로 돌격해 오지는 않을 거야. 하물며 기지에 개미 한 마리도 없는 것처럼 보일 경우에는 말할 나위도 없지. 틀림없이 뭔가 있다고 의심하고, 선발대를 먼저 보낼 거야. 그 선발대가 폭탄을 폭발시킨 다음에는……"

"다시 원점으로 되돌아간다는 얘기군요. 기지도 없어지고. 죄송합니다."

나는 어깨를 움츠려 보였다.

"그것도 하나의 아이디어임엔 틀림없네. 계속 생각해 줘, 찰리."

나는 다시 디스플레이로 주의를 돌렸다. 일방적인 우주 전투가 벌어지고 있었다. 논리적으로 당연한 얘기지만, 적은 기지에 있는 우리를 공격하기 전에 우선 우리 머리 위에서 대기하고 있는 전투정 한 척을 격추하기를 원하고 있었다. 우리가 할 수 있었던 것은 고작 빨간 광점들이 행성 상공을 기어 다니며 서로를 맞히려는 광경을 구경하는 일 정도였다. 현재 아군 조종사는 적의 무인 전투기를 모두 격추하고 있었다. 적 전투정은 아직 나타나지 않았다.

나는 전투정의 파일럿에게 기지 방어망을 이루고 있는 레이저포 중 다섯 문의 컨트롤을 맡겼다. 별 도움은 되지 않겠지만 말이다. 기가와트 레이저는 100미터의 사정 내에서는 1초당 출력 10억 킬로와트의 광선을 발사한다. 그러나 1000킬로미터 상공에서는 10킬로와트까지 출력이 감소한다. 적의 광학 센서 따위를 명중시킨다면 좀 피해를 입힐 수 있는 정도이다. 적어도 적을 혼란에 빠뜨릴 수는 있을 것이다.

"전투정을 한 대 더 출격시키면 어떻습니까. 아니면 무인 전투기 여섯 대를?"

"무인 전투기 쪽을 보내."

나는 대답했다. 물론 우리에게는 전투정이 한 대 더 남아 있었고, 그것을 조종하기 위한 해군 부사관도 한 명 파견 나와 있었다. 만약 적이 우리를 정체 필드까지 몰아넣는다면, 그것이 우리의 유일한 희망이 될지도 모른다.

"다른 친구는 얼마나 멀리 가 있습니까?"

찰리가 물었다. 모함이 파괴된 직후에 도주했던 전투정의 파일럿 얘기였다. 내가 배율을 낮추자 녹색 광점이 디스플레이 오른쪽에 나타났다.

"6광시쯤 떨어져 있군."

아직 바싹 붙어 있었기 때문에 분리된 광점으로는 보이지 않았지만, 그 파일럿에게는 두 대의 무인 전투기가 남아 있었다. 나머지 한 대는 자신의 탈출을 엄호하기 위해 썼던 것이다.

"더 이상 가속하고 있지는 않지만, 속도는 벌써 0.9c에 달해 있어."

"그러고 싶어도 더 이상 우리를 도와줄 수는 없겠군요."

감속하려면 거의 한 달이나 걸리니까 말이다.

우울했던 그 순간, 행성 방어를 맡았던 전투정을 나타내는 광점이 사라졌다.

"이런 빌어먹을."

"자, 이제 즐거운 시간이 시작되겠군요. 애들에게 지표로 나갈 준비를 하고 있으라고 할까요?"

"아니…… 그냥 슈트만 입고 있게 해. 공기가 샐 경우에 대비해서 말이야. 하지만 지상 공격이 시작될 때까지는 좀 더 기다려야 할 것 같아."

나는 다시 배율을 높였다. 빨간 광점 네 개가 이미 행성 표면을 돌아 기듯이 우리를 향해 오고 있었다.

나는 슈트를 입고 모니터에서 불꽃놀이를 구경하기 위해 사무실로 돌아왔다.

레이저포들은 완벽히 작동했다. 각각 다른 방향에서 동시에 기지로 접근해 온 네 대의 무인 전투기들은 조준 사격을 받고 전부 격추됐다. 노바 폭탄은 한 개를 제외하고는 모두 지평선 너머에서 폭발했다.(육안으로 보이는 지평선은 10킬로미터 너머에 있었지만, 레이저포는 전부 높은 곳에 설치되어 있었기 때문에 약 두 배 떨어진 곳에 있는 표적도 조준할 수 있었다.) 지평선 이쪽에서 폭발한 폭탄 하나는 지면을 반원형으로 완전히 녹여 버렸다. 폭발 지점은 몇 분 동안 눈부신 흰색으로 반짝였고, 한 시간 후에도 여전히 둔한 오렌지색으로 빛나고 있었다. 바깥 온도가 50K까지 올라가면서 눈은 거의 녹았고, 암회색의 울퉁불퉁한 암반이 드러났다.

다음 공격도 시작됐다고 생각한 순간 이미 끝나 있었다. 그러나 이번에는 여덟 대의 무인 전투기가 왔고, 그중 네 대는 격추되기 전에 기지에서 10킬로미터 지점까지 접근했다. 붉게 반짝이는 크레이터군(群)에서 나오는 방사능이 기온을 300도 가까이까지 올리고 있었다. 이것은 물의 융점보다 높은 온도이다. 나는 걱정하기 시작했다. 파이팅 슈트는 1000도 이상의 고온에 견딜 수 있지만, 자동 레이저포의 조준 장치는 저온의 초전도체에 의해 움직이고 있기 때문이다.

레이저의 내열 한도가 얼마인지를 컴퓨터에게 묻자 대답이 출력되어 나왔다. TR 398-734-009-265, **'상대적으로 고온인 환경에서 사용되는 극저온 병기의 적응성에 관한 고찰'**이란 제목으로, 설비를 완전히 갖춘 병기 수리 공장을 쓸 수 있을 경우 어떤 식으로 이들 병기를 절연시킬 수 있는지에 관해 쓸모 있는 조언을 잔뜩 나열하고 있었다. 적어도 온도가 상승함에 따라 자동 조준 장치의 반응 시간이 늘어난다는 사실은 언급되어 있었고, 이른바 '임계 온도'에 도달하면 병기는 아예 조준을 멈출 것이라고 씌어 있었다. 그러나 개개의 병기가 어떻게 반응할지 예상하는 방법은 없었다. 기록된 바에 의하면 임계 온도의 최고점은 790도, 최하는 420도라고 나와 있었지만 말이다.

찰리는 디스플레이를 응시하고 있었다. 슈트의 무전기를 통해 들려온 그의 목소리는 억양이 결여되어 있었다.

"이번에는 열여섯 대입니다."

"놀랄 만한 일인가?"

토오란의 심리에 대해 우리가 알고 있는 몇 안 되는 사실 중에는 숫자에 관한 일종의 강박관념이 있었다. 특히 소수(素數)와 2의 제곱에 관한.

"놈들에게 32대가 더 남아 있지 않기를 비는 편이 낫겠군."

나는 컴퓨터에게 문의해 보았다. 적 순양함이 지금까지 44대의 무인 전투기를 발사했고, 어떤 순양함은 128대에 달하는 전투기를 탑재하고 있는 것이 관찰된 적이 있다는 대답이 돌아왔을 뿐이었다.

이들 무인 전투기가 날아올 때까지 아직 30분 이상의 여유가 있었다. 중대원 모두를 정체 필드에 대피시킨다면, 설령 노바 폭탄이 하나 폭발한다고 하더라도 일시적으로는 안전할 수 있을 것이다. 안전하기는 하지만, 함정에 갇힌 것이나 마찬가지이다. 만약 세 발 내지 네 발(열여섯 발일 경우에는 말할 나위도 없다)의 노바 폭탄이 기지 내에서 폭발한다면, 모든 크레이터가 식기까지는 얼마나 걸릴까? 파이팅 슈트는 무자비할 만큼 효율적으로 모든 것을 재순환시켜 주기는 하지만, 그 안에서 영원히 살 수는 없었다. 1주 지나면 완전히 비참한 상태에 빠진다. 2주 동안 계속 입고 있는다는 것은 자살행위나 마찬가지이다. 야전 상황에서 3주 이상 견딘 사람은 없었다.

게다가 정체 필드를 방어 수단으로 쓰면 자기 무덤을 팔 가능성조차 있었다. 돔 자체는 불투명하므로 적은 어떠한 수단도 선택할 수가 있었다. 밖에서 적이 무슨 짓을 하고 있는지 알아내는 방법은 단 한 가지, 직접 머리를 내미는 수밖에 없다. 조바심을 내지 않는 한 원시적인 무기를 가지고 힘들게 쳐들어올 필요조차 없는 것이다. 이를테면 돔 전체를 레이저 포화로 완전히 감싸 버리고 우리가 발생기의 스위치를 끌 때까지 기다리는 수도 있다. 그러는 동안에도 투창, 바위, 화살 따위를 돔 안으로 쏘아 이쪽을 괴롭히는 것이다. 물론 같은 방법으로 반격할 수는 있지만, 무익한 짓이다.

물론 한 사람이 기지에 남는다면 다른 사람들은 30분 동안 정체 필드 안에서 기다리고 있을 수 있다. 만약 밖에 있던 병사가 시간 내에 돌아오지 않는다면 바깥이 위험하다는 사실을 알 수 있으니까. 나는 턱으로 제5계급 이상의 모든 부하들을 부를 수 있는 회선을 눌렀다.

"여기는 만델라 소령이다."

아직도 내가 뭔가 질 나쁜 농담을 하고 있는 듯한 느낌을 받았다.

나는 전황을 개략적으로 설명한 다음, 원하는 사람은 누구라도 정체 필드 안으로 들어가도 좋다는 말을 각자의 부하들에게 전달하라고 명했다. 나는 뒤에 남아 있다가, 사태가 호전될 경우에는 다시 그들을 데려올 작정이었다. 물론 무슨 고귀한 동기에서 비롯된 행위는 아니었다. 잿빛 돔 안에서 확실한 죽음을 향해 천천히 나아가는 것보다, 나노세컨드 내에 그냥 증발해 버리는 쪽을 더 선호했을 따름이다.

찰리의 회선을 눌렀다.

"자네도 가도 돼. 여긴 내가 지휘할 테니까."

"아니, 괜찮습니다."

그는 천천히 말했다.

"그러느니 차라리…… 소령님, 이것 좀 보십시오."

적 순양함은 다른 것들보다 2분쯤 늦게 또 하나의 빨간 광점을 발사하고 있었다. 디스플레이의 약어표는 그것을 무인 전투기로 표시했다.

"흐음, 이상하군."

"미신적인 자식들."

그는 열의 없는 어조로 내뱉었다.

결국 돔으로 들어가라고 명령받은 50명과 합류한 사람은 겨우 11명에 불과했다. 놀랄 만한 일은 아니었지만, 역시 나는 놀랐다.

무인 전투기들이 접근해 오자 찰리와 나는 모니터를 응시했다. 홀로그래프 디스플레이를 보는 일을 의식적으로 피하고 있었다. 전투기들이 정확히 언제 도착할지 모르는 편이 낫다는 암묵의 양해가 있었던 것이다. 그것이 1분 후가 될지, 30초 후가 될지…… 그러자, 전에도 그랬듯이 공격은 시작되기도 전에 이미 끝나 있었다. 스크린이 눈부신 빛을 발했고, 잡음이 지직거렸고, 우리는 아직도 살아 있었다.

그러나 이번에는 지평선에(혹은 더 가까운 곳에!) 열다섯 개의 새로운 구멍이 나 있었고, 기온은 디지털 계기의 마지막 숫자가 제대로 보이지 않을 정도로 급속하게 상승하고 있었다. 최고 수치는 800도강에 이르렀다가 다시 떨어지기 시작했다.

레이저포가 순간적으로 조준 발사되었을 때도 무인 전투기의 모습은 전혀 시야에 들어오지 않았다. 그러나 곧 열일곱 대째가 지평선 위에 출현했고, 미친 듯이 지그재그를 그리며 날아와 바로 우리 머리 위에서 정지했다. 무인 전투기는 한순간 공중에 떠 있는 듯했지만, 곧 강하를 시작했다. 레이저포의 반수가 이 적기를 탐지하고 사격을 계속했지만, 전혀 조준이 맞아 있지 않았다. 모든 레이저포가 마지막 발사시의 위치에 고정된 채 옴짝달싹도 않고 있었던 것이다.

강하 중인 전투기의 거울처럼 매끄럽게 연마된 기체가 크레이터에서 나오는 백열광과 끊임없이 무익하게 번득이는 레이저 포화를 반사하며 섬뜩하게 빛났다. 찰리가 깊숙이 숨을 들이키는 소리를 들었다. 무인 전투기는 한층 더 낮게 내려왔다. 기체에 새겨진 토오란의 거미집 같은 숫자와 이물 가까이에 나 있는 투명한 현창(舷窓)이 보일 정도였다. 다음 순간 엔진이 불을 뿜었고, 무인 전투기는 갑자기 사라져 있었다.

"지금 건 도대체 뭐였습니까?"

찰리가 낮은 목소리로 말했다.

전투기에는 현창이 달려 있었다.

"아마 유인 정찰기였을 거야."

"아마 그랬겠죠. 이제 우리는 놈들을 건드릴 수가 없고, 놈들도 이제 그 사실을 알아차렸습니다."

"레이저포들이 원상복귀하지 않는 이상 그렇겠지."

그럴 가능성은 없어 보였다.

"모두 돔으로 들어가는 게 낫겠군. 우리도 포함해서 말이야."

찰리는 몇 세기가 지나는 동안 모음에 변화가 온 한 단어를 발음했다. 그러나 그 단어의 뜻은 명확했다.

"서두를 필요는 없습니다. 놈들이 뭘 하는지 좀 봅시다."

우리는 몇 시간 동안 기다렸다. 바깥쪽 기온은 690도에서 안정됐다. 현 상황과는 무관했지만, 그 온도가 아연의 융해점 바로 밑이라는 사실이 문득 머리에 떠올랐다. 나는 레이저포들을 수동으로 조작해 보려고 했지만, 아직도 완전히 굳어 있었다.

"저기 오는군요. 또 여덟 대입니다."

찰리가 말했다.

나는 디스플레이 쪽으로 고개를 돌리려고 했다.

"그럼 우리도 슬슬……"

"잠깐! 저것들은 무인 전투기가 아닙니다."

약어표는 이것들을 **병력 수송함**이라고 표시하고 있었다.

"아마 기지를 점령하고 싶은 모양이군요. 파손되지 않은 상태로."

기지, 그리고 우리의 신병기와 새로운 기술을 원하고 있는지도 모른다.

"놈들에겐 큰 위험이 되지 않아. 언제든지 후퇴해서 우리 무릎 위에 노바 폭탄을 떨어뜨릴 수 있으니까 말이야."

나는 브릴을 불러냈고, 정체 필드 안에 남아 있는 부대원 모두를 데리고 나와서 그녀 소대의 잔여 병력과 함께 북동쪽과 북서쪽의 사분원을 에워싸는 방어선을 구축하라고 명령했다. 나는 나머지 병력을 다른 반원에 배치할 생각이었다.

찰리가 입을 열었다.

"흐음. 아마 중대원 모두를 한꺼번에 위로 올려 보내지 않는 편이 나을지도 모릅니다. 토오란의 병력이 얼마나 되는지 확인할 때까지는."

맞는 얘기였다. 예비 병력을 온존하고, 적이 이쪽 병력을 과소평가하게 만드는 것이다.

"그렇군……. 여덟 척의 수송함에는 64명이 타고 있을지도 모르니까 말이야."

혹은 128명, 혹은 256명이. 우리 스파이 위성들의 해상력이 좀 더 높았으면 좋았을 텐데. 그러나 기껏해야 포도알 하나 크기밖에 안 되는 기계에 욱여넣을 수 있는 장비의 양에는 한계가 있었다.

나는 브릴 휘하의 70명으로 1차 방위선을 구축하리라고 결심하고 기지 외곽을 에워싸고 있는 참호로 들어가라고 그들에게 명했다. 나머지 대원들은 모두 필요하게 될 때까지 지하에 머물러 있을 것이다.

만약 토오란이 수적 우세, 혹은 새로운 테크놀로지에 힘입어 방위선을 돌파해 올 경우, 나는 부하들에게 모두 정체 필드 속으로 들어가라고 명령할 작정이었다. 지하 거주구와 필드의 돔은 터널로 연결되어 있었으므로, 지하에 있는 자들은 신속하게 돔으로 대피할 수 있었다. 참호 안에 있는 부하들은 적의 포화 속에서 후퇴해야 했다. 내가 그 명령을 내렸을 때 아직도 누군가가 살아 있다면 얘기지만.

나는 힐보를 불러내서 그녀와 찰리에게 레이저의 감시를 맡겼다. 만약 눌어붙었던 것이 다시 떨어진다면, 브릴과 그녀의 부하들을 소환할 생각이었다. 자동 조준 장치를 켜 놓고, 뒤에 앉아서 쇼를 구경하는 것이다. 그러나 설령 눌어붙어 있더라도 레이저는 쓸모가 있었다. 찰리는 모니터에 각 레이저포의 광선이 어디로 발사될지를 표시해 두었고, 힐보는 어떠한 물체이든 간에 사선에 들어오기만 하면 수동으로 그 포를 발사하려고 기다리고 있었기 때문이다.

20분 정도 남아 있었다. 브릴은 휘하의 남녀 병사를 거느리고 방위선 주위를 돌아다니며 사선이 겹치도록 1분대씩 참호에 배치하고 주고 있었다. 나는 거기 끼어들어서 레이저 사선 위에 토오란을 몰아넣을 수 있는 위치에 중화기를 배치하라고 지시했다.

기다리는 것을 제외하면 별로 할 일이 없었다. 나는 찰리에게 적의 전진 속도를 측정해서 정확한 카운트다운을 해 보라고 지시했다. 그런 다음 책상 앞에 앉아 메모장을 꺼냈고, 브릴의 배치를 도면으로 그려보고 뭔가 개선할 점은 없는지를 찾아보려고 했다.

고양이가 처량하게 야옹거리며 내 무릎 위로 뛰어올랐다. 모두 슈트를 입고 있었기 때문에 누가 누군지 구별할 수 없었던 것이다. 그러나 이 책상 앞에 앉는 사람은 나를 제외하고는 없었다. 손을 뻗어 쓰다듬어 주려고 하자 고양이는 뛰어내렸다.

나는 처음 선을 그으려고 하다가 밑에 있던 세 장의 종이까지 찢고 말았다. 슈트를 입은 채로 섬세한 작업을 한 지 꽤 오래되었다. 나는 훈련을 받았을 당시의 일을 회상했다. 옆사람에게 차례차례로 달걀을 넘김으로써 증폭 회로를 제어하는 연습을 했던 것이다. 지저분한 경험이었다. 나는 지구에 아직도 달걀이 있을까 하고 생각했다.

완성된 도면을 보니 내가 덧붙일 만한 것은 아무것도 없었다. 내 머릿속에는 군사 이론이 가득 차 있다. 포위전에 관한 전술적 제안 따위는 얼마든지 있었지만, 현 상황에서는 시점이 잘못되어 있었다. 포위당한 쪽은 적이 아니라 아군이었고, 그럴 경우 선택의 여지는 거의 없었다. 그냥 현 위치에서 싸우는 수밖에 없는 것이다. 적의 병력 집중에는 신속하게 대응해야 하지만, 유연성을 잃지 않음으로써 적의 견제 부대가 아군 방어선의 침입이 예상되는 부분에서 이쪽 병력을 끌어내지 못하도록 주의해야 한다. **공중 및 우주로부터의 지원을 최대한 활용하라.** 이건 언제나 좋은 충고이다. 고개를 숙이고, 용기를 잃지 말며, 기병대가 도착하기를 고대하라. 현 위치를 사수하고, 디엔비엔푸라든지 알라모, 헤이스팅스 전투 따위에 관해서는 아예 생각하지 말도록.

찰리가 말했다.

"또 여덟 척의 수송함이 발진했습니다. 처음 발진한 여덟 대가 도달할 때까지 5분."

그럼 2파로 나뉘어서 공격할 작정인 것이다. 적어도 2파로. 내가 토오란의 지휘관이라면 어떻게 행동할까? 이것은 겉보기만큼 어려운 일은 아니었다. 토오란에게는 전술적인 상상력이 결여되어 있었고, 인간의 전술을 베끼는 경향이 있었다.

제1파는 소모 부대일지도 모른다. 우리의 전력을 약화시키고, 방어망을 평가하기 위한 카미카제식 공격이다. 그다음에 오는 제2파는 좀 더 조직적으로 공격을 가해서 일을 끝맺는 식이다. 혹은 그 반대일지도 모른다. 첫 번째 그룹은 20분 동안 참호를 파고 몸을 숨긴다. 그러면 두 번째 그룹이 그들의 머리를 뛰어넘어 어딘가 한 지점을 맹렬하게 공격한다. 그렇게 해서 방어망을 뚫고 기지를 점령하는 것이다.

혹은 2가 마법의 숫자라는 이유 하나만으로 두 개의 공격 부대를 보냈는지도 모른다. 아니면 한 번에 여덟 척의 병력 수송함밖에는 발사하지 못했을 수도 있다.(이것이 사실이라면 나쁜 뉴스이다. 수송함 사이즈가 크다는 얘기가 되기 때문이다. 과거의 전투에서 그들은 최소 네 명, 최대 128명까지 수용하는 각종 수송함을 쓴 적이 있었다.)

"3분 남았습니다."

나는 지뢰밭의 여러 부분을 보여 주고 있는 모니터군(群)을 응시했다. 운이 좋다면, 그들은 신중을 기하려다가 오히려 지뢰밭 위에 착륙해 줄지도 모른다. 혹은 지뢰를 폭발시킬 정도로 낮게 날아오든가.

왠지 양심의 가책 같은 것을 느꼈다. 나는 안전하게 구멍 속에 틀어박혀서 하는 일 없이 명령을 내릴 준비만 하고 있었다. 밖에 있는 70명의 희생양들은 그 자리에도 없는 지휘관에 대해 어떤 감정을 느끼고 있을까?

곧 첫 임무 때 내가 스토트 대위에 대해 어떤 감정을 품었는지를 생각해 냈다. 대위는 우리가 지상에서 싸우고 있는 동안 안전하게 궤도 위에 머물러 있는 편을 택했던 것이다. 봇물 터지듯 밀려온 그 증오의 기억이 너무나도 강렬했던 탓에 나는 치밀어 오르는 구역감을 억눌러야 했다.

"힐보, 혼자서 레이저포를 전부 조작할 수 있나?"

"물론 조작할 수 있습니다, 소령님."

나는 펜을 던져 놓고 일어섰다.

"찰리, 자네는 작전 조정을 맡게. 나만큼 잘할 수 있을 테니까 말이야. 난 지표로 올라가겠어."

"저는 찬성할 수 없습니다, 소령님."

"안 됩니다, 윌리엄. 그건 멍청한 짓입니다."

"난 자네들 명령에 따를 필요가 없어. 명령을 내리는 건 이쪽……"

"올라가면 단 10초도 살아 있지 못할 겁니다."

찰리가 말했다.

"부하들과 함께 위험을 분담하겠어."

"제가 지금 무슨 말을 하고 있는지 모르겠습니까? 올라가면 당신을 죽일 겁니다!"

"내 부하들이? 말도 안 되는 소리. 내가 그다지 인기가 없다는 건 나도 잘 알아. 설령 아무리 그렇다고 해서……"

"분대 회선에 귀를 기울이고 있지 않았습니까?"

귀를 기울이지 않았다. 자기들끼리 얘기할 때 중대원들은 내 영어를 쓰지 않았기 때문이다.

"병사들은 당신이 그들의 비겁함을 벌하기 위해 최전선에 내보냈다고 생각하고 있습니다. 누구나 자유롭게 정체 필드 안으로 들어가도 좋다고 얘기한 후였으니까요."

"그러셨던 게 아닙니까, 소령님?"

"벌을 줬다고? 물론 그랬을 리가 없지 않나."

의식적인 선택은 아니었다.

"필요했을 때 그들은 지상에 있었을 뿐이야……. 브릴 소위는 아무 말도 하지 않았나?"

"아무 말도 없었습니다. 아마 너무 바빠서 귀를 기울일 틈이 없었는지도 모르죠."

찰리가 말했다.

혹은 부하들의 의견에 동조했는지도 모른다.

"그렇다면 나는……"

"저기!"

힐보가 외쳤다. 지뢰밭을 비추는 모니터 중 하나에 첫 번째 적 수송함이 보이고 있었다. 다음 순간 다른 수송함들도 나타났다. 놈들은 여러 방향에서 접근해 왔고, 기지 주위에 골고루 산개해 있지는 않았다. 북동 사분면에 다섯 척이 몰려 있었고, 남서쪽에는 단 한 척밖에 없었다. 나는 이 정보를 브릴에게 중계했다.

그러나 우리는 적의 논리를 상당히 정확하게 예상하고 있었다. 수송함 모두가 고리 모양으로 기지를 에워싼 지뢰밭 위로 내려오고 있었다. 너무 가까이 왔던 한 수송함 옆에서 타키온 폭탄이 폭발했다. 폭발은 기묘한 유선형을 한 적함의 꼬리 부분을 강타했다. 수송함은 한 바퀴 공중제비를 돌았고, 앞부분부터 지면에 격돌했다. 측면 출입문이 열리더니 토오란들이 기어 나왔다. 열두 명이었다. 아마 네 명이 안에 남아 있을 것이다. 다른 수송함들에도 모두 열여섯 명씩 타고 있다면, 적 병력은 수적으로 우리보다 조금밖에 우세하지 않다는 얘기가 된다.

제1파에서는 말이다.

나머지 일곱 척은 아무런 사고도 없이 착륙했다. 예상대로 한 척에 열여섯 명씩 타고 있었다. 브릴은 적의 병력 집중에 대응하기 위해 몇몇 분대의 위치를 바꾼 다음 기다렸다.

그들은 빠른 속도로 지뢰밭을 전진해 왔다. 마치 안짱다리의 가분수 로봇들이 보조를 맞춰 걸어오는 꼴이었다. 전우가 지뢰를 밟고 산산조각이

나도 그들은 보조를 흐트러뜨리지 않았다. 지뢰는 열한 번 폭발했다.

적이 지평선 위에 나타나자 그들이 왜 그렇게 불규칙한 대형을 지어 왔는지를 알 수 있었다. 적은 어느 경로로 침입하면 지형이 제공하는 엄폐물을 최대한도로 이용할 수 있는지 미리 분석해 놓았던 것이다. 무인 전투기들이 박살낸 바위가 곳곳에 널려 있었기 때문에 가능했던 일이었다. 이렇게 하면 토오란은 우리에게 뚜렷한 표적을 제공하는 일 없이 기지에서 2킬로미터쯤 되는 지점까지 접근할 수 있게 된다. 그리고 그들의 슈트에도 우리 것과 비슷한 강화 회로가 달려 있었으므로, 나머지 1킬로미터를 이동하는 데는 1분도 채 걸리지 않는다.

브릴은 그 즉시 부하들에게 사격 명령을 내렸다. 적을 실제로 맞힐 것을 기대해서라기보다는, 아군의 사기를 진작할 목적으로 그랬다는 편이 더 옳을 것이다. 아마 몇 놈쯤 실제로 맞혔는지도 모르지만, 내 위치에서는 잘 알 수 없었다. 적어도 타키온 로켓들은 큰 바위를 자갈로 만드는 일에서는 뛰어난 위력을 과시했다.

토오란들은 타키온 로켓을 닮은 모종의 무기로 반격해 왔다. 아마 우리 것과 똑같은 무기였는지도 모르겠다. 그러나 적은 거의 표적을 찾지 못했다. 내 부하들은 지표에 엎드리거나 참호에 들어가 있었고, 무엇인가를 맞히지 못한 로켓은 영원히 날아가는 수밖에 없는 것이다. 아멘. 그러나 놈들은 기가와트 레이저포 하나를 파괴했고, 그 순간 지하에 있던 우리들에게 전달된 충격파는 20미터보다 좀 더 깊은 곳에 죽치고 있었으면 좋았을 거라고 나를 후회하게 만들었을 정도로 강렬했다.

기가와트 레이저포들은 아무 쓸모도 없었다. 토오란들은 이들 레이저의 사선을 미리 알아냈음에 틀림없다. 충분히 거리를 두고 있었으니까. 우리에게는 행운이었다. 왜냐하면 이것 때문에 할 일이 없게 된 찰리가 모니터에서 다른 데로 주의를 돌렸기 때문이다.

"도대체 어떻게 된 거지?"

"뭐라고, 찰리?"

나는 모니터에서 눈을 떼지 않은 채로, 뭔가 일어나기를 기다리고 있었다.

"우주선, 순양함이…… 없어졌습니다."

나는 홀로그래프 디스플레이를 보았다. 그의 말이 옳았다. 붉은 광점은 병력 수송함들뿐이었다.

"그게 어디로 갔지?"

나는 멍청한 질문을 던졌다.

"다시 재생해 보겠습니다."

그는 프로그램을 조작해서 디스플레이를 몇 분 전의 광경으로 되돌려 놓은 다음, 행성과 콜랩서 양쪽이 보이도록 배율을 낮췄다. 토오란의 순양함이 나타났고, 세 개의 녹색 광점이 함께 출현했다. 도망간 줄 알았던 우리의 '겁쟁이' 전투정이 단 두 대의 무인 전투기만을 대동하고 적 순양함을 공격하고 있었다.

그렇지만 전투정의 파일럿은 물리 법칙의 도움을 받고 있었다.

그는 콜랩서에 돌입하는 대신, 콜랩서 필드 **주변**을 스치듯이 돌아왔던 방향으로 다시 되돌아갔던 것이다. 전투정의 속도는 광속의 10분의 9에 달해 있었고, 적 순양함을 향해 돌진한 두 대의 무인 전투기의 경우에는 무려 0.99c에 달해 있었다. 우리 행성은 콜랩서에서 약 1000광초 떨어져 있었으므로, 토오란의 우주선이 이들 무인 전투기를 탐지하고 환격할 여유는 겨우 10초밖에 없었다. 그리고 그런 속도에서는, 노바 폭탄에 직격당했든 뭉친 휴지에 맞았든 똑같은 결과밖에 나오지 않는다.

첫 번째 무인 전투기는 적 순양함을 박살냈고, 0.01초 후에 그 뒤를 따른 다른 무인 전투기는 그대로 날아와서 이 행성에 격돌했다. 전투정은 불과 200킬로미터 차이로 아슬아슬하게 행성과 충돌하는 것을 면한 다음 우주 공간으로 날아갔고, 25G의 최대 출력으로 감속을 시작했다. 두 달쯤 지나면 돌아올 수 있을 것이다.

그러나 토오란들은 그때까지 기다려 주지 않을 것이다. 지금 적은 쌍방이 레이저를 사용할 수 있을 정도의 거리까지 접근하고 있었지만, 그 거리는 유탄 발사기의 유효 사정 내이기도 했다. 적당한 크기의 바위는 레이저 광선을 막아줄 수 있지만, 유탄과 로켓이 그들을 도살하고 있었다.

처음 브릴의 소대는 압도적인 우위에 서 있었다. 참호 안에서 사격을 하고 있었으므로, 이따금 나오는 우연한 명중탄이나 극히 교묘하게 투척된 수류탄(토오란들은 그것을 손으로, 그것도 몇백 미터나 멀리 던질 수 있었다)을 제외하고는 전혀 피해를 입지 않았다. 그렇게 해서 브릴은 네 명을 잃었지만, 토오란의 병력은 원래 사이즈의 반 이하로 줄어든 것처럼 보였다.

지면이 하도 심하게 파인 탓에 급기야는 토오란들도 땅에 난 구멍 속에 들어가 싸우기 시작했다. 전투는 개인 대 개인의 레이저 결투로 바뀌었고, 이따금 중화기가 그 사이에 끼어들곤 했다. 그러나 토오란 한 놈을 잡기 위해 타키온 로켓 한 발을 쏘는 것은 그다지 현명한 행위라고는 할 수 없었다. 규모 미상의 적 부대가 기지에서 겨우 몇 분 거리까지 접근해 있는 상황에서는.

홀로그래픽 디스플레이에서 본 무엇인가가 마음에 걸렸다. 전투가 좀 뜸해진 지금, 나는 그것이 무엇이었는지를 깨달았다.

그 무인 전투기가 광속에 가까운 속도로 부딪혔을 때, 행성에는 얼마나 피해를 입혔을까? 나는 컴퓨터 앞으로 가서 키를 눌렀고, 그 충돌에서 어느 정도의 에너지가 방출되었는지를 알아낸 다음 컴퓨터가 기억하고 있는 행성의 지질학적 데이터와 대조해 보았다.

지금까지 기록된 가장 강력한 지진의 20배에 달하는 에너지였다. 그것도 지구의 4분의 3 크기밖에 안 되는 행성에서.

일반 회선을 눌렀다.

"전 중대원에게 알린다. 지상으로 나가! 지금 당장!"

에어록과 기지의 관리 구역에서 지상으로 통하는 터널을 개방하는 버튼을 손바닥으로 때리듯이 눌렀다.

"도대체 뭡니까, 윌리……"

"지진이야!"

얼마나 시간 여유가 있을까?

"빨리 여기서 나가!"

힐보와 찰리는 내 뒤에 바싹 붙어 따라 나왔다. 고양이는 책상 위에 앉아서 무심하게 자기 몸을 핥고 있었다. 나는 그를 내 슈트 속에 집어넣고 싶다는 불합리한 충동을 느꼈다. 모험에서 기지로 데려왔을 때는 바로 그 방법을 썼지만, 고양이가 몇 분 이상은 참지 못하리라는 사실을 알고 있었다. 그다음에는 손가락 레이저를 써서 그냥 증발시켜 버리고 싶다는 좀 더 합리적인 충동을 느꼈지만, 그때는 이미 문이 닫혀 있었고, 사다리를 앞다투어 올라가던 중이었다. 그렇게 올라가던 중, 그리고 그 이후로도 얼마간 그 무력한 짐승의 이미지는 내 뇌리를 떠나지 않고 나를 괴롭혔다. 몇 톤이나 되는 바위 파편 밑에 갇혀서, 공기가 새어 감에 따라 천천히 죽어 가는 광경이.

"참호에 들어가 있는 쪽이 더 안전할까요?"

찰리가 말했다.

"모르겠어. 한 번도 지진을 경험해 본 적이 없거든."

참호의 양쪽 벽이 닫히며 안에 있는 우리들을 짜부라뜨릴지도 모른다.

나는 지표가 너무 어두웠기 때문에 놀랐다. 황새치자리S는 지평선 너머로 거의 넘어가 있었다. 밑에서 모니터를 보았을 때는 보기 쉽도록 약한 빛도 밝게 증폭되어 있었던 것이다.

적이 쏜 레이저 광선이 우리 왼쪽에 있는 공터를 소사했고, 기가와트 레이저의 포가(砲架)를 맞히면서 분수처럼 불꽃을 튕겼다. 우리는 아직 발견되지 않았다. 나는 모두들 참호에 들어가 있는 편이 더 안전할 것이라고 판단하고, 세 걸음 만에 가장 가까운 곳에 있는 참호로 들어갔다.

그 참호에는 남녀가 있었고, 그중 한 사람은 중상이거나 아니면 이미 죽어 있는 것 같았다. 우리들은 앞다투어 참호로 뛰어들었다. 나는 내 화상 증폭기의 배율을 로그2로 올려 참호에 있던 부하들을 훑어보았다. 운이 좋았다. 한 명은 척탄병이었고, 로켓 발사기도 하나 가지고 있었다. 헬멧에 쓰인 이름도 어떻겐가 읽을 수 있었다. 이곳은 브릴의 참호였지만, 그녀는 아직 우리를 보지 못한 것 같았다. 그녀는 우리와는 반대편에서 참호 너머로 조심스럽게 머리를 내밀고 적 측면을 공격하려 하고 있는 2개 분대를 지휘하고 있었다. 분대원들이 무사히 소정 위치에 도달하자 그녀는 머리를 홱 숙이고 이쪽을 보았다.

"소령님이신가요?"

"나야."

나는 조심스럽게 대답했다. 이 참호에 있는 부하들 중에도 혹시 나를 때려잡고 싶어 하는 작자가 있을까?

"지진이라니 무슨 얘긴가요?"

토오란의 순양함이 파괴되었다는 뉴스는 그녀도 듣고 있었지만, 무인 전투기가 행성에 충돌한 얘기는 모르고 있었다. 나는 가능한 한 간결하게 설명해 주었다.

"에어록에서 나온 사람은 아무도 없었는데요. 아직은. 아마 모두 정체 필드로 들어간 모양입니다."

"응, 필드도 에어록만큼 가까운 곳에 있었으니까 말이야."

아마 그들 중 일부는 내 경고를 심각하게 받아들이지 않고 여태껏 지하에 남아 있을지도 모른다. 나는 일반 회선을 턱으로 눌러 상황을 알아보려고 했지만, 다음 순간 모든 게 뒤죽박죽이 되어 버렸다.

지면이 밑으로 뚝 떨어지더니 다시 솟아올랐다. 그 충격이 너무나도 셌던 탓에 우리들 모두가 참호에서 공중으로 튕겨 나갔다. 우리는 몇 미터인가를 날았고, 밝은 오렌지색과 노란색의 타원형 패턴을 내려다볼 수 있을 정도로 높이 올라갔다. 노바 폭탄을 탑재한 무인 전투기들이 격추된 장소이다. 나는 발부터 똑바로 착지할 수 있었지만 지면이 너무나도 심하게 흔들리고 미끄러지고 있었기 때문에 똑바로 서 있는 일 자체가 불가능했다.

슈트를 통해 둔한 진동을 느낀 순간, 우리 기지 위에 있는 공터가 부서지면서 완전히 내려앉았다. 지면이 꺼지면서 정체 필드의 아랫부분 일부가 드러났다. 필드는 새로 생긴 지면 위에 초연하게 내려앉았다.

흐음, 고양이 한 마리를 제외하고 말이다. 나는 부하들 모두가 돔 안으로 들어갈 수 있었을 정도의 시간적 여유와 분별력을 가지고 있었기를 빌었다.

나와 가장 가까운 참호 안에서 누군가가 비틀거리며 올라왔고, 나는 그것이 인간이 아니라는 사실을 깨닫고 퍼뜩 놀랐다. 거리가 워낙 가까웠기 때문에 내가 쏜 레이저는 그의 헬멧을 직통으로 꿰뚫었다. 그는 앞으로 두 걸음 더 걷다가 뒤로 자빠졌다. 참호 가장자리로 다른 헬멧이 흘끗 나타났다. 나는 토오란이 자신의 무기를 들어 올리기도 전에 그 헬멧 윗부분을 날려 보냈다.

현 위치가 어딘지 알 수가 없었다. 바뀌지 않은 것이라고는 정체 필드의 돔 정도였고, 그것은 어느 각도에서 보나 같은 모양을 하고 있었던 것이다. 기가와트 레이저포들은 모두 땅에 묻혀 버렸지만, 그중 하나에는 아직도 동력이 통해 있었고, 눈부시게 반짝거리는 서치라이트로 변해 기화된 바위로 이루어진 구름의 소용돌이를 비추고 있었다.

그러나 여기는 적지 한복판이었다. 나는 흔들리는 지면 위를 디디며 돔을 향해 움직이기 시작했다.

소대장들과는 연락이 닿지 않았다. 브릴을 제외하면 아마 모두 돔 안에 들어가 있을 것이다. 힐보와 찰리와는 교신할 수 있었다. 힐보에게 돔 안으로 들어가서 병사들을 빠짐없이 데리고 나오라고 했다. 다음 공격에서도 128명이 온다면 단 한 사람의 도움도 아쉬웠다.

지진이 멈췄을 때 나는 내가 '아군' 참호로 들어왔다는 사실을 깨달았다. 취사병 전용 참호라고 해도 좋았다. 그곳에 있었던 사람은 오번과 루드코스키뿐이었으니까 말이다.

"아무래도 원점에서 다시 시작해야 할 것 같군, 일병."

"괜찮습니다, 소령님. 어차피 간도 좀 쉴 필요가 있었으니까요."

힐보가 보낸 호출음이 삑 하고 들렸다. 나는 턱으로 그녀의 회선을 눌렀다.

"소령님……. 그곳엔 열 명밖에 없었습니다. 나머지는 나오지 못했습니다."

"그럼 나머지는 뒤에 남아 있었단 말인가?"

탈출할 시간은 충분했을 텐데.

"모르겠습니다, 소령님."

"알았어, 신경 쓰지 말게. 전부 합쳐서 몇 명 살아남았는지 머릿수를 세어 봐."

나는 소대장들의 회선을 다시 불러 보았지만 역시 아무런 응답도 없었다.

우리들 세 사람은 몇 분 동안 적의 레이저 광선을 찾아보았지만 그런 것은 전혀 보이지 않았다. 아마 원군을 기다리고 있는 것이리라.

힐보가 연락했다.

"53명밖에 없습니다, 소령님. 의식이 없어서 대답을 못 하는 병사들이 있을지도 모릅니다."

"알았네. 자기 자리를 지키고 앉아서 적이……"

그 순간 제2파가 엄습해 왔다. 병력 수송함들이 우리 쪽을 향해 감속용 제트를 분사하면서 굉음과 함께 지평선 위에 출현했던 것이다.

"저 새끼들한테 누가 로켓을 먹여!"

힐보가 부하들 모두를 향해 고함을 질렀다. 그러나 지진으로 여기저기 튕겨 다니는 통에 여태껏 로켓 발사기를 가지고 있는 병사는 아무도 없었다. 유탄 발사기 또한 없었고, 손가락 레이저로 쏘기에는 너무 거리가 떨어져 있었다.

이들 수송함은 제1파에서 온 것들의 세 배에서 네 배에 달하는 크기였다. 그중 하나가 우리가 있는 곳에서 1킬로미터쯤 떨어진 곳에 착륙했고, 병사들을 내려놓자마자 그 자리를 떠났다. 50명 이상이었고, 아마 64명은 될 것이다. 64에 8을 곱하면 512명이다. 이런 병력을 격퇴할 방법은 없었다.

"모두 들도록. 여기는 만델라 소령이다."

가능한 한 침착하고 조용한 목소리를 내려고 노력했다.

"지금부터 전원 돔으로 후퇴한다. 신속하게, 하지만 질서정연하게 그래야 해. 지금 엉망진창으로 흩어져 있는 건 잘 알고 있다. 2소대나 4소대 소속이라면 1분 동안 현 위치를 고수하며 1소대와 3소대, 그리고 지원 소대가 후퇴하는 것을 엄호하라. 1, 2소대 및 지원 병과는 현 위치에서 돔까지 반쯤 물러난 다음 엄폐물을 찾고, 되돌아오는 2소대와 4소대를 엄호하라. 2소대와 4소대는 돔 가장자리에 도달한 후 1, 2 소대가 돔으로 들어가는 것을 엄호한다.”

'후퇴'라는 말은 쓰지 않았어야 했다. 이 단어는 군사 편람에는 실려 있지 않았다. 회피 행동이라고 해야 옳다.

행동하기 보다는 회피하는 부하들이 훨씬 더 많았다. 엄호 사격을 하고 있는 병사는 여덟 내지 아홉 명밖에는 없었고, 나머지는 모두 도망쳐 오기에 바빴다. 루드코스키와 오번도 사라져 있었다. 나는 신중하게 겨냥하고 레이저를 몇 번 발사했지만, 별로 효과는 없었다. 나는 참호 반대편으로 달려가서 지상으로 기어오른 다음 돔을 향해 갔다.

토오란들은 로켓을 쏘기 시작했지만, 대부분 너무 조준이 높았다. 내가 중간 지점에 도달하기 전에 중대원 두 명이 충격파에 날아가는 것을 보았다. 엄폐물로 안성맞춤인 커다란 바위를 찾아 그 뒤에 숨었다. 나는 슬쩍 고개를 내밀어 보고 조금이라도 레이저의 표적이 될 정도로 가까이 있는 토오란은 두세 명밖에는 안 된다고 판단했고, 무용(武勇)이란 불필요하게 적의 주의를 끌지 않는 것임을 확신했다. 나는 정체 필드 가장자리까지 갔고, 응사를 하기 위해 멈춰 섰다. 몇 번 사격한 다음, 내가 단지 적에게 표적을 만들어 주고 있다는 사실을 깨달았다. 지금 돔을 향해 달려오고 있는 부하는 단 한 사람밖에 없었다.

로켓이 스쳐 갔다. 손으로 만질 수 있을 만큼 가까운 곳을. 나는 무릎을 굽히고 도약했고, 좀 위엄이 없는 자세로 돔에 들어갔다.

34

안에 들어서니 내게서 아슬아슬하게 빗나간 로켓이 어스름한 돔 내부를 나른한 동작으로 가로지르는 광경을 볼 수 있었다. 필드의 반대쪽 벽으로 다가갈수록 조금씩 상승하고 있는 것처럼 보였다. 로켓은 필드 밖으로 나가자마자 증발해 버릴 것이다. 필드 돌입시 초속 16.3미터로 갑자기 속도가 떨어지면서 잃은 운동 에너지는 모두 열의 형태도 되돌아오기 때문이다.

필드 주변의 바로 안쪽에서 아홉 명의 병사가 엎드린 채로 숨겨 있었다. 예상하지 못했던 일은 아니지만, 그것은 병사들에게 미리 알려 주는 종류의 얘기가 아니었다.

그들의 파이팅 슈트 자체에는 이상이 없었다. 그러지 않았다면 이렇게 멀리까지 올 수 있었을 리가 없다. 그러나 전투 막판의 혼란된 후퇴 때 정체 필드로부터 자신들을 지켜 주는 특별한 절연 코팅에 손상을 입혔던 것이다. 그래서 그들이 필드로 들어오자마자 신체의 모든 전기적 활동이 정지했고, 물론 그들은 그 자리에서 즉사했다. 또 신체 내부의 모든 분자는 초속 16.3미터 이상의 속도로 움직일 수가 없었으므로, 그들은 순간적으로 얼어붙었고, 체온은 0.426 절대온도까지 내려갔던 것이다.

시체를 뒤집어서 이름을 확인할 생각은 없었다. 아직은. 토오란이 돔 속으로 들어오기 전에 방어 태세를 취할 필요가 있었다. 적이 기다리는 대신 돌입하는 편을 택할 경우에 대비해서 말이다.

복잡한 몸짓을 써서 부하들 모두를 어떻겐가 필드 중앙에 있는 전투정 날개 밑에 집합시킬 수 있었다. 무기는 모두 그곳에 쌓여 있었다.

무기는 얼마든지 있었다. 지금 남은 인원의 세 배를 무장시키려고 준비해 둔 것들이기 때문이다. 각자에게 방패와 짧은 검을 나눠 준 다음, 나는 손가락으로 눈 위에 질문을 썼다. 활 쏘기에 자신 있는 사람 있나? 손을 들어 봐. 다섯 명이 지원했다. 활은 전부 활용할 작정이었기 때문에 세 명을 더 뽑았다. 활 하나에 화살 스무 대. 우리가 보유한 것으로는 가장 효과적인 장거리 무기였다. 천천히 날아가는 화살은 거의 눈에 띄지 않았고, 무거운 데다가 다이아몬드만큼 딱딱한 결정 촉이 달려 있었다.

나는 궁수들을 전투정 주위에 둥그렇게 배치했고(전투정의 착륙 날개는 후방에서 날아오는 투척 무기에서 그들을 부분적으로 보호해 줄 것이다), 궁수들 사이에 병사 네 명을 끼워 넣었다. 투창 두 사람, 육척봉 한 사람, 그리고 전투용 도끼와 한 다수의 투척용 나이프를 가진 사람 한 명이었다. 이론적으로는 어떠한 거리로부터의 적 공격에도 대처할 수 있는 대형이다. 필드 가장자리에서 백병전까지.

실제로는 600 대 42의 싸움이었기 때문에, 아마 적은 방패나 특별한 무기 대신 양손에 돌멩이를 한 개씩 들고 오기만 해도 우리를 작살낼 수 있을 것이다.

물론 이것은 그들이 정체 필드에 관해 알고 있다고 가정했을 경우의 얘기이다. 그 이외의 다른 분야에서는 최신 테크놀로지를 보유하고 있는 것처럼 보였지만.

몇 시간 동안은 아무 일도 일어나지 않았다. 말을 걸 상대도 없었고, 변함없는 잿빛 돔, 잿빛 눈, 잿빛 우주선, 그리고 잿빛의 똑같은 병사들을 제외하면 달리 볼 것도 없었다. 소리도, 맛도, 냄새도 자기 것밖에는 경험할수 없다.

아직도 전투에 조금이라도 관심을 가지고 있는 부하들은 돔 바닥의 주변부에서 감시를 계속했고, 최초의 토오란이 들어오기를 기다리고 있었다. 그래서 공격이 시작되었다는 사실을 알아차리기까지 1초가량 걸렸다. 공격은 머리 위에서 왔다. 사출기로 쏜 다트가 30미터 상공에서 구름처럼 몰려와서 반구의 중심을 직격했던 것이다.

방패는 뒤에서 몸을 조금 움츠리면 전신을 감출 수 있을 만큼 컸다. 다트가 날아오는 것을 보았다면 누구든지 쉽게 자신을 방호할 수 있었다. 그러나 등을 돌리고 있다든지, 혹은 교대로 잠을 자고 있을 경우에 살아남으려면 순전히 운에 맡기는 수밖에 없었다. 경고를 외칠 수단은 없었고, 투척 무기가 돔의 주변부에서 중앙까지 도달하기까지는 3초밖에 걸리지 않았던 것이다.

다섯 명밖에 잃지 않았으니 행운이었다고 할 수 있었다. 전사자 중 한사람은 궁수인 슈빅이었다. 나는 그녀의 활을 집어 들었다. 우리는 기다렸다. 금방이라도 지상 공격이 시작될 것이라고 생각했던 것이다.

그러나 지상 공격은 없었다. 30분 후 나는 원진(圓陣)을 한 바퀴 돌며 무슨 일이 일어날 경우 가장 먼저 해야 할 일은 오른쪽 사람에게 손을 대서 신호하는 일이라고 몸짓으로 설명했다. 그럼 신호를 받은 사람이 또 오른쪽 사람에게 신호하는 식으로 전원에게 전달할 수 있다.

바로 이것이 내 생명을 구했는지도 모른다. 두 시간 후에 개시된 2차 다트 공격은 내 배후에서 왔다. 나는 왼쪽 사람이 나를 툭 치는 것을 느끼자마자 오른쪽에 있던 부하에게 같은 신호를 보냈고, 몸을 돌려 구름이 내려오는 것을 보았다. 내가 머리 위로 방패를 올리자마자 다트가 방패 위로 쏟아졌다.

나는 활을 내려놓고 방패에 꽂혀 있는 세 개의 다트를 뽑았다. 다음 순간 지상 공격이 개시되었다.

괴이하고 인상적인 광경이었다. 300여 명의 토오란이 일제히 필드 내부로 들어왔다. 거의 어깨와 어깨를 맞댈 정도로 돔 가장자리를 완전히 빽빽이 에워싸고 들어왔던 것이다. 그들은 발을 맞춰 전진해 왔다. 각자가 육중한 가슴을 겨우 감출 수 있는 크기의 원형 방패를 들고 있었다. 그들은 아까 우리에게 쏟아 부은 것과 비슷한 다트를 던지고 있었다.

나는 방패를 내 앞에 세운 다음(방패 아래쪽에 조그만 받침대가 달려 있었으므로 수직으로 세울 수 있었다) 첫 번째 화살을 쏘았고, 우리에게도 가망이 있다는 사실을 깨달았다. 화살은 토오란이 들고 있던 방패 한복판을 맞혔고, 그대로 그것을 관통해서 그의 슈트를 꿰뚫었다.

그것은 일방적인 살육이었다. 다트는 기습 효과 없이는 그렇게 효과적인 무기가 아니었다. 그러나 배후에서 던져진 다트 하나가 내 머리 위로 날아갔을 때는 견갑골 사이가 근질근질했다.

나는 스무 대의 화살로 스무 명의 토오란을 죽였다. 그들은 한 명이 쓰러지면 그 즉시 그 자리를 메꿨다. 조준할 필요조차 없었다. 화살이 다 떨어진 후 나는 다트를 원래 주인들에게 되던졌다. 그러나 그들의 가벼운 방패도 다트처럼 작은 투척물을 막는 데는 충분히 쓸모가 있었다.

우리는 토오란이 백병전용의 무기를 쓸 수 있을 만큼 가까이 다가오기 전에 화살과 투창으로 그 반수 이상을 죽였다. 나는 장검을 뽑아 들고 기다렸다. 적은 아직도 3 대 1 이상의 비율로 우리를 압도하고 있었다.

그들이 10미터 이내로 접근하자 차크라를 몇 개씩 가지고 있던 병사들이 눈코 뜰 새 없이 바빠졌다. 이 회전하는 원반은 눈에도 잘 보였고, 목표물에 도달할 때까지 0.5초 이상 걸렸지만, 대다수의 토오란들은 비효율적인 방법으로 이 공격에 대응했다. 방패를 들어 올려 막으려고 했던 것이다. 단철제의 면도날처럼 날카로운 육중한 날은 마치 마분지를 자르는 전기톱처럼 가벼운 방패를 찢어발겼다.

최초의 백병전은 육척봉에 의한 접촉이었다. 이것은 길이 2미터의 금속봉이었고, 끝부분에서 가늘어지며 양날의 톱날 나이프로 변해 있었다. 토오란들은 냉혹무정한(원한다면 용감하다고 해도 좋다) 방법으로 이 무기에 대처했다. 양손으로 그냥 칼날을 붙잡고 죽어 갔던 것이다. 이쪽 병사가 칼날을 꽉 붙잡은 채로 얼어붙어 있는 토오란의 손아귀에서 그 무기를 빼내려고 하는 사이, 길이 1미터에 달하는 언월도를 가진 토오란 검사가 다가와서 그 인간을 죽였다.

그들은 언월도 말고도 볼로(bolo) 비슷한 무기를 가지고 있었다. 탄력이 있는 줄 끄트머리에 길이 10센티미터가량의 철조망 비슷한 물체와, 투척을 용이하게 하기 위한 작은 무게추가 달려 있었다. 그것은 피아 구분 없이 위험한 무기였다. 표적을 맞히지 못하면 어디로 튕겨 돌아올지를 알 수 없기 때문이다. 그러나 토오란들은 방패 아래쪽으로 그것을 던져 아군의 발목에 가시투성이의 철사를 감는 방법으로 곧잘 피해를 입혔다.

나는 에릭슨 일병과 등을 맞대고 섰고, 양쪽 모두 장검을 써서 몇 분 동안 그럭저럭 살아남을 수 있었다. 토오란은 자기편이 20~30명으로 줄자 그냥 뒤로 돌아서 돔 밖으로 나가기 시작했다. 우리는 적의 등에 대고 다트를 던져서 세 명을 더 죽였지만, 추적할 생각은 없었다. 그들이 언제 뒤로 돌아서서 다시 공격해 올지 몰랐기 때문이다.

아직도 살아서 서 있는 사람은 28명뿐이었다. 주위에는 거의 열 배에 달하는 토오란의 시체가 널려 있었지만, 만족감은 느끼지 않았다.

그들은 새로 300명을 투입해서 똑같은 일을 되풀이할 수 있는 것이다. 그리고 그때는 성공할 것이다.

우리는 시체에서 시체로 옮겨 다니며 화살이나 투창을 회수했고, 다시 전투정 주위의 자기 위치에 가 섰다. 육척봉을 다시 뽑아 오려는 사람은 아무도 없었다. 나는 생존자가 누군지를 알아보았다. 찰리와 다이애나는 아직도 살아 있었고(힐보는 육척봉의 희생자 중 한 명이었다), 지원 장교인 윌버와 스지들로프스카 두 사람도 살아남았다. 루드코스키도 아직 살아 있었지만, 오번은 다트를 맞고 죽었다.

하루를 더 기다렸다. 아무래도 토오란은 지상 공격을 되풀이하는 대신 지구전으로 몰고 갈 심산인 듯했다. 다트는 끊임없이 날아왔지만, 구름처럼 하늘을 뒤덮는 대신 이번에는 두세 개씩 날아왔다. 그것도 언제나 다른 각도에서. 우리는 영원히 경계하고 있을 수는 없었다. 토오란은 서너 시간마다 한 사람씩 우리 편을 죽일 것이다.

우리는 교대로 잠을 잤다. 한 번에 두 명씩 필드 발생기 위에서 자는 것이다. 발생기는 전투정의 동체 바로 밑에 놓여 있었으므로 돔 안에서는 가장 안전한 장소였다.

때때로 토오란 하나가 필드 가장자리에 출현하곤 했다. 아직도 살아남은 인간이 있는지 알아보려고 그러는 것이다. 우리는 이따금 연습 삼아 그자를 향해 활을 쏘았다.

며칠 후 다트 공격이 멈췄다. 다트를 다 써 버렸기 때문에 그랬을 가능성도 전혀 없는 것은 아니었다. 아니면 우리가 스무 명으로 줄었기 때문에 그만두려고 생각했는지도 모른다.

그것보다는 좀 더 그럴듯한 가능성이 있었다. 나는 육척봉 하나를 가지고 필드 가장자리까지 가서 1센티미터가량 밖으로 찔러 보았다. 다시 잡아빼 보니 끄트머리가 녹아 있었다. 그것을 찰리에게 보여주자 그는 앞뒤로 몸을 흔들어 보였다.(슈트를 입은 채로 고개를 끄덕이려면 이 방법밖에 없다.) 이런 일은 전에도 일어난 적이 있었다. 처음으로 정체 필드의 효력이 무효화됐던 몇몇 전투 중 하나였다. 토오란들은 레이저로 돔 바깥쪽이 포화 상태에 이를 때까지 덮고, 우리들이 머리가 돌아 버린 나머지 발생기를 끄기를 기다리고 있는 것이다. 아마 수송함 안에 들어앉아서 토오란의 피나클*에 해당하는 것을 하고 있는지도 모르는 일이다.

나는 생각하려고 노력했다. 이런 적대적인 환경에서, 아무런 감각 자극도 없이, 그것도 몇 초마다 어깨 너머를 경계하며 생각을 하기란 쉬운 일이 아니다. 찰리가 전에 뭐라고 한 적이 있다. 겨우 어제의 일이다. 잘 생각이 나지 않았다. 그때는 쓸 수 없었던 아이디어였다. 내가 기억해 낸 것이라고는 이것이 전부였다. 그러자 마침내 기억이 되돌아왔다.

나는 모두를 불러 눈 위에 다음과 같이 썼다.

전투정에서 노바 폭탄을 꺼내 와.
필드 가장자리로 갖다 놓는다.
필드를 움직여.

---

* 카드 게임의 일종.

스지들로프스카는 전투정의 어디에 필요한 공구가 있는지를 알고 있었다. 다행히도 우리는 정체 필드를 켜기 전에 전투정의 모든 출입문을 개방해 놓았다. 전부 전자 장치로 제어되기 때문에 만약 닫혀 있었다면 옴짝달싹도 하지 않았을 것이다. 우리는 기관실에서 여러 종류의 렌치를 꺼내 온 다음 조종석으로 기어 올라갔다. 그는 폭탄 저장고로 통하는 배전용 통로의 덮개를 어떻게 열면 되는지 알고 있었다. 나는 그의 뒤를 따라 너비 1미터의 튜브 안으로 기어 들어갔다.

원래 이곳은 칠흑처럼 어두웠어야 했다. 그러나 정체 필드는 바깥과 마찬가지로 어스름하고 명암이 결여된 빛으로 폭탄 저장고를 비추고 있었다. 저장고는 우리 두 사람이 들어가기에는 너무 좁았으므로, 나는 배전용 통로 끝에 서서 구경만 하고 있었다.

폭탄 저장고의 문에는 수동 보조 장치가 붙어 있었기 때문에 조작하기는 쉬웠다. 스지들로프스카가 손으로 크랭크를 돌리자 문은 쉽게 열렸고 우리는 일에 착수할 수 있었다. 그러나 버팀대에 고정된 노바 폭탄 두 발을 꺼내는 일은 쉽지 않았다. 마침내 우리는 기관실로 가서 쇠지렛대를 가져 왔다. 그가 폭탄 하나를 비집어 꺼냈고, 나도 다른 하나를 꺼냈다. 그런 다음 폭탄을 굴려 저장고 밖으로 떨어뜨렸다.

우리가 땅 위에 내려섰을 때 안겔로프 하사는 이미 폭탄의 조정에 착수하고 있었다. 폭탄을 작동시키려면 우선 끄트머리에 달린 신관의 나사를 돌려 빼낸 다음 신관 소켓 안쪽을 뭔가로 쿡쿡 찔러서 지연(遲延) 메커니즘과 안전장치를 부수기만 하면 된다.

여섯 명이 한 조를 이루어 폭탄 하나씩을 들고 재빨리 필드 가장자리로 운반한 다음 나란히 내려놓았다. 그런 다음 필드 발생기의 손잡이 옆에서 기다리고 있는 네 사람에게 손을 흔들어 보였다. 그들은 발생기를 들고 반대 방향으로 열 걸음 움직였다. 필드 가장자리가 스쳐 지나가며 폭탄은 시야에서 사라졌다.

두 발의 폭탄이 폭발했다는 사실에는 의심의 여지가 없었다. 몇 초 동안 필드 바깥쪽은 항성 내부만큼이나 뜨겁게 달아올랐고, 정체 필드조차도 그 영향을 받았다. 돔의 3분의 1가량이 한순간 둔한 핑크색으로 반짝였다가, 곧 회색으로 되돌아갔던 것이다. 희미한 가속감을 느꼈다. 마치 천천히 움직이는 엘리베이터 속에 있는 듯한 느낌이었다. 그렇다면 우리는 지금 크레이터 바닥으로 천천히 떨어지고 있다는 얘기가 된다. 딱딱한 바닥이 아직 남아 있을까? 아니면 녹아내린 바위 속에 잠겨 들어가서 호박(琥珀) 속의 파리처럼 갇혀 버리는 것일까? 그런 일은 생각조차도 하고 싶지 않았다. 만약 그런 일이 실제로 일어난다면, 아마 전투정의 기가와트 레이저포를 써서 탈출할 수 있을 것이다.

어쨌든, 우리들 중 열두 명은.

얼마나 오래 걸리지? 찰리가 내 발치의 눈 위에 끼적거렸다.

아주 좋은 질문이었다. 내가 알고 있는 것이라고는 두 개의 노바 폭탄이 폭발하면서 방출하는 에너지의 양 정도였다. 얼마나 큰 화구(火球)가 발생하는지도 몰랐다. 따라서 폭발시의 온도와 크레이터의 크기도 알 수 없었다. 나는 주위를 에워싸고 있는 바위의 열용량도 융해점도 모르고 있었다. 나는 이렇게 썼다. 일주일? 생각해 봐야 해.

정찰정 컴퓨터라면 0.001초 안에 내게 그 답을 가르쳐 줄 수 있었겠지만, 물론 지금은 작동하고 있지 않았다. 나는 눈 위에 방정식을 써 가며 바깥 온도가 500도까지 식기까지 걸리는 시간의 최대치와 최소치를 계산해 보았다. 나에 비하면 훨씬 최근의 물리학을 공부한 안겔로프도 전투적 반대편에서 같은 계산을 하고 있었다.

내 계산으로는 여섯 시간에서 엿새 걸린다는 해답이 나왔다.(물론 이 여섯 시간이라는 해답은 주위를 에워싼 바위가 순수한 구리만큼이나 열을 잘 전달할 수 있을 경우에만 해당된다.) 안켈로프는 다섯 시간에서 4와 2분의 1이라는 해답을 내놓았다. 나는 6일이라는 해답에 찬성표를 던졌고, 다른 사람에게는 투표권을 주지 않았다.

우리는 실컷 잠을 잤다. 찰리와 다이애나는 눈 위에 그림을 그려 체스를 두었다. 그러나 나는 변화하는 체스말의 위치를 전혀 기억할 수가 없었다. 나는 계산을 몇 번이나 되풀이해 보았고, 그때마다 엿새라는 해답이 나왔다. 안켈로프의 계산도 체크해 보았고, 그것 또한 옳은 듯했지만, 나는 나자신의 결정을 고수했다. 슈트 속에서 하루하고 반나절을 더 보낸다고 해서 해가 되지는 않는다. 우리는 간단한 문장을 땅에 끄적거리며 우호적인 논쟁을 벌였다.

우리가 폭탄을 바깥에 던졌던 날에는 열아홉 명이 생존해 있었다. 엿새가 지난 후 내가 발생기의 차단 스위치에 손을 댔을 때도 역시 열아홉 명이 남아 있었다. 밖에서는 누가 우리를 기다리고 있을까? 폭발 중심에서 몇 킬로미터 이내의 토오란들을 모조리 죽였다는 사실에는 의심의 여지가 없었다. 그러나 더 멀리 떨어진 곳에 예비 병력이 있었고, 지금 크레이터 주변부에서 끈기 있게 우리를 기다리고 있다면? 적어도 필드 밖으로 내민 육척봉은 그대로 되돌아왔다.

나는 단 한 발로 우리가 전멸하는 일이 없도록 부하들을 돔 내부에 고루 산개시켰다. 그런 다음, 뭔가 문제가 생길 경우 그 즉시 스위치를 다시 넣을 준비를 하고, 나는 발생기를 껐다.

35

내 무전기의 주파수는 여태껏 일반 회선에 맞추어져 있었다. 1주 이상 침묵밖에 듣지 못했던 내 귀는 갑자기 커다란, 기쁨에 찬 잡담의 직격을 받았다.

우리는 너비와 깊이가 거의 1킬로미터에 달하는 크레이터의 중심부에서 있었다. 크레이터 내부는 부스러지기 쉽고 반짝거리는 검정색 바위였고, 군데군데 붉게 빛나는 균열이 보였다. 크레이터는 뜨거웠지만 더 이상 위험하지는 않았다. 우리가 있던 지면의 반구는 크레이터 밑바닥에서 족히 40미터는 더 가라앉아 있었다. 따라서 바닥은 아직도 용해된 상태였지만, 우리는 일종의 주춧대 위에 서 있었다.

단 한 명의 토오란도 눈에 띄지 않았다.

우리는 전투정으로 뛰어 들어가서 함내를 밀폐하고 시원한 공기로 채운 다음 각자의 슈트에서 나왔다. 나는 상관임을 앞세워 하나 있는 샤워를 제일 먼저 쓰거나 하지는 않았다. 그러는 대신 나는 가속 의자에 앉아 재순환된 만델라 같은 냄새가 나지 않는 공기를 깊숙이 들이켰다.

전투정은 최대 정원 열두 명을 기준으로 설계되어 있었기 때문에, 우리는 함내의 생명 유지 장치에 무리가 가지 않도록 일곱 명씩 교대로 밖에 나가 있었다. 나는 아직도 6주 후에나 도착할 예정인 또 한 대의 전투정을 향해 우리가 무사하며, 와서 데려와 주기를 바란다는 내용의 연속 메시지를 보냈다. 전투시의 통상적인 탑승원은 세 명뿐이었기 때문에, 내게는 다른 전투정에 일곱 개의 빈 침대가 있다는 충분한 확신이 있었다.

다시 걸어 다니고 얘기를 나눌 수 있게 된 것은 실로 즐거운 경험이었다. 나는 우리가 이 행성에 머무는 동안 군대에 관련된 모든 규칙을 공식적으로 중단시켰다. 생존자들 중 몇몇은 브릴 휘하의 반항적인 병사들이었지만, 이제는 내게 아무런 적의도 내비치지 않았다.

우리는 일종의 노스탤지어 게임을 했다. 지구에서 우리가 경험했던 여러 시대를 서로 비교해 보고, 이제 우리가 돌아가게 될 700년 후의 미래에는 상황이 어떻게 바뀌어 있을지 궁금해하곤 했다. 설령 귀환하더라도, 기껏해야 몇 달 동안 휴가를 받은 다음 다람쥐 쳇바퀴 돌리듯이 또 다른 타격부대에 배치될 것이라는 사실에 관해 언급하는 사람은 아무도 없었다.

바퀴. 어느 날 찰리는 내 이름이 어느 나라 것인지를 내게 물었다. 그의 귀에는 이 이름이 괴상하게 들리는 듯했다. 나는 그것이 사전이 없었던 탓에 생겨난 이름이고, 만약 철자를 제대로 알고 있었다면 한층 더 괴상하게 보였을 것이라고 대답했다.

내 이름에 관련된 주변적인 상황을 세세히 설명하기 위해서는 30분 가까이 걸렸다. 그러나 기본적으로 내 부모는 '히피'(20세기 후반 아메리카에서 발생한 서브컬처의 하나이며, 물질만능주의를 거부하고 넓은 영역에 걸친 기묘한 사상을 포용했다고 한다)였고, 다른 히피들의 그룹과 함께 조그만

농업 커뮤니티에서 살고 있었다. 내 어머니가 임신했을 때도 그들은 결혼이라는 인습적인 행위를 거부했다. 결혼을 하면 여자는 남자의 성을 따르게 되고, 결국 이것은 여자가 남자의 소유물이 된다는 것을 암시했기 때문이다. 그러나 그들은 도취하고 센티멘털해진 나머지, 동시에 서로의 성을 바꿔 같은 이름을 가지자고 합의했다. 그들은 차를 몰고 가장 가까운 읍으로 갔고, 그러는 도중에도 서로에 대한 사랑의 유대에 가장 걸맞은 심벌이 무엇인지에 관해 내내 논쟁을 벌였으며(나는 자칫 잘못하면 지금보다 훨씬 더 짧은 성을 받을 뻔했다) 결국 만다라(Mandala)가 좋겠다는 결론을 내렸다.

만다라란 히피들이 외국 종교에서 빌려온 바퀴를 닮은 도형이었고, 우주, 우주심(宇宙心), 신(神), 기타 심벌을 필요로 하는 모든 것들을 상징한다. 어머니도 아버지도 이 단어의 정확한 스펠링이 무엇인지를 몰랐기 때문에, 그 읍의 행정관은 자기 귀에 들린 대로 받아썼다.

내 이름인 윌리엄은 부유한 숙부를 기념하기 위해서 따왔다. 그 숙부는 불행하게도 빈털터리로 죽었다고 한다.

6주는 상당히 즐겁게 흘러갔다. 우리는 얘기를 나눴고, 책을 읽었고, 휴식을 취했다. 나중에 우리 우주정 곁에 착륙한 또 한 척의 우주정에는 아홉 개의 빈 침대가 있었다. 우리는 미리 프로그램된 콜랩서 점프 절차가 오작동하는 경우에도 고장을 고칠 수 있는 사람이 하나는 타고 있을 수 있도록 각 우주정의 탑승원들을 맞바꿨다. 나는 다른 우주정에 옮겨 탔다. 혹시 뭔가 새로운 책이 있을까 기대했기 때문이다. 그런 책은 없었다.

우리는 가속 탱크에 들어가자마자 이륙했다.

우리는 각자 상당히 긴 시간을 탱크 안에서 보냈다. 그러면 북적거리는 함내에서 똑같은 얼굴을 하루 종일 보고 지내지 않아도 됐기 때문이다. 가속 시간이 더해졌기 때문에 스타게이트까지 돌아가는 데는 주관 시간으로 열 달 걸렸다. 물론 이론상의 객관적 관찰자에게는 340년(마이너스 7개월) 지난 것으로 보였겠지만 말이다.

스타게이트의 궤도상에는 수백 척의 순양함이 정박해 있었다. 나쁜 소식이다. 저렇게 배가 많이 몰려 있으니까, 아마 휴가 따위는 아예 주어지지 않을지도 모른다.

어차피 내 경우에는 휴가보다 군법 회의에 회부될 가능성이 더 많을 듯한 예감이 들었다. 중대 병력의 88퍼센트를 잃었고, 그들 중 다수는 중대장을 충분히 신뢰하고 있지 않았던 탓에 지진에서 대피하라는 직접 명령에도 따르지 않았던 것이다. 또 사데-138 작전은 다시 원점으로 되돌아가 있었다. 토오란도 없었지만, 우리 기지도 남아 있지 않았으니까 말이다.

우리는 착륙 지시를 받고 행성에 직접 착륙했다. 셔틀은 없었다. 우주항에서는 또 하나의 놀라움이 우리를 기다리고 있었다. 10여 척의 순양함들이 지면에 착륙해 있었고(예전에는 스타게이트가 공격받을 것에 대비해서 결코 그런 일은 하지 않았다), 노획한 토오란의 순양함도 두 척이나 착륙해 있었던 것이다. 파괴되지 않은 적함을 노획한 적은 한 번도 없었다.

7세기가 흐르는 동안 결정적으로 유리한 우위에 섰을 가능성도 있었다. 아마 우리 쪽이 이기고 있는 것인지도 모른다.

우리는 '귀환자'라는 푯말이 붙은 에어록으로 들어갔다. 공기가 순환되고 우리가 슈트를 열고 나오니까, 젊고 아름다운 여자가 튜닉을 잔뜩 담은 카트를 밀고 들어왔다. 그녀는 옷을 갈아입고 복도 끝 왼편에 있는 강의실로 가라고 완벽한 영어로 우리에게 지시했다.

무릎까지 내려오는 튜닉은 촉감이 기묘했고, 가볍지만 따뜻했다. 파이팅 슈트나 맨몸을 제외하고는 1년 만에 처음으로 입는 옷이었다.

강의실은 우리 스물두 명의 100배는 더 들어갈 만큼 컸다. 아까 본 그 여자가 안에서 대기하고 있었고, 우리들더러 앞으로 나와 달라고 말했다. 가슴이 울렁거렸다. 나는 그녀가 복도 반대쪽으로 갔다고 맹세할 수 있었다. 그랬다는 것을 **알고** 있었던 것이다. 옷에 감싸인 그녀의 뒷모습에 매료되었던 것을 기억하고 있다.

맙소사. 아마 인류는 물질 전송기를 발명했는지도 모른다. 혹은 순간 이동 능력을 획득했던지. 몇 걸음을 더 걷기 귀찮아서 그랬을지도 모르니까.

자리에 앉아 1분쯤 기다리고 있으려니, 아까 그 여자나 우리와 마찬가지로 간소한 튜닉을 입은 남자 하나가 연단으로 올라왔다. 양팔에 두꺼운 노트 뭉치를 끼고 있었다.

여자도 노트를 끼고 그의 뒤를 따랐다.

뒤를 돌아다보니 그녀는 아직도 통로에 서 있었다. 한층 더 괴상했던 것은, 사내가 이들 두 여자와 완전히 똑같은 얼굴을 하고 있었다는 점이었다.

사내는 노트 한 권을 훌훌 넘겨 보다가 헛기침을 했다.

"이 노트들은 여러분의 편의를 위한 것입니다."

역시 완벽한 악센트였다.

"그리고 여러분이 원하지 않는다면 그것들을 읽으실 필요는 없습니다. 원하지 않는 일은 그 어느 것도 할 필요가 없습니다. 왜냐하면…… 여러분은 자유인이기 때문입니다. 전쟁은 끝났습니다."

도저히 믿기지 않는다는 느낌의 침묵.

"이 책에 씌어 있듯이 전쟁은 221년 전에 끝났습니다. 따라서, 금년은 220년입니다. 옛 스타일로 말하자면 물론 서기 3138년이 됩니다. 여러분은 최후의 귀환병 그룹입니다. 여러분이 여기를 떠나시면 저도 여기를 떠

납니다. 그리고 스타게이트를 파괴합니다. 이 행성은 귀환병들을 위한 랑데부 지점이자 인류의 우매함에 대한 기념비로서만 지금까지 존속해 왔습니다. 그리고 인류의 수치에 대한 기념비로서 말입니다. 그 책을 읽으면 알 수 있으실 겁니다. 이 행성을 파괴하는 것은 일종의 정화(淨化)라고 할 수 있습니다."

그가 말을 마치자마자 여자가 이어 말했다.

"저는 여러분이 견뎌야 했던 일에 대해서 유감으로 여기고 있고, 그것이 훌륭한 대의를 위한 것이었으면 좋았으리라고 생각합니다. 그러나 그 책에 씌어 있듯이 그것은 사실이 아니었습니다. 여러분이 소급 급여나 복리에 의해 축적한 부(富)조차도 지금은 아무 가치가 없습니다. 저는 더 이상 돈이나 크레디트를 쓰지 않기 때문입니다. 그런…… 물건을 쓰기 위한 경제라는 것도 더 이상 존재하지 않습니다."

남자가 말을 이어받았다.

"이미 추측하셨을 줄 알지만, 나는, 우리는, 한 개인의 클론입니다. 지금으로부터 약 250년 전에 제 이름은 칸이었습니다. 지금은 맨(Man)이라고 불리고 있습니다. 저의 직계 조상은 여러분의 중대에 소속되어 있었던 래리 칸 병장이었습니다. 그가 귀환하지 않았다는 사실에 저는 슬픔을 느낍니다."

이윽고 여자가 말했다.

"저는 100억 명 이상의 개인이지만, 오직 하나의 의식(意識)만을 공유하고 있습니다. 그 책을 다 읽으신 다음 좀 더 자세히 설명해 드리겠습니다. 이해하기 힘들다는 것은 압니다. 더 이상 다른 인간이 태어나는 일은 없습니다. 왜냐하면 나는 완벽한 패턴이기 때문입니다. 사망한 개인은 교체됩니다.

그러나 인간이 자연 그대로의 포유류적 방식으로 태어나는 행성도 몇 개 있습니다. 만약 우리 사회가 너무 이질적이라면, 그런 행성으로 가시면 됩니다. 만약 생식에 참여하고 싶으시다면 그것에 반대하지는 않겠습니다. 많은 제대 군인들이 그런 사회에 좀 더 쉽게 적응할 수 있도록 그들의 성적 성향을 이성애로 바꿔 달라고 내게 부탁하곤 합니다. 그 부탁이라면 쉽게 이루어 드릴 수 있습니다."

그런 걱정은 안 해도 되네, 맨. 그냥 표만 끊어 주면 돼.

"여러분은 앞으로 열흘 동안 스타게이트에서 손님으로 있게 됩니다. 그 후에는 어디로든 가고 싶으신 곳으로 보내 드리겠습니다. 그동안 이 책을 읽어 주십시오. 어떤 질문이나 부탁도 자유롭게 해 주시기 바랍니다."

그들은 일어서서 연단을 떠났다.

찰리는 내 옆에 앉아 있었다. 그가 말했다.

"믿기 힘들군. 그럼 정말로…… 그걸…… 그걸 장려한단 말이야? 남자 하고 여자하고 하는 그 짓을? 둘이 붙어서?"

통로에 있던 여성 맨은 우리 뒤에 앉아 있었고, 내가 찰리에게 적당히 동정적이고 위선적인 대답을 하기 전에 먼저 대답했다.

"그건 여러분의 사회에 대한 비판은 아닙니다."

그녀가 말했다. 찰리가 좀 더 개인적으로 이 문제를 받아들이고 있다는 사실을 깨닫지 못한 듯했다.

"우생학적인 안전장치로서 필요한 조치라고 생각할 뿐입니다. 이상적인 개인 한 사람만을 복제하는 일이 잘못되었다는 증거는 그 어디에도 없습니다. 하지만 그것이 잘못이라고 판명될 경우에는, 언제나 다시 시작할 수 있는 커다란 유전자 풀이 있으니까요."

그녀는 찰리의 등을 두드렸다.

"물론 당신은 그런 생식 행성으로 가는 대신 우리 행성 하나에 머물

수도 있습니다. 저는 이성애 행위와 동성애 행위를 구별하거나 하지는 않으니까요."

그녀는 연단으로 올라가서 우리가 스타게이트에 머무는 동안의 숙사라든지 식당에 관해서 일장 연설을 했다.

"컴퓨터한테 유혹받은 건 이번이 처음이군."

찰리가 중얼거렸다.

1143년간 계속된 전쟁은 허위에 의해 시작되었고, 두 종족 간의 커뮤니케이션이 불가능했던 고로, 계속되었다.

처음으로 의사소통이 가능해졌을 때, 제일 먼저 나온 질문은 "왜 너는 그런 일을 시작했지?"였고, 대답은 "내가?"였다.

토오란들은 몇천 년 동안 전쟁을 모르는 채 살아왔고, 21세기 초에 이르러서는 인류도 이 행위에서 졸업할 준비가 되어 있는 것처럼 보였다. 그러나 노병들은 아직도 남아 있었고, 그들 중 다수가 아직도 권력자의 위치에 있었다. 그들은 국제 연합 탐사 및 식민화 그룹을 좌지우지하고 있었으며, 새로 발견된 콜랩서 점프를 이용해서 항성간 우주 탐험에 힘을 쏟고 있었다.

초기의 우주선 중 다수가 사고를 당해 사라졌다. 전직 군인들은 이 사실에 의혹을 느꼈다. 그들은 식민 우주선을 무장시켰고, 처음으로 토오란의 우주선을 만났을 때 그것을 파괴했다.

그들은 옛 훈장을 꺼내 먼지를 털었고, 그 이후의 일들은 역사가 되었다.

그러나 모든 잘못을 군대 탓으로만 돌릴 수는 없을 것이다. 식민화 초기에 입은 피해가 토오란의 책임이라는 것을 증명하기 위해 그들이 내놓은 소위 증거라는 것들은 실소를 금할 수 없을 만큼 빈약한 것들이었다. 그러나 이 사실을 지적한 몇몇 사람들은 무시당했다.

사실을 말하자면, 지구의 경제는 전쟁을 필요로 하고 있었고, 토오란은 더할 나위 없는 기회를 제공해 주었던 것이다. 돈을 얼마든지 처넣을 수 있는 멋진 구멍이 생겼고, 전쟁은 인류를 분열시키는 대신 통합해 주었다.

토오란은 어떻겐가 전쟁을 다시 배울 수 있었다. 그러나 결코 그 일에 숙달되지는 못했고, 궁극적으로는 패배했을 것이다.

책에 나온 설명에 따르면 토오란들에게는 개인이라는 개념이 없었기 때문에 인류와 의사소통을 할 수 없었다고 한다. 그들은 몇백만 년 동안 자연발생적인 클론으로서 살아왔다. 훗날 지구의 순양함들에 칸의 클론인 맨들이 탑승하게 되자, 그제야 처음으로 상대방과 의사를 소통할 수 있었던 것이다.

책에는 이것이 의심할 수 없는 사실이라고 씌어 있었다. 나는 맨에게 그것이 무슨 뜻이며, 클론 대 클론의 커뮤니케이션의 어디가 그렇게 특별한지 설명해 달라고 부탁했다. 그러자 그는 내가 선험적(a priori)으로 그것을 이해할 수 없다고 대답했다. 그것을 설명할 단어는 없었고, 설령 말로 표현한다고 해도 내 대뇌는 이해에 필요한 개념을 받아들이지 못할 것이라는 대답이었다.

알았네, 친구. 아직도 뭔가 미심쩍긴 했지만, 나는 그 설명을 기꺼이 받아들일 준비가 되어 있었다. 전쟁이 끝나주기만 한다면, 설령 위가 아래라고 한들 믿을 용의가 있었다.

맨은 실로 인정 많은 존재였다. 스물두 명에 불과한 우리들을 위해 자그마한 레스토랑 겸 술집을 열어 주었고, 24시간 동안 종업원을 배치해 주었던 것이다.(나는 맨이 뭘 먹거나 마시는 것을 한 번도 본 적이 없었다. 아마 그런 일조차 불필요하게 만든 모종의 방법을 발견했던 것이리라.) 나는 어느 날 저녁 그곳에 앉아 맥주를 마시며 그들의 책을 읽고 있었다. 그러자 찰리가 들어오더니 내 옆에 앉았다. 그리고는 두서없이 말을 꺼냈다.

"시도해 볼 생각이야."

"뭘 시도해 본다는 거지?"

"여자. 이성애."

그는 몸을 부르르 떨었다.

"나쁘게 생각하진 말아 줘……. 난 별로 마음이 내키지 않거든."

그는 어수선한 표정으로 내 손등을 가볍게 두들겼다.

"하지만 그 대안이라는 건…… 자네도 해 봤나?"

"흐음……. 아니, 안 해 봤어."

여성 맨을 보고 있으면 즐거웠지만, 이것은 회화나 조각을 볼 때 느끼는 종류의 즐거움이었다. 내 눈에는 그들이 도저히 인간으로 보이지 않았다.

"하지 마."

그는 더 이상 자세히 설명하지는 않았다.

"게다가, 그들 말로는(그의 말로는, 그녀의 말로는, 그것의 말로는) 처음 그랬던 것만큼이나 쉽게 나를 원상복구시킬 수 있다고 했으니까. 그것이 마음에 안 들면 말이야."

"마음에 들 거야, 찰리."

"물론 **그들은** 그렇게 말하더군."

그는 센 술을 주문했다.

"그냥 부자연스러운 느낌을 받았을 뿐이야. 어쨌든 간에, 나는, 아, 바꿔 볼 생각으로 있으니까, 자네도…… 나하고 함께 같은 행성으로 가면 어떨까?"

"응, 찰리. 멋진 생각이군."

진심이었다.

"그럼 어디로 가야 할지는 정했어?"

"빌어먹을, 난 어디라도 좋아. 그냥 여기서 떠날 수만 있다면."

"헤븐이 예전처럼 좋은 곳이라면……"

"아냐."

찰리는 바텐더를 엄지손가락으로 가리켜 보였다.

"저 친구는 거기 산다더군."

"잘 모르겠군. 어딘가 목록이 있을 텐데."

남자 맨 하나가 서류 폴더가 높게 쌓인 카트를 밀고 술집으로 들어왔다.

"만델라 소령? 무어 대위?"

"그건 우린데."

찰리가 말했다.

"여기 있는 건 당신들의 군 복무 기록입니다. 흥미를 느끼실 거라고 생각합니다. 미귀환 타격 부대로 여러분의 부대만 남았을 당시 전부 서류로 옮겨진 것들입니다. 이렇게 적은 양의 데이터만을 보존할 목적으로 정보 검색 네트워크를 통째로 남겨 둔다는 건 실용적이 아니었으니까요."

이쪽에서 하고 싶은 질문이 없을 경우에도 그들은 언제나 질문을 예상하고 있었다.

내 서류 폴더는 찰리의 그것보다 다섯 배나 더 두꺼웠다. 아마 그 누구의 서류보다도 두꺼울 것이다. 전쟁의 전 기간에 걸쳐 참전하고 끝까지 살아남은 군인은 나뿐인 듯했으니까 말이다. 불쌍한 메리게이.

"스토트가 나에 관해 어떻게 보고했는지 궁금하군."

나는 폴더를 열었다.

첫 번째 페이지에 스테이플러로 작은 편지지 한 장이 고정되어 있었다. 다른 서류는 모두 새하얀 색깔이었지만, 이 종이만은 너무 오래된 탓에 누렇게 변색되고 가장자리가 부스러져 있었다.

낯익은 필적이었다. 이렇게 오랜 세월이 지난 후에도 너무나도 낯이 익었다. 250년 전의 날짜가 적혀 있었다.

나는 주춤했다. 갑자기 솟아오른 눈물 때문에 앞이 안 보였다. 그녀가 아직도 살아 있다고 생각할 근거는 어디에도 없었다. 그러나 나는 그녀가 죽었다고 확인한 것은 아니었다. 이 날짜를 보기까지는.

"윌리엄? 왜 그러……"

"그냥 내버려 둬, 찰리. 잠시 동안만."

나는 눈가를 훔치고 폴더를 닫았다. 이런 것을 읽으면 안 돼. 새로운 인생을 시작하려는 지금, 과거의 망령은 잊어 버려야 하는 거야.

그러나 무덤에서 보낸 메시지도 일종의 인연임에는 틀림없었다. 나는 다시 폴더를 열었다.

2878년 10월 11일

윌리엄에게,

이 편지를 당신의 인사 파일 속에 넣어 둡니다. 하지만 당신 성격으로는 읽지도 않고 내버릴지도 모르겠군요. 그래서 꼭 당신 손에 전해 달라고 못박아 두었습니다.

보시다시피 나는 살아남았습니다. 아마 당신도 마찬가지일 줄 압니다. 내게로 와 줘요.

기록을 보고 당신이 사데-138로 가 있고, 몇 세기 후에나 돌아올 것이라는 사실을 알았습니다. 문제없어요.

나는 미들핑거(Middle Finger)라고 불리는 행성으로 갑니다. 미자르의 제5행성입니다.

그곳으로 가려면 콜랩서 점프가 두 번 필요하고, 주관 시간으로는 10개월 걸립니다. 미들핑거는 이성애자를 위한 일종의 도피처 같은 곳입니다. '우생학적 관리의 방파제'라는 별명을 가지고 있습니다.

그런 것들은 아무래도 좋아요. 내가 가진 돈 전부와 다른 제대 군인 다섯 명의 전 재산을 털어서 UNEF의 순양함을 샀습니다. 우리들은 그것을 타임머신으로 쓰고 있습니다.

그래서 나는 상대성 이론적 셔틀을 타고 당신을 기다리고 있습니다. 그 유일한 목적은 매우 빠른 속도로 5광년을 나아간 다음 다시 미들핑거로 돌아오는 일입니다. 나는 10년에 한 달의 비율로 나이를 먹고 있습니다. 따라서 당신이 아직도 살아 있고 예정대로 돌아온다면, 당신이 도착할 때 나는 스물여덟 살이 되어 있을 것입니다. 빨리 와 줘요!

지금까지 다른 남자를 만나지도 않았고, 다른 남자 따위를 원하지도 않습니다. 당신이 아흔 살이건 서른 살이건 상관하지 않아요. 당신의 애인이 될 수 없다면, 당신의 간호사가 되겠어요.

— 메리게이

"이봐, 바텐더."

"예, 소령님?"

"혹시 미들핑거라는 곳을 아나? 아직도 남아 있을까?"

"물론 남아 있습니다. 그게 어디로 간단 말입니까?"

지당한 질문이었다.

"아주 좋은 곳이죠. 전원(田園) 행성입니다. 좀 자극이 모자란다는 의견들도 있지만 말입니다."

"뭐가 어떻게 됐다는 거지?"

찰리가 물었다.

나는 바텐더에게 빈 술잔을 건넸다.

"방금 우리 행선지를 정했어."

36
에필로그

미들 핑거 24-6, 팩스턴 발《더 뉴 보이스》에서 발췌
3143년 2월 14일

최선임병에게 장남 출생

메리게이 포터-만델라(팩스턴, 포스트 로드 24번지)가 지난 금요일 건강한 남아를 출산했다. 체중은 3.1킬로그램이다.

메리게이는 1977년생으로, 미들핑거에서 두 번째의 '최고령' 거주자이다. 그녀는 '영원한 전쟁'의 거의 전 기간에 걸쳐 참전한 후, 타임 셔틀을 타고 261년간 연인을 기다렸다.

이름이 아직 정해지지 않은 이 갓난애의 분만은 가족 일동의 친구인 다이애나 얼세버-무어 의사의 도움으로 자택에서 이루어졌다.

김상훈 (SF 평론가)

1. 베트남 전쟁

미국의 《인터내셔널 SF》라는 전문지는 러시아와 남미를 위시한 비(非) 영어권의 SF를 자국의 SF독자들에게 번역 소개한다는 야심적인 취지로 1967년 11월에 창간되었고, 통권 2호인 1968년 6월호를 끝으로 폐간되었다. 번역 SF가 정착하기에는 미 문화계의 뿌리 깊은 영어 지상주의의 벽이 너무 높았다고 하면 그만이겠지만, 이 비운(悲運)의 잡지는 그 내용보다는 2호에 실렸던 SF작가들의 베트남전 관련 서명 광고로 더 유명하다.

"우리 서명자 일동은, 미 합중국이 베트남에 계속 주둔함으로써 베트남 국민에 대한 책임을 다해야 한다고 믿는다." 그리고 바로 옆 페이지에는 "우리들은 미합중국의 베트남전 개입에 반대한다"라는 반대파의 성명이 실려 있다. 광고에 이름이 실린 개입 찬성파는 로버트 A. 하인라인, 폴 앤더슨, 할 클레멘트, 프레드릭 브라운, 존 W. 캠벨 Jr., 에드워드 해밀턴, 래리 니븐, 잭 밴스, 잭 윌리엄슨 등이었고, 반전 진영에는 아이작 아시모프, 제임스 블리시, 레이 브래드버리, 새뮤얼 R. 딜레이니, 필립 K. 딕, 토머스 M. 디쉬, 할란 엘리슨, 필립 J. 파머, 해리 해리슨, 어슐러 K. 르 귄, 프리츠 라이버, 로버트 실버버그 등 우리나라에서도 어느 정도 알려진 작가들이 포함되어 있었다. 우익 대 좌익이니, WASP 대 반 WASP니, 매파 대 비둘기파니, 올드웨이브 대 뉴웨이브니 하며 여러 가지로 말도 많았던 광고였지만, 1960년대 말에 미국 사회를 양분했던 베트남전 논쟁이 SF계에 끼친 영향을 직설적으로 반영하고 있다는 점에서 매우 흥미로운 자료이다. 참고로 로저 젤라즈니는 끝까지 침묵을 지켰다는 전설(?)이 있다. 그러나 1968년 당시 25세였던 조 홀드먼은 베트남에서 싸우고 있었다. 다음 해 전투 중 중상을 입고 제대한 홀드먼이 1975년에 발표, 휴고 상과 네뷸러 상의 최우수 장편 부문을 석권한 본서 『영원한 전쟁』은 그가 경험했던 이 전쟁에 대한 처절한 은유인 동시에, 전쟁이라는 집단 살인 행위의 본질에 관해 현대 SF가 어느 정도까지 통찰력을 발휘할 수 있는지를 온몸으로 보여 준 걸출한 작품이다.

20세기 말 인류는 블랙홀의 일종인 콜랩서를 이용한 초광속 항법을 발견, 다른 항성계에 식민지를 건설하기 시작했지만, 정체불명의 외계 종족 토오란의 공격을 받고 생존을 건 전면 전쟁에 돌입한다. 초기에는 우주선끼리의 전투가 대부분이었지만, UNEF(국제연합 탐사군)는 곧 행성 기지를 공격/방어하기 위한 보병의 필요성을 느끼고 IQ150이상의 강인한 육체를 가진 남녀를 선별, 강제로 입대시킨다. 그래서 1997년의 겨울, 대학을 갓 졸업한 스물두 살의 '나' 윌리엄 만델라는 미주리 주의 얼어붙은 진흙탕

속을 철벅거리며 나아가고 있는 것이다. 사상자가 속출하는 지옥 훈련에서 살아남은 만델라는 수십 명의 동료들과 함께 엡실론 항성계의 한 행성 표면에 있는 토오란의 기지로 보내졌고, 인위적으로 이식된 증오의 기억에 의해 살인기계로 변신, 악몽과도 같은 전투를 경험한다. 상대성 이론의 시간 팽창 효과 탓에, 밖에서는 몇 세기의 세월이 흘러도 초광속으로 이동하는 우주선 내부의 병사들은 몇 살밖에 나이를 먹지 않는다. 젊음을 박탈당하고, 돌아갈 고향을 상실한 이들에게는 전사할 때까지 영원히 싸운다는 선택밖에는 주어지지 않았다……

파이팅 슈트라고 명명된 강화복(powered suit)을 입은 병사들이 인류와는 완전히 이질적인 사고방식을 가진 '얼굴 없는' 외계 종족과 사투를 벌인다는 줄거리를 보면, 본서가 1959년에 발표된 하인라인의 휴고 상 수상작 『스타십 트루퍼스』(황금가지 환상문학전집27)의 영향을 깊게 받았다는 사실은 자타가 공인하는 사실이다. 홀드먼 자신도 보병 전투를 주제로 삼은 1986년의 앤솔러지 『Body Armor: 2000』의 서문에서 인류에게 적대적인 외계 환경에서 벌어지는 지상 전투에서는 하인라인식의 강화복이 가장 '논리적인' 선택이었음을 시인하고 있다. 동세대의 여느 작가와 마찬가지로 홀드먼은 하인라인의 청소년 SF의 세례를 받고 자랐으며, 1975년의 네뷸러 상 축연에서, SF 사상 최초의 '그랜드 마스터'로 추대된 하인라인이 자신에게 다가와서 악수를 청하며 "자네 작품이 마음에 드네(I like your stuff)"라고 말했을 때에는 '그야말로 하늘로 날아오르는 듯한 기분이었다.'라고 술회하고 있다.

그러나 조금만 더 깊게 파고들어가 보면, 본서가 『스타십 트루퍼스』에 대한 오마주(homage)라기보다는 많은 평론가들이 주장하듯이 약간의 패러디가 가미된* 진지한 '반박(rebuttal)'에 가깝다는 사실을 깨닫기란 어렵지 않다. 미국적인 애국주의, 우익적 리버태리어니즘(自由至上主義), 작가 본인의 군대에 대한 복잡한 콤플렉스가 뒤죽박죽으로 얽혀 있는** 문제작 『스타십 트루퍼스』가 제2차 세계대전과 (어느 선까지는) 한국 전쟁을 SF에 외삽(外揷)하려는 시도였다면, 홀드먼의 『영원한 전쟁』은 대학 출신의 징집병이었던 홀드먼이 베트남에서 겪어야 했던 악몽적 상황을 하드 SF의 기법을 활용해서 묘사한 리얼리스틱한 반전 소설이라고 하는 편이 더 적절할지도 모른다.

2. 영원한 전쟁

그러나 단순히 베트남 전쟁을 전면에 내세운 소설이라면 굳이 SF여야 할 필요는 없었다. 실제로 홀드먼은 1972년에 이미 자신의 전쟁 체험을 다룬 일반 소설 『전쟁의 해(War Year)』를 출간했으며, 같은 해에 SF 전문지 《아날로그》에 게재된 『영원한 전쟁』 연작의 첫 번째 중편***은 우주 전쟁이라는 SF의 오래된 전통을 물리학도다운 엄밀한 과학적 정합성(整合性)에 입각해서 재구성한 하드 SF였다고 해도 크게 빗나간 설명은 아니다. 발표 당시에는 군사 과학 및 하드웨어를 전면에 내세운 작풍 탓에 본서를 『스타십 트루퍼스』와 동류의 밀리터리(軍事) SF라고 보는 시각이 지배적

---

* 『스타십 트루퍼스』의 이데올로기를 통렬하게 풍자한 패러디로는 해리 해리슨의 악명 높은 『우주영웅 빌 Bill, the Galactic Hero』(1965)이 있다.
** 하인라인 본인은 직업 해군 장교였지만, 건강 문제로 2차대전 전에 부득이 제대해야 했다.
*** 본서의 「만델라 일병」에 해당한다.

이었지만, 문학적으로는 H. G. 웰스의 『우주 전쟁(*The War of the Worlds*)』 (1898)으로 대표되는 사변적(思辨的) 모험소설의 연장선상에 있다고 보아도 무방하다.

역설적으로, 이 소설의 진면목이 드러나기 시작하는 것은 플롯이 베트남 전쟁 참전 병사의 '보편적'인 체험에 접근하기 시작하면서부터이다. 본서의 두 번째 에피소드인 「만델라 하사」의 후반부는 초광속 비행의 시간 팽창 효과 탓에 20여 년 후의 지구로 귀환한 만델라와 연인 메리게이의 이야기를 다루고 있다. 그들이 그렇게도 동경하던 고향은 영화 「백 투 더 퓨처 2(*Back to the Future II*)」의 대체 미래를 방불케 하는 잿빛 디스토피아로 변해 있었다. 끝없이 계속되는 전쟁이 경제의 필요 불가결한 일부가 되고, 외계 종족 토오란에 못지않게 이질적으로 변해 버린 서기 2024년의 인류 사회에서 그들이 설 자리는 없었던 것이다. 이것은 데이빗 마렐의 『First Blood』로**** 대표되는 이른바 '귀향(homecoming)' 소설과도 일맥상통하는 소재이지만, 홀드먼은 주류 사회로부터 이탈한 베트남 참전병의 비극이라는 진부한 은유에 안주하는 대신 초광속 우주선에 의한 (일방통행의) 시간 여행이라는 지극히 SF적인 아이디어를 통해 커뮤니케이션, 성윤리, 카운터컬처, 인종 문제 등을 매우 엘레간트한 수법으로 다루고 있다. 개인이나 국가 따위의 이익 집단을 초월한 **인류**의 시점에서 전통적인 문학의 주제를 다룬다는 행위는 리얼리즘 계열의 '주류' 문학을 통해서는 결코 이룩할 수 없는 SF만의 효용이자 특성이다. 게다가 넓은 의미의 하드 SF로 분류됨에도 불구하고 액션, 하드웨어, 사회학적 사유(思惟)가 거의 동등한 비율로 배합되어 있다는 점에서 본서는 전쟁 SF 사상 매우 특이한 위치를

**** 영화 「람보」의 원작이다.

차지하고 있다. 밀도가 높다고나 할까. 홀드먼의 경력을 보면 이해가 되겠지만, 어느 쪽인가 하면 이공계 작가인 그가 결코 만만치 않은 문학적 배경을 가지고 있다는 점에서 그 이유를 찾을 수 있을지도 모른다.

그러나 『영원한 전쟁』이 처음부터 현재의 형태를 갖추고 있었던 것은 아니었다. 잡지에 게재된 관련 장단편들을 끌어모아 장편으로 개작(改作)하는 것은 SF계에서는 흔한 패턴이며* 홀드먼은 이미 장편으로 완성되어 있었지만 내용상으로는 분리된 장들로 이루어진 『영원한 전쟁』의 원고를 1972년부터 1974년 사이에 《아날로그》에 한 편씩 발표했다. 그러나 이미 완성되어 있었던 장편의 운명은 전혀 순탄치 못해서, 그의 작가적 역량을 높이 평가한 《아날로그》의 명편집장 벤 보버의 도움으로 1974년에 세인트 마틴스 프레스에서 『The Forever War』라는 제목으로 발간되기 전까지 무려 열여덟 개의 출판사로부터 출판을 거절당했다는 에피소드가 있다. 게다가 보버는 본서의 「만델라 하사」에 해당하는 두 번째 중편 「옛날로는 결코 돌아갈 수 없어(*You Can Never Go Back*)」에 나오는 너무나도 음울한 반유토피아적 지구의 묘사가 장편의 많은 부분을 차지하는 우주 전투와는 어울리지 않는다는 이유를 들어 잡지 게재에 난색을 표했다. 홀드먼은 보버의 제안을 받아들여 중편 전반부에서 벌어지는 전투의 결말을 완전히 바꾸고 후반부의 지구에 관계된 부분을 대폭 삭제한 「여기서 우린 정말 행복해(*We Are Very Happy Here*)」를 《아날로그》에 게재했다. 세인트 마틴스 프레스 판의 「만델라 하사」는 이 중편을 근거로 하고 있으며, 필자가 읽어 본 바로는 다음과 같은 차이점이 존재한다.

---

* 업계 용어로는 fix-up이라고 한다.

1. 요드-4 작전의 결말이 다르다. 「옛날로는 결코 돌아갈 수 없어」에서 UNEF는 토오란 기지에 대한 '팬티 습격'을 감행하고, 많은 전사자를 냈음에도 불구하고 일시적이나마 토오란 포로를 확보하는 데 성공한다. 세인트 마틴스 판에 포함된 「여기서 우린 정말 행복해」의 경우 토오란 순양함의 추격을 받은 애니버서리호는 적함을 파괴하지만, 토오란의 신무기에 의해 궤멸적인 타격을 입고 함장 권한으로 행성 점령 작전을 포기, 스타게이트로 귀환한다.

2. 「옛날로는 결코 돌아갈 수 없어」의 행성 전투중에 메리게이는 긴장성 경직 상태에 빠져 군법회의에 회부될 위기에 처하지만, 군의관의 증언으로 무혐의 처분을 받는다. 「여기서 우린 정말 행복해」에서 메리게이는 애니버서리호가 손상을 입는 과정에서 몸에 잘 맞지 않는 가속 셸 때문에 내장이 파열되는 중상을 입지만 만델라의 제안 덕택에 살아남는다.(이것은 '오리지널'인 「옛날로는 결코 돌아갈 수 없어」에는 포함되어 있지 않은 에피소드이다.) 이 사건 후 두 사람은 급속도로 가까워진다.

3. 지구 귀환 후, 「옛날로는 결코 돌아갈 수 없어」는 메리게이 부모의 죽음을 포함한 음울한 디스토피아적 묘사가 주종을 이룬다. 이 사건은 만델라와 메리게이가 재입대하는 직접적인 원인이 된다. 만델라 어머니의 죽음에 관한 언급은 없다. 「여기서 우린 정말 행복해」의 경우 지구로 귀환한 만델라와 메리게이는 달에 거주하는 동생 마이크와 워싱턴 시 근교에 사는 어머니를 UN 본부가 있는 제네바에서 만나 지구에 관한 얘기를 듣는다.(메리게이에게는 생존 중인 육친이 없다는 설정이다.) 시니컬한 여론 조작이 횡행하고(입체 TV에 출연한 만델라의 인터뷰 내용은 검열에 의해 전혀 다른 것으로 바뀐다.) 의료 해택조차도 급수를 매겨 완전 관리되는 지구의 모습에 만델라는 환멸을 느낀다. 낮은 의료 급수 때문

에 폐렴에 걸린 그의 어머니는 제대로 된 치료도 받지 못하고 사망한다. 만델라와 메리게이는 UNEF에 재입대한다.

특히 「여기서 우린 정말 행복해」에서는 만델라가 모국인 미국에서 보내는 장면이 다섯 페이지 이하로 줄어들어 있는 점이 눈에 띈다. 1985년의 단편집 『Dealing in Futures』에 실린 「여기서 우린 정말 행복해」의 해설에서 홀드먼은 첫 번째 버전에 대한 애착을 보이며, 이것이 "스토리로서는 더 낫다고" 말하고 있다. 결국 홀드먼은 이 주장을 실행에 옮겼고, 1991년 에이번 북스(Avon Books)에서 출간된 『The Forever War』 최종판을 보면 「여기서 우린 정말 행복해」가 「옛날로는 결코 돌아갈 수 없어」로 대체되어 있다. 1996년에 필자의 번역으로 시공사 그리폰북스에서 처음 출간된 한국어판 『영원한 전쟁』(1996)은 이 에이번 판을 텍스트로 삼고 있지만, 본서의 작가 서문에도 나와 있듯이 세인트 마틴스 판의 일부를 그대로 남겨 둔 탓에 약간의 내부적 모순이 생겨났고, 결국 2003년 들어 홀드먼이 최종적인 '완전판'을 출간하게 되는 계기가 되었다. 본서는 이 완전판을 텍스트로 삼고 있다.

개인적인 의견을 말하자면, 필자는 만델라가 상대성 이론의 등가(等價) 원리와 아르키메데스의 법칙을 응용해서 메리게이를 살려내는 데 일조하는 2의 부분이 마음에 들었으므로 처음부터 이 완전판을 선호했다. 과학 이론을 실제 상황에 응용한 문제 해결(problem solving)은 비단 하드SF뿐만 아니라 미국 소설이 가진 최량의 전통 중 하나이기 때문이다.*

---

* 마크 트웨인과 애드거 앨런 포의 전(前) SF적 작품들이 좋은 예이다.

어쨌든 세인트 마틴스 판의 『영원한 전쟁』은 1976년의 휴고 상과 네뷸러 상, 그리고 오스트레일리아 SF협회가 수여하는 디트머 상의 최우수 장편 부분을 휩쓸었다. 영국의 SF 평론가인 존 클루트는 이렇게도 걸출한 작품이 SF계 밖에서는 거의 알려지지 않았다는 점을 들며 주류문학계의 편협성을 비판하고 있지만**, 아직 전쟁의 트라우마가 채 가시지도 않은 1974년의 미국 출판계에서 이렇게 노골적인 베트남 전쟁 소설을 출판하기는 현실적으로 매우 힘들었다는 편이 더 옳을지도 모른다. 그렇다면 팍스 아메리카나를 구가하던 미국인들을 이렇게까지 막다른 골목으로 몰아넣은 베트남 전쟁이란 도대체 무엇이었을까?

　　우리도 남 얘기 하듯이 '월남전'을(혹은 걸프전을) 논할 입장은 아니지만, 전쟁이 비극이며, 개인의 존엄성이나 인도적 가치 따위와는 정반대의 벡터를 가진 일종의 천재(天災)라는 점을 부정할 사람은 아무도 없을 것이다. 그러나 이것은 어디까지나 일반론이며, 제2차 세계 대전과 베트남 전쟁에서 미국 병사들이 보인 태도를 비교해 보면 전술 상황의 차이가 얼마나 상이한 **개인적** 체험을 낳는지를 잘 알 수 있다. 논픽션뿐만 아니라 영화와 소설 등을 통해 베트남 전쟁 자료가 흘러넘치는 지금 이런 글을 쓰면 사족이 될지도 모르겠지만, 일단 주요한 차이점을 추슬러 보자면:

　　1. 명확한 전쟁 목적의 결여. 일단은 인도차이나 반도의 민주주의를 수호
　　　한다는 대의가 있었지만, 지켜야 할 민주적 정부가 남 베트남에는 존재
　　　하지 않았다. 이것은 사병들의 사기 문제에 직결되었다. 대리 전쟁의 딜
　　　레마라고 볼 수도 있다.

** The Illustrated Encyclopedia of Science Fiction, p. 188

2. 명확한 전선의 결여. 이미 제2차 세계 대전에서도 그런 경향을 관찰할 수 있었지만, 비정규전적인 성격이 특히 강했던 베트남 전쟁은 고전적인 전술가에게는 악몽이나 마찬가지였다. 민간인의 피해가 많았다는 점도 일조했다.

3. 문화적인 충격. 고도 자본주의 사회의 혜택을 당연한 것으로 여기며 자라났던 평균 연령 19세의 젊은 병사들이, 이질적인 문화 속에 아무런 준비도 없이(그것도 전쟁이라는 부정적인 상황을 통해) 내던져졌을 때 거부감을 느끼고 현실에서 도피하려 했던 것은 당연한 일이다. 현실도피 수단으로 가장 손쉽게 입수할 수 있었던 것은 마약이었고, 당국에서는 사기 저하에 따른 전투 능력의 저하를 막을(!) 목적으로 마약 사용을 어느 정도 묵인했다.

4. 제대 군인의 사회 적응 문제. 이미 클리셰가 되어 버린 감도 없지 않지만, 전쟁에서 몸과 마음에 상처를 입은 귀환 병사들을 따뜻하게 받아준 고향 따위는 존재하지 않았다. 단지 그들은 예전보다 한층 더 이질적인 문화에 직면했을 뿐이었다. 전문 용어로 역(逆)컬처쇼크라고 하는 이 현상의 연구가 1970년대 미국에서 활발해졌다는 사실은 매우 의미심장하다.

이것들 말고도 여러 가지 차이점이 있겠지만, SF의 입장에서 가장 중요한 것은 3과 4이다. 기존 환경이나 과학 기술을 가상적인 상황에 외삽함으로써 현실감을 증대시키는 것은 SF의 가장 기본적인 메타 기법 중 하나이지만, 베트남 전쟁은 그 외삽 과정이 불필요해졌을 만큼 이질적인 환경을 제공해 주었던 것이다. 1983년에 출간된 홀드먼의 단편집의 제목이 『Vietnam and Other Alien Worlds』라는 사실만 보아도 이 지적이 얼마나 타당한가를 알 수 있을 것이다. 따라서 겉모습도, 사고방식도 인류와는 판이하게 다른 외계 종족과의 접촉(contact)이라는 하위 장르를 이미 보유하고 있던 SF가 베트남 전쟁에 관해서는 기존 문학 장르보다 더 '유리한' 입장에 있었다고 해도 틀린 말은 아닐 것이다. 한국 작가들의 월남전 소설에 짙게 드리워져 있는 이데올로기의 그림자도 몇천 년에서 영겁(永劫)에 이르는 세월을 가볍게 뛰어넘는다는 플롯이 횡행하는 SF에는 그다지 심각한 영향을 끼치지 못했다.(어차피 이데올로기 자체가 베트남 전쟁에서는 그다지 중요하지 않았던 탓도 있지만, 1억 년쯤 지난 뒤에 도대체 무슨 이데올로기가 남는단 말인가?) 참전병의 손에 의해 씌어진 SF는『영원한 전쟁』이 처음도 아니고 마지막도 아니지만*, 이런 모든 상황을 심정적으로, 또 논리적으로도 완전히 이해하고 있던 홀드먼조차도 처음에는 SF가 아니라 전쟁 소설을 쓸 작정으로 타이프라이터 앞에 앉았다고 자인하고 있다. 그러나 이 소설은 단순한 은유로 끝나기를 거부하고 작가의 손을 떠나 홀로 걷기를 시작했다. SF에 내재되어 있는 게슈탈트(形態)가 창조적인 방향으로 투사되었다고나 할까.

군이 지적할 필요도 없겠지만, 만델라를 위시한 본서의 등장 인물들은 액션 영화에서 흔히 볼 수 있는 수퍼 히어로의 정반대에 위치하고 있다. IQ가 150이상이며 훌륭한 교육을 받았다는 점에서 이미 할리우드식 영웅으로는 낙제인지도 모르지만, 우주에서 실제로 이런 전투 상황이 일어난다고 가정해 보면 가장 논리적인 설정임을 알 수 있다. 주인공인 만델라조차도 그 용모, 성격, 동기, 욕구 등 모든 면에서 평범의 극치를 달리는 인

---

* Jean Van Buren Dann과 Jack Dann이 편집한 베트남 전쟁 SF 앤솔러지『In the Field of Fire』(1987)와 Elizabeth Ann Scarborough의『The Healer's War』(1988)가 대표적이다.

물이며, 메리게이와의 짧은 교류를 제외하면 그의 영혼 깊숙한 곳을 들여다볼 기회는 독자들에게는 거의 주어지지 않는다. 어떤 의미에서 그는 매우 체제 순응적인 인물이며, 여느 반전 소설의 주인공과는 달리 전쟁의 무의미함에 관해 끝없이 곱씹어 보는 법도 없다. 끝없이 계속되는 것은 전쟁뿐이다. 그리고『영원한 전쟁』의 전투 묘사는 빼어나게 리얼리스틱하다. 전투에 대비하기 위한 길고 (글자 그대로) 살인적인 훈련. 전투 대기시의 지루하고 퇴색한 듯한 시간. 짧고 무의미한 살육의 순간. 그리고 또 대기. 몇천 년 동안 계속된 이 과정의 무의미함이 극에 달했을 때, 전쟁은 끝난다. 만델라-만다라-차크라가 한 바퀴 회전하고, 다른 사이클이 시작되었던 것이다. 처음부터 적 따위는 존재하지 않았다. 등장인물들과 마찬가지로 거의 묘사다운 묘사가 존재하지 않는 불구대천의 '적' 토오란은 결말에 가서도 클론이라는 SF적 가제트를 통해 마지막까지 불가사의한 존재로 남고 있다. 내향적인 전쟁 소설에서 흔히 볼 수 있는 '얼굴 없는 적'의 일종, 혹은 베트남인들의 상징이라고 할 수도 있겠지만, 작품의 기조에 깔린 신비주의적 복선*을 감안할 때 철학적인 의미에서의 '불가지(不可知)'에 대한 은유로 볼 수도 있을 것이다. 혹은 이것들 모두일지도.

3. 조의 전쟁

조셉 윌리엄 홀드먼은 1943년 오클라호마 주의 오클라호마 시티에서 태어났고, 어린 시절의 대부분을 알라스카 주의 앵커리지와 메릴랜드 주

---

* 히브리어 알파벳을 이름으로 가진 콜랩서, 2에 강박적으로 집착하는 토오란들의 습성……

의 베데스다에서 보냈다. 개구쟁이였던 어린 시절의 희망은 우주 비행사가 되는 것이었다고 한다. 초등학교 4학년 때의 담임선생은 산수 시간에 문제를 푸는 대신 우주선 그림을 그리고 있던 홀드먼 소년을 발견하고 야단을 치는 대신 하인라인의 청소년 SF『붉은 행성(Red Planet)』을 빌려주었다. 며칠 후 이 책을 독파한 그는 그때부터 용돈을 몽땅 쏟아부어 하인라인의 페이퍼백 SF를 사는 데 열중했다고 한다. 12살의 여름에는 하인라인의 미래사 단편집인『지구의 푸른 뫼(The Green Hills of Earth)』를 마음 내키는 대로 개고(改稿)하며 타이프 치는 방법을 익혔고, 고등학교 졸업반 때『스타십 트루퍼스』를 읽었다. 카운터컬처와 반전 운동이 태동하기 시작했던 대학 신입생 시절『이상한 나라의 이방인(Stranger in a Stranger Land)』(1961)이 출간되었다. 60년대 히피의 성전(聖典)이 되었던 바로 그 소설이다. 물리학과 천문학의 학사 학위를 따기 위해 눈코 뜰 새 없이 바빴던 대학 졸업반 시절에는 "머리를 식히기 위해" 작문 코스를 택했고, 하인라인풍의 단편을 두 개 썼다.(나중에 잡지에 팔렸다고 한다.) 졸업 후 곧 징집되어 미주리 주의 포트 레너드우드 근처에 있는 신병 캠프에서 기초 훈련을 받았다. 더플백에는『시라노 드 베르주락』과 하인라인의『영광의 길(Glory Road)』이 들어 있었다. 살을 에는 듯이 추웠던 12월의 어느 날 밤, 저녁 늦게까지 내한(耐寒) 훈련을 되풀이했던 탓에 지칠 대로 지친 홀드먼과 150명의 신병들 앞에서 연단에 오른 한 젊은 중사가 말했다. "오늘 밤에는 소리 없이 사람을 죽이는 방법 여덟 가지를 가르쳐 주겠다."

훈련을 마치고 1968년에 베트남에 파견되었을 때는『지구의 푸른 뫼』를 지니고 있었다. 소속 부대는 미군 4사단 22연대 (공수) 1대대. 병과는 전투공병이었다. 베트남의 중앙 고원지대의 격전지에 투입되어 살아남기를 거의 포기했을 무렵(연말까지 열세 명 중 세 명 꼴로 살아남았다고 한다.)

하인라인에게 긴 편지를 썼다. 어릴 때부터 그의 소설의 애독자였고, 이것 저것에 대해 감사하다는 내용이었지만, 한동안 몸에 지니고 다니다가 버렸다. 100여 개의 폭탄 파편이 몸에 박히는 중상을 입었지만, 가까스로 살아남아 1969년에 퍼플 하트(명예 상이 훈장)를 받고 명예 제대했다. 그러나 부상 탓에 우주 비행사가 된다는 꿈은 포기해야 했다.

제대 직후인 1969년부터 대학원에서 수학과 컴퓨터 사이언스를 공부했지만, 작가가 되기 위해 다음 해에 그만두고 대신 문학 MFA(예술 석사) 학위를 땄다. 데뷔작은 1969년 SF 전문지 《갤럭시》에 게재된 하드 SF 단편 「Out of Phase」이며, 1972년에는 전시 체험을 다룬 데뷔 장편 『전쟁의 해』를 내놓았다. 같은 시기에 씌어진 본서 『영원한 전쟁』은 72년에서 74년 사이에 중단편 형식으로 《아날로그》에 게재된 다음 1974년에 장편으로 출간되었고, 휴고 상과 네뷸러 상을 위시한 주요 SF상들을 모두 휩쓸었다. 70년대 이후 이 정도로까지 독자와 평론가들 모두의 압도적인 지지를 받은 장편은 윌리엄 깁슨의 『뉴로맨서』(1984)밖에 없다.

1976년에는 물질전송과 텔레파시를 주제로 한 하드SF 『Mindbridge』, 1977년에는 본서의 「만델라 하사」를 방불케 하는 반유토피아적 지구를 무대로 한 『All My Sins Remembered』를 출간했다. 특히 『Mindbridge』는 홀드먼에게 큰 영향을 끼친 도스 파소스*풍의 다채로운 소설 테크닉(내레이션, 의식의 흐름, 전기, 책과 신문의 발췌문)을 구사한 특이한 장편이다. 80년대 들어 출간된 『Worlds』(1981), 『Worlds Apart』(1983), 『Worlds Enough and Time』(1992)는 핵전쟁으로 초토화된 근미래(近未來)의 지구 궤도상에서 살아남은 우주 스테이션(우주 거주구(habitat)라고 하는 편

* John Roderigo Dos Passos(1896~1970), 시카고 출신의 미국 작가.

이 더 정확할지도 모른다.)들이 새로운 인류 사회를 구축하기 위해 고투한 다는 내용을 다루고 있는 하드 SF이며, 작가 자신은 이 3부작을 지금까지 자신이 쓴 최상의 작품으로 간주하고 있다. 이들 인상적인 장편에 비해 중 단편은 잡지에 간헐적으로 게재되는 정도였지만, 휴고 상 단편 부문 최우 수작인 「Tricentennial」(1976), 네뷸러 상 단편 부문을 수상한 「Graves」 (1993), 그리고 1990년에 발표된 「헤밍웨이 위조사건(*The Hemingway Hoax*)」(북스피어, 2014)은 홀드먼의 강렬한 문제의식이 표출된 작품들이 다. 특히 휴고 상과 네뷸러 상 최우수 중편 부문을 수상한 「헤밍웨이 위조 사건」은 파파 헤밍웨이의 원고를 위조해서 거금을 벌려다가 우주의 양태 (樣態) 자체를 뒤집어 버리는 헤밍웨이 학자의 모험을 다룬 작품이며, 전 세계의 존재 자체가 위협받았던 『영원한 전쟁』에서 주인공인 만델라가 직 면했던 딜레마, 즉 절박한 상황에서 개인적 윤리가 어느 정도까지 가치가 있는지를 직접적으로 묻고 있는 걸작이다.

홀드먼은 1980년대 중반부터 MIT에서 정식 교수직에 취임한 후 문예 창작을 가르치기 시작했고, 「헤밍웨이 위조사건」을 계기로 본격적인 장편 창작에 몰두했다. 1997년에 발표한 『영원한 평화(*Forever Peace*)』는 『영원 한 전쟁』과 직접적인 관계는 없지만 그 주제의 연장선상에서 근미래의 악 몽과도 같은 전쟁의 양상을 다룬 야심작으로, 1998년의 휴고 상과 네뷸러 상과 존 W. 캠벨 기념상을 휩쓸었다. 이듬해에 발표한 중편 「분리된 전쟁 (*A Separate War*)」은 『영원한 전쟁』의 코다(終章)에 해당하는 작품이며, 로 버트 실버버그가 편집한 대형 앤솔러지 『Far Horizons』(1999)에 실렸다. 「분리된 전쟁」은 본서의 「만델라 소위」 말미에서 연인인 만델라와 강제로 헤어진 메리게이의 이야기를 다루고 있으며, 주제나 내용뿐만 아니라 시 계열(時系列)상으로도 본서의 마지막 이야기에 해당하는 중편 「만델라 소령』의 명실상부한 자매편에 해당한다. 같은 해 말에 출간된 장편『영원한 자유(*Forever Free*)』(1999)는『영원한 전쟁』의 주인공인 만델라의 후일담을 다룬 직접적인 속편이며, 독자의 의표를 찌르는 충격적인 결말로 인해 SF계 내부에서 격렬한 찬반양론을 불러일으켰다.『Camouflage』(2004)는 인류의 기원과 본성을 다룬 다면적인 장편으로 평단의 격찬을 받았으며, 네뷸러 상과 제임스 팁트리 주니어 상을 수상했다. 최근작인『Work Done For Hire』(2014)는 근미래를 배경으로 한 스릴러이다.

얼마 안 되는 미국 SF의 아프레게르 세대(그것이 한국 전쟁이든, 베트남 전쟁이든 간에) 중에서 조 홀드먼은 가장 성공한 작가로 손꼽히며, 자신이 쓴 소설을 인생에 대한 확고한 목적의식의 발로로 간주한다는 점에서 (이 책의 서문을 쓴 존 스칼지로 대표되는) '프로'가 많아진 21세기의 SF계에서는 매우 특이한 인물이다. 2009년에는 SF문학에 대한 장년의 공로를 인정받아 미국 SF 작가 협회가 이 분야의 거장에게만 수여하는 그랜드 마스터로 선출되었다. 현재 홀드먼은 매사추세츠 주 캠브리지와 플로리다의 게인즈빌을 오가며 소설 창작과 교수직을 병행하고 있다. 학생 커플이었던 메리 게이 (포터) 홀드먼과 얼마 전 결혼 50주년을 맞았고, TV 시리즈『스타 트렉』의 노블라이제이션인『Perry's Planet』을 쓴 SF 작가 잭 홀드먼 2세는 그의 형이다.

1. War Year (1972) - 일반 소설

2. The Forever War (1975) - 본서

3. Attar's Revenge (1975) - 스파이 스릴러(Robert Graham 명의)

4. War of Nerves (1975)

5. Mindbridge (1976)

6. All My Sins Remembered (1977) - 단편집

7. Planet of Judgement (1977) - 스타 트렉 노블라이제이션

8. Infinite Dreams (1978) - 단편집

9. World Without End (1979) - 스타 트렉 노블라이제이션

10. Worlds (1981) - Worlds I

11. There is No Darkness (1983)

12. Worlds Apart (1983) - Worlds II

13. Dealing in Futures (1985) - 단편집

14. Tool of the Trade (1987)

15. Buying Time (1989) - 영국판 제목은 The Long Habit of Living(1989)

16. The Hemingway Hoax (1990) - 동명 중편의 장편판

17. Worlds Enough and Time (1992) - Worlds III

18. Vietnam and Other Alien Worlds (1993) - 단편집

19. 1968 (1995) - 일반 소설

20. None So Blind (1996) - 단편집

21. Saul's Death and Other Poems (1997) - 단편집

22. Forever Peace (1997)

23. Forever Free (1999) - 『영원한 전쟁』의 속편

24. The Coming (2000)

▷ 앤솔러지

*이 글은 1996년 시공사에서 출간된 같은 소설에 실린 해설을 가필 수정한 것이다.

옮긴이 | 김상훈

필명 강수백. SF 및 판타지 평론가이자 번역가, 기획자. 시공사의 그리폰북스와 열린책들의 경계 소설 시리즈, 행복한책읽기 SF 총서, 폴라북스의 필립 K. 딕 걸작선과 미래의 문학 시리즈를 기획했다. 주요 번역 작품으로는 로저 젤라즈니의 『신들의 사회』와 『전도서에 바치는 장미』, 로버트 A. 하인라인의 『스타십 트루퍼스』, 조 홀드먼의 『헤밍웨이 위조사건』, 로버트 홀드스톡의 『미사고의 숲』, 크리스토퍼 프리스트의 『매혹』, 필립 K. 딕의 『유빅』, 스타니스와프 렘의 『솔라리스』, 그렉 이건의 『쿼런틴』, 새뮤얼 딜레이니의 『바벨-17』, 테드 창의 『당신 인생의 이야기』와 『소프트웨어 객체의 생애 주기』, 데이비드 웨버의 『바실리스크 스테이션』과 『여왕 폐하의 해군』, 카를로스 카스타네다의 『돈 후앙의 가르침』 3부작 등이 있다.

환상문학전집 ● **37**

영원한 전쟁

1판 1쇄 펴냄 2016년 10월 7일
1판 2쇄 펴냄 2022년 11월 17일

지은이 | 조 홀드먼
옮긴이 | 김상훈
발행인 | 박근섭
편집인 | 김준혁
책임 편집 | 장은진
펴낸곳 | 황금가지

출판등록 | 2009. 10. 8 (제2009-000273호)
주소 | 06027 서울 강남구 도산대로 1길 62 강남출판문화센터 5층
전화 | 영업부 515-2000 **편집부** 3446-8774 **팩시밀리** 515-2007
홈페이지 | www.goldenbough.co.kr

도서 파본 등의 이유로 반송이 필요할 경우에는 구매처에서 교환하시고
출판사 교환이 필요할 경우에는 아래 주소로 반송 사유를 적어 도서와 함께 보내주세요.
06027 서울 강남구 도산대로 1길 62 강남출판문화센터 6층 민음인 마케팅부

한국어판 © ㈜민음인, 2016. Printed in Seoul, Korea

ISBN 979-11-5888-164-1 03840

㈜민음인은 민음사 출판 그룹의 자회사입니다.
황금가지는 ㈜민음인의 픽션 전문 출간 브랜드입니다.